Jeroen Olyslaegers

~~WEIL DER MENSCH ERBÄRMLICH IST~~

Jeroen Olyslaegers

~~WEIL DER MENSCH ERBÄRMLICH IST~~

Roman

Aus dem Niederländischen
von Isabel Hessel
und Gregor Seferens

DUMONT

Dieses Buch wurde mit Unterstützung
der Flanders Literature herausgegeben (flandersliterature.be).

Die Übersetzer danken der Kunststiftung NRW
für die großzügige Unterstützung ihrer Arbeit.

MIX
Papier aus verantwortungsvollen Quellen
FSC® C083411

Die niederländische Originalausgabe erschien 2016
unter dem Titel ›Wil‹ bei De Bezige Bij, Amsterdam.

Erste Auflage 2018

Übersetzung: Isabel Hessel und Gregor Seferens
Umschlaggestaltung: Lübbeke Naumann Thoben, Köln
Satz: Angelika Kudella, Köln
Gesetzt aus der Minion
Druck und Verarbeitung: CPI books GmbH, Leck
Gedruckt auf säurefreiem und chlorfrei gebleichtem Papier
Printed in Germany
ISBN 978-3-8321-9876-3

www.dumont-buchverlag.de

FÜR DIE NYMPHE & MEINEN SOHN QUINTEN

AUF EINMAL SCHNEIT ES.

AUF EINMAL SCHNEIT ES. Das erinnert mich an den Krieg. Nicht wegen der Kälte oder anderer Unannehmlichkeiten, sondern wegen der Stille, die die Stadt dann für eine Weile in ihren Klauen hält. Jetzt fallen dicke Flocken vom Himmel. Es ist Nacht. Ich höre die Geräusche zu einem dumpfen Nichts gerinnen. Und dann muss einer wie ich hinaus, mein Junge, selbst in meinem Alter. Mir ist klar, dass alle denken: Gleich stürzt er noch und bricht sich die Hüfte. Gleich liegt er, alle viere von sich gestreckt, im Sint-Vincentius-Krankenhaus. Und dann ist es aus und vorbei mit ihm, zur Strecke gebracht von einer Bakterie, wie sie vorzugsweise in Krankenhäusern gezüchtet wird. Schon komisch, wie schnell alte Leute von der Angst anderer angesteckt werden. Wegen dieser Angst lassen sie sich in Heime sperren, wo man sie mit irgendeinem Quatsch mit Soße samt beschissenen Bingo-Abenden abspeist und ihnen eine Marokkanerin mit einem Blatt Klopapier den Arsch abwischt. Sollen sie ruhig Angst haben! Ich habe nie welche gehabt, jedenfalls nicht wirklich, und diesen alten Sack ändert man nicht mehr. Der Schnee knirscht unter meinen Sohlen. Nein, nicht die guten Schuhe, sondern nur meine uralten Stiefel, denen ich jahrelang die Treue gehalten habe, die ich mindestens zehnmal habe flicken lassen und fast jede Woche eingefettet habe, ganz gewöhnliche Nullachtfünfzehn-Treter, die mir jetzt erlauben, rückwärts in die Welt der Zeit zu schreiten. Es fallen immer noch Flocken. Unlängst habe ich eine vergrößert in einer dieser Zeitungen gesehen, die im Lesesaal der Bibliothek ausliegen. Lauter Unikate, jede für sich eine perfekt ausgeklügelte Welt, diese Schneeflocken, die mir jetzt einfach auf Jacke und Mütze rieseln. Nein, darüber schreib ich kein Gedicht. Das würde eh keiner mehr lesen, der Zug ist abgefahren. Schnee verändert die Stadt, er zwingt sie nicht nur innezuhalten, sondern vielleicht auch nachzudenken, sich zu erinnern; auf mich hat er jedenfalls diese Wirkung. Wenn es schneit, sehe ich klarer. Wenn in der Stadt Schnee fällt, weiß man, was sie wirklich darstellt, was sie verloren hat, was sie vergessen will. Sie gibt sich nicht mehr der Illusion vergangener Zeiten hin.

Vor mir liegt der weiß glitzernde Stadtpark. Ich bleibe stehen, schließe kurz die Augen. Das gelbe Licht auf den Straßen wird blau, so blau wie das getönte Glas der Gaslaternen früher. Man stelle sich eine spärlich beleuchtete Stadt vor. Blassblaues Licht überall, aus Angst vor dem Feuer, das vom Himmel fallen könnte. Wer von uns das Glück hatte, während der Nachtschicht eine Taschenlampe bei sich zu tragen, für den war Licht ein Privileg, das keinen Deutschen etwas anging, Krieg hin oder her. Schließlich war es ohnehin dunkel genug. Ich kann mich erinnern, dass es die Deutschen regelrecht wahnsinnig machte, dass sie das einfach nicht unter Kontrolle bekamen. Sie mussten mit horrenden Geldbußen und am Ende sogar mit der Todesstrafe drohen, bis die Einwohner endlich nicht mehr so lax mit ihrem Licht umgingen. Ich habe Feldgendarmen ausrasten sehen, weil wir unsere Taschenlampen ohne blauen Filter verwendeten. Sabotage! Blablabla … Auf der Wache sah uns dann unser Vorgesetzter an: »Mensch Leute … macht keinen Scheiß!« Es gab keinen Anpfiff, wir sollten keinen Scheiß machen, das war alles. Egal, der Stadtpark in blassblauem Licht, da waren wir. Aber ich biege langsam nach rechts in die Quellinstraat ein. Dein Urgroßvater nimmt keine Schaufenster mehr wahr. Ich sehe die Stadt, wie sie wirklich ist: ein nacktes Weibsbild mit weißer

Pelzstola um die Schultern, eine, von der die Chirurgen nicht die Pfoten lassen konnten; hier ein neuer Busen, da ein anderes Gesicht. Wunderschöne Gebäude sind hier dem Erdboden gleichgemacht worden, Bürogebäude sind an ihre Stelle getreten. Wusstest du übrigens, dass auf der Ecke zur Keyserlei einmal ein Grand Hotel gestanden hat, gleich bei der Oper? Von einem Deutschen gebaut, noch vor dem Krieg von vierzehn/achtzehn. In der Schule mal was von Peter Benoit gehört? Wahrscheinlich nicht. Ist auch nicht nötig, wenn du mich fragst. Früher brachten sie einem Namen und Jahreszahlen bei, heute tun sie, als sei das falsch gewesen. Aber kein Schwein, weder damals noch heute, verpasst dir die schallende Ohrfeige, die Geschichte im Grunde ist. Die Sauerei besteht darin, dass es nie aufhört, nie wirklich. Es geht immer weiter. Peter Benoit ist ein Straßenname geworden. Als ich die Schulbank drückte, mussten wir vor ihm fast auf die Knie gehen. »Er lehrte unser Volk das Singen.« Ein echter Held also. Direkt gegenüber der Oper hat früher mal ein Denkmal des einst so verehrten Tondichters gestanden, umrahmt von dem, was die Leute früher »Camilles' Schwimmbad« nannten, nach einem Bürgermeister, von dem du bestimmt noch nie gehört hast und an den ich mich eigentlich selbst nur noch vage erinnere. Der gefeierte Künstler, der Mann, der seinem Volk einst Gesangsunterricht erteilt hatte und dort in Bronze verewigt worden war, blickte also über ein Bassin hinweg, in das vor allem Trunkenbolde pissten. Die Statue steht jetzt woanders, das sogenannte Schwimmbad wurde abgerissen und das Grand Hotel, in dem auch noch während des Zweiten Weltkriegs schmucke deutsche Offiziere mit ihrer Geliebten einen Aperitif tranken … da türmt sich heute ein Beton-Ungetüm auf und überragt nichts Spezielles. War es früher also besser, Großpapa? Das denkst du doch, oder? Und übrigens, sollten wir einander noch begegnen, sollte die Familie, die ich mitgezeugt habe und die nichts mehr mit mir zu tun haben will, das zulassen, bin ich mir ziemlich sicher, dass du mich »Opa« nennen würdest. Das Wort Großpapa stirbt ja schließlich aus. Natürlich war es früher auch nicht besser. Es war einfach nur genauso schlimm. Vorstellungskraft ist alles. Am Anfang war nicht das Wort, erst recht nicht das von Gott. Am Anfang war die Vorstellung von Finsternis, vergiss das nicht. Mitten auf der Straße bleibe ich kurz stehen. An einem Gebäude, das es nicht mehr gibt, hängen zwei große schwarze Banner. Auf beiden sind zwei blitzförmige Runen. Ich befinde mich vor dem Hauptquartier der Flämischen SS-Legion. Diese Uniformen, die waren für uns einfache Polizisten ein rotes Tuch. Ein Kamerad bekam einen vor den Bug, als er mal vor so einem Fatzke in Schwarz nicht strammstand. Der Kerl war nicht einmal ein Deutscher, auch wenn er ganz offensichtlich lieber das Licht der Welt in, sagen wir, Bimbambayern erblickt hätte. Alles Wichtigtuer. Bei den vielen verschiedenen Uniformen … wer soll sich da noch auskennen? Wann hat man zu salutieren, wann nicht? Ich schwöre dir, ich musste mir oft auf die Lippen beißen. Manche dieser Gockel hatten keinen Funken Anstand im Leib, vor denen hätte ich genauso gut im Adamskostüm dastehen können. Am Ende der Straße biege ich rechts ab. Es wird so gegen vier Uhr nachts sein. Es herrscht immer noch vollkommene Stille, immer noch fällt Schnee und kein Schwein unterwegs, wenn man von einem Drogenabhängigen einmal absieht, der mich um einen Euro anhaut. Leck mich, sage ich. Hey Alter, faselt er. Ich schaue ihm tief in die rot umrandeten Augen und sage, dass ich gerade seine Seele fresse wie ein vor Bandwürmern strotzender Höllenhund und er zusehen soll, dass er Land gewinnt, bevor ich ihn ganz verschlinge. Solche Typen verzehrt dein Stammvater zum Frühstück, weißt du? Glaubst du mir etwa nicht? Das kommt noch, vielleicht sogar: bedauerlicherweise. *Tour d'Horizon*. Zu meiner Rechten, am Ende der Keyserlei, steht die Eisenbahnkathedrale, die Bahnhof Mitte heißt, die aber keiner mehr so nennt. Zu meiner Linken, an der Ecke von Keyserlei und Frankrijklei, liegt das »Atlantic«, darüber befindet sich das Hotel Weber, das Hauptquartier der Feldkommandantur. Dort gingen die zunächst noch triumphierenden Männer in Feldgrau ein und aus, die sich von einem schicken Diner zum nächsten schleppten, wo sie stets mit den nötigen Ehrenbezeugungen empfangen wurden und ihr Chef sich vielleicht einmal über eine Mappe mit lauter alten Zeichnungen von unserer Stadt beugte, die ihm von unserem Bürgermeister, augenzwinkernd wie eine mit Beruhigungsmitteln vollgestopfte Eule, als Geschenk überreicht wurde … dieses ganze Tamtam, um dann, nur etwa drei Jahre später, einfach ihren einstigen Triumph nachzuahmen, obwohl ihnen natürlich klar war, dass ihr sogenanntes Tausendjähriges Reich damals schon in der Nachspielzeit war. Ich wende ich mich nach rechts, Richtung Bahnhof, und nach ein paar Dutzend Metern biege ich erneut rechts ab, in die Vestingstraat. Es ist kalt, ich bin um die zwanzig. Fünfzig Meter vor mir liegt das Hauptamt des sechsten Stadtbezirks, mein Viertel. Hinter mir ruft einer: »Wilfried!« So heiße ich nicht wirklich, aber das erzähl ich dir ein andermal. Besagter Kamerad Metdepenningen, Lode holt mich ein, gibt mir einen Klaps auf die Schulter. Sagt dir der Name was? Das könnte sein. Aber ich will nicht gleich alle Karten auf den Tisch legen. Beim Weiterlesen wird schon alles deutlich werden. »Ich frier mir gleich den Arsch ab, Kumpel.« Lode rutscht aus, verstaucht sich fast den Knöchel – ich kann ihn gerade noch am Ellenbogen fassen – und flucht. Wir haben gerade zusammen unsere Ausbildung gemacht. Haben uns drei Monate lang Schwachsinn angehört und sind jetzt Hilfspolizisten. Das bedeutete schlicht und ergreifend, dass wir jedem mit einem Streifen mehr gehorchen und unsere Uniform in Schuss halten mussten. Lode kaute während des Unterrichts ständig auf seinem Bleistift herum, während er aufmerksam zur Tafel schaute. Wurde eine Frage gestellt, hob er die Hand. Ein eifriger Schüler, gewiss, und ein gut aussehender Kerl außerdem. Pechschwarzes Haar, schelmisches Lachen, Sohn eines hinter dem Astridplein ansässigen Metzgers. Er wollte, dass wir Freunde werden. Er ist so einer, der schon nach einer Woche ruft, wir seien Freunde fürs Leben. »Du bringst mir jeden Tag was bei …« Ich habe es heute noch im Ohr. Gerade, als wir die wenigen Stufen zur Wache hinaufgehen wollen, treten zwei Feldgendarme aus der Tür. Sie schauen uns an und einer brüllt: »Sofort mitkommen!« Manche Klischees stimmen einfach. Deutsche in Uniform redeten tatsächlich so. Wir also mit, denn wir wussten da bereits, dass uns nichts anderes übrig blieb. Eigentlich mussten wir uns erst melden, bevor wir unsere Anweisungen entgegennahmen, doch wenn so ein Feldheini brüllt, dann hat man zu gehorchen. Wir gingen die Pelikaanstraat entlang Richtung Süden. Lode und ich folgen den beiden uniformierten Herrenmenschen wortlos, wie zwei abgestrafte Kinder. Die Deutschen sind gerade mal seit sieben Monaten hier, und es hat den Anschein, als gehöre ihnen schon der ganze Laden. Die Stadt ist vor den Kerlen niedergesunken und hat die Beine gespreizt. Für alles gibt es Regeln. Fußgänger, die vom Bahnhof Mitte Richtung Meir-Boulevard unterwegs sind, müssen den rechten Gehweg nehmen, wer in die umgekehrte Richtung will, hat den linken Gehweg zu benutzen. Und wehe, wenn man versehentlich gegen den Strom schwimmt. Hätte jemand das in den Jahren vor dem Krieg vorhergesagt, wir hätten alle vor Lachen auf dem Boden gelegen und in unser schäumendes Bier gejapst. Aber das Herrenvolk muss nur einmal Piep sagen und alle tun, was ihnen befohlen wird. Schlimmer noch: Sie freuen sich sogar. Endlich herrscht Ordnung. Wir überqueren die Straße und gehen unter der Eisenbahn durch ins Kievits-Viertel. Zwei Straßen weiter bleiben wir vor einem Haus stehen, von dem die Farbe abgeblättert ist. Einer der Feldgendarmen schüttelt den Pulverschnee von sich ab und klopft kraftvoll an die Tür. Der andere sieht uns dabei an, mit einem Blick, der sagt: Gleich werdet ihr was erleben. Doch nichts geschieht. Das Klopfen scheint das Haus eher noch stiller gemacht zu haben. Die Faust hämmert noch einmal gegen die Tür. Jetzt hören wir verhaltene Geräusche. Jemand kommt, in einer Sprache jammernd, die ich nicht verstehe, die Treppe hinunter. Die Tür geht knarrend auf. Durch den Spalt sehen wir ein düsteres Gesicht mit weit aufgerissenen Augen. Der Mann kriegt direkt die Haustür an den Schädel, die von den beiden Feldgendarmen grob aufgedrückt wird. »Chaim Lizke?«, brüllt der eine. Leises Gemurmel. Die Deutschen gehen sofort rein, einer der beiden bedeutet uns, draußen zu warten, und schließt die Tür. »Bestimmt wieder so ein Arbeitsverweigerer?«, flüstere ich. Lode sagt nichts. Er stampft mit den Füßen, um die Kälte zu vertreiben. Pech für ihn, dass er sich keine ordentlichen Stiefel leisten kann, wie ich sie gerade trage. Das musst du wissen: Die Uniformierung war zu der Zeit eine Frage von Haben oder Nicht-Haben. Wer mehr Geld für Textilmarken hatte, war besser angezogen als andere. Auch das machte die Deutschen rasend. Ein paar Jahre später mussten wir alle neuen Uniformen kaufen, die sie entworfen hatten. Aber diese Maßnahme machte alles nur noch schlimmer. Zu dem Zeitpunkt hatten bloß noch ein paar höhere Chargen die Möglichkeit, sich eine zuzulegen. Jeder versuchte etwas zu tragen, das wenigstens von Weitem gut aussah, in der Hoffnung, nicht von irgendwem angepflaumt zu werden. Inzwischen herrscht Aufruhr im Haus. Wir hören lautes Rufen und Wehklagen. Kinder kreischen. Ein Schrank fällt um. Jemand stürzt die Treppe runter. Noch mehr Kreischen. Aber die auf Deutsch gebrüllten Befehle übertönen alles. Die Tür fliegt wieder auf, und da steht sie: die Familie Lizke. Fünf halb angezogene Kinder zwischen vier und zwölf Jahren, eine weinende Frau, das Kopftuch unordentlich über die Haare drapiert, und der Familienvater, der den Blick zu Boden gerichtet hat, während Blut aus seinem anschwellenden Ohr sickert. Israeliten, wie sie im Buche stehen, würde Miesebart spöttisch anmerken. Ihm wirst du im Verlauf dieser Geschichte noch begegnen. Ich sag's, wie es ist: Keine Ahnung, was diese Leute so alles in ihren Kochtopf tun, aber es wirkte sich nicht besonders vorteilhaft aus. Sie müffelten.

Jetzt muss aber auch gesagt werden: Manchmal haute es mich aus den Pantinen, wenn ich Lode sah. Der Bursche stank manchmal nach Blut und Innereien, dass es eine Art hatte. Was Gerüche angeht, bin ich empfindlich, immer schon gewesen. Mein Vater hat mal behauptet, ich hätte den Geruchssinn eines trächtigen Weibes. Natürlich bloß zum Spaß, aber ich hätte ihm jedes Mal den Schädel einschlagen können, wenn er das hinter vorgehaltener Hand zum Besten gab, vorzugsweise auf einer Feier, mit genügend Betrunkenen, die es mitbekamen.

Einer der Feldgendarmen winkt uns heran, deutet mit seinem behandschuhten Zeigefinger auf ein Blatt Papier und unterstreicht so eine Adresse: Van Diepenbeeckstraat. Da müssen wir hin und die Deutschen wissen nicht wie. Lode weicht meinem Blick aus, tut so, als sei er gar nicht da. Die Straße ist nicht allzu weit von meiner Wohnung entfernt. Den Gleisen folgen, an der Van den Nestlei unter der Brücke hindurch und dann zurück? Ich nicke den beiden zu. Die Adresse ist im siebten Bezirk, nicht unser Zuständigkeitsbereich, aber so blöd bin ich nun auch wieder nicht, das zu erwähnen. Und auf geht's. Wir vorweg mit einem der Deutschen an unserer Seite, dahinter die Fremden und der andere Feldheini. Die Frau hört nicht auf zu weinen, ihr Mann spricht ihr leise Mut zu, ich vermute auf Polnisch, aber es kann auch Hebräisch oder sonst was sein. Der Feldgendarm zischt etwas, wir hören, wie er dem

Mann eine Ohrfeige gibt. Zack, die Kinder fangen wieder an zu schluchzen. Ich hätte das anders gemacht, Lode vermutlich auch, aber wer sind wir schon? Stadtführer bei Nacht und Nebel. Es ist sehr glatt geworden, der Schnee knirscht nicht mehr unter unseren Füßen und hat aus den Straßen eine einzige Schlitterbahn gemacht. Die Deutschen legen ein Tempo vor, bei dem eine Familie mit einem Haufen Kinder nicht mithalten kann. Eins nach dem anderen fällt auf die Nase. Wieder anhalten, wieder brüllen, wieder treten, mehr heulen. Lode sagt immer noch kein Wort. Aber sein Gesichtsausdruck verhärtet sich. Wenn ich mich an diese Szenen erinnere, muss ich ans Meer denken. Zu der Zeit war ich da noch nie gewesen, aber als ich später hinfuhr und mir am Strand eine Zuckerwaffel genehmigte und so tat, als müsse man das alles unbedingt machen, sah ich einmal eine kinderreiche Familie den Abmarsch antreten, mit ihrem ganzen Krempel und Gartenstühlen und Sonnenschirmen und all ihren überdrehten Kindern, die Gesichter rot wie Tomaten. Der Vater rastete aus, zerrte eins seiner jüngsten Kinder grob über den Sand, während er eine seiner Töchter auf dem anderen Arm trug und seine Frau, die ebenfalls an jeder Hand ein Kind hatte, die wütenden Blicke der Umstehenden voller Scham ertrug. Ich schwöre, dass ich es in dem Augenblick schneien sah, bei einer Temperatur von dreißig Grad. Und ich versichere dir ebenso, dass ich jemanden auf Deutsch habe brüllen hören. »We sint bald daar«, sage ich zu einem der Feldgendarmen. Möchtegerndeutsch, ich weiß, aber diese ganze absurde Aktion geht mir inzwischen so auf die Nerven, dass ich mich zum allerersten Mal dieser Sprache bediene, vielleicht auch bloß, um meine aufkommende Wut zu unterdrücken, denn davon hat ja schließlich keiner was, das wird die Israeliten nicht vor lauter Angst zu Eiskunstläufern machen. Ist doch wahr! Wir sind fast angekommen, sind gerade in die Van Diepenbeeckstraat eingebogen. »Die Frau und die Kinder sind also auch Arbeitsverweigerer, oder was?«, flüstert Lode mit zitternder Stimme. »Man, ich fass es nicht! Geht man so mit Menschen um?« Ich sage nichts. Was soll man da schon sagen? Was Lode ausspricht, weiß ich selbst. Aber wir machen mit, wir gehen mit, wir begleiten die müffelnde Bande einfach artig zu einer Adresse, die auf einem Zettel steht. Der Mond kommt raus, lässt die vereisten Straßen wie Silberzeug schimmern. Und dann passiert's: Eins der Kinder, ein etwa zwölfjähriger Junge, lässt die Hand seines Vaters los und rennt davon. Er schnellt an uns vorbei, ich weiß nicht, warum. Der Vater brüllt ihm hinterher. Der Feldgendarm, der zusammen mit uns vorweggeht, unternimmt ein paar Sekunden lang nichts. Er ist ebenso erstaunt wie wir über den kleinen Racker, der auf seinen dünnen Beinchen übers Eis stakst wie ein frischgeborenes Fohlen, das kaum stehen kann. Schon nach fünf Sekunden schlägt er der Länge nach hin. Bevor er sich wieder aufrappeln kann, holt der Feldgendarm ihn ein und verpasst dem Kerlchen einen Tritt in den Hintern … kaum zu glauben, oder? Wir sehen ihn buchstäblich wie einen Schlitten übers Eis rutschen, bis er mit dem Kopf gegen einen Laternenmast knallt und liegenbleibt. Die Deutschen lachen sich krumm, und das Ganze wäre ja tatsächlich komisch, wenn die Mutter nicht einen Schrei ausstieße, als drehe ihr jemand ein gezacktes Messer im Bauch herum. Sie sinkt zu Boden. Ihr Mann ringt weinend die Hände, hebt sie zum Himmel empor, als könne auf seine flehentliche Bitte hin der Allmächtige mit seinem flammenden Schwert die Ordnung wiederherstellen oder zumindest durch diese Geste aus seinem Dämmerzustand geweckt werden, auf dass er sehe, was hier geschieht. »Aufstehen!«, ruft einer, das gilt sowohl der Mutter als auch dem Jungen dahinten. Der Deutsche neben uns will zu ihm hinstiefeln, doch Lode kommt ihm zuvor. Man könnte meinen, er hätte Kufen unter den Sohlen, so schnell ist er. Bei dem Jungen angekommen, kniet er sich hin und umschließt ihn mit seinem ganzen Körper, wie ein Kokon, wie ein Schneckenhaus aus Muskeln. Er lässt ihn nicht los, auch nicht, als er von dem immer noch lächelnden Feldgendarm angerempelt wird, der jetzt etwas leiser »Schon gut« sagt. Der Deutsche stößt Lode erneut an, verpasst ihm dann einen nicht ganz ernst gemeinten Tritt in den Hintern. Lode brüllt: »Hau ab, Saukerl!« Man merkt seiner Stimme an, dass auch er jetzt weint. Ich sehe einen Teil seines rot angelaufenen Gesichts, sein schönes schwarzes Haar voll Pomade, das in Strähnen über das Gesicht des Jungen fällt, sein weißer Helm, der einen Meter entfernt falsch herum im Schnee liegt wie eine Mitternachtsvase, die den Schlund aufsperrt. Der Deutsche verliert seinen Sinn für Humor und greift fluchend an seinen Gummiknüppel. Ohne mir dessen bewusst zu sein, schießt meine Hand nach vorn, umfasst das Handgelenk des Feldgendarms wie ein Schraubstock. Wir schauen uns an, der Deutsche und ich. Was mich in dem Moment gerettet hat, mein Junge, sind die Sekunden der Fassungslosigkeit, ich sehe sie im Gesicht dieses Feldheinis, der einfach nicht glauben kann, dass ihm das tatsächlich passiert, in diesem lächerlichen Land, welches sie fast mühelos besetzt haben. Einen Augenblick lang steht er verdutzt da, in dieser Stadt, auf die sie sich mit ihrem fetten Arsch gesetzt haben. Dass ihn so ein dämlicher Grünschnabel wie ich in dieser lächerlichen Uniform einfach beim Handgelenk packt und ihm mitten in die arrogante Visage schaut, ist schlichtweg eine Szene, die in seinem Universum nicht vorkommen kann. Bon, ich lasse ihn los, und er tut gar nichts. Er starrt mich weiter an, während sein Kompagnon die Mutter unsanft wieder hochzieht und sich die Kinder vom Leibe hält. Auch der Vater schaut zu Lode und mir, wie ich dessen Helm aus dem Schnee hebe, meine Hand auf seine Schulter lege und ihm behutsam helfe, sich mit dem Jungen im Arm wiederaufzurichten. Er sieht zu, wie ich den Schnee vom weinenden Lode klopfe und wie dessen Finger das Blut von der Stirn des Sohnes wischt. Lode spitzt anschließend mit Daumen und Zeigefinger die halb offenen Lippen des Knaben, als wollte er ihn wie einen Ertrinkenden durch Mund-zu-Mund-Beatmung retten. Dann schlägt der Junge die Augen halb auf, Lode stößt einen tiefen Seufzer aus und presst den mageren Körper noch fester an sich. Seinen Helm will er nicht. Wortlos und ohne uns anzusehen, geht er mit dem Jungen im Arm erhobenen Hauptes weiter und wir folgen ihm schweigend, auch die Deutschen, wie nach einem Familienstreit, bei dem der besoffene Vater aus seinem gewalttätigen Rausch wieder erwacht und plötzlich, mit Stummheit geschlagen, die ganze Verheerung überblickt. Auch die beiden Kollegen, die vor dem Eingang zum alten Bettenlager des Heeres Wache halten, dem Endziel dieses ungeordneten Marsches, sagen nichts bei unserer Ankunft. Nichts von alledem haben sie gesehen, obwohl sie das Gebrüll natürlich gehört haben. Sie stehen bleich und stramm da beim Anblick des barhäuptigen Lodes, der das Kind in den Armen hält, wie der zum Leben erweckte und heute vermutlich kaum noch bekannte Hollywoodstar Errol Flynn; angesichts dieser Szene vergessen sie sogar, vor den Deutschen zu salutieren. Bevor er samt seiner Familie nach drinnen gezerrt wird, übernimmt der Vater behutsam den Jungen von Lode, schaut meinem Kameraden in die Augen und murmelt etwas. Und dann sind sie weg, verschluckt von der hohlen Finsternis, die im Gebäude herrscht, als hätte es sie nie gegeben. Wir bleiben draußen stehen, Lode und ich. Besser wäre es, sich einfach aus dem Staub zu machen, aber dazu hat mein Kamerad noch keine Lust. Er muss schlucken, ordnet sein Haar, nimmt den Helm von mir entgegen und fragt gefasst die Wachposten, ob sie Zigaretten haben. Wir rauchen, während es zaghaft zu schneien beginnt. Einer der Wächter, ein etwa dreißigjähriger Schupo mit stattlichem Schnurrbart, den alle nur den Scheelen August nennen, weil seine Augen nach fünf Gläsern Stout in sämtliche Richtungen schauen, sagt, dass die ganze Horde, die hier eingesperrt ist, morgen in den Zug in Richtung Limburg gesetzt wird, nach Sint-Truiden, um genau zu sein. Keiner fragt, was man dort mit ihnen vorhat. »Und ich muss mitfahren«, fügt der Scheele August hinzu. »Das wird was werden. Tja, für mich springt eine Zulage dabei raus, also beklag ich mich nicht.« Lode saugt den Rauch tief ein und fragt, wie viel. »Fünfundvierzig Franken«, antwortet August. »Das ist ein sauberes Sümmchen«, erwidert Lode und schnippt seine Kippe in den Schnee.

Unser Vorgesetzter sitzt hinter seinem Schalter und blickt uns seufzend an. Er holt das Berichtsbuch hervor, ein dickes gebundenes Heft mit blauen horizontalen Linien und einer roten vertikalen Linie am Rand, und taucht seinen Füller ins Tintenfass. Wir hören uns beide Lodes Schilderung der Ereignisse an, er wird immer wütender, je länger er diktiert, was mich wiederum nervös macht. Schließlich legt unser Vorgesetzter den Füllfederhalter beiseite, setzt seine Nickelbrille ab und sieht mich müde an.

»Kannst du das bestätigen, was dein Kamerad hier erzählt?« Ich sage ihm, dass die Deutschen tatsächlich zu keinem Zeitpunkt gesagt haben, was der Familie Lizke eigentlich zur Last gelegt wird.

»Dein Kamerad hier behauptet, die Lizkes seien zu Unrecht beschuldigt worden. Das ist etwas vollkommen anderes. Haben die Männer irgendein Schreiben vorgelegt?«

»Nur eins, auf dem die Adresse dieses Bettenlagers stand.« Lode schlägt mit der Hand auf den Holztresen. »Das ist doch nicht normal, Chef! Alle Kinder waren unter fünfzehn. Eine Frau und ein Haufen junges Gemüse? Und wissen wir überhaupt, ob der Vater ein Arbeitsverweigerer ist? Sind denn jetzt alle verrückt geworden?«

Abgang. Was soll man auch machen? Die meisten Menschen sind kopflose Hühner. Übrigens musste ich Lode auf dem Rückweg erst davon überzeugen, Bericht zu erstatten. Das hat mich ganz schön viel Mühe gekostet. Er wiederholte ständig, wir sollten besser nicht in der Scheiße herumrühren. Es war vor allem Abscheu, die aus ihm sprach. Aber er lag falsch. Genau das mussten wir tun. Der Grund dafür lag auf der Hand. Wir konnten davon ausgehen, dass die beiden Feldheinis genau das Gleiche tun würden, sobald sie zur Kommandantur kamen. Wir mussten also damit rechnen, dass wir zu der Angelegenheit noch einmal befragt werden würden. Die Männer waren gründlich und hatten sich natürlich unsere Dienstnummern notiert. Wenn wir unsere Version der Fakten nicht zu Protokoll gaben, befänden wir uns in einer noch schlechteren Position. In einem ganz bestimmten Punkt – hatte ich Lode gegenüber ausdrücklich betont – durfte es keinerlei Zweifel geben: Ich hatte den Feldgendarmen zurückgehalten, weil ich fürchtete, er würde meinem Kollegen an den Kragen gehen. Nur das zählte. Der Rest ging uns nichts an. Wir mussten uns absichern. Schließlich stimmte Lode mir zu. Aber ich hatte ihn falsch eingeschätzt und vor allem: Ich hätte als Erster das Wort ergreifen sollen. Anstatt sich in seinem Bericht auf diesen einen Punkt zu konzentrieren, ließ er sich doch von seiner Wut mitreißen und konnte es nicht lassen, die große Ungerechtigkeit, deren Zeuge er meinte geworden zu sein, anklagend herauszustellen. Und da war noch eine Sache, etwas, was ich erst später begriffen habe. Wenn Lode mir das damals erzählt hätte, ich hätte ihm nicht geglaubt, auch wenn er es bei allem, was ihm heilig war, geschworen hätte. Lode kannte den Mann. Er kannte den Juden Chaim Lizke, den wir samt seiner Familie geholfen hatten abzuführen.

»Dir ist doch klar, Metdepenningen, dass das hier an die Kommandantur weitergeleitet wird?«

»Und an den Bürgermeister doch auch?«

Unser Vorgesetzter kratzt sich hinterm Ohr, setzt die Brille wieder auf. »Mann! Willst du mir etwa beibringen, wie ich meine Arbeit zu machen habe? Wie lange arbeitest du hier schon, du Grünschnabel? Fünf Wochen? Was hat der Bürgermeister hiermit zu schaffen?«

Unser Vorgesetzter ist mit seiner Geduld am Ende, und das merkt jetzt auch Lode. Er zögert, er zweifelt.

Vorhin habe ich ihn noch als Hollywood-Helden beschrieben, und davon nehme ich kein Wort zurück. Er machte Eindruck, er war von einer Kraft erfüllt und umgeben, der man nur selten begegnet und die man vielleicht völlig zu Recht mit lang vergessenen Helden verbindet oder einem Gott in seiner furchteinflößenden Schönheit. Aber der Mensch ist vor allem erbärmlich, er ist nicht konsequent und gibt sich Illusionen hin. Keiner ist sein Leben lang ein Held.

»Und, kommt da noch was?«

Lode schluckt laut. »Das fällt doch unter Wahrung der öffentlichen Ordnung, wodurch es in den Zustä…«

Daumen und Zeigefinger des Vorgesetzten berühren sich fast. Sein Arm zittert, als er sagt: »Noch so viel und du schiebst den Rest des Winters Nachtschicht. Willst du das?«

Er schaut Lode noch einmal an und dann mich, den Vernünftigen. »Das Wort ›widerrechtlich‹ schreiben wir da nicht rein. Und jetzt zieht Leine.«

Sobald wir draußen sind, behauptet Lode, der Vorgesetzte sei ein Linientreuer, ein Maulwurf also. Schon vor dem Krieg sei er Mitglied eines Geheimbundes gewesen, der zum Ziel gehabt habe, Stadt und Staat zu zersetzen, sie sich gefügig zu machen – mit oder ohne Gewalt –, je nach Gutdünken der Besatzer. So wie er mir das in dieser späten Januarnacht des Jahres 1941 erzählt, sehe ich einen Haufen maskierter Männer vor mir, die bei flackerndem Fackelschein sich und ihrem neuen Vaterland ewige Treue schwören. Zu diesem Zeitpunkt weiß ich schon, dass es Verrat gibt, jenseits der Kitschbilder, die mir spontan in den Sinn kommen. Doch Letzteres kann ich seit frühester Kindheit nicht lassen.

Ich war so um die sieben, als mein Vater mir erzählte, meine Verwandtschaft mütterlicherseits habe einst in einem kleinen Schloss gewohnt. In jener Nacht hatte ich einen Traum: Ich, irgendwo im Schloss, und das Erste, was ich spüre, ist der grausig-kalte Marmorboden unter meinen nackten Füßen. Meine Mutter steht oben an der Treppe und winkt mich zu sich. Eine riesige Tür geht auf. Ich folge ihr, kann sie aber nicht einholen. Eine Tür nach der anderen öffnet sich, alle üppig mit geschnitzten Ornamenten verziert: Engel, die durcheinanderschwirren, Adler, die einander die Brust zerfleischen, sich windende Schlangen. Die letzte Tür geht auf. Meine verräterische Mutter ist verschwunden. Ich sehe eine Gräfin, die sich in den Nacken klaubt, nach einer fauligen Stelle suchend. Danach kommt ein Dienstmädchen mit weißer Haube, das auf dem stillen Örtchen Blut kotzt. Ich sehe einen Grafen in Rüstung, das Schwert im Thronsaal erhebend, mit vor Wahnsinn schäumendem Mund. Ein in Lumpen gehüllter Greis reckt warnend den Finger, während ihm ein Hund die unbeschuhten Zehen leckt. Da liegt ein Banner, achtlos ans Fußende der Treppe geschmissen und nach Schimmel stinkend. Draußen unter der prallen Sonne schnappen Fische in einem ausgetrockneten Teich nach Luft. Um den Pfuhl herum ein Haufen zu Mus gehackter Männer, Frauen und Kinder, um die Millionen grüner Schmeißfliegen schwirren oder in sie hineinkriechen und Eier legen. Und ja: Männer mit Fackeln, das auch. An jenem Morgen erwachte ich mit Grippe.

»Wir können niemandem vertrauen, Wilfried.«

»Und wer sagt, dass du mir vertrauen kannst?«

Lode bekommt sichtlich einen Schreck, schaut mich an, sucht nach Anzeichen von Ironie oder Spott in meinem Gesicht und beschließt dann, lieber laut loszulachen.

»Willst du mich veräppeln, oder was?«

»Nein, ich mein's ernst. Wer sagt, dass es ein ›Wir‹ gibt? Wer sagt, man könne irgendjemandem einfach so vertrauen?«

»Dir aber schon!«, ruft Lode und verpasst mir einen ordentlichen Knuff. »Dir schon.«

Mir schon? Das möchte ich mal bezweifeln, mein Junge, und das meine ich ernst. Nicht, dass einer wie ich imstande gewesen wäre, Lode zu verraten, aus welchem Grund auch immer, und ihn dadurch der Verfolgung, der Deportation möglicherweise oder gar dem Tod auszusetzen. Das scheint an den Haaren herbeigezogen, ist aber alles andere als das. Zwei Jahre nachdem mich Lode damals so angerempelt hat, als sich die Deutschen langsam richtig in die Hosen machen, stecken sie Leute für viel weniger ins Konzentrationslager. Doch: Ist einer allein schon deshalb vertrauenswürdig, nur weil er nichts tun würde, was seinem Kumpel schaden könnte? In einem alten französischen Krimi aus den Siebzigern sagt die Filmfigur, die von Alain Delon gespielt wird, die einzig richtige Einstellung einem Bullen gegenüber sei eine Mischung aus tiefstem Misstrauen und Verachtung. Was mich bei dieser eiskalt dahergesagten Bemerkung lauthals auflachen ließ, war, dass Alain Delon in dem Film selbst einen Bullen spielt. Bulle ist sowieso ein seltsamer Beruf. Ich erzähl dir später mal, wie dein Urgroßvater da hineingeraten ist. Aber halt, wieso eigentlich nicht jetzt? Dann haben wir das hinter uns. Ich habe die damals für mich organisierte Stelle angenommen, um mich vor dem von den Deutschen auferlegten Arbeitsdienst zu drücken. Na, juckt dir schon der Hintern vor lauter Widerspruch und Ambiguität? Junger Kerl wird Polizist, um nicht als Fremdarbeiter nach Deutschland abtransportiert zu werden, und hilft als Bulle dabei, Leute festzunehmen, die versuchen, ebendiesem Arbeitsdienst zu entgehen. Aber natürlich ging es bei Familie Lizke und ihresgleichen nicht ums Arbeiten. Im Winter 40/41 wussten die Deutschen übrigens selbst nicht, was sie mit den Leuten anfangen sollten. Sie mussten weg, das war alles. Außerdem: Damals lebten in der Stadt genug Leute, die sich darüber aufregten, dass es hier immer noch Juden gab. Denen ging das alles viel zu langsam. Ei oder Küken, so sagte man. Entweder oder. Denn wenn man diese Leute für so gefährlich und verwerflich hält, wieso spazieren diese Schmarotzer dann hier nach wie vor frei herum? Wie kann es sein, dass das Herrenvolk diesen Volksfeind trotz allem auf den Straßen toleriert? Will man einfach abwarten, bis dieses Pack sich vor lauter Todesangst an unsere Sitten und Gebräuche anpasst? Da kann man lange warten. Nie und nimmer wird das geschehen. Ein Blutsauger kann nur eins, der passt sich nicht an. Die Deutschen waren schon seit Mai hier, hatten ein ganzes Land in nur zwei Wochen erobert, als sei's ein Pappenstiel. Schämten die sich denn gar nicht, dass sie es nicht schafften, hier mal richtig aufzuräumen? Und dann machte natürlich noch das Gerücht die Runde, dass es schlicht um die Steine ging, dass man die Juden duldete, weil man sie brauchte, um den Stolz und den Wohlstand dieser Stadt zu sichern, oder anders ausgedrückt: Es ging um den Diamantenhandel. Alle gleich, wurde gesagt, selbst die Deutschen sind dem schäbigen Profit erlegen. Erst einen Monat zuvor, wie mir ein Kumpel meines Vaters erzählte, der im Rathaus arbeitet, hatten sich die Juden in der Gildekamersstraat hinterm Rathaus als Juden registrieren lassen. Die Leute kamen in Strömen. Alle auf dem Amt mussten Überstunden schieben, sagte Vaters Kumpel. Sie standen bis nach draußen, unter großen schwarzen Schirmen, weil es regnete. Sie wurden »aufgefordert«, sich mit ihren Personalpapieren zu melden, was natürlich Behördensprech für »vorgeladen« ist. »Mannomann, da war was los ... Unglaublich! Wie die Leute reinkamen, und dann die Berge Papiere, die sie dabeihatten. Das war kaum zu schaffen. Wie sollte das gehen: Polen, Deutsche ... Verwandte hier, Verwandte dort, und dazu noch diese Namen ... Manche von ihnen lebten schon seit Jahren hier, konnten aber kein Wort Niederländisch oder wenigstens Französisch. Aber täusch dich nicht: Es kamen nicht nur Bärte und schwarze Mäntel. Unter den Leuten waren auch Frauen ... richtige Sexbomben! Die hauten einen glatt vom Hocker. Kaum zu glauben, dass auch solche Prachtexemplare zum Stamme Abrahams gehörten.« Der Kumpel meines Vaters ließ sich das Glas noch einmal füllen. Nur wenige Wochen vor den Massenregistrierungen mussten Kneipen und Restaurants gleich am Eingang darauf hinweisen, wenn der Laden in jüdischen Händen war. Aber den alten Weibern und Schwätzern, Nörglern und Querulanten gingen diesen Maßnahmen nicht weit genug. Schließlich fanden sie Gehör: Man setzte mitten im Winter einen Haufen Juden in einen Zug in die Obststadt Sint-Truiden, was zur Folge hatte, dass dort das Chaos ausbrach. Ein großes Klagen und Jammern begann. »Was gehen uns diese Ausländer an? Was uns das alles kostet! Und was sollen die hier tun? Etwa bei der Apfelernte helfen? Dann kommen sie ja genau zur richtigen Jahreszeit!« Die Deutschen haben die Leute nach etwa drei Monaten still und heimlich wieder in die Stadt zurückgebracht. Das hat man inzwischen vollkommen vergessen, weil sie zwei Jahre nach diesem Debakel auf einmal doch wussten, wie mit den Juden zu verfahren sei, und man sie viel weiter ostwärts als in die Provinz Limburg abtransportieren ließ, an Orte, wo Tag und Nacht Leiche um Leiche ins Feuer ging und die Schornsteine rauchten. Nein, diese Einzelheiten waren uns damals nicht bekannt, aber dass man die Israeliten und andere zu Orten brachte, wo sie die Gelegenheit bekamen, sich im Schweiße ihres Angesichts einen Platz im Reich zu erarbeiten, das glaubte keiner von uns. Wer nach dem Krieg etwas anderes behauptete, ist eine vermaledeite Filzlaus, und unter ihnen waren etliche, die weiter an ihrer feigen Sklavenmoral festhielten, indem sie abwägten, was sie nun gesehen und was sie nicht gesehen hatten – die Betonung lag auf dem »nicht« –, und deren spontane Kurzsichtigkeit von den anderen aus dem einfachen Grund für glaubwürdig erachtet wurde, weil nämlich alle, die da oben und die da unten, vom Generalsekretär bis zum Gouverneur, vom Bürgermeister bis zum Grünschnabel in Uniform wie mir, Dreck am Stecken hatten. Schwere Zeiten, wirst du heute immer noch Leute sagen hören, und dass man natürlich alles in seinem Kontext betrachten muss. Ich halte es mit Alain Delon und sage, dass die Sache mit den Bullen für alle galt: Es waren Zeiten des Misstrauens und der Verachtung, und was das angeht, unterscheiden sie sich nicht von anderen Zeiten. Man könnte auch sagen, sie sind nie vergangen, sie treiben immer noch ihr Unwesen.

Ein paar Jahre vor deiner Geburt hatte ich schon einmal erwogen, meine Erinnerungen aufzuschreiben. Ich werde dir erzählen, wie es dazu kam: Wir befinden uns im Jahr 1993. Ich sitze in meinem Arbeitszimmer, mit Blick auf den Stadtpark, und ordne gerade meinen Papierkram. Nein, ich tue nur so, als ob. Im Nebenzimmer liegt deine Urgroßmutter auf unserem Bett und weint. Das geht mir tierisch auf die Nerven. Ohnmacht macht unendlich müde. Sie schließt jemanden wie mich von allem aus. Natürlich weiß ich, warum sie weint. Ich will es nur nicht fühlen. Will nicht darüber nachdenken. Und ihr Weinen weckt in mir vor allem den Wunsch, nicht mehr da zu sein. Nun denn, es ist fast Mittag. Nichts zu essen im Haus, mein Magen knurrt, und meine Frau hat gewiss nicht vor, etwas dagegen zu unternehmen, und ich werde sie schon gar nicht darum bitten. Mir ist nach Konservenfleisch, Entenrillettes, genauer gesagt, und ich weiß einen guten Metzger in der Carnotstraat. Hauptsache weg von hier, ich halte dieses Geflenne keine Sekunde länger aus. Das Wetter ist recht gut, die ersten Frühlingstage. Die Stadt hat sich selbst zur Kulturhauptstadt Europas küren lassen, überall hängen Werbeplakate mit einem Foto. Wenn es nach mir gegangen wäre, hätte ich dafür das Gemälde von der Tollen Grete gewählt. Es ist ein Wunder, dass man dieses außergewöhnliche Gemälde von Bruegel dem Älteren einfach so in einem Raum in einem kleinen Museum besichtigen kann. Das alleine zeigt doch schon, was wir sind in dieser Stadt, und das Bild selbst spricht Bände. Da hängt der unverhohlene Horror, das Rauben vor dem Höllenschlund. Nur weil es einem direkt ins Auge springt, heißt das noch lange nicht, dass eine Enthüllung keine Enthüllung ist. Die Tolle Grete tobt und rast durch eine wahnwitzige Landschaft aus Krieg und Erinnerung in Grellrot, Braun und Schwarz. Ihre weit aufgerissenen Augen sehen alles und nichts. Hat sie diese Schrecken verursacht oder ist sie lediglich ein Teil dieser Abscheulichkeiten und spielt das Spiel einfach nur mit? Du solltest doch einmal an einem schönen Samstag in das Museum gehen und dir das alles zu Gemüte führen. Stimmt natürlich, man kann sich auch einfach alles im Internet ansehen, und ein Junge deiner Generation findet mehr, als er sucht. Doch schau dir das Gemälde mal in echt an und finde heraus, wieso diese Enthüllung ausgerechnet hier hängt. Vielleicht kommst du dann ja, durch eigenes Nachdenken, dahinter, warum das Bild so viel über diese Stadt aussagt. Aber gut, wieder zurück ins Jahr 1993 und zu einem Foto von Stan Laurel und Oliver Hardy, beide in Gefängniskluft und mit einer Schaufel neben dem Kopf, genügt vielleicht, um für ein Kulturjahr zu werben. Sie schauen blöd aus der Wäsche, wie nur sie das können. Offenbar haben sie gerade versucht, einen Tunnel zu graben, um am Ende dummerweise wieder in ihrer eigenen Zelle zu landen. Ich erkenne mich selbst in diesem Foto wieder. Über ihren dämlichen Visagen prangt die Frage: »Kann Kunst die Welt retten?« Gequirlte Kacke, denke ich. Ich will Toast mit Entenrillettes! Am Ende der Quellinstraat biege ich dann doch nicht rechts ab, um Richtung Carnotstraat zu gehen, da ich inzwischen mehr Durst als Hunger habe. Ich gehe also weiter zu den Geuzenhofkes, dem Platz, der heute nur noch von Alteingesessene wie mir so genannt wird und wo sich damals vier Grünanlagen befanden, in der Mitte jeweils ein hübsches Standbild eines berühmten Malers oder altbekannten Bürgermeisters, von Bäumen umgeben, in deren Schatten einst verliebte Paare Händchen hielten. Heutzutage röcheln dort permanent Busse, um all die Leute von außerhalb schnellstmöglich wieder aus der Stadt hinauszubefördern. Dort auf der Ecke, neben dem Opernhaus, ist ein Grand Café mit Säulen, das ein wenig mit der Eleganz vergangener Zeiten prahlt und wo ich mich manchmal mit alten Freunden treffe. Es ist gegen elf Uhr vormittags. Kaum habe ich das Café betreten, da ruft schon jemand: »Wen haben wir denn da?« Mitten im Raum spielen ein paar meiner Kumpel Karten. Ich bin froh, sie zu sehen, jetzt muss ich nicht wie eine traurige Zimmerpflanze allein an einem Tisch sitzen und etwas trinken, während ich gleichzeitig vor lauter Langeweile aus zerrissenen Bierdeckeln Maulwurfshügel mache. Richard, ein Baum von einem Mann und guter Freund, der knapp ein Jahr später das Krankenhaus ohne Magen, dafür aber mit einem Plastikbeutel am Körper verlassen und weitere sechs Monate danach wie ein wandelndes Skelett ins Grab sinken wird, winkt mir zu. Ein anderer Kartenspieler heißt Leo. Seit er gehört hat, dass ich ein Dichter bin, spricht mich dieser Affe mit Meister an, halb ernst gemeint, halb spöttisch. Das weiß er übrigens erst seit zwei Jahren, obwohl ich Herrgott noch mal schon seit vierzig Jahren publiziere, aber diese Haltung ist typisch für diese Stadt, typischer geht's fast nicht. Die beiden anderen Kartenspieler kenne ich vom Sehen. Ich geselle mich zu ihnen und bestelle mir ein Bier. Sie spielen Whist, was ich nie so richtig kapiert habe. Ich nippe am Bier, schaue mich um. »Karo ist Trumpf!«, ruft Richard, der mir zuzwinkert und sich den Schaum aus dem Bart wischt, der ihn zum Ehrenmitglied des örtlichen Schnurrbartclubs gemacht hat, eine Quelle des Stolzes für ihn. Ich habe zu dem Zeitpunkt die siebzig schon überschritten, aber das wohltuende Umfeld dieser Kartenspieler lässt mich wieder zum Kind werden. Das Gefühl hält nicht lange an. Zwischen zwei Zügen hindurch erkundigt Richard sich, ob ich Lode mal wiedergesehen hätte. Ebenso gut hätte er mir einen Tritt in die Eier verpassen können. »Nein«, sage ich und wende den Blick ab. In dem Augenblick bemerke ich, dass ein Mann an einem Tisch uns gegenüber meinen Blick durch dicke Brillengläsern hindurch sucht, ganz ungeniert. Er schaut mich an, als sei ich eine exotische Ratte in einem Nachttierhaus. Er hat eine Halbglatze und ist schlecht rasiert. Ich habe das Gefühl, ihn wiederzuerkennen, aber das ist unmöglich. Das letzte Mal, als ich ihn sah, war ich ein etwa zweiundzwanzigjähriger Polizist und er – jetzt stellen sich mir die Haare zu Berge – genau wie jetzt so um die fünfundvierzig. Ich sitze in einem der Flure der Büros des Sicherheitsdienstes – der sich damals noch in einer riesigen Villa in der Della Faillelaan befand –, wo ich auf irgendeinen Wisch wartete, der mir übergeben werden sollte und den ich wiederum meinem Vorgesetzten auszuhändigen hatte. Eine eigenartige Sache, denn wir haben sonst kaum etwas mit der Gestapo zu tun. Diese Männer bilden ein Regime innerhalb des Regimes. Trotzdem mischten sie sich damals immer mehr in die normale Polizeiarbeit ein. Wenn die Feldheinis schon nicht einfach sind, so setzen die Männer in Zivil und Ledermänteln noch eins drauf in dieser Show aus brutaler Gewalt, bei der wir von der ersten Reihe aus zusehen dürfen und von der wir hinterher behaupten werden, kaum etwas mitbekommen zu haben. Die Tür zu einem der Büros ist einen Spaltbreit geöffnet. Ich sehe Brillenmann in einer schwarzen Uniform, das Käppi schief auf einer Büste, die auf dem massiven Eichentisch steht. Ich sehe ihn und höre ihn, obwohl ich den Blick gelegentlich abwende, so wie ich auch in diesem Café den Blick von ihm abwende. Er schreit, schmeißt Papiere nach einer Frau, einer Israelitin oder der Gattin eines Israeliten. Ja, das ist es, sie ist mit einem Flüchtling aus Österreich verheiratet. Ich kenne sie. Ich habe sie des Öfteren beim Bäcker in der Jacobstraat gesehen, wo sie Käsestangen kauft und ich manchmal für meinen Vater anstehe, weil der so gerne Rugelach isst. Ich erkenne ihr Profil. Sie wendet sich vom vor Wut schäumenden und brüllenden Brillenmann in seiner schwarzen Uniform ab. Er schreit aus vollem Hals, dass sie das ja wieder prima gedeichselt hat, dass offenbar jeder Jude Leute kennt, die ihm oder ihr in Zeiten der Not helfen, und da, da hast du deine Papiere, du Schlampe eines Jesusmörders, hier hast du deine Papiere, damit kann dein Kerl der Volksgemeinschaft weiter auf der Tasche liegen und muss nicht ins Arbeitslager, sei beruhigt, ruft Brillenmann, du kannst zufrieden sein … Sie steht auf, hält sich gerade, stolz, dankt ihm, während sie die von ihr so begehrten Papiere vom Boden aufliest. Sie schaut mich nicht an, als sie an mir vorbeigeht, Brillenmann aber schon; er schaut mich die ganze Zeit an. Genau wie jetzt, im Jahre 1993, er hat sich kein bisschen verändert, wirkt vielleicht etwas weniger gepflegt, aber dieser Blick hinter den gewölbten Brillengläsern ist wie damals. Durch einen Riss im Vorhang der Zeit sieht er mich an, faltet dann ein Stückchen Pappe und schiebt damit kleine Essensreste, die sich zwischen den Zähnen festgesetzt haben, in Richtung Zunge, um sie dann herunterzuschlucken. »Sieh mich ruhig an«, sagt er ohne jeden Ton zu mir, »und sei dir darüber im Klaren, dass ich dich erkenne und dass du einmal Zeuge eines Vorfalls gewesen bist, der mich fast den Kopf gekostet hätte, das heißt nein: der mir just den Kopf gerettet hat, weil das Weibsstück, das ich so herablassend behandelt hatte, am Ende für mich aussagen wollte, als ich selbst mit meinen Kameraden eingesperrt war, in der Harmonie am Mechelsesteenweg, denn ja, ich hatte ihren Mann gerettet, widerwillig zwar, aber dennoch: gerettet, und das hat schließlich auch mich gerettet.«

Während Leo Richard lauthals einen Falschspieler erster Güte nennt, weil er permanent gewinnt, und die anderen ihm ausgelassen recht geben, erhebt sich Brillenmann, knöpft seine Jacke zu und nickt mir verflucht noch mal zu, bevor er das Lokal verlässt.

»Wirt!«, ruft Richard, der das Gelaber über seine Glückssträhne leid ist. »Was gibt's denn heute als Tagesgericht?«

Dem Ober zufolge, der seine Kundschaft kennt, ist es etwas leicht Verdauliches. Ich hebe die Hand, bestelle mir noch ein Glas Duvel dazu und hoffe wieder einmal auf das Beste. Seit ich in Rente bin, sind mir diese übertriebenen Mittagessen zuwider, mein Magen kann sie nicht mehr ab, also entscheide ich mich meist für eine der leichteren Speisen auf der Karte, täusche mich aber jedes Mal und kriege Sodbrennen vom Hühnersalat, den ein Idiot mit Kochschürze in Balsamico oder in einem anderen ausländischen Essig ertränkt hat. Na klar, auch beim Tagesgericht war es wieder Treffer, versenkt: Lasagne mit Lachs. Hat man so was schon gehört! Das ist doch so ziemlich das Letzte, was man zwischen zwölf und zwei essen kann? Aber immerhin … Rülpsen auf dem Klo und nach jedem Schlückchen hochprozentigem Bier aufstoßen und Brillenmann sehen und dann noch der angeblichen Leichtigkeit nachspüren, die da Lachslasagne heißt. Als ich vom WC zurückkomme, steht ein frisches Duvel an meinem Platz. Ich trinke, danach trinke ich noch eines. Mit schwirrendem Kopf und unsicherer Hand verabschiede ich mich schließlich von meinen Freunden, weil ich ja noch zur Metzgerei müsse, sage ich ihnen, meine Alte wolle Entenrillettes haben.

Daheim liegt deine Urgroßmutter alt und abgetakelt, wie sie ist, auf dem Deckbett und weint immer noch vor sich hin. Es ist jetzt mehr ein leises Wimmern geworden und in meinem noch nicht ausgenüchterten Schädel hört es sich beinahe melodiös an. Früher sang sie zur Operettenmusik mit, die durch unsere bescheidene Wohnung schallte. Sie war die Tochter eines seltsamen Metzgers, der mich ziemlich bald als seinen zukünftigen Schwiegersohn akzeptiert hatte, mir aber nicht mehr vertrauen konnte, als sie und ich tatsächlich verheiratet waren. Deine Urgroßmutter hatte immer eine Nachtigall auf der Bühne sein wollen, ihren Klangkörper in den Dienst Franz Lehars stellen, »Meine Lippen, sie küssen so heiß«, oder etwas Schlüpfriges mit viel Brimborium von Offenbach zu Gehör bringen. Aber ihr Vater hatte das nie erlaubt. »Als Nächstes machst du noch eine Hure aus ihr«, hatte er mich angefahren, nur wenige Jahre nach unserer Hochzeit, als das Thema an Weihnachten wieder auf den Tisch kam, als er sich über die Truthahnkroketten hermachte, die das liebe Töchterlein mit Liebe zubereitet hatte, zum ersten Mal seit der Lebensmittelknappheit der Kriegsjahre, notabene. Aber da war's dann schon zu spät. Damals steckten ihre Arme schon in der Lauge, um die Windeln unseres Kindes zu waschen, und sie schüttelte den Kopf, als ich ihr anderentags dennoch vorschlug, in die Musikhochschule zu gehen.

»Und was machst du dann?«, hatte sie mich gefragt und mit den Schultern gezuckt, bevor ich überhaupt antworten konnte.

Ich klopfe an die Schlafzimmertür. Sie hat unsere Katze schließlich doch aus unserem Zimmer gelassen, jetzt will das Tier nicht von der Stelle weichen. Ich schubse es zur Seite, den Teller mit dem Toast in der Hand, den ich fein säuberlich mit Entenrillettes bestrichen hatte, sage ich zur geschlossenen Tür: »Komm schon, du musst doch was essen!« Das Schluchzen hört kurz auf.

Sie sagt: »Lass mich in Ruhe. Du hast keine Gefühle, du.« Sie klingt, als habe ihr ein gewalttätiger Kerl einen Lappen in den Rachen gestopft.

Ich fordere sie auf, die Tür zu öffnen.

Keine Antwort.

»So kann das doch nicht weitergehen?«

Keine Antwort. Sie holt tief Luft, um zu einer neuen Runde Heulen anzusetzen. Die Katze jault, presst sich gegen meine Füße, krallt sich dann in meine Hosenbeine und tastet schon nach den Leckerchen auf dem Teller. Da steht er nun, der viel zu wenig gefeierte Dichter und der einst fähige Polizist.

»Ich habe hier Toastbrot mit Entenrillettes. Beim Metzger in der Carnotstraat gekauft.«

»Gib's der ekligen Katze!«, kreischt sie. Ich balle die Fäuste.

»Das werde ich auch, wenn du nicht gleich die Tür aufmachst!« Keine Antwort.

Die Ehe, mein lieber Junge, ist eine Übung in Demütigung, bis der Tod uns scheidet. Was man Zusammenleben nennt, ist ein vielköpfiges Monster. Wenn ich jeden einzelnen dieser Momente auf einer Kette aufreihen müsste, würde sie aussehen wie die Trophäe eines Kannibalen. Die Hindus verstehen das. Du solltest dir mal die Darstellungen ihrer Göttin Kali ansehen. Sie streckt ihre rote Zunge heraus, um ihren blauen Hals baumeln hohläugige Schädel, die jeder für sich die erniedrigenden Momente wiedergeben, und Mann und Frau wissen, dass diese besser innerhalb der eigenen vier Wände bleiben. Man klammert sich ja an den Gedanken, dass diese Verbindung einen unleugbaren Nutzen hat: Alle glauben, du gehörst dazu. Ich habe deine Urgroßmutter insgeheim und mit Leidenschaft gehasst, aber jetzt fehlt sie mir wie so einem Eigenbrötler, dessen Leben zerbröselt ist.

»Miez-miez-miez«, sage ich, »die Mama mag ihr Essen nicht.«

Die Katze rastet aus. Sie jault, als würde sie jede Minute Junge werfen. Sie folgt mir in die Küche. Oh, übrigens: Bist du ein Katzenfreund? Falls ja, wäre es vielleicht besser, das, was jetzt kommt, zu überschlagen. Ich kratze die Entenrillettes vom Toast und gebe sie in ihren Napf. Das Tier frisst mit Hingabe. Ich erkundige mich, ob es denn lecker ist. Seufzend setze ich mich hin. Auf dem Küchentisch liegen die von meiner Frau ausgeschnittenen Rabattcoupons der verschiedenen Supermärkte. Ammoniak: zwei Flaschen kaufen, eine bezahlen. Preisnachlass auf Rippchen. Gratis Sonnencreme beim Kauf eines Liegestuhls. Das schmutzige Geschirr von gestern steht noch da. Das ist noch nie vorgekommen. In der Küche, die wir seit den Sechzigerjahren, trotz des Wehklagens deines Großvaters, nicht mehr renoviert haben, riecht es nach angebranntem Speck. »Das ist doch nicht mehr zeitgemäß … Was muss sich die Mama hier noch abrackern?« Unfug, Geld ist Geld und was funktioniert, funktioniert. Die Katze hat ihr Tellerchen mit dem saftigsten Fleisch, das man beim Metzger bekommen kann, kaum aufgefressen, schon reibt sie sich wieder an meinem Bein. Mehr, mehr, mehr. Es ist nie genug. Nichts da, sie hat genug gehabt. Zack, sie krallt sich wieder an meiner Hose fest. Miau, miau. Dann setzt sie sich plötzlich auf den Hintern und kratzt sich heftig am Hals. Auch das noch: Flöhe! Ich greife an meinen Knöchel, wo mich erst letzte Woche ein hartnäckiger Flohbiss am Schlafen gehindert hat. Meine Frau hat ihre Jammerarie wiederaufgenommen. Sie ruiniert sich so noch die Stimmbänder. Ich schließe die Tür. Die Katze hört nicht auf sich zu kratzen. Unter der Spüle hole ich einen Eimer hervor, den ich mit lauwarmem Wasser fülle. Ich nehme einen ganzen Becher Vollfettjoghurt aus dem Kühlschrank und pfeffere zwei ordentliche Löffel in eine Suppenschale. »Hier«, sage ich, »verdammtes Lausevieh.«

Die Katze weiß nicht, wie ihr geschieht, und macht sich über den Joghurt her. Der Eimer ist voll. Ich schiebe den Hahn zur Seite, ziehe die unterste Schrankschublade mit den Gartengerätschaften auf und hole meine Arbeitshandschuhe heraus. Sie sind kaum benutzt. Gartenarbeit ist nichts für mich, und seit sie einmal einen Hexenschuss hatte, lässt auch deine Urgroßmutter die Finger davon. Hast du sie eigentlich noch gekannt? Nein, das ist unmöglich. Nun, ich ziehe die Handschuhe an und beuge mich über die Katze, die natürlich nicht aufblickt, vor lauter Schlemmen. Könnte sie sich kratzen und gleichzeitig fressen, sie würde es glatt tun. Ich packe sie am Nackenfell, sie kann sich kaum noch rühren. Sie faucht, schlägt mit den Pfoten ins Nichts und wird dann plötzlich steif, die Pupillen weit geöffnet. Mit einer einzigen Bewegung stecke ich sie tief in den Eimer mit lauwarmem Wasser. Sie wehrt sich wie verrückt. Beide Hände drücken sie noch tiefer hinunter. Das Wasser spritzt zu allen Seiten. Ich presse sie, so gut es geht, zu Boden und warte. Luftblasen steigen auf. Ich spüre meine alte Kraft in mir, natürlich nicht mehr von Wut eingefasst, aber dennoch. Und dann ist es, als schwelle die Katze an. Plötzlich schießt sie wie von der Tarantel gestochen aus dem Wasser, röchelt und prustet wie wahnsinnig. Mein Würgen war vergebens. Klatschnass und mit gesträubtem Fell springt sie jetzt wie besessen, fauchend wie etwas, das keine Katze mehr ist, gegen die geschlossene Küchentür. Bumm! Und noch einmal. Rums! Und wieder. Ich starre auf meine nassen Arbeitshandschuhe.

Aus dem Schlafzimmer tönt es: »Was ist denn da los?«

Da ist kein Schluchzen mehr in ihrer Stimme. Meine Hand auf der Klinke. Die Katze schlägt nach meinem Knöchel. Ihre Krallen dringen durch meine Socke. Ich versuche vergebens, ihr einen saftigen Tritt zu verpassen, öffne dann aber doch die Tür. Das Vieh stiebt unter den Flurschrank, immer noch knurrend und fauchend. Ein Rachetier ist geboren. »Pass auf«, höre ich es feindselig miauen. »Das zahl ich dir noch heim!«

Am selben Abend habe ich zu schreiben begonnen. Das Sodbrennen wollte nicht nachlassen und ich wurde Brillenmanns Gesicht nicht los, das mich pausenlos anstarrte. Ich habe das Manuskript nie fertiggestellt, und du wirst an meinen ersten Sätzen merken, wie mir damals zumute war:

> »Hör mich an. Ich bin eine Legion von Stimmen, die meisten von ihnen verabscheut Ihr, nur wenige sind mir teuer. Ich atme noch; das ist offenbar Notwendigkeit. Doch keiner unter Euch, wenn Ihr diese Geschichte kenntet, würde mir noch einen Atemzug gönnen. Und das verstehe ich, denn wahrhaft auf Dauer kennen ist Euch fremd, und ich bin – leider – durch und durch auf Dauer angelegt. Es macht aus mir einen Racheengel, verankert in einer feigen, falschen Zeit. Bei mir zählt Wahrheit, bei Euch das Gegenteil: das Leben von Tag zu Tag.«

Spürst du die arrogante Wut? Schon seltsam, wenn ein Mensch wie ich, der damals ja durchaus im fortgeschrittenen Alter war, Jahre später die Gelegenheit bekommt, sein Geschreibsel wieder zu lesen und die Naivität des Ganzen zu erkennen. Auch nicht unwichtig: Ich hielt mich damals noch immer für einen großen, wenngleich verkannten Dichter. Ich fühlte mich am Kragen gepackt und – wenn du so willst – von Teufeln wieder in die Geschichte hineingezogen, die mich da zum ersten Mal nach so langer Zeit am eigenen Leib spüren ließen, was ich heute für wahr erachte: Es hört nie auf. Fakt ist auch, dass ich mich damals zu erhaben fühlte, um mir vorstellen zu können, dass es hierfür keine Leser gäbe und ich das Buch ohnehin nicht zu einem guten Ende bringen würde. Über zwanzig Jahre hat es gedauert, bis ich schließlich dahintergekommen bin, dass meine Geschichte nur für eine einzige Person geeignet ist, und diese Person bist du, mein Junge. Eine Sache noch – ich bin mir dessen bewusst, dass das Ganze hier ebenso grotesk ist, als würde sich eine in die Jahre gekommene Hure noch einmal richtig ins Zeug legen, in der Hoffnung, ihre Falten auszutricksen, aber ich muss dir gegenüber ehrlich sein: Ich hatte nicht vor, das Buch unter dem Namen Wilfried Wils zu veröffentlichen. Jetzt spüre ich meine rar gewordene Scham aufsteigen, fahre aber trotzdem fort. Ich wollte das Buch unter dem Namen Angelo herausbringen, meinem geheimen Namen, der jetzt leider, im Gegensatz zu früher, als ich ihn des Öfteren in literarischen Kreisen benutzte, zu diesem, bis auf die Knochen abgenagten Körper passt wie die Faust aufs Auge.

Es war in einem Metallbett, hatte mir meine Mutter erzählt, einem einst von meinem Großvater geschmiedeten Bett, einem Kinderbett, gemacht, um die Zeit zu überdauern, die ich krank war. Ich siechte dahin, fünf Jahre alt, die Hoffnung wurde von den Stunden aufgefressen, die sich zu Tagen dressieren ließen, woraufhin sie zu

Wochen und schließlich Monaten wurden. Doch mein Vater hatte keine Träne vergossen, hatte er doch immer gewusst, dass sein Sohn, sein einziges Kind, ihn überleben würde. Meine Mutter, etwas weniger selbstgewiss, die sich einredete, von der Wiege bis zur Bahre ein Opfer zu sein und zu bleiben, sah sich schon hinter einem kleinen Sarg hergehen, in der Brust einen ewig schwelenden Krater statt eines Herzens. Der Arzt, Geerschouwers hieß er, wie meine Mutter betont hatte, als könne ein Name dieser unheilvollen Tatsache zusätzliches Gewicht verleihen; im Übrigen, er ist längst tot, der Arzt, ist einfach auf der Straße gestolpert und hat sich das Genick gebrochen – nun also dieser Arzt hatte behauptet, das Böse stecke in meinem Kopf: Meningitis. Mein Vater redete noch etliche Jahre später immer wieder vom »Meinichnichtdings«, als besäße diese dämliche Beschwörungsformel die Zauberkraft, Leute mit der Geschichte zum Lachen zu bringen. Meningitis. Das war alles andere als lustig. Wir schrieben das Jahr 1925, und ich war nicht mehr von dieser Welt. Selbst kann ich mich an nichts mehr erinnern, weder an die Krankheit noch an etwas aus der Zeit davor. Das Erste, woran ich mich nach vier Monaten Koma erinnern kann, ist, dass ich einen fremden Mann und eine fremde Frau erblickte. Die Frau hörte nicht auf zu weinen, weil ich meine Augen geöffnet hatte. Und der Mann rief: »Wilfried, Wilfried, du lebst! Du bist geheilt!« Aber ich hatte keinen blassen Schimmer, wer dieser Wilfried war. Hätte mein Kopf nicht so geschmerzt, hätte ich mich umgedreht, um nachzuschauen, ob jemand anderes mit einem Lächeln auf diesen Namen reagierte. Doktor Geerschouwers wurde geholt, weil sie meinten, meine Krankheit hätte mir den Verstand geraubt, doch er erklärte, mein Verhalten sei nicht ungewöhnlich. Und so kam es, dass mich der Arzt mir selbst, meinem Vater und meiner Mutter vorstellte. Dein Name ist Wilfried, Wilfried. Alles mussten sie mir von Neuem beibringen. Ich musste ihnen einfach alles glauben. Glauben, dass dieser Scherzbold mein Vater war und das ständig blökende Schaf meine Mama. Ich war fünf. Ich wiederhole: Es war 1925, und ich kam nach einer Weile zu dem Schluss, dass es besser sei zu tun, als glaubte ich alles, was mir aufgetischt wurde. Aber es hat über ein Jahr gedauert, bis ich automatisch aufhorchte, wenn der Name fiel, den sie mir zum zweiten Mal gegeben hatten. Mutter und Vater erkennen und sie als solche anzusprechen, war nicht schwierig, aber der Name Wilfried drückte die ganze Zeit auf eine Stelle in meinem Kopf, wo bereits ein Name war, einer, den ich vielleicht selbst gewählt hatte oder der mir während meiner »Meinichnichtdings«-Phase zugeraunt worden war. Später, während des Kommunionunterrichts, stellte sich bei mir die Vermutung ein, ein Engel hätte mir meinen wirklichen Namen gegeben: Angelo. So heiße ich wirklich. Angelo aus der Tiefe, ein Dämon vielleicht, der mich betrügen wollte, aber darin unterschied sich der Dämon wenig von den beiden, die ich seit meinem fünften Lebensjahr gezwungenermaßen als meine Eltern betrachten musste und durch die ich genötigt war, so zu tun, als hieße ich Wilfried. Nein. Nein. Nein. Wilfried hat keine Geschichte. Angelo schon.

Ich bin ungefähr in der Hälfte der Moyenne, die man heute die Mittelstufe nennt, und das passt auch zu meinen schulischen Leistungen: Ich bin ein mittelmäßiger Schüler, und jetzt ist der Moment gekommen, in dem alle dies für sehr problematisch halten. Mein Französisch taugt laut Cyriel Goetschalckx nicht, einem Lehrer, der mich mit »Willlllfrit« zur Räson ruft, bevor ich wieder einen französischen Satz in die totale Vernichtung hineinlispele. Man geht doch wirklich schamlos mit seinem versagenden Erinnerungsvermögen um. Das ist doch alles nur Kopfkino, in das man den eigenen Rückblick je nach Bedarf projiziert. Daher gelingt es mir auch mühelos, mich selbst davon zu überzeugen, dass ich seit Beginn der sogenannten Moyenne bereits ahnte, wie das System genau funktioniert. Fabrik und Mechanik. Ein Räderwerk. Das Gewinde, das sich in den Scheitel des Lehrkörpers gefräst hat, soll sich auch tief in die Schüler bohren. Es wird einem als Wissen verkauft, aber du, mein lieber Junge, wirst auch schon dahintergekommen sein, dass es vor allem ums Hinnehmen geht. Du bist doch inzwischen siebzehn, oder? Ich vermute schon, bin mir aber nicht ganz sicher. Was alle als Wahrheit annehmen, muss in junge Seelen hingeschraubt werden. Da drücke ich also die Schulbank des Königlichen Gymnasiums, wie du jetzt, und das ist auch der Grund, warum ich dir das erzähle. Vielleicht kommt dir das ja bekannt vor. Ich wundere mich, dass meine Mitschüler, die sich auf dem Pausenhof ganz zwanglos verhalten, kein Problem damit haben, den ganzen vermeintlichen Lernprozess als gegeben hinzunehmen. Bei den meisten läuft es wie von selbst, und wer nicht mitkommt, den stecken sie ins Handwerk. In meine Klasse geht ein blonder Bursche, Karel heißt er. Er wird regelmäßig von den Lehrern ausgelacht, wegen der politischen Ansichten seiner Eltern. Vor allem der Geschichtslehrer kann es nicht sein lassen: »Nächste Woche sprechen wir wieder über Deutschland. Das müsste dich doch freuen, oder, Karel?« Meistens lachen ein paar Deppen mit, weil sie hoffen, sich so beim Lehrer beliebt zu machen. Karel selbst bleibt unerschütterlich, was mich ziemlich fasziniert. Er ist nicht der Klassenprimus, bekommt aber ganz gute Note. Immer gehorsam und lernbegierig. Nie lässt er sich anmerken, dass er sich gedemütigt fühlt, nicht einmal dann, wenn er wieder mal die richtige Antwort auf eine Frage weiß und man ihm mitten ins Gesicht lacht. Karel taucht übrigens später in der Geschichte wieder auf. Aber egal, was mich betrifft: Den Unterrichtsstoff kriege ich bewältigt, aber ich bin jedes Mal blockiert, wenn ich ihn auf Kommando wiedergeben soll. Dann stammele ich herum, gerate ins Stocken und werde deswegen natürlich auch gehänselt. Es ist inzwischen zur reinsten Blamage geworden. In den vergangenen Jahren war es eine regelrechte Hängepartie, schließlich bleibe ich sogar sitzen. Ich führe dies auf Angelos nachlassende Kraft zurück, den Meisterhypnotiseur, er mit seinem unergründlichen poetischen Kinderherzen. In den ersten Jahren machte er mich unverletzbar, und was mich ärgert, ist, dass ich nicht verstehe, wieso er mich jetzt im Stich lässt, wieso Angelos Wille nicht mehr jedem aufgedrängt werden kann. Ist es möglich, dass er, der in mir haust, keine Lust mehr hat, das Spiel mitzuspielen? Dass er, früher noch als der, der auf den Namen Wilfried hört, versteht, dass die Wertschätzung anderer keinen Wert hat? Er, der sich mein Vater nennt, greift beim Anblick meines monatlichen, von Lehrern emsig kommentierten Elends, zum Gürtel. »Mangelhaft für französische Grammatik! Ungenügend für Volkskunde! Algebra … ja, leck mich am Arsch!« Das Sehr gut, das ich für Turnen bekommen habe, ignoriert er geflissentlich. Ich habe ausnahmsweise kein Problem damit, das Turnen hinzunehmen, und auch nicht den Turnlehrer, der mit seinem an eine Gestalt aus der Bibel erinnernden Bart über Schweiß, körperliche Grenzen und Versagensangst herrscht. Aber dann tritt ein hehreres Ziel in Kraft, eines, das ich vor allen geheim halte. Mein Körper, der von anderen stets als ungelenk angesehen wird, ist gar nicht meiner. Darunter steckt ein anderer, ein Engelskörper, der mittels Training gestärkt werden muss. Aber das Sehr gut ist für meinen Vater wertlos. Französisch, das ist ihm wichtig. Wenn ich der französischen Sprache mächtig wäre, würde mich das in die Lage versetzen, auf den mechanischen Flügeln der Hinnahme immer höher aufzusteigen, um schließlich als Beamter bei dem von allen verachteten Staat zu landen, mit gesichertem Einkommen und einer Festanstellung. Der Gürtel meines Vaters ist übrigens kein echter. Den Arsch hat er mir nie grün und blau versohlt und überhaupt: Ein Siebzehnjähriger ist kein kleines Kind mehr. Seine Wut schlägt meistens gleich in Melancholie um. Er sagt, es seien schwere Zeiten. Lang wird es nicht mehr dauern, bis es Krieg gibt. Die Taxifirma, für die er als Buchhalter arbeitet, steht kurz vor dem Konkurs. Stapelweise offene Rechnungen. Die wohlhabende Familie meiner Mutter ist der Ansicht, sie könne nicht mehr zubuttern, genug sei genug. Und zu allem vermaledeiten Überfluss hat er auch noch einen Sohn, auf den kein vernünftiger Mensch stolz sein kann. »Du brauchst eine strengere Hand.« Seine Wut kann ich ertragen, aber das Jammern und Klagen, die Niederlage, die er ohne nennenswerten Widerstand einsteckt, nicht. Das macht mich misstrauisch. Ein Außenstehender könnte den Eindruck gewinnen, sein Geseiere lasse meine Mutter gleichgültig, aber ich sehe die roten Flecken in ihrem Gesicht, den Ärger.

Sie steht an der Küchentür und trocknet sich die Hände mit einem Geschirrtuch ab. Ihre Perücke sitzt leicht schief, so kommt es mir vor. Ein Hautarzt hatte ihr vor einem Jahr einen Kurzhaarschnitt empfohlen, damit die schwarze Salbe, die er ihr verschrieben hat und die nach Petroleum riecht, besser in ihre Kopfhaut einziehen kann. Sie hat mir anvertraut, dass sie Schuppen hat, aber sie meinte, das würde sich nach einer Weile geben. Sie sagt, ich bräuchte mir keine Sorgen zu machen, sie sei immer noch dieselbe. Die Perücke rutscht ihr nicht vom Kopf, aber selten sitzt sie richtig, weil der Juckreiz sie ständig quält, was wiederum ihren Ehegatten anwidert und verzweifeln lässt. Die Notwendigkeit, dass ich – jedenfalls ihrer Ansicht nach – stante pede ein Glas warmer Milch trinken müsse, zieht der traurigen Tirade meines Vaters endgültig den Teppich unter den Füßen weg. Alles scheint gesagt. Eine Woche lang passiert gar nichts. Doch ausgerechnet in dem Moment, als ich hoffe, mein sogenannter Vater sei nunmehr davon überzeugt, er habe keinen Sohn mehr, ich sei als Kind definitiv in den Brunnen gefallen, teilt er mir mit, er habe jemanden für mich gefunden. Der Mann heiße Felix Verschaffel und wohne um die Ecke. Ob das nicht einfach großartig sei?

An einem Sonntagmorgen um zehn stehe ich vor der Tür eines verschlossenen Geschäfts auf der Plantin en Moretuslei, mit meinen Französischbüchern unterm Arm und weichen Knien. Die Tür öffnet sich und eine gepflegte Dame Mitte sechzig spitzt ihre kirschrot geschminkten Lippen und fragt, ob ich der Wils-Sohn sei. Drinnen riecht es nach feinem Leder. Man bitte mich, die Schuhe auszuziehen. Es ist dort penibel sauber. Irgendwo im Innern des Hauses höre ich einen Papagei krächzen (von dem ich später erfahre, dass er Gaspar heißt, ein Tier, um das man besser einen weiten Bogen macht). »Geh nur rauf, Junge, mein Sohn erwartet dich.« Die Treppe knarrt. Eine offene Tür oben gibt den Blick auf ein Arbeitszimmer frei, wo Bücher hinter grünem Glas aufgereiht sind. Tabakrauch wabert wie Moornebel. Ich klopfe kurz an. »Klopf, klopf«, ertönt es von drinnen, »*Ça doit être le petit seigneur Wilfried, n'est-ce pas? Mais entrez, bonhomme, entrez.*« Um die Ecke, lang gestreckt auf einer fadenscheinigen Chaiselongue, liegt Felix Verschaffel und kaut gelangweilt an einer Pfeife. Er fordert mich wortlos auf, ihm meine Lehrbücher zu geben und Platz zu nehmen. Er trägt einen braunen Dreiteiler, seine hervorstehenden Augen verraten Getriebenheit und sein pedantisch gepflegtes Bärtchen lässt auf ein leicht reizbares Wesen schließen. Er blättert Seite für Seite um, mal seufzend, mal grinsend. »Wie heißt dein Lehrer?«, fragt er schließlich, ohne mich anzublicken. »Wie bitte? Goetschalckx? Doch nicht etwa die Goetschalckx vom Paardenmarkt? Dieser Cyriel? Dachte es mir schon. Eine Familie von Wendehälsen. Sein Bruder heißt Robert. Ein Anwalt … natürlich. Nur zwei Dinge muss man regelmäßig schmieren … Na, *maître* Wilfried! Was muss man regelmäßig schmieren? Na? Wagenräder und Anwälte, *jeune homme*. Schreib dir das hinter die Ohren. Also, wir werden möglichst viel Konversation auf Französisch machen, *tu vois*? Soll heißen: Ich rede und du hörst zu. Das hier …« Er schmeißt meine Bücher auf einen mit Zeitungen bedeckten Beistelltisch. »Das ist kein Französisch. Das hat keine Seele. Wer eine Sprache beherrschen will, muss mit beiden Füßen voraus in *le fleuve culturel* springen. Er muss ganz und gar in sie eintauchen, um die *souplesse* dieser Kultursprache zu erfassen. Nur weil wir unsere Muttersprache aufrichtig lieben, bedeutet das nicht, dass wir keine *maîtresse* haben können. Da schaust du, was? Letzteres hast du wohl nicht kapiert, wie? Du denkst jetzt sicher, ich rede von einer ›Matratze‹? Eh *bien*, das manchmal auch. Eine *maîtresse* kann tatsächlich eine Matratze sein …« Grinsend klopft Miesebart den Inhalt der erloschenen Pfeife in den überquellenden Aschenbecher. »Doch das sind Vulgaritäten, und die lassen wir jetzt mal außen vor.« Er greift hinter sich nach einem Buch. Mit der anderen Hand gießt er einen fliederfarbenen Likör in das kleinste Glas, das ich je gesehen habe. Ohne zu zittern, füllt er es bis zum Rand. So wie auch ich nach einigen gemeinsamen Sonntagen bis zur Schädeldecke mit benebelndem Gift abgefüllt sein werde. Ohne mich anzusehen, sagt er: »Wir beginnen mit *Les Chants de Maldoror*, verfasst von Isidore Ducasse, besser bekannt als der Graf de Lautréamont …«

Du kannst das ja im Computer suchen, mein Junge. Oder nein, ich schreibe dir lieber den Anfang des Buches (*Die Gesänge des Maldoror*) auf. Natürlich nicht auf Französisch, denn ich vermute, dass der Apfel nicht weit vom Stamm fällt und es um deine Französischkenntnisse im Augenblick ebenso kläglich bestellt ist wie damals um meine.

»Gebe der Himmel, dass der Leser, erkühnt und augenblicklich von grausamer Lust gepackt, gleich dem, was er liest, seinen abrupten und wilden Weg durch die trostlosen Sümpfe dieser finsteren und gifterfüllten Seiten finde …«

Das war für mich ein Schlag ins Gesicht. Angelo ist in dem Moment wie vom Donner gerührt, und sowohl er als auch ich wissen: Es sind meine Glocken, die da mitschwingen. Wir schreiben das Jahr 1937.

Wochen später gehe ich zum soundsovielten Mal von der Kruikstraat, wo ich mit meinen Eltern in einem ziemlich heruntergekommenen Haus wohne, zur Plantin en Moretuslei, ins Arbeitszimmer meines Wundertäters.

»Was machen deine Noten, *jeune homme*?«

»Werden besser.«

Seine hervorstehenden Augen sind zwei schwarze Spiegel. Nicht alles verschwindet darin, aber genug. »Mich führst du nicht hinters Licht, mein Bester. Nicht *un cœur encore assez simple* wie du.« Ein Stich mitten in mein anscheinend nach wie vor viel zu einfältiges Herz. Ich halte mich selbst bereits für verderbt, muss mich aber offenbar noch ein wenig in Geduld üben.

»Ich habe meine letzten Noten hier, die kann ich Ihnen zeigen.«

»Bravo. Jetzt glaub ich dir.«

Bis zu dieser Zeit hatte ich jahrelang gestottert. Nun war ich es von einem Tag auf den anderen los. Einfach so. Wenn ich an diese Jahre zurückdenke, sehe ich mich als einen, der unterwegs ist, aber verloren auf der Stelle tritt. Miesebart hat herabhängende Zweige beiseitegeschoben und einen Weg aufgezeigt. Mehr als das ist es nicht. Jetzt kann ich weitergehen.

Er erzählt mir, er habe meinen Vater letzten Samstag getroffen.

Ich habe Vater an jenem Tag aus dem Haus gehen sehen, er wollte nicht sagen, wohin, nur, dass es spät werden würde. Mutter und ich blickten einander an. Offenbar war er in irgendeinem Dorf im Kempener Land, zusammen mit meinem Nachhilfelehrer und einigen anderen.

»›Café Royal‹, da waren wir.«

»Einen trinken …«

»Davon kannst du ausgehen«, feixt er. »Und gelacht haben wir. Das war wirklich ein ganz besonderer Abend, den ich und meine Freunde da organisiert haben, mitten im Herzen des Teufels. Schade, dass dein Vater dich nicht mitgenommen hat. Das habe ich ihm auch gesagt.«

»Jetzt tut es mir auch leid.«

»In dem Dorf gibt es lauter schöne Häuser. Vom Stil her ein wenig englisch. Weißt du, dass da eine Synagoge steht? Mitten im Kempener Land … Dort wimmelt es nur so von Israeliten. Wir haben einen Spaßmacher kommen lassen. Die Terrasse war gerappelt voll. Du glaubst nicht, was der Kerl da alles zum Besten gegeben hat. Er trat mit einer großen falschen Nase auf, einem Zinken, wie ihn die Männer dort haben. Da haben sich schon alle vor Lachen in die Hosen gemacht. Humor ist eine Waffe, mein Freund. Diese ganzen Shlomos, Isaacs und wie die alle heißen, haben unser Gelächter bis in ihre schicken Hütten gehört.«

Miesebart schlägt sich wiehernd auf den Oberschenkel. Er muss sogar sein Taschentuch herausnehmen, weil ihm vor Lachen die Tränen in die Augen schießen. »Ich konnte irgendwann nicht mehr. Dein Vater auch nicht. Und hinterher habe ich zu ihm gesagt: ›Jozef, es muss von unten her geschehen. Das hat uns dieser Abend gelehrt. Sieh doch nur, wie viele Leute wir mobilisieren können.‹ Da hat er ein paar Mal genickt.«

»Davon hat er gar nichts erzählt.«

»Nun ja, es ist spät geworden und wir mussten den letzten Zug erwischen. Also machten wir uns mit einem Tross Richtung Bahnhof auf. Da sehe ich plötzlich etwas auf dem Boden liegen. Sieh mal einer an, eine Fahrkarte, denke ich. Ich hebe sie auf und … Warte, ich zeige sie dir.«

Miesebart federt von seiner Chaiselongue, greift nach einem Stück Papier und gibt es mir. Von Weitem sieht es tatsächlich wie eine Fahrkarte aus, allerdings auf einer anderen Sorte Papier gedruckt. Dort steht mit verwischten Buchstaben: »Alle Hitlerknechte nach Berlin, 4. Klasse, Viehwaggon!«

Er schaut mich an, wartet, bis es zu mir durchdringt.

Seine Stimme geht um eine Oktave runter. »Der ganze Bahnsteig war damit übersät. Kannst du dir das vorstellen? In unserem eigenen Land? Die Dreckskerle haben das extra für unseren Abend drucken lassen, die haben ja schließlich Geld wie Heu. Lies es noch mal! ›Alle Hitlerknechte nach Berlin, 4. Klasse, Viehwaggon …‹ Da weiß man doch, welche Stunde es geschlagen hat, oder? Das haben die mit uns vor, diese Freimaurer, Bolschewisten und krummnasigen Söhne Judas. Mal in der Schule was von freier Meinungsäußerung gehört? Tja, die ist hier *perdu*, wie du merkst.«

Sein Zeigefinger bohrt sich in die Karte auf meiner Hand. »Nicht mit uns! Du wirst schon sehen. Nicht mit uns.«

Wer sind die Menschen, die uns umgeben? Und vor allem, was haben sie in unserem Leben zu suchen? Ich kann mir vorstellen, dass du dir diese Frage noch nie gestellt hast. In deinem Alter fallen einem die Freunde sozusagen in den Schoß. Sie sind einfach da. Punktum. Jedenfalls hoffe ich das für dich. Ich hoffe, dass du das Leben mit deinen Freunden genießt, auch wenn du dir dessen nicht wirklich bewusst bist. Mein Freundeskreis jedoch ist gewaltig geschrumpft, fast alle tot und begraben und meine Familie, wie du nur allzu gut weißt, betrachtet mich als Bürde. Manchmal denke ich, die ganze Welt rufe Wilfried Wils zu, für ihn sei kein Platz mehr, es sei besser, wenn er stürbe. Doch ich gebe zu, solche Gefühle kommen vor allem in mir hoch, wenn ich Calvados getrunken habe. Ins Altersheim, das kommt für mich nicht infrage, wie du weißt. Aber bevor du glaubst, ich sei meinem Schicksal mutterseelenallein überlassen, will ich dich beruhigen. Deinem Erzeuger dritten Grades steht eine Pflegerin zur Seite. Mobiler Pflegedienst heißt das und sie selbst heißt Nicole, eine kräftig gebaute Mittfünfzigerin. Nein, sie muss mir weder den Hintern abwischen noch mir in die Wanne helfen. Die Frau kann gut kochen, geht regelmäßig einkaufen, und wenn ich sie nicht allzu viel anschnauze, trällert sie in der Küche schon mal vor sich hin. Mitunter werfe ich aber die Tür meines Arbeitszimmers krachend hinter mir zu. »Schluss damit!«, höre ich mich dann manchmal rufen, denn ein alter Knacker wie ich gibt sich am besten verbittert und nörgelnd, das wird beinah erwartet. Doch letzte Woche, als noch keine Rede von Schneefall war und heftiger Regen an die Fensterscheiben schlug, hörte ich sie singen und war zum ersten Mal nicht genervt. Zärtlich und kein bisschen traurig sang sie *»La Bohème«* von Charles Aznavour. Der Name sagt dir vermutlich nichts, oder? Das musst du nicht nachschlagen, es ist eine olle Kamelle, die du eh nicht mögen würdest. Das Lied handelt angeblich von Aznavour selbst, als er ohne einen Centime in der Tasche in Paris und ach so glücklich war. Er singt davon, wie jung und wild er und seine Freunde damals waren. Yvette und ich hatten das Gerät erst vor Kurzem angeschafft, als Charles Aznavour das Lied im Fernsehen sang, die eine Hand zur Faust geballt, in der anderen ein weißes Taschentuch. Also, als ich das Lied hörte, überlegte ich zum ersten Mal, was Nicole in meinem Leben zu suchen hat, abgesehen davon, dass sie wäscht und putzt und mir allmorgendlich eine Tasse Kräutertee vor die Nase stellt. Die Frage ließ mein Herz höherschlagen, mein Junge, denn sie ist aller Wahrscheinlichkeit nach der letzte Mensch, der in meinem Leben eine Rolle spielt, die ich noch nicht ganz entschlüsselt habe. All die anderen, die meinen Weg gekreuzt haben, jedem Einzelnen habe ich in den vergangenen Jahren einen Platz auf dem Schachbrett zuweisen können, wie ein einstmals besessener Spieler, der die Figuren noch einmal aufstellt und so die Partie erneut erlebt, die für ihn in irgendeiner Weise von Bedeutung war. Das Schachspielen gehört längst der Vergangenheit an, was bleibt, ist die Erinnerung, womit ich eigentlich nur sagen will, dass mein Leben nicht mehr so kompliziert ist. Aber ihr Gesang über die Bohemiens machte mir klar, dass doch noch ein Spiel gespielt wurde, wenn auch ein viel einfacheres, mit einem Würfel etwa und zwei Spielsteinen, wie beim Gänsespiel. Damit gebe ich mich zufrieden. Beim Spielen schlägt die Zeit ihre Klauen nicht ganz so tief in deinen Körper.

Die Platte von Aznavour kommt irgendwann Mitte der Sechziger heraus. Ich fahre mit Linie 4, wie man hier sagt, bin also ein Mann über vierzig. Das Lied höre ich nicht zusammen mit Yvette zum ersten Mal, sondern bei einer Partie Schach mit Lode. Wir befinden uns im »Terminus« in der Statiestraat, einer unserer Stammkneipen, unweit vom Koningin Astridplein. Dort gibt es eine Jukebox. Einer nach dem anderen füttert sie mit einer Münze, um ›*La Bohème*‹ zu hören. Alle können den Text auswendig. Immer wieder steht einer auf, tönt lauthals: »*Je vous parle d'un temps que les moins de vingt ans ne peuvent pas connaître!*« Worauf alle, leicht angeschickert oder auf dem besten Weg dorthin, mit einstimmen und singen: »*La bohème, la bohème. Ça voulait dire on est heureux … La bohème, la bohème. Nous ne mangions qu'un jour sur deux …*« Tja, ich habe es als »olle Kamelle« abgetan, aber in dem Augenblick macht das Stück was mit Kerlen wie uns. Es macht uns ein wenig traurig, aber auch übermütig, und wir belächeln unseren schmachtenden Nebenmann, während wir selbst aus voller Brust das Lied schmettern. Zu diesem Zeitpunkt ist zwischen Lode und mir bereits etwas unwiderruflich zerbrochen, etwas, worüber Männer untereinander nicht reden und was mit Groll zu tun hat. Lode ist immer ein gut aussehender Mann geblieben, obwohl man ihm damals schon ansah, dass er sich hin und wieder zu viel Schnaps hinter die Binde kippte. Was aber auch auf mich und das Gros unserer Kollegen zutrifft. Trotzdem stehen wir in der Blüte unseres Lebens, wie man so schön sagt. Er arbeitete damals bei der Fremdenpolizei, ich für die Sitte. Heimlich nennen sie Lode »den Stier«, mein Spitzname ist »der Aal«. Aber das tut nichts zur Sache. Wir spielen jede Woche zusammen Schach, weil wir miteinander verschwägert sind. Das, was unterschwellig zwischen uns vor sich geht, tragen wir auf dem Brett aus. Wir sind miteinander verbunden, doch es ist fast nicht auszuhalten. Wir sind wie zwei Belgische Schäferhunde, die permanent an einer Hütte angeleint sind, ohne dass ihr Herrchen jemals noch mit ihnen spazieren gehen würde. Trotzdem heulen wir den Mond nicht an, sondern spielen Schach und trinken ein Gläschen dazu. Das genügt. Nein, wir tun so, als ob, wir nehmen das Spiel an.

Circa dreißig Jahre später: Lode erkundigt sich, wie es zu Hause geht, und ich zucke die Achseln. Mich beschäftigt eher der Läufer, mit dem er gerade gezogen hat und der, mit seinem zuvor bereits versetzten Turm, meine Königin bedroht, ohne dass ich etwas dagegen tun könnte. Ich werde sie wohl verlieren, das verdirbt mir richtig die Laune. Wir pflegen dieses Ritual noch immer wöchentlich, und jedes Mal bin ich zu feige, mir eine Ausrede einfallen zu lassen, um mich davor zu drücken.

»Wie geht es meiner Schwester denn jetzt? Du erzählst nie was.«

»Sie liegt auf dem Bett und heult den lieben langen Tag.«

Ich schlage seinen Läufer mit dem Pferd und er nimmt seufzend meine Königin mit seinem Turm, der dafür – oh, Quell der Wut – ungestraft bleiben wird.

»Übersehen?«, fragt er.

»Ach, leck mich! Klar hab ich's gesehen, aber ich konnte nichts machen. Übrigens, ich weiß nicht, ob du das weißt, aber beim Schachspiel geht es eigentlich darum, den König des Gegners schachmatt zu setzen …« Ich höre mich natürlich viel zu trotzig an, zu sehr wie ein kleines Kind. Er demütigt mich und ich hab nichts Besseres zu tun, als diese Demütigung so auch noch hervorzuheben.

»Wilfried, dein Enkelkind ist verschwunden. Das geht auch mir an die Nieren. Ich verstehe, dass Yvette mit den Nerven am Ende ist. Aber du …«

»Es geht mir auch nicht aus dem Kopf, Lode, sei unbesorgt. Es beschäftigt mich.«

»Was beschäftigt dich?«

»Sie ist einundzwanzig. Und du weißt, wie sie ist. Sie macht ständig irgendwelche Dummheiten. Vielleicht ruft sie uns nachher an und erzählt, dass sie da und da ist oder Drogen genommen hat oder mit irgendeinem Kerl in den Ardennen herumhängt. Was soll ich denn verdammt noch mal dazu sagen?«

»Sie ist schon ein Fall für sich. Aber du verstehst dich doch gut mit ihr, oder?«

»Du doch auch?«

Lode zündet sich eine Zigarette an, schaut mir ins Gesicht: »Was soll'n das wieder heißen?«

»Sie findet Opas wie uns klasse. Wie ich gehört habe, ist sie ein paar Mal bei dir gewesen.«

»Da ging's um ihr Studium. Ich habe ihr da ein wenig weitergeholfen. Mann … was ist plötzlich los mit dir?«

Während ich dies aufschreibe, mein Lieber, das Gespräch über deine Tante, das so viele Jahre zurückliegt, höre ich wieder den Armenier mit seinem wehmütigen Gesang. *La bohème, la bohème*, wir waren jung, wir waren wild.

Und dann sehe ich sofort Lode vor meinem inneren Auge, wie er mitsummt, anmutig mit der Hand über dem Schachbrett den Takt streichelnd, wie ein verweichlichter Chorleiter, während er überlegt, wie er mir mit Turm oder Pferd noch eine Figur abluchsen kann. Er spielt immer defensiv und wartet darauf, bis ich meine Wut nicht mehr zügeln kann und seine Linie angreife. Richtiges Schach kann man das nicht nennen, aber darum geht es uns beiden gar nicht, wie ich bereits erwähnte.

Ich hebe die Hand, um noch etwas zu bestellen.

Ohne den Blick vom Brett zu nehmen, sagt er: »Ich lad dich ein. Schließlich hab ich heute Geburtstag.«

»Verdammt«, murmele ich, »ganz vergessen.«

Er schaut mich an. Seine hellblauen Augen versinken langsam in einem wuchernden Faltengestrüpp. Doch jetzt erkenne ich keine Häme mehr in seinem Blick.

»Du erinnerst dich doch noch?«, ruft Lode mir zu.

Es ist Mittwoch, der 19. Februar 1941.

»Da bist du ja! Mensch, was für ein Wetter! Kommt schnell rein!«, sagt Lode, während er mir die Tür neben der elterlichen Metzgerei auf dem De Coninckplein weit öffnet. Er führt mich die Treppe hinauf in die Wohnung. Gestern hat er mir gesagt, sie hätten morgen was zu feiern und ob ich nicht Lust hätte, vorbeizukommen. Wir kennen uns jetzt seit etwa sechs Monaten, begegnen uns jeden Tag auf der Wache, gehen manchmal ein Bierchen trinken, und dennoch kommt seine Einladung ein wenig unerwartet. Wir wohnen beide noch bei unseren Eltern, aber ich würde nie auf die Idee kommen, ihn einzuladen. Mein Vater ist zum damaligen Zeitpunkt schon eine Weile unansprechbar, weil arbeitslos, und meine Mutter mit ihrer Perücke und ihrer übertriebenen Besorgtheit … Das will ich keinem zumuten. Daher habe ich kurz gezweifelt, ob ich die Einladung annehmen soll, aus Angst, mich dann verpflichtet zu fühlen, ihn auch einmal zu mir nach Hause einladen zu müssen. Doch Fleisch ist rar geworden, und ein Fest bei einer Metzgersfamilie lässt man sich nicht entgehen, komme, was da wolle.

Oben an der Treppe steht seine Mutter. Sie ist ganz der mütterliche Typ, bei dem man sich sofort wohlfühlt, mit molligen Armen und einem Lachen, das jederzeit erschallen kann und ihr Fleisch kräftig durchschüttelt.

Sie sagt: »Oh, regnet's schon wieder? Ziehen Sie doch Ihren Mantel aus.«

Ich reiche ihr meinen Regenmantel und fahre mir kurz durchs klatschnasse Haar. Im Wohnzimmer ist es dunkel, aber angenehm. Draußen ist es noch hell, aber die schweren Vorhänge vor den Fenstern sind schon geschlossen. Links in der Ecke steht ein Ohrensessel mit dem Rücken zu mir. Über dem Sessel kringelt sich Zigarrenqualm, und ich höre eine Zeitung rascheln. Am entgegengesetzten Ende des Zimmers wird der Raum von einer geschlossenen Glasschiebetür, hinter der gelbes Licht brennt, geteilt. Aus der angrenzenden Küche dringen die vielversprechenden Düfte des bevorstehenden Festmahls herüber.

»Es gibt Wein«, zwinkert Lode mir zu und hält triumphierend einen Korkenzieher in die Luft.

»Yvette!«, tönt die Mutter aus der Küche. »Stell schon mal die Teller auf den Tisch! Lodes Freund ist da.«

Leises Poltern ist zu hören, dann öffnen sich die Schiebetüren mit den Milchglasfenstern.

»Wilfried, das ist meine Schwester, unsere Yvette.«

Sie hat das schwarze Haar ihres Bruders und dieselben blauen Augen. Sie trägt roten Lippenstift und ein cremeweißes Kleid, das sich eher für den Sommer eignet, mit lila-schwarz gestreiften Puffärmeln, die ihre Oberarme halb bedecken. Um die Taille trägt sie einen schwarzen Lackledergürtel. Sie ist schlank, besser gesagt drahtig, hat den Körper einer Schwimmerin. Darf ich dir vorstellen, mein Junge: deine zukünftige Urgroßmutter in ihrem ganzen jugendlichen Charme erstrahlend …

Ich reiche ihr die Hand. »Guten Abend, Yvette.«

Sie sieht mich munter an und sagt: »Na, und wo ist dein Geschenk?«

»Ups … Ich weiß von nichts.«

»Aber, aber, Lode!« Sie schlägt ihrem Bruder, der gerade versucht, die Weinflasche zu öffnen, amüsiert auf den Arm.

»Hast du ihm denn nichts gesagt?«

Lode stellt die Flasche ab und gibt ihr einen Knuff. »Mein Kamerad ist kaum da und du legst schon los. Wo bleiben deine Manieren?« Er versucht sie zu sich heranzuziehen und zu kitzeln. Sie wehrt ihn ab und ruft mir dabei zu: »Lode hat Geburtstag, du Blitzmerker! Er wird einundzwanzig. Endlich erwachsen, na ja, das glaubt er jedenfalls. Lass das, hör auf damit!«

Mir bricht der Schweiß aus. Sein Geburtstag, und ich stehe mit leeren Händen da. Die beiden Geschwister necken einander weiter und achten gar nicht auf mich. Ich beobachte sie, weiß nicht recht, wie ich mich verhalten soll.

Aus dem Ohrensessel ertönt schließlich ein lautes Schimpfen.

»Reicht's jetzt bald?«

»Unser Pa«, flüstert Lode lachend, den Finger an den Lippen.

Ich gehe zum Sessel. »Guten Abend, Herr Metdepenningen.«

Ein Mann mit Blumenkohlohren, einem kräftigen Schnauzer

über den rissigen Lippen und spärlichem Haar oberhalb der Ohren ergreift meine Hand und hält sie fest. »Wils, richtig?«

»Wilfried Wils. Guten Abend.«

»Doch nicht etwa der vom Friseur in der Rotterdamstraat?«

Lode ruft: »Hach Papa, dann hättest du ihn doch schon mal gesehen, oder? Das ist doch hier gegenüber auf dem Platz!«

»Nein, Herr Metdepenningen«, sage ich, »nicht vom Friseur.«

»Gott sei Dank …«, brummt der Metzger einigermaßen beruhigt und lässt meine Hand los. »Bon. Es gibt Rouladen mit Hackfleischfüllung. Yvette, würdest du bitte endlich die guten Teller auf den Tisch stellen! Lode, schenk deinem Gast doch schon mal ein Glas Wein ein.«

Du musst wissen, mein Junge, dass ich mich zu diesem Zeitpunkt wenig für die körperliche Liebe interessierte, die es zwischen Menschen gibt. Ich sah es als einen Vertrag, den man abschließt, mehr nicht. Konnte mir aber noch nicht vorstellen, in einem Bett zu liegen und an jemandem herumzufummeln. Ich fummelte ungeniert an mir selbst herum und das reichte und dabei fantasierte ich nicht einmal von einer Frau, die alles tut, was man von ihr verlangt. Und nein, ich brauchte auch keinen Männerkörper, um vor dem Fenster meines beengten Zimmers meinen Samen zu vergießen. Oder haben diese Sätze etwa nicht diesen Verdacht in dir geweckt? Mir gingen andere Dinge durch den Kopf, die ich dir jetzt aber nicht unter die Nase reiben will. Und bevor du gleich wieder meinst, wir wären damals alle unter dem Kreuz von Recht und Moral gebückt gegangen, muss ich deiner Fantasie leider Einhalt gebieten. Meine Eltern waren nie Frömmler, vor allem mein Vater empfand nur Verachtung für all die Philister in der Kirche, die devot mit den Händen über der Decke schliefen und für die der Soutaneträger am Altar der unbarmherzige Hirte in der Zoologie ihrer

Lüste war. Vater war ein Freidenker, ging damit aber nicht hausieren, weil er fand, das ginge niemanden etwas an. Rückblickend würde ich sagen, er war durch und durch ein Jäger. Er konnte tagelang vor sich hin grummeln, ohne einen Ton von sich zu geben, doch wenn es um Frauen ging, hielt er selten mit seiner Meinung hinterm Berg. Ich weiß noch, wie er ganz beiläufig und im Beisein meiner Mutter sagte: »Ein junger Bursche muss sich auf einem Ball zunächst mal in aller Ruhe umschauen. Du darfst nicht gleich zur Theke gehen und dir ein Bier bestellen. Auch solltest du nicht gleich die Erstbeste auf die Tanzfläche zerren, denn bevor du dich's versiehst, wirst du sie den ganzen Abend nicht mehr los, musst dann aber höflich bleiben, obwohl sie dir eigentlich gar nicht gefällt. Nein, Wilfried, erst schauen, gut schauen. Wo bietet sich eine Gelegenheit? Welche hat eine gute Körperhaltung? Denn eine Frau, die nicht schön gerade sitzt ... Tante Emma, sitzt die etwa schön gerade? Woher, glaubst du, kommen ihre Magenbeschwerden? Ich hab nichts gesagt, versteh mich ja nicht falsch. Aber die Haltung ist eine Sache, eine andere ist ...« Da unterbrach meine Mutter ihn: »Muss das wirklich sein, Jozef?« Mein Vater hielt kurz den Atem an und fuhr fort: »Die andere Frage ist, welche willig ist. Dafür kann man einen Riecher entwickeln.«

Bei dem Gedanken an diese Szene muss ich schmunzeln. Es war übrigens das einzige Mal, dass er für mich nicht diese sinistere Randfigur in einer Verschwörung war, die zum Ziel hatte, aus meinem Leben ein Gefängnis zu machen. Fühlst du dich auch eingesperrt? Wenn ja, dann heißt das nur, dass du einen gesunden Menschenverstand hast.

Yvette mustert mich über den Tisch hinweg, auf dem auf einer Platte die Rouladen in der Soße glänzen. Apropos jagen: In dem Moment bin ich ihre Beute, was mein Vater zweifellos für verkehrte Welt hält. Lode durchschaut seine Schwester sofort und amüsiert sich darüber. Die Mutter füllt immer wieder unsere Teller, während der Vater das Gespräch dominiert. So grobschlächtig er auch ist, so geschliffen ist offenbar seine Konversationstechnik, wie die Messer, mit denen er in seiner Schlachterei Rindfleisch vom Knochen löst. Weder Frau noch Tochter kommen zu Wort. Der Metzger erkundigt sich nach meinem Vater, womit er sein Geld verdient. Dass er Buchhalter ist, macht ihn ein wenig misstrauisch. Nachdem wir dieses Kapitel hinter uns haben, erzählt er hinter vorgehaltener Hand von einem Aufmarsch, den er Sonntag vor ein paar Wochen gesehen hat: Lauter Burschen von hier, in schwarzer Uniform, die hinter einem Banner hermarschierten und von einer Menge Leute umringt wurden. Lode will sogleich etwas einwerfen, aber sein Vater gibt ihm mit einem Blick zu verstehen, dass er keine Zwischenbemerkungen duldet. Anschließend geht es um den König, der in Belgien geblieben ist, und um die Regierung, die nicht gerade den Anschein erweckt, nach ihrer Flucht nach London zurückkommen zu wollen. Ich sage, dass ich nicht viel von Politik verstehe. Langsam auf einem Stück Roulade kauend, mustert er mich, genau wie seine Tochter. Mir wird klar, dass er herausfinden will, wo ich stehe, ob ich deutschgesinnt bin oder nicht. Aber er macht das so behutsam, dass ich im Unklaren bleibe, auf welcher Seite er selbst steht. Weißt du, wie Igel Liebe machen? Langsam und ganz vorsichtig. Blöder Witz, ich weiß. Unterdessen verspeise ich mein Fleisch ebenso vorsichtig wie eine Nonne im weißen Habit, denn ich vermute, dass Kleckern die alles sehende Yvette laut auflachen lassen würde. Ich bekomme feuchte Achseln, als ich bemerke, dass mir eine Erbse neben den Teller gefallen ist. Und der Vater redet immer weiter. Ob ich dies in der Zeitung gelesen habe und was ich davon halte und ob wir zu Hause ein Radio haben. Zu Letzterem sage ich, mein Vater höre gerne Beethoven. Totaler Humbug, natürlich, aber es ist Angelo in mir, der findet, es gezieme sich für ihn, einen Vater zu haben, der mit Anglerstiefeln in *le fleuve culturel* die Rute auswirft, wie Miesebart es formulieren würde.

»Beethoven …«, sagt der Vater nachdenklich.

»Der Komponist …«, ergänzt Lode.

Der Vater wirft ihm einen vernichtenden Blick zu.

»Musik verweichlicht die Moral«, beeile ich mich zu sagen und sehe, wie Yvette ein drohendes Lachen in ihrer Serviette erstickt.

»Die meisten passen sich an …«, beendet der Metzger gewieft das Thema.

Lode hat die ihm auferlegte Schweigepflicht bereits wieder vergessen und ruft: *»Kanonenfleisch! Wir sind Kanonenfleisch!«*

Ich lese in seinem Blick, was er meint, jedenfalls, ich meine es zu sehen. Nachdem wir die Familie Lizke in der kalten Wintersnacht mit in die Van Diepenbeeckstraat begleitet hatten, haben er und ich kein Wort mehr darüber verloren. Wir haben das zufällig gemeinsam erlebt, weil wir gleichzeitig von den Feldgendarmen einkassiert wurden. Normalerweise gehen Hilfspolizisten nicht zu zweit auf Streife. Also weiß ich nicht, was er danach sonst noch alles erlebt hat und umgekehrt. Inzwischen ist so manches mehr vorgefallen. So musste ich, irgendwann im Januar, ein paar »stammechte Landfahrer« mit einem älteren Kollegen abführen. Das ist der offizielle Begriff für Zigeuner – wir nennen sie die Böhmischen –, und sie waren so dumm, sich wegen einer befristeten Aufenthaltsgenehmigung bei der Fremdenpolizei an der Steenhouwersvest zu melden. Allgemeine Sprachlosigkeit. Die Fremdenpolizei ruft bei uns an, wir die Deutschen (ausgeführt von unserem Vorgesetzten), und ab in die Van Diepenbeeckstraat. Das geschah ohne allzu viele Zwischenfälle. Die Böhmischen haben kaum etwas geahnt, mein Kollege meinte lachend, die Männer seien schlicht und ergreifend voll gewesen, denkbar wäre es. Was ich damit sagen will, ist, dass es fast schon zur Routine geworden ist. Alle schweigen. Geklagt wird ohnehin wenig, die meisten ziehen den Kopf ein. Man weiß ja nicht immer genau, wo der andere steht. Wie ich aus Kollegenkreisen höre, werden die deutschgesinnten Polypen in manchen Vierteln bei der Dienstbesprechung zusammen eingeteilt. Keine Ahnung, ob das stimmt, bei uns ist es jedenfalls nicht so. Die wenigen Deutschgesinnten halten mit ihren Sympathien natürlich nicht hinterm Berg, die Übrigen schweigen, als gäbe es eine Abmachung, uns das Leben gegenseitig nicht noch schwerer zu machen. Hinzu kommt: Es droht die Gefahr, verraten zu werden. Man kommt schnell dahinter, dass selbst der jovialste Kollege einen redseligen Menschen in Schwierigkeiten bringen könnte, und das ist auch Lode klar, schließlich ist er alles andere als dumm. Aber dass diese Lizke-Angelegenheit ihn immer noch umtreibt, wird hier am Tisch deutlich.

Yvette fragt, ob wir nicht auf Lode trinken wollen. Sie hat bereits ihr Glas gehoben. Vater wischt sich den Mund ab, als Zeichen seines Einverständnisses. Die Gläser stoßen aneinander und alle wünschen Lode gute Gesundheit.

»Und einen lieben Schatz!«, ruft das Geburtstagskind.

»Mach nur mal halblang«, meint der Metzger.

Yvette schaut zu mir herüber, deutet diskret auf ihr Kinn und signalisiert: ein Soßenklecks auf deinem. Ich werde rot.

Als ich nach Hause komme, tönt kein Beethoven durch die gute Stube. Mein Vater sitzt dort wie kastriert. Meine Arbeit hält unseren Haushalt über Wasser, und meine ersten Schritte in ein anderes Leben, auch wenn es in weiter Ferne scheint, erfüllen ihn mit großem Neid. Außerdem haben wir Besuch. Tante Emma, die, die nicht gerade sitzen kann und infolgedessen auch, nach Ansicht meines Vaters, Magenbeschwerden hat, schaut kurz vorbei. Sie trinkt ein Gläschen Likör mit ihrer Schwester. Was meiner Mutter abgeht, hat sie umso mehr: Charme, immer gute Laune, ein heiteres Gemüt.

»Wil, mein Junge«, ruft Tante Emma, »kommst du nicht gerade von der Arbeit? Ich hätte dich ja so gern mal in Uniform gesehen!«

Wie ich dir bereits erzählt habe, stammt meine Mutter aus besseren Kreisen, und man muss sagen, sie und ihre Schwester verkörpern den Niedergang dieses begüterten Familienzweiges. Mutter hat unter ihrem Stand geheiratet (was nicht von ungefähr vor allem ihrem Ehegatten Verdruss bereitet), und Tante Emma hat sich in den Zwanzigerjahren mit einem geschiedenen Banker abgegeben, was sie die Gunst ihrer Eltern gekostet hat. Wir sehen sie nicht oft, obwohl sie in der Nähe wohnt. Unser Haus steht in der Kruikstraat, die in die De Boeystraat mündet, die ihrerseits wieder zu einer Querstraße führt, die Van den Nestlei heißt, wo Emma bei einer reichen Familie wohnt. »Juden«, hat mein Vater mir anvertraut, »tagaus, tagein tut sie, was die von ihr verlangen.« Sie ist also ein Dienstmädchen, was ihrer *Joie de vivre* nicht im Wege steht, ganz im Gegenteil. Nur allzu gern trägt sie die Kleider auf, die *»Ma Dame«* nicht mehr haben will, und sie stehen ihr immer gut.

Ich frage, wie es ihrem Magen geht. Sie fasst sich an den Bauch, schaut mich verdutzt an. Mein Vater tut, als wisse er von nichts.

»Ich habe einen Magen wie ein Pferd, Schätzchen! Du hast ja keine Ahnung, was ich für meine Herrschaften alles zubereiten muss, und ich esse immer tapfer mit.«

»Es wird spät«, sagt Vater.

Tante Emma wendet sich zu meiner Mutter: »Ich habe dir immer noch nicht erzählt, weshalb ich eigentlich hier bin.«

»Komm, erzähl nur«, sagt meine Mutter mit einem Funkeln in den Augen.

Tante Emma nippt an ihrem Likör, danach klingt ihre Stimme

bedeutungsvoll. »Nach all den Rückschlägen, die ich in meinem Leben erlitten habe, finde ich es nur recht und billig, dass meine Familie weiß, wenn's mit mir wieder aufwärtsgeht.«

»Du hast das große Los gezogen«, witzelt mein Vater, denn auch seine Neugier ist jetzt geweckt.

»Viel besser als das …«, sagt Tante selbstgewiss, »ich hab einen neuen Freund.«

»Wirklich?«, fragt Mutter ungläubig.

»Und nicht irgendeinen. Er heißt Gregor und ist SS-Offizier.«

»*Wo sind die Kanonen?*«, flüstere ich, aber keiner achtet auf mich.

»Emmalein …«, sagt meine Mutter leise, »solltest du nicht ein bisschen vorsichtig sein? Nachher verlierst du noch deine Arbeit.«

Angeblich denken Männer alle paar Minuten an Sex. Vermutlich ist das so. Du wirst dem sicher zustimmen, du bist jung und da genügt es schon, wenn dich eine Frau nur ansieht. Manchmal scheint mir, als wolle man sich gegenseitig davon überzeugen, dass da noch ein wildes Tier in uns wütet, das Tier, das sich paaren will, und dahinter verbirgt sich möglicherweise eine tiefe Verzweiflung. Schließlich gibt es andere Gelüste, mindestens genauso stark, wenn nicht gar stärker, von denen ich nicht weiß, ob sie schon erforscht worden sind. Zum Beispiel die Sucht nach Normalität. Einen Krieg zu erleben ist jenseits des Gewohnten. Alles wird anders, die Stadt lässt sich eine andere Maske anpassen. Der Schock des Neuen. Wenn man nach ein bisschen Sex Vater oder Mutter wird, sagen alle im Vorhinein: Pass nur auf, ab jetzt wird alles anders. Kinder machen ist keine große Sache, bis du an der Reihe bist und das Wesen in der Wiege anschaust, von dem alle erwarten, dass du dein Leben nach ihm ausrichten wirst. Alle um dich herum tun so, als sei es das Normalste der Welt, doch so fühlt es sich nicht an. Alle stehen an der Wiege und blöken, du solltest dich glücklich schätzen, ein gesundes Kind zu haben, und damit hat es sich dann. Dasselbe passiert, wenn eine Stadt von anderen Herrschern, anderen Sitten besetzt wird. Nach dem ersten Schock wollen die meisten so tun, als sei alles normal, sie wollen, dass das Leben weitergeht, und finden, dass man sich eben anpassen muss, wie Lodes Vater zu mir gesagt hat. Mach einfach weiter wie bisher, alles wird sich zeigen. Die Fahnen in der Stadt, die vielen Uniformen und Kneipen voll Soldaten. Alles normal. Man kann die Sucht nach der Normalität in einer solchen Zeit beinahe schon riechen, und das menschliche Anpassungsvermögen kommt einem dabei auf merkwürdige Weise zustatten. In den Lichtspielhäusern zeigen sie keine Hollywoodfilme mehr, aber das macht nichts, die deutschen Filme sind mindestens ebenso unterhaltsam. Es wird viel gelacht, Männer jagen Frauen hinterher und geben sich romantisch, ein Mord wurde verübt, der dringend aufgeklärt werden muss, und ab und zu singt die schöne Zarah Leander ein Lied auf der Leinwand, das die Frauen zu ihrem Taschentuch greifen lässt. Ich war schon immer versessen aufs Kino. Ich sitze im Scala in der Anneessensstraat. Vor dem Film gibt es eine Einführung von einem Kerl der Volkswehr, einer Organisation, der auch Miesebart angehört. Eine lächerliche Ansprache. Der Mann spricht zu uns, als seien wir Rotzlöffel, die von nichts eine Ahnung haben. Es sei an der Zeit, der Realität ins Auge zu sehen. Die Juden seien Gift. Ach, alle sind Gift, denke ich in dem Moment, wieso sieht dieser Kerl mit seinen großen Gesten und der wichtigtuerischen Stimme das nicht. Das Gift ist ja gerade die Sucht nach der Normalität, die damit einhergehende Heuchelei und die Sklavenmoral eines jeden. Doch Miesebart hat mir den Streifen empfohlen, also bleibe ich sitzen. Es ist ein aufwendig ausgestatteter Kostümfilm, der Unsummen gekostet haben muss. Ein Oberperückenträger mit Schnurrbärtchen und Bierbauch wird zum Herzog ernannt. Aber er braucht Geld, viel Geld, um zeigen zu können, dass er sich den Lebensstil, der eines Oberperückenträgers und Herzogs würdig ist, auch leisten kann. Das Geld dafür bekommt er von einem Juden, der Kisten voller Gold und Juwelen besitzt. Der Jude rasiert sich den Bart, schneidet sich die Schläfenlocken ab, setzt eine Perücke auf und erhält so Zugang zu der Stadt, in der man eigentlich mit Juden nichts zu schaffen haben will. Mich amüsiert die charmante Boshaftigkeit, mit der der Schauspieler den Juden darstellt. Er wird Berater des Oberperückenträgers, reißt sich dann den ganzen Laden unter den Nagel und saugt die Stadt aus, indem er Zusatzabgaben und -steuern erhebt. Widersacher werden gefoltert oder aufgeknüpft, Frauen, die sich nicht seinen Gelüsten fügen, werden erpresst und vergewaltigt. Aber die Leute wehren sich. Am Ende zieht er doch den Kürzeren, der Oberperückenträger erleidet einen Herzinfarkt, und das befreite Volk ruft, dies solle jedem eine Warnung sein. Vorhang. Applaus und ein paar Rufe: Juden raus! Anschließend gehen alle nach Hause, und alles ist normal.

»Und, wie war der Film?«

Miesebart nimmt Rimbauds Gedichte wieder entgegen, die ich mir von ihm geliehen hatte, und fordert mich auf, Platz zu nehmen. Gaspar, der Papagei, ist schlecht gelaunt. Ich höre ihn bis oben krächzen.

»Er hat Koliken«, sagt Miesebart.

»Unterhaltsam«, sage ich.

»Waren viele Leute da? Wie haben sie reagiert?«

»Es gab ein paar Rufe.«

»Ich weiß, tief in dir drin steckt ein Mann, der gerne seinen Worten Taten folgen lassen will. Rufen reicht nicht, einverstanden? Es geht darum, eine Saat auszubringen, die bald keimen wird. Verstehst du?«

Ich nicke aus Gewohnheit.

»Wie hat dir denn nun unser Freund Rimbaud gefallen?«

»Hervorragend.« Und das ist nicht gelogen. Das solltest du dir wirklich einmal zu Gemüte führen, mein Junge, selbst wenn du sein Werk nur in Übersetzung liest. Diese Gedichte werden dich umhauen. Was für eine Wucht. Was für eine unbändige Wucht.

Miesebart freut sich sichtlich über meine Begeisterung.

»Schön, wirklich sehr schön. Es tut gut, jemandem wie dir andere Welten zu eröffnen. Aber deine Schulzeit ist demnächst – wie ich hoffen darf – vorbei. Weißt du übrigens, dass ich deinen Großvater väterlicherseits auch gekannt habe? Hatte ich das erwähnt? Ich sehe ihn noch vor mir, wie er im Old Dutch sitzt, sich den Schnurrbart streicht und zum Billardtisch hinüberschaut. Gebildet war er allerdings nicht, *si tu me permets*. Und nun überleg dir mal, welche Fortschritte in deiner Familie väterlicherseits zu verzeichnen sind. Du darfst nie vergessen, wo du herkommst. Dein Großvater ein Bauer, dein Vater Buchhalter und du jetzt ein richtiger Intellektueller, für den das Französische kaum noch Geheimnisse birgt. Du musst dir darüber im Klaren sein, dass du die Moderne verkörperst. Das ist das Faszinierende am Fortschritt: Der wirkt sich nämlich auf die Blutlinie aus. Wir sind keine Knechte mehr, verstehst du? In uns schlummert …« Miesebart reibt Daumen und Zeigefinger aneinander, sucht nach dem geeigneten Pfeil, der mich mitten ins Herz treffen soll.

»… erhabene Poesie. Nimm nur Rimbaud, den wir beide so sehr bewundern. Sein Vater? Ein Offizier, der sich einen Dreck um seinen Nachwuchs scherte. Die Mutter? Tochter eines Bauern. Er nannte sie ›*La Mother*‹. Köstlich, nicht wahr? Und dann steigt ein so junger Mensch bis ganz nach oben auf, aus purer Willenskraft. Sein Talent schneidet wie eine Rasierklinge durch den ganzen ererbten Ballast. ›*Arrière ces superstitions, ces anciens corps, ces ménages et ces âges. C'est cette époque-ci qui a sombré!*‹ Was sagt uns Rimbaud mit diesen Versen? Dass es aus und vorbei ist mit dem ganzen Quatsch von früher, dass die Zeit, in der er lebt, das alles ertränkt hat. Wir leben in einer solchen Zeit, Wilfried. Es ist eine Zeit der Beschleunigung, der radikalen Entscheidungen. Das spürst du doch auch, oder? Das ist kein esoterisches Gewäsch, das riechst du, das fühlt ein empfindsamer junger Mann wie du mit jedem Atemzug.«

Gaspars kräht wieder markerschütternd. »Ruhe jetzt!«, höre ich Miesebarts Mutter barsch rufen. Stille. Wahrscheinlich hängt jetzt ein Tuch über dem Vogelbauer.

»Hast du Ostermontag etwas vor?«

»Nein«, sage ich, »einen Tag Ferien.«

»Dann komm zum Rex auf der Keyserlei. Kurz vor zehn. Ich besorg uns Karten.«

Es ist der 14. April 1941. Der Wunsch nach Frühling bleibt einstweilen unerfüllt, was manch einen unwirsch werden lässt. Bei gutem Wetter wirkt eine Stadt weniger besetzt. Wir haben Ostermontag und auf den Straßen ist nicht viel los. Nur vor dem Lichtspielhaus steht eine Menschentraube, darunter Miesebart, der sich wahrhaft in Schale geworfen hat und sich offenbar nichts aus der Kälte macht. Seine runden Augen treten vor Freude noch weiter hervor, als er mich kommen sieht.

»Wilfried! Gut, dass du da bist. Ich möchte dich kurz jemandem vorstellen. Herr Verschueren? Das ist Wilfried Wils, der junge Mann, von dem ich Ihnen schon erzählt habe. Wilfried, Herr Verschueren ist Anwalt.«

»Angenehm«, sagt der Mann, »nenn mich ruhig Omer.« Er hat kurze Arme und einen gewaltigen Bauch. Aus seinem kahlen Schädel ertönt ein Bass, der von ganz tief unten aus seinem kompakten Körper zu kommen scheint, wie aus einer Katakombe. Seine Fingernägel glänzen und ihn umgibt ein Hauch von Jasmin. Er ist von Bewunderern umringt. Aus der Menschentraube wird eine Menge. Nur wenige Frauen, vor allem Männer mit entschlossenem Blick, wobei manche ganz offensichtlich schon ordentlich Ostern gefeiert haben. Viele sind gut gekleidet, vom Typ städtischer Beamter im mittleren Dienst oder betuchterer Kaufmann im Sonntagsstaat. Unter ihnen aber auch ein paar Männer, die ich mal verhaftet habe. Einer von ihnen hat zum Beispiel in der Nähe der Carnotstraat eine Kneipe wegen einer Hure, die ihn angeblich ausgelacht hatte, kurz und klein geschlagen. Wir mussten ihn zu dritt von ihr herunterzerren. Jetzt blickt er scheu zu mir herüber. Ein wahrlich großer Unterschied im Vergleich zu der Großmäuligkeit, die er vor einem Monat mir gegenüber an den Tag gelegt hat. Er behauptete, gewisse Leute zu kennen, und dass die Sache noch ein Nachspiel haben werde. Meine Kollegen griffen nicht ein, als ich ihm die Faust ein paar Mal mitten ins Gesicht rammte, bis er die Frau unter sich losließ und zu winseln anfing. Sie wehrte sich vehement, als wir sie ins Krankenhaus bringen ließen, bei ihm haben wir uns damit etwas Zeit gelassen. Die Fäden über seinem Auge sind schon raus, sehe ich. Ich hätte fester zuschlagen sollen. Mit einem Verweis hatte ich in jedem Fall gerechnet, vielleicht sogar mit Schlimmerem, aber meine Kollegen haben mir auf der Wache die Stange gehalten, und damit war die Sache ad acta gelegt. »Du bist schon ein ziemlicher Hitzkopf«, sagte mein älterer Kollege Jean zu mir, »verschwende deine Kräfte doch nicht an solchem Abschaum. Der lag doch schon mit dem Arsch in der Luft auf dem Kneipenboden. Da reicht ein Tritt in die Eier völlig aus.« Von ihm nehme ich einen solchen Rat an. Deventis ist ein Haudrauf mit Kalkül. Von ihm werde ich dir später noch erzählen.

»Mein Kamerad hier hat mir gesagt, du seist ein Literaturliebhaber …« Omer schaut mich über seine Augenringe hinweg an, reibt mit dem Daumen rasch über die Fingerkuppen, als wolle er damit ausdrücken, dass eine Vorliebe für Literatur und das Streben nach Reichtum Hand in Hand gehen. Aber es geht um etwas anderes. Nämlich um Empfindsamkeit, Sinn für Nuancen, Weltgewandtheit. »Ich bin ebenfalls ein großer Leser. Griechische Tragödien – ich lese sie im Original.«

»Glückwunsch, Herr Anwalt. Das ist eine Stufe zu hoch für mich.«

»Was nicht ist, kann noch werden, junger Mann. Und wie gesagt, Omer. Ich sag es kein drittes Mal.«

Hinterher werden alle behaupten, der Kinosaal sei voll gewesen. Das entspricht nicht ganz der Wahrheit. Zwei Drittel der Stühle sind besetzt. Im Saal herrscht eine seltsame Unbestimmtheit. Jahre später war ich einmal zu einer Premiere eines belgischen Films eingeladen, dort herrschte eine ähnliche Atmosphäre, eine Erwartung, die weniger mit dem Streifen selbst zu tun hatte als mit dem, was darauf folgte: ein herrlicher Empfang, bei dem jede Menge Alkohol floss. Und auch hier, wie bei dem anderen Film, über den ich sprach, muss es eine Einleitung geben, von einem Anwalt vorgetragen, der – wie Miesebart mir zuraunt – »früher an den Juden viel verdient hat, bis auch ihm die Schuppen von den Augen gefallen sind«. Wie du weißt, hält er nicht allzu viel von Anwälten (sie müssen in erster Linie gut geschmiert werden, wie Wagenräder), weshalb es mich erstaunt, dass er manche von ihnen anscheinend zu seinen Freunden zählt.

Auf dem Blatt, das vorher ausgeteilt wurde, stellt sich die Volkswehr als »Kampfbewegung zur Wahrung von Blut und Boden« vor, als handele es sich um eine Firma, die sich auf Kellerarbeiten und die Stabilisierung von Zimmerdecken spezialisiert hat. Die Ansprache ist miserabel. Der Mann wähnt sich anscheinend in einem Gerichtssaal mit lauter bestochenen Richtern. Lauter Geschwafel nach dem Motto »Wir alle wissen, dass …« und »Daher fühlen wir uns alle besudelt …«. Hier und da hört man zustimmendes Gebrummel, wie auch mitunter ein etwas ungeduldiges: »Genau, Herr Anwalt!«

Der Film selbst ist erbärmlich. Dagegen ist jeder Kostümfilm ein raffiniertes Meisterwerk. Dieser angebliche Dokumentarstreifen zeigt, dass sich hinter jedem Juden, egal wie westlich er sich auch kleiden mag, eine Ratte verbirgt, die wie ein Parasit alles befällt, was sauber und rein ist, und damit sind natürlich alle im Saal Anwesenden gemeint. »Zum Kotzen!«, ruft jemand und meint damit nicht die Qualität des Films, sondern das, was ihm da als Wahrheit aufgetischt wird und ihm vor lauter Widerwärtigkeit auf den Magen schlägt.

Im Halbdunkel hat Miesebart meinen Gesichtsausdruck bemerkt und flüstert mir ungefragt zu, schon wahr, das Ganze sei recht grob, beruhe allerdings auf Tatsachen, denn es handele sich schlicht um Filmaufnahmen aus dem Warschauer Ghetto und ich solle ja nicht glauben, das alles sei getürkt.

»Da geht es wirklich so zu«, sagt er zum Schluss, woraufhin jemand hinter uns zischend zur Ruhe mahnt.

Bevor der Abspann zu Ende ist, ruft irgendwer, er habe »die Schnauze voll«.

Ein Zweiter schließt sich ihm an und plärrt: »Diese verdammten Dreckskerle!«

»Es reicht!«

Ich will aufstehen, doch Miesebart fasst mich am Handgelenk und raunt mir zu, ich solle mich bei dem, was jetzt kommt, besser raushalten, in Anbetracht meiner Stellung. Bevor ich darauf reagieren kann, ist er blitzschnell von seinem Stuhl aufgesprungen und zum Mittelgang gelaufen. Zusammen mit ihm erhebt sich der Saal und Chaos bricht aus. Menschen drängen Richtung Ausgang, als seien sie von Läusen oder anderem Ungeziefer befallen und wollten nun schnellstmöglich nach Hause, mit der Aussicht auf ein heilsames Bad.

Draußen erwartet uns eine Meute, die nicht verhehlt, über Stöcke und Stangen zu verfügen. Zuerst denke ich, sie hätten es auf uns abgesehen, ich sei in einen blutigen Aufstand auf der Keyserlei geraten, ohne meine Kollegen an der Seite. Am Ostermontag nimmt nämlich fast jeder bei der Polizei Urlaub, an einem solchen Tag machen nicht mehr als zwei oder drei Patrouillen ihre Runde durch das Viertel. Am Ausgang begrüßt uns die bewaffnete Horde mit einem kräftigen »Juden raus!«. Sie haben auf uns gewartet, das wird sofort klar. Ich sehe hier und da ein paar Uniformen der flämischen SS, und mir wird mulmig. Ich habe plötzlich das Gefühl, als einfacher Bürger dazustehen, vollkommen nackt, ein anonymer Polizist an seinem wohlverdienten Urlaubstag. Die Meute formiert sich zu einem lärmenden Aufmarsch und biegt in die Pelikaanstraat ein. Manche machen sich aus dem Staub, doch die Mehrheit marschiert mit. Bevor ich selbst um die Ecke gebogen bin, höre ich eine Schaufensterscheibe zu Bruch gehen. Miesebart ist nirgendwo zu sehen, vermutlich geht er vorneweg, flankiert von seinen Anwaltsfreunden. In der Pelikaanstraat fliegen jetzt die Ziegelsteine. Eine Schaufensterscheibe nach der anderen muss daran glauben. Auf den oberen Etagen lugen Leute hinter den Gardinen hervor und schauen zu. Ein Ladenbesitzer rennt wütend auf die Straße. Er entkommt nur mit knapper Not den Stockschlägen, die wie ein Regenschauer auf ihn niederzugehen drohen. In Windeseile schlägt er die Tür wieder hinter sich zu. Ich halte mich ein wenig abseits und biege dann unbemerkt in die Vestingstraat ab. Auf der Wache herrscht eine siestaähnliche Ruhe, wie in irgend so einer mexikanischen Cantina bei 40 Grad. Keiner da. Ich rufe, schlage mit der Hand auf den Holztresen.

»Alarm, Männer, Alarm!«

Endlich lässt sich der Vorgesetzte blicken: »Hast du nicht Urlaub, Wils?«

Meine Geschichte lässt ihn zum Hörer greifen. Bevor er etwas in den Hörer spricht, schaut er mich fragend an: »In welche Richtung geht die Meute?«

»Dreimal darfst du raten!«, rufe ich.

Ich renne hinaus, dem Lärm in der Ferne hinterher, in Richtung Judenviertel.

Vielleicht fragst du dich, mein Junge, weshalb ich ihnen hinterhergegangen bin? Es stimmt, ich hätte sie nicht aufhalten können, nicht die geringste Chance ohne Uniform, und meine Anwesenheit als einfacher Bürger hätte sich hinterher sogar als nachteilig für mich erweisen können. Um ehrlich zu sein, muss ich gestehen, dass ich mich wahrscheinlich von Sensationslust leiten ließ, weiter nichts. Macht das einen unbesonnenen Mitläufer aus mir, sprich, einen Dreckskerl? Du darfst dir diese Frage selbst beantworten, und sollte ich in deinen Augen tatsächlich ein Dreckskerl sein, solltest du das Folgende vielleicht überblättern. Denn ja, es stimmt natürlich: In jedem Mitläufer steckt ein Dreckskerl. Trotzdem glaube ich, dass du weiterlesen wirst, egal was du von mir hältst, denn niemand, auch du nicht, ist konsequent, außer vielleicht die Irren im Irrenhaus, die in ihrer Gedankenwelt eingeschlossen sind und fanatisch versuchen, die Realität, wie sie ihrer Ansicht nach aussieht und die keiner außer ihnen versteht, zu begreifen. Aber lass uns jetzt nicht darüber reden, jedenfalls jetzt noch nicht. Wir gehen also in Richtung Synagoge an der Ecke Van den Nestlei und Oostenstraat, im Nachhinein eindeutig das Ziel dieser Meute.

Ich hole den Tumult auf Höhe der Baron Joostensstraat ein, wo sich am Beginn der Straße alles etwas staut. Mir ist in dem Augenblick nicht klar, wer oder was diese Verzögerung verursacht hat. Überall Scherben. Ein Israelit liegt am Boden, blutend und wimmernd, von der wütenden Menge halb verschluckt. Man schleift ihn am Mantelkragen in ein Haus. Der Straßenlärm klingt irgendwie hohl, er hallt von den Mauern wider und erinnert an eine Kirmes, die definitiv aus dem Ruder läuft. In den vordersten Reihen sehe ich emporgehaltene Stöcke, dann zwei Polizisten, die zusehen, dass sie wegkommen, von allen verlacht. Sie haben das vollkommen Aussichtslose versucht, nämlich den Menschenandrang aufzuhalten. Einer der beiden bläst, während er Richtung Eisenbahnbrücke der Plantin en Moretuslei rennt, auf seiner Trillerpfeife. Der schrille Ton bereitet den Protestierenden ein irres Vergnügen, wie einer Bande Rotznasen, die sieht, wie ihre Väter blamiert werden. Unmittelbar darauf zerschellt das bunte Glas der großen Synagoge. Ich sehe Omer, den Anwalt mit dem Bariton, zuerst den Zaun niederreißen und dann gemeinsam mit anderen in blinder Wut die Eingangstür eintreten. Von lauten Rufen angespornt. Berstendes Holz, sie sind drinnen. Applaus. Aus der Synagoge dringt erst verängstigtes Weinen, dann sieht es so aus, als erbreche das Gebäude selbst eine komplette Familie, die offenbar in der Hausmeisterwohnung lebt. Eine Frau, zwei Kinder und ein Mann werden die Treppe hinuntergestoßen und rennen um ihr Leben, wobei sie den Stockschlägen, die auf sie niedergehen, nicht ganz ausweichen können. Sie haben Glück, dass sie, von ein paar Hitzköpfen abgesehen, offenbar keiner allzu hartnäckig verfolgen will. Ich sehe, wie sie dem Gleisverlauf in Richtung Grotehondstraat folgen, wo sich eine Hilfswache meiner Kollegen des siebten Bezirks befindet. Dann erbricht das Gebäude noch mehr: Stühle, Bücher, Schriftrollen. Die Aufrührer, die in die Synagoge eindringen wollen, schrecken kurz zurück, bis die Flut für einen Moment aussetzt. Omer tritt aus der Menge heraus, hält eine lange Eisenstange umklammert, mit der er die noch verbliebenen, heilen Fensterscheiben zertrümmert. Die Leute stürzen sich auf die Gebetbücher und Thorarollen und reißen sie in Fetzen. Aus der Synagoge dringen Rauchschwaden. Erneut Applaus, wieder Pfiffe. Alles wird gefilmt. Längsseits steht ein Kameramann mit seinen Helfern. Vermutlich Deutsche. Alles ist vorbereitet. Alles ist Teil eines ernsten Schauspiels, wie bei einer Osterprozession, nur mit Geschrei und klirrenden Fensterscheiben statt Kerzen und Gesang. Schau, sagt Angelo, das ist deine Zeit. Schau, wohin du dich hast führen lassen und wovon du mehr sein kannst als nur ein Zeuge. Es bräuchte nur einen Stein. Ich sehe ein abartig dickes Weibsbild eines der Bücher wegkicken, hinterhergehen, ihm noch einen Tritt verpassen, wobei es unablässig krakeelt, sie wolle sich die Pfoten nicht daran schmutzig machen. Lachend zollt man der Frau Beifall. Die Umzäunung der Synagoge wird umgeworfen, niedergebogen wie Schilfrohr, durch die Kraft des Volkes, wie man so sagt. Aus den zersplitterten Fenstern dringt immer mehr schwarzer Rauch. Ich stehe in einem Hauseingang auf der Van den Nestlei, relativ geschützt. Ein gepflegter Mann im Dreiteiler mit Nadelstreifen bittet mich um eine Zigarette, ruhig, als passiere hier nicht das Geringste; ich gebe ihm das Gewünschte, als sei ich mit ihm auf einem Sommerfest, wo ein paar harmlose, volkstümliche Spiele der Belustigung dienen sollen. Mit beiden Händen bildet er eine schützende Muschel um die Flamme, entzündet so die Zigarette, nickt zum Dank und flüstert: »Ja, es hat lang genug gedauert. Sie waren gewarnt. Jetzt bekommen sie ihren verdienten Lohn.« Ohne meine Reaktion abzuwarten, geht er zu dem Schutthaufen, der um das Gebäude herum entstanden ist, und schlägt mit einer Hand einen noch nicht vollständig zerstörten Stuhl auf den Pflastersteinen kurz und klein. Dann lässt er das Chaos hinter sich und geht. Omer hat inzwischen sämtliche Fenster zerstört. Er hält den Eisenstab waagerecht über seine Schultern, auf der Suche nach einem neuen Betätigungsfeld. Er sieht mich in dem Hauseingang und zwinkert mir zu, als wolle er sich einen Moment lang von der Gewalt, die er mitverursacht hat, lösen. Ich schaue weg, tue so, als habe ich sein Zwinkern nicht bemerkt. Sirenen nähern sich. Das lässt die Anwesenden kalt. Die Polizei hat sich auch nicht mehr blicken lassen. Ich sehe, wie Omer einer jüdischen Frau in den Bauch tritt. Sie liegt am Boden, klammert sich fest an den Eisenstäben des umgebogenen Zaunes. Sie gibt keinen Laut von sich, liegt da wie eine Puppe. Omer tritt noch einmal zu, blickt dann um sich, als habe er soeben einen Bannfluch durchbrochen und erwarte dafür nun den entsprechenden Beifall. Aber nur ich habe gesehen, was er da gerade getan hat, und mich sieht er nicht. Nur ich stelle mir seinen Kopf in einer Blutlache vor. Die Feuerwehr trifft ein, die Feuerwehrleute springen aus dem Wagen und schließen in Windeseile den Gummischlauch am Spritzenwagen an. Wüste Beschimpfungen fliegen ihnen um die Ohren. Jemand wirft einen Stein nach einem der Männer. Das Ding prallt an seinem Helm ab. Ohne zu zögern, stürmt der Feuerwehrmann auf den Werfer zu und verpasst ihm einen ordentlichen Schlag. Der Werfer sinkt zu Boden. Trillerpfeifen ertönen. Von allen Seiten kommen jetzt Polizisten angelaufen und bilden eine Kette um die Löschmannschaften. Das Fest ist zu Ende. Ich schleiche mich weg, mein Haus in der Kruikstraat liegt nur hundert Meter entfernt. Auch in meiner Straße wurden Fenster eingeworfen, auch hier hört man Weinen, und es laufen noch ein paar Unruhestifter mit Stöcken herum. Einer von ihnen schaut mit halb geschlossenen Augen auf unsere Eingangstür, vermutlich, um zu kontrollieren, ob über der Klingel ein Schild mit einem jüdisch klingenden Namen hängt. Ich packe ihn beim Nacken und knalle seinen Kopf gegen die Tür. »Hier nicht …«, sage ich. Der

Junge sinkt in sich zusammengekrümmt in unserem Eingang zu Boden, hält sich weinend die Hände vors Gesicht. Ich nehme ihn in den Schwitzkasten, zieh ihn an der Tür hoch. Seine Nase ist gebrochen. Blut quillt daraus hervor. Ich drücke fester zu. Ich schwöre, dass sich mein Pulsschlag verlangsamt, ich schwöre ebenso, dass ich Lust habe, weiterzumachen, dass ich in diesem Moment weiß, ich bin zu einer solchen Tat imstande, gar kein Problem. Die Kumpane des Burschen stehen in einiger Entfernung, die Münder sperrangelweit geöffnet, und rühren sich nicht von der Stelle. »Bitte«, fleht der Junge, »bitte!« Vor seinem Mund bilden sich Blutblasen. »Bitte, wer«, frage ich. »Bitte, mein Herr …« Ich lasse ihn los.

Aus dem oberen Stock sehen mich die, die sich meine Eltern nennen, erschrocken an.

»Ich dachte schon, sie wären drinnen«, sagt meine Mutter voller Angst.

Mein Vater kratzt sich am Ohr und sagt: »Du hast Blut am Anzug.«

Später erhebt der Rabbi Anklage. Diese Zerstörung von Eigentum dürfe nicht ungestraft bleiben. Seiner Ansicht nach hat die Stadt für die Kosten aufzukommen. Der Gerichtshof folgt der Begründung und fordert von der Stadtverwaltung Schadenersatz. Die Deutschen bleiben jedoch bei ihrem Standpunkt. Von der Zahlung einer Entschädigungssumme könne keine Rede sein. Was die Stadt allerdings anordnet, und wofür wir wiederum zur Kasse gebeten werden, ist die Dauerbewachung sämtlicher Synagogen, und das fast den ganzen Krieg hindurch. Was bedroht wird und bei einer möglichen Zerstörung die Stadt Geld kosten kann, muss unter Schutz gestellt werden. Das finden alle normal, denn so lautet das Gesetz.

Meine Pflegerin sagt, ich mache einen trübseligen Eindruck, dazu gebe es aber keinen Grund. Sie bringt mir einen Kräutertee mit einem Plätzchen. Nicole steht vor meinem Bücherregal und sucht anscheinend nach irgendwas. Schließlich nimmt sie einen Wälzer heraus und reicht ihn mir.

»Hier«, sagt sie, »das muntert Sie doch immer auf!«

Ich erkenne das Buch wieder und muss tatsächlich lächeln.

»Na, sehen Sie? Wusste ich's doch.«

Sie legt mir kurz die Hand auf die Schulter und verschwindet wieder in die Küche. Ich höre sie singen. Dem Himmel sei Dank ist es diesmal nicht *»La Bohème«*. Auf meinem Schoß liegt der dickleibige Band mit dem Titel *Landschaft der niederländischen Literatur.* Ich nehme das Buch aus dem Schuber und suche darin nach meinem Namen. Wilfried Wils, da stehe ich, Pseudonym: Angelo. Außerdem steht da: »Man liest das Werk von Wilfried Wils, besser bekannt unter dem Namen Angelo, mit einer gewissen Befremdung, wenngleich mit Genuss.« Das klingt, als müsse man meine Poesie kosten wie eine exotische Speise, findest du nicht? *Mit einer gewissen Befremdung, wenngleich mit Genuss.* Wie kommen die darauf? Besser gesagt: Wie kommt »man« darauf, denn das »man« in dem Artikel verleiht dem Ganzen einen Anstrich von Autorität, als könne niemand meine Poesie anders als »mit einer gewissen Befremdung, wenngleich mit Genuss« lesen. Hier spricht ein anonymer Gott, der keine Widerrede duldet. Auch mein Feuer wird gepriesen: »Wilfried Wils hat dieses Eigensinnige, Widerspenstige, das den Existenzialismus der Nachkriegszeit mit der schwarzen Romantik verbindet, in der ursprünglichsten Bedeutung des Wortes. Es wird vermutet, dass dieses Konzept eine wichtige Bezugsgröße für Wils' Lyrik wie auch für sein Privatleben darstellt.«

Da hörst du es mal von einem anderen. Nicole ist ein Teufelsbraten, sie weiß ganz genau, wie ich ticke. Sprich, was sie von mir weiß, versteht sie perfekt zu nutzen. Ja, ich bin stolz, immer schon gewesen. Aber das ist nicht alles, und mit ein paar Worten der Erklärung kannst du dir vielleicht vorstellen, was dieser kleine Artikel hier für mich bedeutet. Die Welt der Literatur und der Poesie ist in sich geschlossen. Da einzudringen ist nicht so leicht, erst recht nicht, wenn du ein Bulle bist, und es ist nahezu unmöglich, wenn du keine anderen Dichter persönlich kennst. Es ist ein Kuhhandel des Preisens und Gepriesen-Werdens, mit ebenso vielen Vorurteilen verbunden, wie Hafenarbeiter oder eben auch Bullen sie haben. Lode habe ich diesen Artikel nie lesen lassen, obwohl ich mehrmals den Drang verspürte. Nachdem er von seiner Schwester gehört hatte, dass ich Gedichte schreibe, sah er mich mit anderen Augen. Für ihn hatte Poesie etwas Verweichlichtes. Hatte er mich falsch eingeschätzt? Konnte man mir wirklich trauen? Was ich für den einen war, war ich nicht für den anderen

Nach dem Krieg versuchte ich, meine Gedichte an kleinere Zeitschriften zu verkaufen. Davon gab es damals viele, auf Billigpapier gedruckt, aber fast alle verkündeten dasselbe: Nach fünf Jahren des Elends musste die Welt von vorn beginnen, sollte sie eine zweite Chance bekommen. Ich sah es anders: Es hört nie auf, nichts hört jemals auf. Alles dauert immer so an, geht nie vorüber, wie sehr sich jeder auch wünscht, ein Schlussstrich würde in den Sand gezogen, nach dem Motto: »Bis hierhin und nicht weiter«. Wenn es die Zeit überhaupt gibt, dann als eine sich schnell ins totale Nichts windende Spirale, nicht als Linie von A nach B. Ich muss dabei immer an ein schlecht funktionierendes Klo denken, bei dem, nach Betätigen des Spülknopfes, das Wasser gurgelt und bis an den Rand hochwirbelt, wo es gerade noch rechtzeitig, bevor es überzulaufen droht, zum Stillstand kommt. Hör mich hier reden, den philosophischen Scheißdichter à la Ist-doch-eh-alles-egal! Na, Letzteres war mir damals noch nicht klar. Ich wollte meine Wahrheit in Versform auf Papier sehen, doch zuvor musste ich den Machern dieser Blätter klarmachen, dass ein Bulle auch dichten kann. Ich hätte besser gar nicht erwähnen sollen, dass ich einer bin, das hätte Unannehmlichkeiten erspart. Doch Angelo, der unter dem Namen Wilfried Wils durchs Leben gehen musste, dachte, meine Uniform mache mich erst richtig interessant für diese Bande von Lehrern, Zeitungsheinis und kreativen Nichtstuern, die den Großteil derer bildete, die damals in diesem Land dichteten. Und als ich einen von ihnen schließlich doch überzeugen konnte, meine Verse zu lesen, wurden meine Gedichte als viel zu düster empfunden, als trübselig gar und somit ungeeignet für die neue Zeit, in der ab sofort nihilistische Schmierereien ins Reich der Vergangenheit verdammt wurden. Einer dieser blitzblanken Neugeister, die mich nicht veröffentlichen wollten – sein Name war Achiel Punt und er ist längst an einer schlecht verlaufenen Darmoperation gestorben –, hatte nicht damit gerechnet, dass ich ihm einem Besuch abstatten würde, in seinem Büro im Erdgeschoss auf dem Paardenmarkt, dazu noch während meiner Schicht: sprich in Uniform.

Völlig aus der Fassung gebracht, blickt er mich eines schönen Frühlingstages im Friedensjahr 1946 an. Auf an mich gerichtetem Briefpapier macht er einen auf wichtig, aber als er mich leibhaftig vor sich sieht, gibt er mir nervös scherzend zu verstehen, es gebe ihm ein ungutes Gefühl, dass in seiner Stadt ein Polizist herumläuft, der nach Dienstschluss derart schwarzgallige Gedanken zu Papier bringt. Hand aufs Herz: So was tut gut. So sehr sogar, dass ich mich mit Achiels etwas hastig dahergesagtem, dahingeheucheltem Versprechen begnüge, er werde meine Verse zwecks Beurteilung der Redaktion vorlegen. Als Abschiedsgruß erteile ich ihm eine Rüge, weil er seinen Abfalleimer zu früh auf den Bürgersteig gestellt hat.

Schreiben ist schon sonderbar, mein Junge. Während ich dir von Achiel Punt erzähle, sehe ich das »Vondel« vor mir, die Kneipe, in deren Nachbarschaft Achiel Punt 1946 wohnte, nur vier Häuser davon entfernt. Ich erinnere mich, dass die Gaststätte nach Kriegsende eine Zeit lang geschlossen blieb, weil Mitglieder des Widerstands auf ihrer Suche nach Kollaborateuren die Fensterscheiben zertrümmert und die Einrichtung zerstört hatten. Und dann sehe ich plötzlich genau diese Kneipe in ihrer Glanzzeit, im Herzen eines bunten Ausgehviertels, und mir wird klar, dass ich dir eine Sache noch nicht erzählt habe. Vielleicht ist es auch nicht wichtig. Urteile selbst.

Es ist Ende August 1940. Die Stadt ist seit knapp vier Monaten unter Besatzung. Ich bin zwanzig und das vergangene Schuljahr war endlich mein letztes auf der weiterführenden Schule, was meinen Vater aber auch nicht aufheitert. Er hat inzwischen seine Arbeit verloren und gibt sich ganz seinem Elend hin. Miesebart hingegen findet, mein Abschluss müsse gefeiert werden, denn Ehre wem Ehre gebührt, es sei ja schließlich auch sein Verdienst. In der Woche davor spricht er davon, dass wir einander etwas aus den Augen verloren hätten, was er schade fände. Ich hätte mir mindestens ein Glas in einem seiner Lieblingslokale auf dem Paardenmarkt verdient. Ich kann mir vorstellen, dass mein Vater ihn dazu angestiftet hat, dass ich ihm unendlich auf die Nerven gehe, wie ich im Bett liege, von Büchern umgeben, auf nichts wartend. Zu der Zeit fühle ich mich eingesperrt. Die Familie meiner Mutter hat den Geldhahn zugedreht, und da mein Vater noch immer arbeitslos ist, scheint ein Studium völlig ausgeschlossen. Ein Blick auf ihn genügt. Der Kerl wird erst dann Arbeit finden, wenn man ihm eine Stelle auf dem Silbertablett serviert. Seine Verletzlichkeit, sein Mangel an Initiative wurde jahrelang von dem Geld, das er heimbrachte, verborgen. Jetzt, da alle Hüllen gefallen sind, ist er hilflos wie ein neugeborenes Kind. Aber auch ich fühle mich wie ein Lamm auf dem Weg zur Schlachtbank. Worauf ich nicht sonderlich erpicht bin, ist, mich nach Deutschland abtransportieren zu lassen, ein Los, das damals bereits jedem Jugendlichen ohne Arbeit drohte. Manche meiner Kameraden halten es für die perfekte Gelegenheit, endlich daheim die Biege zu machen. Es winkt die Unabhängigkeit! Ich muss also eine Arbeit finden, und diese etwas unsichere Aussicht erfüllt mich dennoch mit einer gewissen Freude, wie ein Versprechen, das ich mir selbst zuflüstere. Wenn ich hier bald der Brötchenverdiener wäre … süß wäre meine Rache! Rache für das Leben, das meine beiden Alten seit Jahren für mich vorgesehen haben, ohne mich je nach meiner Meinung zu fragen, ohne sich auch nur danach zu erkundigen, was möglicherweise meine Pläne sind. Es ist lächerlich, sich mit den mittelmäßigen Ambitionen seiner Erzeuger abgeben zu müssen, genauer gesagt, das Ganze ist nichts als ein schlechter Scherz, aber wenn da keiner ist, mit dem man darüber reden kann, gibt es nach der Pointe kein befreiendes Lachen.

Und da sitzen Miesebart und ich nun im »Vondel«.

»He Wilfried?«, fragt er, während er sein Bier abstellt. »Jemand zu Hause? Du hast kaum von deinem Bier getrunken …«

»Stimmt. Entschuldige.«

»Wie läuft es daheim?«

Ich zucke mit den Achseln. »Keine Arbeit, kein Geld, und es ist Krieg.«

Miesebart lacht. »Der Krieg ist aus. Frankreich ist gefallen, den Engländern regnen die Bomben nur so auf den Kopf, Deutschland holt den Sieg heim. Und dein Vater kennt genug Leute. Lange wird das nicht dauern.«

»Ich glaube, ich muss mir selbst etwas suchen.«

»Du? Und was wird aus deinem Studium?«

Nachtigall, ich hör dich trapsen. Aber ich sage nichts. Ich trinke.

»Du willst also etwas anderes …«

»Ich weiß nicht, was ich will.«

»Oh doch«, sagt Miesebart leise, »das weißt du genau. Ich erkenne mich in dir wieder. Darum verstehen wir beide uns ja auch so gut. Wovon lebe ich? Die meisten würden sagen, ich sei ein Sportjournalist. Dass ich mir meinen Lebensunterhalt verdiene, indem ich ab und zu ein Artikelchen in der Zeitung veröffentliche. Aber lass uns ehrlich sein, die Leute blicken darauf herab. Was habe ich gemacht? Zwei Jahre Jura studiert, was sich als Fehler herausstellte. Dann noch ein paar Sprachen … Nie abgeschlossen. Und trotzdem kann ich sagen, dass es mir selten an Geld mangelt. Von Anfang an habe ich es geschafft, mir ein ausreichendes Einkommen zu sichern. Das läuft wie von selbst, und ich glaube auch nicht, dass sich das irgendwann einmal ändert. Selbst während des Studiums hatte ich Geld. Aber Geld interessiert mich im Grunde gar nicht. Es geht um die Möglichkeiten, die sich einem bieten, und einer wie ich, der kostet sie aus, ohne den Preis dafür zu zahlen. Kapierst du? Da, in deinem Kopf, zwischen deinen Ohren, da muss es laufen. Geld ist bloß ein Mittel zum Zweck, sonst nichts. Und es gibt genug Leute, die es einem anbieten.«

»So kann man's auch sehen«, sage ich schließlich.

»Wir leben in einem Land, wo es den Leuten weniger ausmacht, wenn jemand weiß, was für Unterwäsche ihre Ehefrau trägt, als dass publik wird, wie viel sie eigentlich verdienen. Fragt man jemanden geradeheraus danach, beginnt er direkt zu klagen und zu jammern. Wie du weißt, bin ich Idealist, immer schon gewesen, und ich schätze mich glücklich, dass ich miterleben darf, wie meine Weltanschauung Wirklichkeit wird. Im Übrigen hat es mich nie überrascht, dass mir meine Ansichten Geld einbringen. Es ist, als würde ich schlicht und einfach für die simple Tatsache bezahlt, dass ich Ideale habe. Ist das nicht großartig? Eine großartige Sache in großartigen Zeiten.«

»Mir ist nicht klar, was du damit eigentlich sagen willst.«

»Wirklich nicht? Ich habe eigentlich schon zu viel gesagt.«

Liest du Comics, mein Junge? Ich weiß, dass das eine alberne Frage für einen Siebzehnjährigen ist, aber ich muss auf einmal daran denken. Dein Großvater war verrückt nach *»Suske en Wiske«*. Liest man das heute noch? Ich erinnere mich an ein Album aus dieser Reihe, es hieß »Der Ringelingschatz«, und darin werden am Schluss die Comic-Helden von Väterchen Zeit wieder in ihre eigene Zeit zurückkatapultiert. Er trägt einen langen weißen Bart und eine Sense in der Hand und legt Suske und Wiske zwischen die Seiten eines riesigen Buches, dorthin, wo von ihrer Zeit erzählt wird. »Zackbumm!« sagte dein Großvater jedes Mal, wenn ich beim Vorlesen an diese Stelle gekommen war. Obwohl man es der Zeichnung nicht entnehmen konnte, war sich der Kleine sicher, Väterchen Zeit würde das Buch am Ende laut zuschlagen. Er war damals ungefähr fünf, aber so genau weiß ich das nicht mehr. Mir wird gerade etwas schwummerig im Kopf, weil ich deinen Großvater beschreibe wie ein Kind, das gerade erst aus den Windeln rausgewachsen ist. Dass ich dabei von einem Toten rede, macht die Sache nicht besser. In besagtem Comic-Heft, das ein paar Jahre nach dem Krieg erschienen ist, taucht auch ein gigantischer Drache auf, der To-tal-krieg heißt. Und dieser totale Krieg verschlingt Goldmünzen, alles Steuergeld, das die mittelalterlichen Menschen (denn zu der Zeit spielt die Geschichte) einfach in Abfalleimern an die Straße stellen sollen. Ich weiß nicht, ob der Zeichner Willy Vandersteen damit ein Zeichen gegen Krieg setzen wollte. Meiner Ansicht nach ging es ihm vor allem um die Steuern, um das liebe Geld, von dem alle in unserem Land so obsessiv reden. Wir halten uns nämlich nach wie vor für besetzt, wie ein Land von Knechten, das für sich selbst kaum einmal das Rittertum einfordert. Aber redet hier einer von seiner Geldbörse, dann spitzen gleich alle die Ohren. In dem Punkt hatte Miesebart recht: Hierzulande glaubt jeder Bürger, ein Märtyrer zu sein. Es herrscht allseits das Gefühl, ständig vom Staat bestohlen zu werden.

»Wenn die Leute in dieser Kneipe eine Ahnung hätten, was sich hier, vor aller Augen, abspielt … Meinst du, wir haben in den vergangenen Jahren Däumchen gedreht, hätten nicht gewusst, was eines Tages passieren würde? Einer wie ich weiß, wann die Zeit reif ist, sich in den Dienst des Ideals zu stellen, an das er glaubt. Ich habe dafür pro Monat zweitausend Franken bekommen, fast vier Jahre lang. Es war ganz einfach. Ich habe nur hier und da die Ohren aufgesperrt, Information über das gesammelt, was im Hafen so abläuft. Und dann habe ich mich hier mit ihm verabredet.«

»Mit wem?«

»*Mit meinem Freund Gregor* … rot wie ein Leuchtturm. Natürlich ein Deutscher. Ich habe so ein Gefühl, dass du ihm einmal begegnen wirst.«

»Dafür kannst du im Kittchen landen.«

»Jetzt natürlich nicht mehr. Noch ein Bierchen?«

Er ist noch nicht aufgestanden, da setzt sich eine Frau zu uns an den Tisch.

»Na, Ziegenbart? Erkennst du mich nicht wieder?«

Hinein in die Unterwelt: den breiten Paardenmarkt überqueren und über eine kleine Querstraße in die Falconrui und weiter zum Falconplein, die Verversrui, die Schipperstraat und dann weiter nördlich, über die Brouwersvliet – schließlich zur Spanjaardstraat und den Quais am Bonapartedok. Keine anständige Gegend. Wir gehen von einer Absturzkneipe zum nächsten zwielichtigen Etablissement: Miesebart, dein Urgroßvater und eine Dame, die Jenny heißt und auf den Pflastersteinen manchmal gestützt werden muss, weil sie Stöckelschuhe an- und eine Menge Alkohol intus hat, in ihrem einstmals zweifellos prächtigen Körper. Sie zieht eine Duftwolke hinter sich her. Miesebart wird in jeder Kneipe mit lautem Hurra empfangen. Damals ist mir diese Ecke der Stadt noch unbekannt, erst recht bei Abenddämmerung. Ab hier übernimmt Angelo die Führung, er, der tief in mir wühlt. Hier zickzackt man von einem Loch zum nächsten, so kann er ausloten, wie tief jedermanns Schwachsinn reicht. Hier nimmt jeder, während er genommen wird, in diesem bodenlosen Krater. Ich sehe zum ersten Mal so viele Soldaten an einem Ort. Die Männer von der Kriegsmarine sind die lautesten. Von Weitem und bei Tageslicht besehen, wirken sie wie kleine Kerle im Affenkostüm, mit blauen Streifen an den weißen Kragen und drolligen Kappen auf dem Kopf. Von Weitem erwartet man akrobatische Kunststücke, sieht man sie von Schiffstau zu Schiffstau hangeln, an Kanonenläufen hängen, mit Mützen um sich werfen. Aber aus der Nähe betrachtet und in einer überfüllten Kneipe kleben sie aneinander, können sie sich kaum noch auf den Beinen halten, während sie nach einer Frauenbrust oder einem Frauenhintern grapschen. Hier bekommt das Weiß ihrer Uniform einen schmierigen Rand, riecht man ihren Schweiß. Sie saufen, stoßen jede Menge Gläser um, bevor sie leer sind, und suchen Streit. Die Stadt gehört ihnen.

»Die gute Jenny ist schlecht drauf«, sagt Miesebart.

Wir sitzen sehr beengt an dem winzigen Tisch. Ab und zu kriegt einer von uns dreien etwas Bier ab oder müssen wir Ellenbogen ausweichen.

»Lass mich doch zufrieden«, nuschelt Jenny, die gerade versucht, sich eine Zigarette anzuzünden. Keine Ahnung, ob sie über vierzig ist oder sogar jünger als ich. Ihr Lippenstift wirkt beinahe dunkelblau in dem grünen Kneipenlicht, ihr blondes Haar gelb. An ihren Wimpern haften Klümpchen. »Lass mich in Ruhe …«

»Erzähl meinem jungen Freund doch einmal, wieso du eigentlich so schlecht gelaunt bist.«

Sie wedelt mit dem Zeigefinger. »Bitte nicht, Süßer. Das geht unser Bürschlein überhaupt nichts an.« Es klingt fast flehentlich.

»Ab jetzt muss sie zweimal pro Woche zur medizinischen Untersuchung.« Durch das Bier klingt seine Stimme so lässig wie brutal. Jenny haut mit der flachen Hand auf den Tisch. Die Gläser hüpfen. Aber gleich danach ebbt ihre Kraft wieder ab. Sie spielt an dem rubinroten Ring an einem ihrer Finger herum.

»Oh«, sage ich, »doch hoffentlich kein Krebs?«

Kurzes Schweigen. Jenny und Miesebart sehen mich an und prusten laut los.

Jenny krümmt sich vor Lachen, er schlägt sich auf die Knie.

»Köstlich!« Dann greift er nach ihrer Handtasche. »Warte, ich zeig es dir!«

Kampfeslustig wie eine Löwin, zerrt sie an ihrer Tasche.

»Gib sie gefälligst her!« Miesebart wehrt sie mühelos ab, sucht lachend weiter.

»Dreckskerl«, brüllt Jenny, die einen Riemen ihrer Handtasche erwischt hat und daran zieht. Der komplette Inhalt kippt auf den Boden: Flacons, Puderdosen, zerknüllte Taschentücher, Karten und ein Geldbeutel. Wie eine Blinde tastet sie unter dem Tisch herum, doch wieder kommt Miesebart ihr zuvor. Triumphierend hält er ein kleines Heft in die Luft.

»Sieh mal einer an.« Er zwinkert mir zu. Unter dem Tisch sammelt Jenny ihr Hab und Gut zusammen. Dabei fasst sie mir ans Knie, um sich abzustützen. Sie hat noch nicht gemerkt, dass Miesebart gefunden hat, wonach er suchte. So mancher Matrose starrt durch einen Schleier aus Promille und Geilheit auf ihren von einem engen grünen Rock umspannten Hintern, auf ihre Netzstrümpfe, auf die billigen Lackschuhe und ihre Wehrlosigkeit.

Auf dem Büchlein steht »*Carnet medical*/Untersuchungsheft« geschrieben, darunter »Gesundheitsamt«. Wenn man es aufschlägt, sieht man Stempel, und jeweils daneben, mit Füllfederhalter geschrieben, »Sint-Elisabeth«. Jenny windet sich unter der Tischplatte hervor, reißt Miesebart das Buch aus den Händen und verzieht sich mit dem letzten Rest Würde auf die Toilette.

»Dem Deutschen kann's nicht rein genug zugehen. Alle Freudenmädchen müssen sich ab sofort medizinischen Untersuchungen unterziehen. Also, mein Lieber, du weißt Bescheid: Willst du nach dem Weibe jagen, immer erst ihr Buch befragen. So 'ne Krankheit willst du dir nicht einfangen! Schreib dir das bloß hinter die Ohren.«

»Ja, ja«, sage ich und schaue weg.

Jenny kommt zurück. Ihr Make-up ist etwas verschmiert, aber sie wirkt jetzt wieder putzmunter. Sie hält sich einen zudringlichen Matrosen vom Leib, ohne ihn auch nur eines Blickes zu würdigen, und stellt sich an unseren Tisch.

»He, Dreckskerl …«

Miesebart hebt den Blick, lächelt. »Das war doch nur Spaß …«

»Ah ja?«

»Sollte nur 'n Witz sein.« Er scheint auf einmal nüchterner zu sein. Es ist, als lege sich der Lärmpegel jetzt, als klirrten keine Gläser mehr, werde nichts mehr lallend bestellt. Er sucht mit den Fingern nach ihrer Hand. »Das weißt du doch, oder?«

Sie schlägt seine Hand beiseite. »Pfoten weg! Mir reicht's.«

Resolut bahnt sie sich einen Weg an den Matrosenkörpern vorbei.

»Jenny?«

Sie dreht sich nicht um. Er erhebt sich, streckt die Hand aus.

»Jenny!«

Da schließt sich die Tür hinter ihr. Ein wenig verzweifelt nimmt er wieder Platz.

»Sie kommt schon zurück.« Er hüstelt.

Auf einmal sehe ich einen feuchten Schleier auf seinen großen kugelrunden Augen.

Miesebart bestellt zwei Herrengedecke, also Bier und dazu einen Schnaps. Ich lehne dankend ab. Bei meinem Vater habe ich gesehen, wohin das mit dem Jenever führen kann. »Ein übler Trunk«, wie sie hierzulande sagen. Außerdem muss ich schließlich bald nach Hause gehen. Es ist kurz vor zehn und ab dann gilt Ausgangssperre für alle ohne Sondergenehmigung.

Es kostet mich etwas Mühe, Miesebart davon zu überzeugen, mit mir zu gehen.

»Ich habe eine Sondertschuschtemmong!«, grölt er, sichtlich zufrieden mit seinem Deutsch.

»Ich nicht«, sage ich.

Gelächter, gleich darauf Schwermut. Auch das erkenne ich wieder: Jenever.

»Ich lass mir nicht ins Büchlein schauen, Wilfried!«

»Nein.«

»Ich bin keins von diesen Buchweibern.«

»Auf keinen Fall.«

»Ja, die Jenny«, trauert er, »wo issn die jetzt hin? Wo ist das Buchweib?«

»Lass uns nach Hause gehen.«

»Scher dich weg! Leck mein Buch!«

Mithilfe von ein paar Matrosen, die ebenso betrunken sind wie er, ziehe ich Miesebart hoch. Gemeinsam torkeln wir die Leien entlang. Den Kopf gegen mein Revers gedrückt, lässt er Tränen und Rotz freien Lauf. Ab und zu faselt er etwas Unverständliches, hält dabei den Finger in die Luft. Ungefähr auf der Mitte der Keyserlei, wo sich noch mehr Betrunkene auf den Heimweg machen, hat er sich wieder mehr im Griff. Er streicht sich über die nach hinten gekämmten Haare, zieht seinen Schlips gerade und braucht mich nicht mehr als Stütze.

»Du bist echt ein feiner Kerl, Wil ... Bist schwer in Ordnung, verstehst du, was ich meine?«

Wir sind den Schienen bis ins Kievits-Viertel gefolgt und biegen nun endlich in die Plantin en Moretuslei ein. An seiner Haustür angekommen, legt er mir beide Hände auf die Schultern.

»Ich werde was regeln«, sagt er plötzlich entschlossen. »Ich verschaff dir eine Stelle. Bei der Polizei. Kapierst du? Ich bring dich da unter. Ich mit meinen Kontakten, ich!«

Er sucht nach seinem Schlüsselbund. Ich helfe ihm, die Tür zu öffnen. Im Flur lässt er sich einfach fallen und tritt, bevor ich richtig drinnen bin, die Tür knallhart zu.

Ich drehe mich um und höre seine Mutter noch laut »Saufbold!« rufen.

Auch in meinem Schädel meldet sich jetzt Dämon Alkohol.

Alles fängt an, sich zu drehen.

Ich kotze auf meine Schuhe.

Begleite uns ein Stück des Weges, mein Junge. Es ist Sonntagnachmittag, der 22. Juni 1941, so steht es mit Tinte auf der Rückseite des Fotos, das ich in den Händen halte. Deine Urgroßmutter in spe geht zwischen ihrem Bruder Lode und mir. Sie hat sich bei uns beiden untergehakt. Wir formen ein spazierendes Dreigespann auf der Keyserlei. Das Wetter ist bestens, kein Wölkchen am Himmel. Hak dich bei mir unter, dann bilden wir ein lustiges Viergespann.

Siehst du die Stadtbewohner lachen, sich gegenseitig zunicken? Gutes Wetter lässt einen alles vergessen. Da nimmt man sogar die wirklich horrend gewordenen Preise für Lebensmittel in Kauf. Auf dem Schwarzmarkt muss man jetzt das Sechsfache für Sachen hinblättern, die man noch vor zwei Jahren ganz normal im Laden bekommen hat: Butter, Milch, Eier, Fleisch. Letzte Woche habe ich mit meinen Kollegen wieder einen Schwarzhändler zu fassen gekriegt. Wortlos handeln wir die Angelegenheit ab, wie wir es jetzt schon seit dem Winter machen: die Beute untereinander verteilen und den Gesetzesbrecher laufen lassen. Oft stoßen wir mehrfach auf dieselben Schwarzhändler, dann nickt man sich gegenseitig zu. Was früher als Gesetz galt, wurde durch unausgesprochene Vereinbarungen, Gemauschel und einen gelegentlichen, kalkulierten Zufallstreffer auf beiden Seiten ersetzt. Jeder ist auf seinen Vorteil bedacht, wägt eins gegen das andere ab. Wer das für unehrenhaft hält, verliert. Wer dabei nur mit den Achseln zuckt, lernt dazu. Dir ist bestimmt klar, dass das alles mit gewissen Risiken verbunden ist. Die Deutschen fordern harte Strafen, und mit uns wird man gewiss nicht zimperlich umspringen. Ein Tag folgt dem nächsten, und am Ende eines jeden Tages nickt sich dein zukünftiger Urgroßvater im Spiegel zu, das ist alles. Jeder für sich. Wir rauben vor dem Höllenschlund, es sind dramatische Zeiten und wir tun, als sei alles normal. Und gleichzeitig wollen alle nur tanzen, tanzen, tanzen. Unter dem Hochhaus der bäuerlichen Genossenschaftsbank, am Ende der Meir, befindet sich ein Jazzclub, der samstagabends immer rappelvoll ist. Vor dem Krieg wurde dort Swing gespielt, und das tun sie da jetzt immer noch, auch wenn die Texte manchmal auf Deutsch gesungen werden oder Stan Brenders, der Kapellmeister, ein Stück wie Duke Ellingtons *»Mood Indigo«* als »In Purpurstimmung« ankündigt, um so das damals noch recht arglose Zensurorgan der sogenannten Kulturkammer hinters Licht zu führen. Kein

Schwein kümmert's, Hauptsache, es kann getanzt werden. Heute ist die Stimmung hier besonders ausgelassen, es herrscht ein einziges »Pflücke-den-Tag« und »Schenk-noch-mal-ein«. Auf Radio Brüssel, der »gesprochenen Tageszeitung«, wie wir die Rundfunknachrichten nennen, wurde heute Morgen hochtrabend angekündigt, dass die Deutschen in Russland einmarschiert sind. »Na endlich«, rief mein Vater. »Dachtest du etwa, die Deutschen würden mit diesen Barbaren aus dem Osten gut Freund bleiben? Da siehst du's, Wil! Was hab ich dir gesagt? Das sind keine Faulpelze. Hitler zeigt mal wieder, was er draufhat! Und lange wird es nicht dauern. Die Russen haben jetzt schon Hals über Kopf die Flucht ergriffen. Die laufen sich die Hacken wund bis Wladiwostok!« Ja, er ist fröhlich, denn er hat endlich wieder Arbeit, als Schreiberling im Rathaus. Sein Kumpel dort hat wahre Wunder verrichtet. Mein Vater musste einzig und allein nachweisen, dass er »volkseigen« ist, sprich: Er musste Mitglied der Bewegung werden. Ihm zufolge war es kurz vor knapp gewesen. Viel hätte nicht gefehlt und wir wären auf unseren Ärschen in den Abgrund geschlittert. »Denn wenn wir noch länger von deinem mickrigen Polizeigehalt hätten leben müssen ...« Alles bestens, seiner Ansicht nach: Er hat wieder Geld und Selbstachtung sowie einen volkseigenen Deckmantel, um sich an die Sekretärinnen heranzumachen. Und Mutter ist erleichtert, weil sie sich sein Geschwafel nicht mehr anhören muss. Was Hitler angeht, gibt es seiner Meinung nach keinen zupackenderen Mann, er meint, er wiegt uns wie ein Riese in seinen Armen. Mein Vater ist gewiss nicht der Einzige, der den sensationellen Angriff auf die gottlosen Bolschewiken freudig begrüßt. Hörst du das Brausen auf der Keyserlei? Es ist in aller Munde. Aber weißt du, wie ich mich fühle? Elegant. Denn ich habe drei Eintrittskarten für eine Matinee im Café »Atlantic«. Dort tritt eine Sängerin auf, die sie jetzt schon »die belgische Zarah Leander« nennen. Yvettes Arm in meinem macht mir bewusst, dass es zu laufen beginnt. Ich werde dir nicht weismachen, ich hätte die Liebe kennengelernt. Doch ich begreife es langsam ein wenig. Deine Urgroßmutter in spe ist eine attraktive Frau, Männer drehen sich nach ihr um, Frauen schätzen ihren Kleiderstil: schlicht, aber elegant. Ich glaube, es amüsiert sie, dass wir zwei Männer, Arm in Arm mit ihr, die Leute ein bisschen verwirren. Wer ist denn nun ihr Verehrer? Der eine, der von Weitem wie Errol Flynn aussieht und sich wieder zu viel Pomade ins Haar geschmiert hat, weswegen er von Yvette scherzend als »Glitschkopf« bezeichnet wird? Oder doch der andere, also ich, der mit seinen dunklen Karfunkelaugen in einem gebrauchten, cremeweißen Anzug herumstolziert, von dem mein Vater behauptet, er sehe darin aus wie ein Waffelverkäufer am Strand der Côte d'Azur? Mit anderen Worten, mein Junge, das Spiel hat begonnen und ich mache mit, dämlich, wie ich bin, als gehörte ich irgendwo dazu.

Voilà, wir sind drinnen. Ganz schön viel los. Setz dich zu uns an den Tisch, es ist noch ein Stuhl frei. Habe ich dir schon erzählt, was Yvette anhat? Eine Bluse mit aufgestickten orangefarbenen Blumen, dazu einen schwarzen Rock, der ihr genau bis übers Knie reicht. Ihr Haar hat sie wieder mit kastanienbraunen Haarklammern aufgesteckt. Ihr Mund? Rostroter Lippenstift, wie üblich. Sie ist sichtlich in ihrem Element. Ich habe dir ja schon erzählt, wie sehr sie das Singen liebt. Kellner drehen ihre Runden, die Nase in der Luft und eine weiße Serviette über den rechten Arm drapiert. Wir werden als Letzte bedient. An den Tischen hinter und vor uns sitzen lauter deutsche Offiziere. Ihre Mädchen lachen lauthals. Sie trinken entweder Wein oder Crème de Menthe, sprechen gebrochen Deutsch und kichern miteinander. Der Akkordeonist begibt sich an seinen Platz. Der Pianist nickt kurz ins Publikum, dann lässt er die Finger knacken. Jetzt tritt der Tenor auf die Bühne, José Corazon. Sein richtiger Name lautet Jos Malfait, und er ist der Sohn eines berühmten Opernsängers dieser Stadt, der seinerzeit in Mailand, New York und Paris Triumphe gefeiert hat. Nach dem Tod seines Vaters hat José versucht, daran anzuknüpfen. Vor dem Krieg erlangte er mit seinem Lied über Flüchtlinge im Spanischen Bürgerkrieg einen gewissen Bekanntheitsgrad. Damals stimmten alle gerne in seinen Gesang mit ein, der manchmal abrupt in die Höhe schoss, als habe ihn wer mitten im Singen bei den Eiern gepackt: »Ich streife verlassen hier durch die Straßen. / Kann's Leben nur noch hassen, / weshalb ich nur traurige Lieder sing. / Ja, alles hab ich entbehrt, / es war die Hölle auf Erd. / Sieh mich armen spanischen Flüchtling.« Nein, dieses Lied singt er nicht mehr, denn jetzt sind die Säle voller Offiziere, die ebendiesen Bürgerkrieg vorangetrieben haben und dort ihre Flugzeuge getestet haben, um sie wenige Jahre später über unser Land hinwegzujagen, das Wams mit Bomben und Granaten gefüllt. Aber der spanische Stil ist immer noch Josés Markenzeichen. Er trägt sein schwarz gefärbtes Haar streng nach hinten gekämmt, seine Augen hat er mit Kohlestift umrandet, darunter ein Lächeln aus einer Reihe weißer Zähne, und er singt von Stierkämpfern, Señoritas und Gitarren, deren Klänge in den leeren Gassen Sevillas ertönen. Inzwischen allerdings auf Deutsch.

»Hätte ich bloß meinen Fächer mitgebracht«, flüstert Yvette fröhlich.

»Ja, so ein Torero, das wär was für dich«, stimmt ihr Bruder zu und lacht.

»Er hat sich geschminkt! Das ist absolut nichts für mich.« Dabei wirft sie mir einen Blick zu.

»Das tun diese Künstler doch alle …«, sage ich.

Du müsstest mal sehen, wie sich fast alle zur Musik wiegen. José singt vom Kuss dieses Zigeunermädchens, das er so sehr begehrt.

Genau vor ihm befindet sich die Tanzfläche, auf die nun eine Frau nach der anderen geführt wird.

»Das hängt mir langsam so was von zum Hals raus«, knurrt Lode, der schon eine Weile erfolglos mit den Fingern nach vorbeieilenden Kellnern schnippt. »Ich will doch bloß ein Bier, das ist alles.«

Da steht plötzlich einer in Waffen-SS-Uniform an unserem Tisch.

»Dürfte ich das Fräulein bitten, mich auf die Tanzfläche zu begleiten?«

Wir schauen hoch. Das ist kein Deutscher, sondern einer von uns. Aber mit den kurz rasierten Haaren und dem Hackenschlagen wirkt er fast echt. Als sei diese Stadt nur noch dazu gut, dort seine Notdurft zu verrichten, nachdem er Körper und Geist in Preußen hat stählen lassen. Ich erkenne ihn. Das ist Karel, verflucht noch mal, der Blondschopf von damals, mein ehemaliger Klassenkamerad. Ich habe dir ja schon erzählt, dass er ein Musterschüler war, den die Lehrer nicht ausstehen konnten, weil seine Eltern so deutsch gesinnt waren. Keine Ahnung, ob er mich auch erkennt. Jedenfalls lässt er sich nichts dergleichen anmerken.

»Das Fräulein ist schon vergeben, zieh Leine«, schnauzt Lode ihn an.

»Das möchte ich lieber von der Dame selbst hören«, sagt Karel, der Möchtegernpreuße ruhig.

»Hast du Dreck in den Ohren, oder was?«

»Lass gut sein, Lode.«

»Ah, die liebreizende junge Dame kann sprechen.«

»Wenn du nicht aufpasst, stopf ich dir dein Maul!«

Lode richtet sich auf. Seine und die Nase des SS-Manns berühren sich fast.

Yvette packt ihn beim Handgelenk. »Hör auf damit!«

»Sie können sich doch bestimmt ausweisen, oder?«

Lode schüttelt ungläubig den Kopf, schaut mich an und sagt: »Dieser Kerl will meine Papiere sehen … Hast du das gehört?«

Lode holt seine Dienstmarke hervor, hält sie dem SS-Mann vors Gesicht. »Was sagst du hierzu?«

Hinter unserem Tisch beschweren sich die Freundinnen der Offiziere, dass sie nichts mehr sehen können.

»Setzt euch hin!«, zischt eine.

Angenommen, du säßest jetzt wirklich mit uns an diesem Tisch, wie ich es beschrieben habe. Sitzt mit uns in der Höhle des Löwen, umgeben von Deutschen und solchen, die am liebsten Deutsche wären, denen es nicht schnell genug gehen kann. Würdest du Yvette davon abhalten, mit einem von der SS zu tanzen? Ich sehe, wie du den Kopf schüttelst. Was ist denn schon dabei, denkst du. Glaubte damals nicht ohnehin jeder, die Deutschen hätten gewonnen, und man sollte sich daher am besten mit ihnen arrangieren? Natürlich, aber es gab auch solche, die der Sache nicht trauten, die fanden, es wäre gefährlich, den Umstand zu ignorieren, dass sich das Blatt von jetzt auf gleich wenden könnte und dann schwarz wieder weiß wäre, oder umgekehrt. Ich sage ja nicht, dass alle dieser Meinung waren, absolut nicht. Es gab welche, die einfach abwarteten, abwägten und sich das Ganze ansahen, ohne jemals Position zu beziehen. Diese Leute nannte man damals »Attentisten«, als seien sie in der Vorkriegsperiode stecken geblieben. Diejenigen, die weiter ihren Verstand benutzten, hatten das Gefühl, in einer Art Lotterie gelandet zu sein, wo jeder noch so kleine Vorfall üble Folgen haben konnte; vielleicht nicht sofort, aber in der Zukunft. Einmal zu weit aus dem Fenster gelehnt, und du kriegst möglicherweise nach dem Krieg die Quittung dafür. In dieser Welt kann es passieren, dass sich irgendein Drecksack hinterher, wenn sich das Kriegsblatt definitiv gewendet hat, plötzlich daran erinnert, dass eine attraktive

Frau namens Yvette ein Tänzchen mit einem Möchtegernpreußen aufs Parkett gelegt hat. Womöglich hat Lode Karel genau deshalb so angeschnauzt, was in dem Augenblick selbst wiederum unvorsichtig war (weshalb ich ihn ja auch versucht hatte zu warnen). An und für sich war die Sache nicht der Rede wert, denn natürlich traf deine zukünftige Urgroßmutter, ihren Bruder und dessen Freund, auf den sie ein Auge geworfen hatte, ungeachtet, selbst eine Entscheidung, wenn auch vielleicht nur, um dem ganzen Heckmeck ein Ende zu bereiten.

Yvette nimmt Karel bei der Hand und flüstert: »Komm.«

Noch bevor Lode etwas sagen kann, betreten die beiden die Tanzfläche.

»Idiot«, sage ich.

»Ich ein Idiot? Du hast es gerade nötig, Wilfried! Lässt das einfach so geschehen. Wenn der Kerl gleich pissen geht, wird er was erleben. Der wird nach seiner Mama winseln.«

»Was bringt uns das?«

»Diese Typen sind jedenfalls zum Kotzen. Letzten Freitag … Du wirst es nicht glauben. Ich bin mit André auf Streife. Eine Frau bittet uns um Hilfe, den Schrecken im Gesicht. Zwei Kerle vor dem Bahnhof. Sie sind nicht einmal in Uniform. Die Männer wollen von jedem, der aus dem Hauptbahnhof kommt, die Papiere sehen, um zu kontrollieren, ob unter den Leuten Juden sind. Ist das zu fassen? Wir also da hin. Wir verlangen, dass sie sich ihrerseits ausweisen. Nein, ihre Papiere haben sie nicht bei sich. Dabei sehen sie uns an, als sei das die normalste Sache der Welt, als seien wir die Clowns in Uniform. *Sicherheitsdienst*, sagt einer der beiden, wir arbeiten für den SD, offizieller Auftrag von oben, haltet euch da raus. Und Achtung, jetzt kommt's: Das waren gar keine Deutschen, Wil!«

»Nicht so laut, Mann!«

Lode blickt um sich, flüstert dann: »André erklärt denen, dass das nicht einfach so geht. Weißt du, was der eine daraufhin erwidert?«

»Halt dich besser aus so was raus, Lode, du musst vorsichtiger sein …«

»Du kannst mich mal kreuzweise.«

Doch Lode schaut sich lieber einmal rasch um, ehe er aufgeregt weiterberichtet: »Einer dieser Mistkerle schaut uns an, fragt uns vollkommen ruhig, ob wir auch tatsächlich Polizisten sind. Ich meine, sind jetzt alle total übergeschnappt? Kann jetzt jeder machen, was er will, und wir sind die Deppen vom Dienst? Kapierst du das? Der fragt uns, ob unsere Uniform überhaupt echt ist … Na, wir haben die Herren erst mal mit auf die Wache genommen. Gab natürlich jede Menge Ärger.«

»Meine Damen und Herren, es freut mich sehr, liebes Publikum, Ihnen eine junge Dame vorstellen zu dürfen, die Ihnen hier, im Café ›Atlantic‹, zu Ihrer aller Vergnügen die schönsten Lieder von Zarah Leander darbringen wird. Empfangen wir sie mit einem herzlichen Applaus … La … Esterella!«

Händeklatschen. Sogar begeisterte Pfiffe.

Eine junge, ein wenig schüchtern wirkende, relativ große Frau betritt die Bühne. Ihre vollen Lippen murmeln ein Dankeschön. Sie nickt dem Pianisten zu und beginnt mit einem wehmütigen Zigeunerlied, wofür sie lauten Beifall erntet. Yvette und Karel tanzen wieder, wobei Yvette ununterbrochen zu der Sängerin schaut. *»Sie hat eine bombige Stimme«*, sagt ein deutscher Offizier hinter uns und lacht.

Als La Esterella zu ihrem dritten Lied ansetzt, kehren Yvette und Karel zurück an den Tisch. Er nickt uns zu, als sei nie ein böses Wort zwischen uns gefallen, und akzeptiert sogleich den Stuhl, den

Yvette ihm anbietet. Lode ballt die Hände zu Fäusten. Seine Schwester schaut ihn aber derart durchdringend an, dass er gar nicht anders kann, als sich im Zaum zu halten.

»Und, Wilfried, bist du auch bei der Polizei?«

»Hilfspolizist«, sage ich und nicke. Da erkennt mich dieser Karel plötzlich, mehr noch: Er tut, als seien wir alte Freunde. Yvette erzählt er, dass wir zusammen das Gymnasium besucht haben.

»Hast es den Leuten nicht leicht gemacht, was, Wilfried? Immer musste es nach deinem Kopf gehen, daran erinnere ich mich noch gut.«

Er schnalzt mit den Fingern und im Nu steht ein Kellner vor uns.

»Bier für alle?«

Lode reagiert nicht, ich nicke wieder.

»Für mich einen süßen Wein.« Yvette lächelt.

»Wenn du später noch mal mit mir tanzt …«, entgegnet Karel, der sie sichtlich anschmachtet.

»Wir werden sehen.«

»Am besten noch heute. Nächste Woche bin ich vielleicht schon nicht mehr hier.«

Dann erzählt er uns von seinem bevorstehenden »Rendezvous mit der Geschichte« und scheint zu erwarten, dass wir gleich in Ohnmacht fallen.

»Na, da wird's sicher heiß hergehen, bei diesem Rendezvous.« Lode stichelt direkt.

»Gegen die Russen kämpfen? Viel heißer kann's nicht werden.« Karel grinst.

»Dort geht es doch gerade erst los …« Yvette nippt an ihrem Wein.

»Ich habe mich gleich heute gemeldet, obwohl es dafür eigentlich noch zu früh ist. Da muss ich einfach dabei sein. Ich hoffe, dass ich bald meinen Marschbefehl kriege, sonst ist es da drüben gelaufen, bevor ich einen Russen vor die Flinte bekommen habe. Und ich bin nicht der Einzige, der sich gemeldet hat. Wir sind sehr viele und das macht mich froh. Deutschland soll wissen, dass es in diesem Titanenkampf nicht alleine dasteht. Das ist Teil unserer Volkswerdung.«

Karel trinkt von seinem Bier und steht auf. »Ich mache mich mal frisch, bin gleich wieder zurück.« Er nickt, schaut kurz in die Runde, geht dann zu den Toiletten.

Lode fährt sich durchs Haar und sagt: »Also dann …« Er will aufstehen, aber ich halte ihn zurück.

»Was soll das?«

»Lass es bleiben …«, sage ich.

»Was soll er bleiben lassen?«, fragt Yvette in scharfem Ton.

»Dein Bruder will deinem frischgebackenen Tanzpartner auf dem Klo eins in die Fresse schlagen.«

»Schämst du dich nicht!«

»Lass meinen Arm los, Wilfried!«

»Tu's nicht, Lode!«

Lode schaut zu mir und zu Yvette, kippt sein Bier hinunter und sagt: »Macht, was ihr wollt, aber ich bleib hier nicht länger. Wenn du lieber feige da sitzen und diesen aufgeblasenen Fatzke einfach reden lassen willst, bitte sehr! Mir dreht sich jedenfalls der Magen um, wenn ich das sehe.«

Und weg ist er.

»Er hat zu viel getrunken«, sagt Yvette zu seiner Entschuldigung.

»Unsinn.«

»Stimmt, du hast recht. So ist er nun mal. Du bist da anders, nicht wahr? Du bist … wie soll ich's sagen … realistischer.« Dabei schaut sie mich lächelnd an.

»Keine Ahnung, was du damit meinst.«

»Zünd mir mal die Zigarette an.«

Ich schnippe mein Feuerzeug auf, halte die Flamme an ihre Zigarette. Da berührt sie meine Hand, und das ist kein Zufall, diese Berührung geht mit einem durchdringenden Blick einher.

Realistischer ... Das Wort fühlt sich an wie ein sanfter Kinnhaken. Angelo in mir flucht verächtlich.

Sie fragt, ob sie etwas Falsches gesagt habe.

»Ich wollte damit eigentlich sagen, dass du einer bist, der, koste es, was es wolle, überleben will.«

»Das ist Lode auch. Das sind wir alle. Bis wir es irgendwann nicht mehr sind, oder?« Ich lache etwas nervös.

»Nein, du bist anders. Das spüre ich. Du bist anders als jeder von uns. Du schaust durch alle hindurch, und du hast etwas Hartes in dir.«

»Soso.«

»Da staunst du, was?«

»Ich gebe zu, ich bin beeindruckt.«

»Lachst du mich etwa aus? Oder täusche ich mich?«

Ich schaue ihr geradewegs in die Augen und lasse zum ersten Mal in meinem Leben zu, dass ein anderer Angelo zu sehen bekommt.

Gerade überlege ich, ob das wirklich bei dieser Gelegenheit passiert ist. Aber das ist nicht so wichtig. Geschah es automatisch, stand ich unter ihrem Bann, oder tat ich es, um sie in meinen zu ziehen? Zeigst du deine verletzliche Seite im Beisein von Mädchen? Vielleicht glaubst du es, aber das nehme ich dir nicht ab. Dafür bist du zu jung, scheint mir. Und es muss ja auch nicht sein. Jedenfalls ist es keine Voraussetzung dafür, gesund durchs Leben zu gehen. Gut für die Seele ist es auch nicht unbedingt, egal, was sie dir einzureden versuchen. Es ist natürlich aufregend, aber du musst dazu schon Umstände akzeptieren, die man im Allgemeinen romantisch nennt.

Nun, ich meine mich zu erinnern, ihr genau dort, im »Atlantic«, Angelo gezeigt zu haben. Besser ging's nicht. Sie, die erst mit diesem Möchtegernpreußen tanzt, dann dessen Pinkelpause, Lodes Wut, und anschließend die Worte, die sie an mich richtet. Vergiss dabei nicht die Sängerin mit ihrer Zigeunerattitüde, die Klänge des Klaviers und des Akkordeons und meinen eleganten Stolz, weil ich Karten für diese Matinee ergattert hatte. Im Nachhinein kann man immer sagen, dass es sich so oder so ähnlich abgespielt hat, und sich selbst die Ehre zukommen lassen, alles so gewollt zu haben. Doch einer wie ich sollte besser demütig anerkennen, dass die Wahrscheinlichkeit genauso groß war, dass Angelo selbst sich zu erkennen geben wollte und er das alles so gedeichselt hat.

Mein Blick macht, dass sie kurz blinzeln muss, sie wirkt leicht verwirrt, als ich sage: »Du kannst ganz beruhigt sein!«

Karel steht wieder am Tisch, reibt sich die Hände.

»Noch ein Tänzchen?«

»Vielleicht später«, sagt Yvette, »Wilfried hat mich gerade aufgefordert.«

Und damit ist die Sache mit Karel erledigt. Nie und nimmer hätte ich erwartet, dass sich der brave Karel mal in einen dieser selbstsicheren Herrenmenschen verwandeln würde. Hätten die Deutschen sich hier nicht breitgemacht, wäre er längst in die Fußstapfen seines Vaters getreten und würde sich als Notar über Eigentumsakten und anderen Papierkram beugen. Stattdessen ist er an die Ostfront gezogen, von wo er ein Jahr später mit einem Schrapnellsplitter im Schädel zurückkommt. Er lässt sich notdürftig zusammenflicken und zieht dann wieder in die weiße Hölle. Unmittelbar nach dem Krieg kommt mir zu Ohren, er sei in Abwesenheit wegen Hochverrats zum Tode verurteilt worden. Doch dann taucht er ein halbes Jahr später wieder auf, ausgerechnet in dem Augenblick, als die ersten wankenden Skelette aus den Lagern zurückkehren und alle hysterisch werden, oder so tun, als ob. Genau in dieser Phase ergreift man ihn am Lütticher Bahnhof, leicht abgemagert, und, so nehme ich an, entsprechend verwildert, nach dem, was er hinter sich hat: die russische Steppe und die Horde von Untermenschen, die ihm ans Leder wollten und die ihn und seine Kameraden von der Ukraine bis tief in den Enddarm seines ach so geliebten Deutschlands gejagt haben. Sein Vater schaltet Anwälte ein. Aus der Todesstrafe wird lebenslänglich, lebenslänglich bedeutet schließlich um die dreißig Monate, nachdem seine Strafe ein paar Mal heruntergesetzt worden ist. Der stets hochanständige Karel mit der persilweißen Weste führt hinterher das Leben eines Buchhalters. Sein Kundenstamm besteht in erster Linie aus ehemaligen Mitstreitern, denen er im Rahmen der nie endenden Volkswerdung freudig dabei behilflich ist, den Staat zu betrügen, der die ewig brennende Flamme ihres Heldenmutes hatte auslöschen wollen. Er stirbt drei Jahrzehnte später und hinterlässt eine Menge Söhne, allesamt ebenfalls Buchhalter. Männer wie Karel wiederholten zeit ihres Lebens, dass sie die wahren Idealisten waren. Tod den Bolschewiken! Ach, ist ja schon gut, du Idealist … Man denkt nicht gern an die unangenehme Tatsache, dass ihr Leben vor dem Krieg festgelegt worden war, und zwar von der Wiege bis auf die Bahre. Dem zu entgehen war damals nahezu unmöglich, dazu hätte es einen Halbgott wie Herkules gebraucht, nicht ein geschorenes Schaf namens Karel. Und sieh an, auf einmal gab es Krieg, und das Leben war keine Falle mehr, sondern entpuppte sich plötzlich als Spiel. Unter dem weißen Deckmantel des Idealismus verbarg sich Langeweile, eine Strafe auf Lebenszeit, ohne dass sie nach dem Krieg von einem Richter verhängt worden wäre.

Als die Musik zu Ende ist, schlägt deine Urgroßmutter in spe vor, einen kleinen Spaziergang durch den Stadtpark zu machen.

Die Sonne gibt noch immer ihr Bestes. Wir schlendern. Tauben fliegen auf, Amseln singen. Viele Leute genießen das Wetter. Jeder natürlich in seinen Sonntagssachen. Der Park gehört ihnen, oder besser gesagt: dem Bürger, der einen Anspruch auf seinen freien Tag hat und mit Frau und Kindern sehen lässt, dass das Leben es gut mit ihm meint, dass er Herr seines Schicksals ist. Yvette hat meine Hand genommen. Vorsichtig, wie es scheint, und ich lasse es geschehen. Mein Herz schlägt ein wenig schneller, das schon.

»Macht es dir gar nichts aus, dass wir fast gleich groß sind?«

»Nein«, sage ich, etwas aus dem Konzept gebracht.

»Die meisten Männer sind lieber etwas größer.«

Sie macht mich nervös. Wenn ich nicht aufpasse, fängt sie noch davon an, wo wir eines Tages zusammen wohnen werden, oder fragt, wie viele Kinder ich möchte. Wir gehen langsam einen Hügel hinauf, weil sie über die Brücke möchte, die über den Weiher führt.

»Was willst du denn da drüben?«

»Gar nichts, es ist schön da.«

Sie umarmt sich selbst, während sie sich vorbeugt. »Schau, da sind wir.« Sie deutet auf unser Spiegelbild auf der stillen Wasseroberfläche.

»Wir passen gut zusammen«, rutscht es aus mir heraus, und sogleich fährt mir der Schreck in die Glieder. Ja, lach du nur über meine Dummheit. Wenn jedes Wort wohlüberlegt sein will, bleibt einem nichts anderes übrig, als Dinge zu sagen, die völlig abgedroschen sind und von denen man dennoch keine Ahnung hat.

Sie lächelt: »Was verstehst du schon davon?«

Eine unangenehme Hitzewallung steigt aus meinen unteren Regionen auf. Ich spiele dieses Spiel nicht gut, ich mache mich zum Affen. Angelo in mir stöhnt. Warum so überstürzt, so sentimental?

Wieso ihr kein Gedicht schicken, nächste Woche? Ein Gedicht aus selbst gewählten Worten kann schmeicheln, ist wohlbedacht und interpretierbar, lässt aber ebenso gut Raum für ein wenig Dunkelheit, sinnliche Anspielungen auf Dinge, die nur Seelenverwandte verstehen können, Geheimsprache, die in Abgründe blicken lässt. Wir gehen gemeinsam die eiserne Hängebrücke nach unten, biegen rechts ab, immer noch schlendernd, die Zeit dehnend.

»Bist du glücklich, Wilfried?«

Während sie mich das fragt, schaut sie mich nicht einmal an. Es klingt wie eine Frage aus Tausenden. Trotzdem habe ich nie darüber nachgedacht. Habe noch nicht einmal das Wort je in den Mund genommen, ich käme gar nicht auf die Idee, das zu tun. Da sie mich jetzt danach fragt, weiß ich auf einmal, warum: Es ist eine Falle. Es schreit geradezu nach weiteren Worten, nach Zukunft, nach einem Leben, wie es die anderen führen, es gibt einen einzigen Weg vor, von dem man unmöglich abweichen kann.

»Hätte ich das nicht fragen sollen?«

»Ich denke noch darüber nach.«

»Wenn es so lange dauert, kenne ich die Antwort schon«, sagt sie ziemlich verärgert. Meine Hand lässt sie nicht los, aber es ist natürlich nur eine Frage der Zeit, bis sie es tun wird. Wir sind jetzt am Denkmal für die Gefallenen, hoch oben der Ritterkönig, der zu Pferd heldenhaft thront, während zu seinen Füßen echte Helden liegen, von denen einer eine Fahne hochhält. Bei der Einweihung stand die Statue woanders, auch Heldentum scheint eine Form der Ruhelosigkeit in sich zu bergen. Ich war zehn, als der Ritterkönig selbst das Standbild enthüllte. Mein Vater sagte anschließend: »Verfluchter Dreckskerl, verfluchter … Was der uns nicht alles versprochen hat! Und nichts davon hat er gehalten.« Als ich empört rief, der König sei ein Held und seine Frau eine Heilige, setzte es eine Ohrfeige, und ich musste ohne Abendessen ins Bett.

»Dein Vater mag es nicht, wenn man ihm ins Wort fällt«, erklärte mir meine Mutter am darauffolgenden Morgen.

»Du Armer …«, lacht Yvette. Meine verlogene Geschichte hat gewirkt. »Hier und dort, immerfort, ein Komödiant …«, trällert Angelo in mir.

»Komm …«, sagt sie, »ich möchte mich irgendwo hinsetzen. Am liebsten in die Sonne.«

Wir lassen die Heldenhaftigkeit links liegen und spazieren tiefer in den Park hinein.

»Schau, dort«, zeigt sie, »beim Sandkasten. Ich beobachte die Kinder gern beim Spielen.«

Die Leute nicken uns im Vorbeigehen zu. Wir sehen aus wie zwei Verlobte.

Ich wische ein bisschen Sand von der Bank. Sie wartet geduldig und nimmt dann Platz.

Im Park sind auch ein paar Fremdländer. Ihre Kinder toben und schreien herum.

»Ganz schön was los. Herrlich, nicht?«

»Na, bei so einem Wetter?«

»Es ist doch einfach nicht zu fassen«, sagt ein alter Mann, der uns dabei zusieht, wie wir die Kinder beobachten. Er stützt sich auf seinen Spazierstock und hofft, wir verstünden ihn, sähen es wie er, dass diese Kinder den Park besudeln.

Yvette reagiert nicht und sagt damit genug.

»Alter Spinner«, flüstere ich.

»So was darfst du nicht sagen, Wilfried.« Aber sie lächelt.

Es war übrigens nur eine Frage der Zeit, mein Bester, bis der alte Griesgram bekam, was er sich wünschte. Am Ende des Sommers dürfen die Israeliten nicht mehr ins Schwimmbad und auch nicht in den Park. Bereits vor dem Krieg hat es deswegen Scharmützel gegeben. Die Leute beschwerten sich andauernd über diesen Judenfreund von einem Bürgermeister, der einfach so zuließ, dass unsere Parks gestürmt wurden. Wie in Gottes Namen konnte es sein, wurde da gerufen, dass er einfach so entschied, diesem fremden Gesindel in dieser Stadt Obdach zu gewähren? Ist das noch Demokratie oder nicht längst Ausverkauf? Denn hinter allem in dieser Stadt blitzt das Steinchen, das diamantene Steinchen, und jeder Spalter, Schneider oder Schleifer ist ein Fremder, der unsere Stadt verludert und oft als Flüchtling aus Ländern hierhergekommen ist, wo man ihm sein Theater nicht abkauft. Etliche Jahrzehnte später bot ein berühmter Comiczeichner – nein, nicht der von »Ringelingschatz« – der Stadt ein Standbild seiner bekanntesten Comicfigur an, kostenlos wohlgemerkt. Als er zu hören bekam, dass der Magistrat das Standbild am Sandkasten des Stadtparks aufstellen wollte, wurde er fuchsteufelswild. Seiner Ansicht nach gab es in dem Park immer noch zu viele Juden. Geister bleiben Geister. Hinterher behauptete er, falsch zitiert worden zu sein, glaube ich, es sei ihm vor allem um Unzucht und Drogenkonsum in jenem Park gegangen, aber das ist Humbug, weil das zu allen Zeiten so war, jedenfalls das mit der Unzucht. Mehr dazu später, jetzt muss ich zurück zu deiner Urgroßmutter in spe und mir, zum großen Augenblick. In Klammern: Ich hoffe, es ist dir nicht unangenehm. Ich ziehe Kraft aus dem Gedanken, dass selbst ein Kerl deiner Generation wissen will, wie es früher zugegangen ist. Ziemlich heiß her eigentlich, wenn ich frei von der Leber reden darf und, entsprechend deiner schnellen Generation, ein wenig bemüht auf modern mache.

Nun gut, was sagt Yvette, sobald der Alte außer Sichtweite ist?

»Komm mal her, du.«

»Ich bin doch hier.«

»Rück doch mal ein bisschen näher.«

Ich rutsche zu ihr hin. Bumm, bumm hämmert mein Herz.

»Ich werde ein Gedicht über dich schreiben«, sage ich auf einmal. Angelo sagt nichts, ich glaube, er unterdrückt ein Lachen.

»Das ist sehr lieb von dir. Kannst du so was denn?«

»Das ist ein Klacks«, flüstere ich.

Ihr Spitzenhandschuh streichelt über meine Wange. Ihr Gesicht ist jetzt ganz nah an meinem.

»Komm nur …«

Und dann drücken sich ihre nachgiebigen Lippen auf meine. Ich schlucke meinen Speichel runter, dann bringe ich es schnell hinter mich.

»Noch mal …«, sagt sie.

Diesmal spüre ich ihre Zunge zaghaft lecken. Ein leises Stöhnen höre ich außerdem, das zu einem tieferen Seufzen wird, als meine Zunge kurz ihre findet. Ein Zungenkuss in der Öffentlichkeit, das schickt sich nicht. Doch das ist Yvette egal.

»Du bist zurückhaltend …«, flüstert sie.

Dann nehme ich ihr Gesicht in beide Hände, küsse sie noch einmal, ich kann die Rennpferde, die mein Herz vorantreiben, kaum im Zaum halten, und meine Zunge windet sich plötzlich wild um ihre. Ein Kuss, der unsere Schicksale miteinander verbindet. Auf einmal fällt mein Blick auf einen Marienkäfer, der über ihren Kragen tippelt. Das bringt Glück, höre ich meine Mutter sofort sagen. Aber in mir herrscht Angelo und er lässt mich Leichen sehen.

Eine Mutter tritt zu uns und sagt: »Ich muss schon sehr bitten. Die Kinder können Sie sehen.« Aber ihre Stimme klingt sanft. »Liebe ist was Schönes, nicht wahr?«

»Ah, er nickt …«, lacht Yvette.

Ich nicke wie ein Illegaler, den man gerade erwischt hat. Ich produziere ein Lächeln und hoffe auf Wohlwollen. Ein Mann bin ich nicht, auch kein Junge. Ich bin eine Figur auf einer Ansichtskarte, die Pointe eines zärtlich gemeinten Scherzes.

»Sie sind ein hübsches Paar«, zwinkert uns die Frau zu, »aber halten Sie sich bitte etwas zurück.«

Ich schnappe nach Luft. Angelo zeigt mir rosige Brustwarzen und Münder, die sich darum schließen. Er lässt mich sehen, wie Yvette sich unter mir windet und wie sie mich, mit halb geschlossenen Augen, einer Göttin gleich, reitet und bei jedem Stoß, jedem Erschaudern aufstöhnt. Ich versuche das Bild mit dem Gedanken zu vertreiben, dass ich, wie soll ich sagen, gelandet bin, von einem anderen Menschen angenommen, gebunden durch das, was kommen muss.

Mist, es hat wieder angefangen zu schneien. »Gib acht beim Fahrradfahren«, sage ich zu Nicole, meiner Pflegerin, und bin froh, dass sie endlich geht und ich meine Bude für mich allein habe. Sie hat heute Morgen eine ordentliche Portion Arme Ritter für mich gemacht. »Nicht zu viel essen, sonst haben Sie hinterher wieder Sodbrennen.« Aber Sodbrennen gehört doch dazu, oder? Ich stecke mir ein großes Stück in den Mund und schaue sehnsüchtig nach draußen, alles sieht so still aus. Ich habe noch lange über den Kuss nachgedacht, den ich dir beschrieben habe. Das hätte ich nicht tun sollen, denn jetzt ist deine Urgroßmutter mit einem Mal wieder viel zu jung für mich, viel zu lebendig. Das war nicht meine Absicht, oder besser gesagt: Das hatte ich nicht erwartet. Die Mauer zwischen mir und meiner verstorbenen Frau stand schon Jahre, bevor sie starb. Kennst du das Gedicht des Komödianten, der sich einst Willem Elsschot nannte? Nein, vermutlich nicht. Es heißt »Die Ehe« und fängt so an: »Als er bemerkte, wie der Nebel seiner Zeit in den

Augen seiner Frau die Funken löschte …« Die Leute finden diese Bitterkeit herrlich, aber von Zynikern erwartet man nun einmal einen gewissen Hang zur Melancholie. Er hatte keinen blassen Schimmer, was er da schrieb, als er in einer Ecke sitzend über das verlebte Gesicht seiner Frau klagte. Du wirst mir ebenfalls vorwerfen, zynisch zu sein, etwas, das du ja von deinen Altersgenossen kennst, denn du und deine Generation, ihr seid zynisch, ohne je etwas erlebt zu haben. Diese Pose gab es zu allen Zeiten. Aber schabst du nur kurz mit einer nicht allzu stumpfen Klinge darüber, als entferntest du die Schuppen eines Fisches, liegt schon die Leidenschaft in ihrer ganzen Blöße vor dir. Ohne es zu wissen, spiegeln wir alle das wider, was uns umgibt, und jeder Einzelne hält sich genau deshalb für außergewöhnlich, für anders als die anderen. Ich sehe deine Urgroßmutter ohne Kleider durch die gute Stube tanzen, sie bittet mich, die Nadel noch einmal auf die Grammofonplatte zu setzen, weil das Lied so schön ist und sie es mag, wenn ich sie so tanzen sehe und weiß, dass sie glücklich ist, obwohl wir einander gerade noch alles Mögliche an den Kopf geworfen haben, notabene. Wann war das noch? Das habe ich vergessen. Und das Bild von meiner tanzenden Frau im Evakostüm macht mir wieder bewusst, dass ich dir, egal wie unangenehm es für mich wird, nichts verschweigen darf, auch nichts über das, was sich zwischen uns als Mann und Frau abgespielt hat. Viel zu oft werden all diese Dinge umschifft, als hätten sie nichts mit dem zu tun, worum es geht, mit dem, was wirklich zählt. Inzwischen kann ich dir aber versichern, dass das Quatsch mit Soße ist, wie man so schön sagt, sprich Unsinn, und dass man dem Fleischlichen nicht ausweichen darf, und ich muss aufhören, an deiner Stelle ungefragt schamhaft zu sein oder noch schlimmer: sämtliche Erinnerungen an ihren Körper, die ich mir ins Gedächtnis gerufen habe, dazu zu benutzen, mir einen Moment der Melancholie zu gönnen, wie ein ehemaliger Raucher, der wehmütig an die Zeit zurückdenkt, als er mit jedem Zug seine Lungen zum Verrotten zwang.

Ich schlüpfe in meine treuen Stiefel und los geht's. Die Straße überquere ich nicht einfach so, ich ziehe es vor, das grüne Dreieck des Stadtparks, das jetzt unter einer weißen Decke liegt, wie ein Puma mit Hüftproblemen zu erschleichen. Ich gehe langsam, schlurfe vorsichtig bis ans Ende der Straße, wo die Quinten Matsijslei beginnt und sich jetzt auch eine Polizeihauptwache befindet. Zu meiner Zeit war die Polizei noch nicht in diesem imposanten Gebäude mit der Fassade, auf der es nur so von Freimaurersymbolik wimmelt, untergebracht. Davor stehen eingeschneite Streifenwagen und Kleinbusse. Ich gehe auf die andere Straßenseite und biege um die nächste Ecke. Am Rand des Stadtparks steht das Denkmal eines »sozialistischen Vorkämpfers«, das irgendwann in den Achtzigerjahren dort errichtet wurde. Als ich es sehe, kann ich endlich wieder einmal richtig lachen. Der Schnee hat dem Sozialistenführer eine ulkige Zipfelmütze aufgesetzt. Der Bildhauer hat ihn mit einem schmunzelnden Lächeln bedacht; eine Statue, tiefenentspannt bis in alle Ewigkeiten. Die rechte Hand lässig in die Tasche seines Jacketts gesteckt, die linke erhoben (schließlich ist er ein Sozialist), deutet er mit dem Zeigefinger nach vorn. Folgt man der Richtung seines Fingers, scheint er spöttisch auf die Kirche auf dem Loosplaats zu deuten, die von den Russisch-Orthodoxen übernommen wurde. Man hört ihn fast denken: Sieh dir das an, sieh nur, wie sich die Gläubigen in diesem Gebäude zusammendrängen und Gott und die Welt anbeten. Das ist doch nicht mehr zeitgemäß? Gleichzeitig will er so vermutlich die Aufmerksamkeit von etwas ablenken, was in seinem Rücken stattfindet, als sei das, was sich hier im Stadtpark abspielt, nicht von Bedeutung. Ja, so verstehe ich ihn: Folge meinem sozialistischen Vorkämpferfinger und sieh vor allem nicht in Richtung Park. Ich hatte dir doch von dem Comiczeichner erzählt, für den dieser Ort ein einziges Sodom und Gomorrha war? Er meinte wohl, dass es früher einmal anders gewesen ist, sich dort keine Homos bei Mondschein befingerten und der Park nie ein Hort anderer Formen fleischlicher Entgleisung gewesen ist. Natürlich alles Humbug. Ich sag dir eins: Während des Krieges mieden viele Polizisten den Park wie die Pest, sobald es dunkel wurde. Da wurde gevögelt, dass es eine liebe Lust war, und zwar von Männern wie von Frauen oder von Kerlen miteinander.

War das im Herbst 1941? So genau weiß ich das heute nicht mehr: Mein älterer Kollege Jean und ich stehen am Stadtpark. In einem früheren Jahrhundert wäre er ein Normanne gewesen, so einer, der mit beiden Beinen zugleich von seiner Knorr in die Brandung springt, um in Windeseile eine Hafenstadt zu plündern, Frauen zu vergewaltigen, Häuser anzuzünden und dann die Loire weiter stromaufwärts zu fahren, bis weit ins Herz des Frankenlandes hinein. Gegen so einen Kerl kann man kaum etwas ausrichten. Man trottet einfach hinter ihm her und hofft, der Schaden möge sich möglichst in Grenzen halten. Seine Gattin führt eine Kneipe an der alten Stadtwaage, um die jeder vernünftige Mensch einen Bogen macht, eben wegen Jeans Ruf. In dieser Pinte treibt sich bloß Gesindel rum, Gangster, Zuhälter und geile Böcke, die ein Rad ab und Verbindungen in die Politik haben. Jean kennt jeden von ih nen mit Vor- und Nachnamen. Gewinn wird hier kaum gemacht. »Zulma, schenk uns noch mal ein!«, hört man ihn oft rufen. Doch wehe, wenn einer mal zu tief in der Kreide steht und wochenlang seine Rechnung nicht begleicht! Dann holt Jean schon mal seinen Schlagstock raus und man kann von Glück sagen, wenn es keine Toten gibt. Er hatte ein paar Mal ziemlich gute Aussichten auf eine Beförderung, hat diese jedoch immer abgelehnt. Deshalb haben auch seine Vorgesetzten ein wenig Bammel vor ihm. Oder es könnte daran liegen, dass er viele Leute in der Stadt kennt, wirklich viele, und er seine Beziehungen nicht offen spielen lässt und er sich nie in die Karten schauen lässt. Ohne jede Umschweife hat er mir zu verstehen gegeben, dass er Mitglied der Loge ist, ein Zusammenschluss von Freidenkern, der von den Deutschen schon vor einer Weile aufgelöst worden ist. Sollte je einer mit bösen Absichten von seiner Mitgliedschaft Wind bekommen, würde er alsbald verhaftet werden. Doch mir vertraut er; zu der Zeit scheinen mir noch alle zu vertrauen.

Ich sage: »Geh du nur alleine, Jean.« Es ist ungefähr zehn Uhr abends und mein Kollege langweilt sich. Auf der Straße ist wenig los, wir haben mindestens noch vier Stunden vor uns.

»Du Schisser! Wir gehen einfach ein wenig durch den Park, das ist alles. Haben wir hier das Sagen oder nicht?«

Diese Frage lasse ich lieber unbeantwortet.

»Wollen doch mal sehen, wer sich hier alles mit den Hosen auf den Knöcheln versteckt hält. Und du kommst schön mit.«

Wir gehen über die eiserne Hängebrücke. Nichts zu sehen. Aber ein Stück weiter, tatsächlich im Gebüsch, hören wir das betrunkene Gelächter von Deutschen, gepaart mit flämisch klingendem Gekicher.

»Hab ich's nicht gesagt …«, flüstert Jean.

»Ach komm, das ist doch harmlos!«

»Öffentliche Unzucht, harmlos? Das sehe ich aber anders.«

Jean schleicht näher ans Gebüsch heran, aus dem die Geräusche hervordringen, und sagt dann laut und deutlich: *»Polizei! Papiere bitte!«*

Zwei verdutzte Luftwaffenoffiziere schieben die Büsche zur Seite. Sie sind in Begleitung von zwei barbusigen und sternhagelvollen Frauen, die offenbar von hier stammen.

»Eh, schämst du dich nich?«, lallt eine.

»Und Sie, Madame? Papiere bitte!«

Einer der Offiziere erwacht aus seiner Schockstarre und macht eine hochmütige Geste: *»Verschwinden Sie!«* Er setzt eine Flasche an den Mund, dann rülpst er. Sein Schwanz ist noch halb aufgerichtet und lugt unter seinem Hemd hervor. Ich versuche ein Lachen zu unterdrücken.

»Verschwinden, los!«

Jean bleibt unerbittlich.

»Papiere bitte.«

»Arschloch!« Der andere Offizier geifert.

Er bückt sich und zieht in einer Bewegung seine Pistole aus dem Holster. Die Frauen lachen und halten sich aneinander fest, um nicht umzukippen. Sie sehen, wie ich sie anschaue. Eine ruft mir zu: »Dich juckt's wohl auch, was?« Sie reibt sich die Brustwarzen, keucht wie ein Tier.

»Ich scheiße auf die belgische Polizei!«

Der Offizier richtet die Pistole auf uns. Keiner von uns hat eine Schusswaffe, nur einen Knüppel.

Doch Jean schaut die Waffe an, als böte ihm jemand nicht sonderlich appetitliche Zuckerwatte an.

»Ich frage noch einmal …«

»Bist du taub oder was?«

Keine Ahnung, wo er das herhat, aber Jean sagt jetzt ruhig, aber drohend, alles Mögliche auf Deutsch, wobei ständig das Wort Feldkommandantur fällt, in Verbindung mit ein paar weiteren Ausdrücken. Ich verstehe nur die Hälfte, aber der mit der Pistole lässt schließlich den Arm sinken. Der andere Kerl zieht seine Hose hoch. Die beiden Frauen, die vermutlich auch nicht viel verstanden haben, halten den Mund und kleiden sich an. Die Männer geben uns ihre Papiere, die Frauen auch. Ich notiere Namen und Rang.

»Können wir die Angelegenheit nicht einfach auf sich beruhen lassen?«

Jean zuckt die Achseln. Einer der Offiziere nimmt ihn kurz beiseite. Von dem Gespräch selbst bekomme ich nichts mit, sehe Jean aber geduldig nicken. Schließlich bemerke ich, wie der Offizier etwas aus seiner Innentasche holt, das Jean einsteckt.

»Freunde fürs Leben.« Er lacht munter. Eine der Frauen wirft uns eine Kusshand zu.

Singe, o Göttin, den Groll. Ich lächle, mein Junge, während ich das hier aufschreibe. Es ist hirnverbrannt. Unsere gesamte Literatur ist aus diesem ersten Vers von Homers *Ilias* hervorgegangen, aber wir haben nach mehr als 2800 Jahren immer noch nicht begriffen, dass wir so nicht weiterkommen. In unseren Köpfen marschieren Helden, wir glauben an großen Mut auf trojanischen Schlachtfeldern und wissen manch Vages vom Zehnjährigen Krieg. Bevor wir die Literatur entsprechend würdigen, denken wir zuerst: Was für ein Kitsch; das ist wie ein Reflex. Nichtsdestotrotz wurde der Grundstein aller wichtigen literarischen Werke in einem Zelt gelegt, in dem ein Held, genannt Achill, vor sich hin schmollte, weil er als der Größte anscheinend doch diese eine schöne Maid nicht bekommen hat, die er sich als Preis auserkoren hatte. Doch diese Ehre gebührt seinem Chef Agamemnon, der nach allem grapscht, ohne Gespür für das, was sich ziemt. Es beginnt mit dem Groll, mit dem Schmollen angesichts eines himmelschreienden Unrechts, das ihm angetan wurde und das von keinem, außer ihm selbst, als so niederschmetternd empfunden wird. Zu alledem weiß keiner von Achills Groll, weil er sich selbst darüber ausschweigt. Spätestens da sollte es uns eigentlich wie Schuppen von den Augen fallen, wie engstirnig das alles ist. Es ist was faul im Staate Griechenland. Das ist kein Bericht über das soundsovielte Schlachtfeld, hier wird nicht einfach nur ein Held besungen. Dieser erste Vers hält uns den Spiegel vor. Mehr noch: Möglicherweise erteilt uns Homer hier direkt eine Warnung. Hütet euch vor dem Groll, hütet euch vor dem Kleingeistigen, das in jedem von uns steckt. Aber nein, alle wollen lieber erfahren, wie es denn weitergeht mit diesem dummen Holzpferd, mit dem die Griechen Troja narren, übrigens eine Szene, die du in der *Ilias* nicht wiederfinden wirst. Alle ziehen es vor, den Groll zu vergessen, die Banalität; sie quengelt und zieht dir am Hosenbein wie ein nervtötendes Kind. Der persönliche Groll des Einzelnen ist viel mächtiger, viel stärker als wahre Größe, und um einiges tragischer. Eben weil kein Schwein das jemals zugibt und es jeder überspielt, selbst wenn die Fakten offen vor einem auf dem Tisch liegen, dass Groll das Einzige ist, was die Seele einer Person oder einer Stadt oder eines ganzen Land auffressen kann. Am schlimmsten finde ich eigentlich diese ganze Heuchelei. Groll? Den wird keiner je wieder los. Zu viele Warnungen werden in den Wind geschlagen, allzu viel Blindheit wird zugelassen, zu viel üble Machenschaften werden zu lange geduldet, um ihn noch bannen zu können. Diese Heuchelei hat in jedem Land eine andere Färbung, bringt eine spezifische, nicht abgegoltene Schuld mit sich, schleust eine eigene Doppeldeutigkeit mit in die Muttersprache hinein. Und hinterher – falls man davon ausgeht, dass es ein Hinterher gibt – schweigt ein jeder auf seine höchst persönliche, kulturelle und regionale Weise. Erzähl mir also mehr, Muse, vom Groll in dieser Stadt und darüber, wie er gewütet hat und bis zum heutigen Tage wütet. Erzähl mir, wie die Stadt sich manchmal davon freigekauft hat, fügt Angelo hinzu.

In mein Tagebuch aus der Kriegszeit schrieb ich Gedichte, notierte ich ein paar Rachefantasien, führte ich Buch über mein Gewichtheben und andere körperliche Ertüchtigungen und hielt ein paar Witze fest, die ich auswendig lernte, um meine Kollegen ein wenig zu unterhalten. Manchmal entdecke ich darunter etwas, es ist nicht allzu viel, was vom Krieg selbst handelt. Gegen Ende 1941 steht da plötzlich »Weiße Brigade«, dahinter ein Fragezeichen. Ich glaube mich zu erinnern, dass ich diese Bezeichnung damals irgendwo zum ersten Mal gehört habe. Es war der Name einer Widerstandsbewegung, die zu diesem Zeitpunkt auch in unserer Stadt aktiv gewesen ist. In meinem Notizbuch klebt ein kleiner Ausschnitt aus einem Zeitungsartikel aus *Volk und Staat*, einem Blatt, das mein Vater manchmal las. Ich schreibe es hier für dich ab: »Wir stellen der ›Weißen Brigade‹ unsere mannhaften Kameraden der ›Schwarzen Brigade‹ entgegen. Täglich flattern Bewerbungen für unsere Miliz herein. Sollte das Blut einer unserer Kameraden die Pflastersteine rot färben, dann wehe den Verantwortlichen, gleich welchen Ranges.« Wehe auch dem Groll.

Täglich flattern anonyme Briefe herein. Kaum ist der Name »Weiße Brigade« in der Öffentlichkeit bekannt, da hagelt es schon die ersten Anschuldigungen. »Oben genannter X, seinerseits Nachbar meiner Schwiegerfamilie, ist gewiss ein Mitglied der Weißen Brigade. Zwielichtige Figuren gehen ständig bei ihm ein und aus. Darüber hinaus züchtet er heimlich Kaninchen, die er offenbar auf dem Schwarzmarkt verkauft. Der Gestank dieser Viecher ist kaum auszuhalten! Ich bitte, entsprechende Maßnahmen zu ergreifen. Eine Kopie dieses Briefes geht auch an die Feldkommandantur. Hochachtungsvoll und mit größter Diskretion …«

Manche Beschuldigungen müssen wir wohl oder übel ernst nehmen, andere lässt unser Vorgesetzter links liegen, auf eine Initiative von deutscher Seite her wartend, insbesondere der Geheimen Feldpolizei, deren Aufgabe es ist, jedwede Form des Widerstands, der Sabotage oder anderer Machenschaften zu unterbinden. Das Gefängnis in der Begijnenstraat platzt inzwischen aus allen Nähten. Man setzt viel zu viele Leute wegen viel zu vieler Banalitäten fest. Manche Kollegen lachen sich einen Ast, wenn die Begijnenstraat zur Sprache kommt.

»Das ist da das reinste Bordell, Kumpel, unglaublich! Früher war's schon schlimm, aber heutzutage ist es wesentlich schlimmer.« Meine Schicht ist zu Ende, ich will nach Hause gehen, aber mein Kollege Jean will noch ein wenig weiterplaudern. »Einer meiner Kumpel arbeitet dort. Das ist ein korrupter Haufen, Wilfried, das geht auf keine Kuhhaut. Obwohl alle immer denken, die Deutschen seien so überkorrekt. Da traust du deinen Ohren nicht! Wie ich gehört habe, lassen sich die Deutschen da von Gefangenen dafür bezahlen, dass sie ihnen einen angeblichen Zahnarzttermin besorgen. Aber tatsächlich gehen die Insassen dann mal eben rasch zu ihren Frauen. Unter Begleitung versteht sich! Da geht's zu wie im Taubenschlag. Wer genug Geld in der Tasche hat, kommt dort als Besucher ohne Zugangsgenehmigung rein, gar kein Problem. Die Leute sitzen sich in den Zellen fast auf dem Schoß und die Wachen machen sie regelmäßig rund, wenn sie nicht genug Kleingeld zugesteckt bekommen haben und mehr solcher Geschichten. *Zu Befehl?* Nichts da. *Zu Befehl,* wenn es denen in den Kram passt, sonst scheren die sich einen feuchten Dreck drum.« Mit Geld läuft alles wie geschmiert. Da kennt Jean sich aus. Ich schaue verwundert, und er lacht mir ungeniert ins Gesicht.

In derselben Nacht erwischen wir zwei dieser Wichtigtuer auf frischer Tat, die mit weißer Farbe »V« wie »Victory« und den Ausruf »Hoch lebe England« auf den Bürgersteig der Provinciestraat hinter dem Zoo gepinselt haben.

»Beschädigung öffentlichen Eigentums!«, ruft Jean und packt einen der Flegel am Schlafittchen.

Der andere Möchtegernheld winselt: »Unser Vater wollte, dass wir das tun!« Er ringt flehentlich die Hände. Wehe uns! Gnade!

»Na sauber! Den eigenen Vater ans Messer liefern.«

Jean verpasst dem Jungen eine Ohrfeige.

Sie zittern. Das Volk murrt, wie man so sagt. Der Winter ist wieder strenger, das Essen ist knapp geworden, und nur noch wenige können ihre Wohnung ordentlich heizen. Der Besatzer warnt: Es ist verboten, Feindsender zu hören. Aber hinter geschlossenen Vorhängen wähnen sich die Leute noch immer in Sicherheit. Am Vortag hat es eine Demonstration für mehr Brot gegeben, angeführt von Hausfrauen. Lange hat das natürlich nicht gedauert, aber immerhin …

Jean ruckt sein Koppel gerade und schaut mich an: »Was sollen wir jetzt mit diesen Flegeln tun?«

»Normalerweise müssten wir sie in die Begijnenstraat …«, antworte ich, die Rolle spielend, die Jean mir zugeteilt hat.

»Mein Gedanke.«

»Unser Vater wird toben, Herr Polizist.« Das Kerlchen gerät völlig außer sich, sein Bruder, den Jean immer noch am Kragen hat, bleibt eiskalt.

»Da er euch anscheinend beide hierzu angestiftet hat, sollten wir ihm vielleicht auch mal einen Besuch abstatten.«

Derjenige, der ruhig geblieben ist, schaut Jean an und sagt dann: »Wir sind Patrioten. Ihr etwa nicht?«

Jean packt den Jungen am Nacken, drückt zu, bis er blau anläuft: »Vandalen trifft es wohl eher, was?«

»Achten Sie nicht auf meinen Bruder! Der tickt nicht ganz richtig, schon seit der Geburt!«

»Ach tatsächlich?«

»Lassen Sie uns gehen … Wir tun's nie wieder.«

Der andere zuckt die Schultern: »Mir egal. Wir werden euch schon finden, wenn der Krieg vorbei ist.«

»Hast du das gehört …?« Jean schüttelt den Jungen durch.

Sein Bruder rauft sich verzweifelt die Haare: »Nein, bitte nicht … bitte nicht!«

Ich frage ihn nach ihrer Adresse.

»Tolstraat«, bibbert er.

»Das ist verdammt noch mal am anderen Ende der Stadt. Schert euch weg! Macht in eurem eigenen Viertel Ärger!« Jean verpasst beiden Jungen einen kräftigen Stoß. Dem Widerspenstigen gibt er obendrein noch einen Tritt in den Allerwertesten mit auf den Weg.

»Faschistenschweine!«, ruft der Getretene uns hinterher, während die beiden Brüder die Beine in die Hand nehmen.

Jean schaut ihnen hinterher. »Sag mal, kommst du da noch mit? Ich nicht. Und es wird immer schlimmer werden, immer schlimmer. Mach dich auf was gefasst …«

Fünf Wochen später wird es noch schlimmer.

»Wie bitte?«, fragt Jean unseren Vorgesetzten. »Bitte wiederhol das noch mal, ich habe nicht ganz verstanden.«

»Lass dir mal die Ohren ausspülen, Jean. Ich habe es dir gesagt. Es geht um etwas, was du nicht tun sollst. Die Deutschen haben einzelnen Individuen – so steht es da geschrieben: einzelnen Individuen – heute Abend und das ganze Wochenende lang die Erlaubnis erteilt, in verschiedenen Vierteln prodeutsche Parolen an Mauern und auf Straßen zu schreiben. Hier darf von unserer Seite aus in keinem Fall eingegriffen werden.«

»Dürfen wir denen vielleicht dabei helfen? Wer weiß, ob diese Leute überhaupt richtig schreiben können …«

»Du gehst mir auf den Sack, Jean.«

»Geht mir genauso, Chef.«

Wir treten vor die Wache. Wieder Nachtstreife.

»Wo wollten die noch mal unsere Straßen beschmieren?«

»Auf den Leien. Bei der Oper, der Nationalbank, am Justizpalast …«

»Lass uns mal zur Nationalbank gehen.«

»Aber die gehört nicht mehr zu unserem Revier.«

»Die ganze Stadt ist mein Revier, Mann.«

Wir marschieren in eisiger Kälte in Richtung Südstadt.

»Meine Cousine hat echte Würstchen aus dem Kempenland mitgebracht. Wir haben Landwirte in der Familie.«

»Kann mich kaum noch dran erinnern …«, sage ich.

»Die biete ich nicht jedem an.«

»Weiß ich, weiß ich.« Ich bin auf der Hut. Wenn ich sie annehme, stehe ich dann in seiner Schuld? Aber echte Bratwürstchen! Wer kann da schon widerstehen.

»Ich bringe sie morgen mit.«

»Danke, wirklich!«

Jean bleibt stehen und schaut mich an: »Wir sind schließlich Kollegen, nicht wahr?«

»Aber ich habe nichts, was ich dir dafür geben könnte …«

Jean legt mir die Hand auf die Schulter und lacht: »Als ob ich das nicht wüsste …«

Unweit vor uns, gegenüber der überladenen Buttercremetorte, die wir die Nationalbank nennen, sehen wir im Halbdunkel drei Männer über den Gehsteig gebeugt. Einer der Kerle ist in die Hocke gegangen, hält einen Quast in der Hand. Neben ihm steht ein Eimer mit Farbe. Wie in einem Stummfilm reißt Jean die Augen auf und hält sich den Zeigefinger an die Lippen.

Er flüstert: »Die knöpfen wir uns mal vor …«

Leise treten wir näher. Die Männer blicken nicht auf. In krakeliger Schrift steht da auf Niederländisch: »Sieg den Deut…«

Da brüllt Jean los: »Gebt euch doch mal ein bisschen mehr Mühe! Wir sind schließlich in der Stadt von Rubens, Jordaens und van Dyck! Der Stadt des Buchdrucks! Der Stadt, in der Desiderius Erasmus gelebt und vermutlich seine schönsten Gedanken zu Papier gebracht hat! Eine Schande ist das!«

Der Schmierfink plumpst auf den Hintern. Ein anderer stößt vor lauter Schreck den Farbtopf um. Der Dritte fasst sich an die Brust. Grünschnäbel sind das nicht. Zwei von ihnen schätze ich auf Mitte dreißig. Der Dritte ist Ende fünfzig.

»Verflucht!«, zischt der Schmierfink, während er sich halbwegs wieder fasst, »meine Hose ist im Arsch. Na herzlichen Dank!«

Jean nimmt den halb ausgelaufenen Farbtopf und gießt ihm kurzerhand den restlichen Inhalt über Hut und Jacke. Der vor Farbe triefende Pinsler brüllt nun: »Du Drecksau!«

Achtlos zieht Jean ihm den Farbtopf über den Schädel.

»Wir haben eine Genehmigung …«, blökt einer von ihnen.

»Dazu habt ihr kein Recht«, lamentiert ein anderer.

Jean tritt dem Mann, der voller Farbe ist, in die Rippen. Er trägt eine dicke Jacke, trotzdem höre ich etwas knacken. Die Worte auf der Straße sind nur noch ein einziges Geschmiere.

»Ich werde Sie anzeigen!«, schreit der Mann, der sich, während er sich aufzurappeln versucht, die Rippen hält.

»Wilfried! Nimm seine Anzeige zu Protokoll!«

Kopfschüttelnd greife ich nach meinem Notizbüchlein.

»Ich! Herr …!«, brüllt Jean in Richtung des Mannes und fragt dann betont freundlich: »Wie lautet denn Ihr Name?«

»Verschueren, Jozef …«, entgegnet der Getretene zornig.

»Verschueren, Jozef! Und die Adresse?« Jean verpasst dem Mann noch einen Tritt.

Die beiden anderen machen Anstalten, ihrem Kumpan zu helfen, wagen es aber nicht, sich Jean oder mir zu nähern.

»Die Adresse? Na, kommt da noch was?«

»Maarschalk Gérardstraat 23.«

»Beruf?«

»Ist schon gut … Ich ziehe die Anzeige zurück.«

Jean schlägt dem Mann den schmutzigen Hut vom Schädel, zieht ihn halb an den Haaren hoch.

»Beruf, habe ich gefragt.«

»Verflucht … Beamter bei der Industrie- und Handelskammer. Lassen Sie mich los!«

»Und wenn wir …«, sagt einer seiner Kumpel, ein Mann mit rot angelaufenem Gesicht, der beim Sprechen Speichelblasen produziert und leicht lilafarbene Lippen hat, »wenn wir einfach so täten, als sei nichts geschehen, und jeder geht seines Weges?«

»Und dann …«, ruft Jean, der den Schmierfink noch immer beim Schopfe hat, »lebten sie glücklich bis an ihr Lebensende, oder was? Das hättest du wohl gerne, wie? Wie heißt du eigentlich?«

»Verstrepen, Kamiel«, blubbert es aus dem Mund des Bläschenmanns.

»Ebenso Beamter, wie dein feiner Kamerad hier?«

»Hilfssekretär beim städtischen Finanzamt«, sagt er, plötzlich selbstbewusst, als würde ihm, dem Pustefix, mit einem Mal klar, dass sein Broterwerb ihm einen gewissen Respekt verschaffen könnte.

»Und du?« Jean nickt dem spindeldürren Schwachkopf zu, der den Farbtopf umgeworfen hat. Er hat eine gewisse Ähnlichkeit mit den reichen Juden, wie sie auf den Plakaten abgebildet werden.

»Ich habe einen Farbenladen in der Lange Lozanastraat. Das heißt, ich hatte einen. Bin inzwischen Privatmann.«

Jean guckt den Farbeimer an, sagt: »Zum Schießen! Besser geht's wohl nicht, was Wilfried?«

»Ich lach mich krumm …«, sage ich leise.

»Und wie sollen wir jetzt in dieser Sache verfahren, meine Herren?«

»Wir würden gerne nach Hause gehen«, sagt einer von ihnen, während der andere wie ein Schüler nickt, der die richtige Antwort erkennt, aber nie selbst darauf gekommen wäre.

»Brav nach Hause gehen, wo euer Heimchen am Herd schon mit dem gebratenen Fisch auf euch wartet ... Hältst du das für eine gute Idee, Wilfried?« Jean zwinkert mir zu.

Ich sage, von mir aus.

Jean lässt prompt den Schopf des Schmierfinks los.

Sonntags ziehe ich mich meistens in mein Zimmer zurück, um Verlaine zu lesen: »*Aujourd'hui, l'Action et le Rêve ont brisé / Le pacte primitif par les siècles usé / Et plusieurs ont trouvé funeste ce divorce / De l'Harmonie immense et bleue et de la Force.*« Das werde ich jetzt nicht für dich übersetzen, mein Junge, weil ich weder mich noch dich mit meinem Unvermögen in Verlegenheit bringen will, etwas begreifen zu wollen, was man in erster Linie empfinden sollte. Diese Zeilen, dem Dichter zufolge im Zeichen des Saturn geschrieben, dem finsteren Gott der Römer, dessen Festtage früher einmal in den Wintermonaten begangen wurden, übernehme ich in mein Tagebuch. Jemand klopft an die Tür.

Es ist meine Mutter.

»Darf ich?«, fragt sie leise. »Ich hatte vergessen, dass vorgestern ein Brief für dich gekommen ist.«

Sie legt den Umschlag auf mein Nachtschränkchen und geht wieder, nachdem sie hinzugefügt hat, dass es bald Abendbrot gibt. Ich erkenne die Handschrift.

»Mein Allerliebster, wie sehr ich mich nach deiner Berührung sehne! Die Zeit ist mir zur Qual geworden, zu einem strengen Lehrer, der mich tadelt, wenn ich an dich denke und dabei stumm die

Stunden und Tage, die uns voneinander trennen, verfluche. Du setzt mich in Flammen, also wirst du mir hoffentlich nicht vorwerfen, dass ich mich beklage. Ich würde so gerne deine Finger in meinem Nacken spüren, deinen Mund auf meinem! Mein Liebster, was wir miteinander haben, ist dermaßen schön, mir fehlen dafür die Worte. Du lässt mich singen, weißt du das? Ich sehe dich lachen, während du diese Zeilen liest, vielleicht denkst du ja auch: Ach, du Dummchen. Aber ich kann nichts dafür. Ich gehöre dir mit Haut und Haaren! Lass mich wissen, wann wir uns wieder sehen können, und wann du zum Dienst musst. Lode sagt, er sieht dich ebenso selten, dass das aber normal sei. Schreib mir bitte, auch wenn wir nicht so weit entfernt voneinander wohnen. Ich will deine Zeilen an mich drücken, wenn ich abends alleine in meinem Zimmer bin. Lange, süße Küsse bekommst du von deiner … Yvette.«

Wie kann ich deiner Urgroßmutter in spe erklären, dass mir von solchen Briefen unbehaglich zumute wird? Sie, die so gefasst wirkt, eine Frau von Welt zu sein scheint, die sich von wenig oder nichts abschrecken lässt, wird auf dem Papier zu einer Puppe aus rosa Fondant. Es ist, als meine sie sich nach dem richten zu müssen, wie ein Liebesbrief zu sein hat, ohne zu merken, wie viel sie damit verrät. Ich lege den Brief zu den anderen und gehe dann nach unten, wo das dürftige Abendessen wartet, das meine Mutter zum soundsovielten Male präsentiert, als sei es ein Festmahl, und über das mein Vater sagt: »Die Suppe ist gut, aber sie muss noch ein wenig ziehen. Lass ein wenig für morgen übrig.«

»Junger Freund, mir hat einmal ein weiser Mann erklärt, dass man sich seine Eltern aussucht, nicht umgekehrt. Die Seele entscheidet sich selbst, wo und mit wem sie reinkarniert. Jeder gestaltet sein eigenes Schicksal und muss nur sich selbst gegenüber Rechenschaft ablegen.«

»Glaubst du diesen Nonsens?«

Miesebart nickt triumphierend. »Was du hier Nonsens nennst, ist eine Lehre aus dem Osten, wo unsere Rasse vor etlichen tausend Jahren entstanden ist. Lass dich nicht vom Verrat der christlichen Lehre beirren, ebenso wenig von der überbewerteten Bedeutung der Vernunft. Dein Glas ist leer. Möchtest du noch einen Likör?«

Ohne meine Antwort abzuwarten, schenkt er mir nach.

»Ich bin froh, dass ich hier manchmal etwas Dampf ablassen kann.«

»Du bist jederzeit bei mir willkommen, wie du weißt, aber was du mir von deinen Eltern erzählst … So schlimm ist das alles doch gar nicht. Und die Briefe von deiner Liebsten … Auf mich wirkt sie überaus charmant. Nimm dir das alles nicht so zu Herzen. Ich sehe hinter alledem dein dichterisches Empfinden. Darum geht es. Vergiss das nicht.«

Er erhebt das Glas, wir stoßen auf das an, was er die »neuen Zeiten« nennt, und auf die Rolle, die ich darin spielen werde. Ein Stockwerk tiefer macht der Papagei wieder einen Höllenlärm. Zum ersten Mal höre ich Miesebarts Mutter richtig laut fluchen. Wie von der Tarantel gestochen, springt er aus dem Sessel und reißt die Tür seines Arbeitszimmers auf.

»Wage es ja nicht, Gaspar auch nur mit dem kleinen Finger anzurühren. Dann setzt's was! Hast du das kapiert, ja? Oder muss ich runterkommen?«, brüllt er.

»Nein, nein, ist schon gut«, tönt es rasch und ängstlich von unten her.

Seufzend schließt Miesebart die Tür hinter sich.

»*Elle est devenue folle et cruelle, mon ami.* Im Ernst und unter uns gesagt: Ab und zu muss man ihr ein wenig Disziplin beibringen. Aber was will man machen? *C'est la vie.*«

Ich sage nichts mehr. Den Rest des Likörs lasse ich stehen.

Montag habe ich Spätschicht. Ich melde mich am Schalter in der Vestingstraat, wo eine seltsame Stimmung herrscht. Erst würdigt mich mein Vorgesetzter kaum eines Blicks, dann teilt er mir mit, dass Gaston, ein wesentlich älterer Kollege, mit mir auf Streife gehen wird.

»Wieso das? Ist Jean krank?«

Ein paar Kollegen schauen auf.

Nach einer langen Pause, während derer mich alle unablässig anstarren, sagt der Vorgesetzte, Jean sei gestern von Männern vom Sicherheitsdienst festgenommen worden.

»Warum?«

»Das sollte ich wohl besser dich fragen, Wils. Ist vergangenen Samstag vielleicht irgendetwas vorgefallen? Keiner von euch beiden hat etwas gemeldet.«

»Ich weiß von nichts.«

Mein Vorgesetzter schaut kurz über seine Schulter zu den anderen und fragt, ob mich auch alle verstanden hätten. Die Temperatur sinkt jetzt komplett unter null. Jemand spuckt auf den Boden.

»Bist du dir da ganz sicher? War in der Nacht nicht irgendwas mit ein paar Schmierfinken? An der gottverdammten Nationalbank?«

»Ach, das«, sage ich leise.

»Los, verzieh dich, Junge! Ich kann deine Visage gerade nicht mehr sehen.«

Sie hatten ihn übel zugerichtet. So jedenfalls erzählte man sich, und sie waren zu dritt, wurde meist hinzugefügt, denn jemanden wie Jean vermöbelte man nicht einfach so. Anscheinend hatte man ihn nur vorübergehend in der Begijnenstraat eingebuchtet, aber danach nichts mehr von ihm gehört. Als der Krieg vorbei war, tauchte er wieder auf. Keiner hatte mehr damit gerechnet. Als eines dieser wandelnden Skelette kehrte er wieder. Neuengamme. So hieß der Ort, an dem er gewesen war. Ein Konzentrationslager. Wie ich hörte, hat er sich nie mehr davon erholt. Polizist musste er nicht mehr sein, den Orden, den man ihm überreichen wollte, hatte er offenbar abgelehnt. Kein Normanne mehr, nur noch ein Schatten seiner selbst, der den Rest seiner Tage an einem Tischchen in der Kneipe seiner Frau zubrachte, in einer Ecke am Ofen. Mit kaum vierzig Jahren ergraut, einer, über den mit Sicherheit gelacht wurde, als der Krieg definitiv aus jedermanns Gedächtnis gebannt worden war, und das geschah sehr bald, nur allzu bald, natürlich.

Hattest du auch schon mal das Gefühl, dass du von einem Moment auf den anderen von ganz vielem ausgeschlossen bist? Die Verhaftung von Jean war ein solcher Augenblick für mich. Ich lese in meinem Kriegstagebuch und sehe es wieder unmittelbar vor mir. Damals habe ich, egal wie erhaben ich mir auch mit meinen höchsteigenen Dichterfantasien vorkam, dennoch Vertrauen aus dem Gefühl geschöpft, irgendwo dazuzugehören. Nach der Sache mit Jean war das vorbei. Ohne jegliche Erklärung wurde ich von den Kollegen gemieden. Diese Zugehörigkeit wurde mir genommen, und von da an musste ich sehen, wie ich alleine zurechtkam. Gleichzeitig fühlte ich mich beobachtet und ständig wie ertappt. Gespräche verstummten, wenn ich die Wache betrat. Mein Vorgesetzter schaute von seinem Protokollbuch auf, wenn ich von meinem Arbeitstag Bericht erstattete, und sah mich misstrauisch an, als sei jedes Wort ein Fallstrick, als habe mich irgendeine perfide Macht in ihrer Gewalt. »Bist du dir sicher, Wils? Soll ich es wirklich so eintragen?« Ich ging nicht mehr zusammen mit den Kollegen in die Kneipe. Es hatte keinen Sinn mehr. Blieb nur noch Lode. Er ließ kein Wort darüber verlauten, was die anderen über mich dachten. und ich drängte ihn nicht. Aber auch Lode würde mich viele Jahre später verraten.

»Schachmatt.«

»Von wegen. Ich schlage dein Pferd mit dem Läufer.«

»Ich hätte eigentlich ›doppelt schachmatt‹ sagen müssen. Nimm ruhig das Pferd, aber du stehst weiterhin schachmatt, wegen meines Turms.«

»Gibt's das überhaupt, doppelt schachmatt?«

Lode zuckt mit den Schultern. »Egal, du kommst da nicht mehr raus.«

Wir sitzen im »Terminus«, mein Junge, wieder in dem vermaledeiten Jahr 1993, dem Jahr, in dem meine Frau auf einem nassen Laken liegt.

Lode und ich schauen auf das Brett. Keiner von uns macht Anstalten, die Figuren wieder neu aufzustellen.

»Mensch, Wil«, sagt Lode schließlich.

»Ich weiß, dass …«

»Wo haben sie sie gefunden?«

»In einem der alten Bunker in der Della Faillelaan.«

Meine törichte Enkelin, mein Augapfel, ist tot. Vorgestern wurde uns mitgeteilt, dass es Selbstmord war. Ich weiß nicht, was dein Vater dir über die Tante, die du nie gekannt hast, gesagt hat. Vielleicht hat er ja ihren kurzen Abschiedsbrief erwähnt. Ich muss dir meine Wahrheit darüber erzählen, aber jetzt noch nicht. Ich habe keine Lust.

»Du bist so nervös …«

Sie fährt mir mit den Händen durchs Haar, zupft kurz an meinem Ohrläppchen.

»Du machst mich nervös.«

»Ja, ich weiß«, sagt sie, wobei sie wieder ein wenig traurig klingt.

Ich sage, ich wisse nicht, was mit mir ist.

Es ist jedoch ganz simpel. Ich würde mich am liebsten auf einer Chaiselongue drapieren und so tun, als litte ich an irgendeiner poetischen Schwindsucht, die zwar meine Lungen und Glieder plagt, meinen Verstand jedoch auf Hochtouren bringt. Nur leider übersteigt das meine Vorstellungskraft. Ich habe weder die Schwindsucht, noch bin ich ein Seher. Es ist dieser innere Drang, mein absoluter Wunsch, eben genau der zu sein, der in jenem Augenblick meine Seele zerknüllt. Ja, ich will hohläugig zum Horizont starren, auf die Geburt einer fantastischen Vision hoffen, die nur durch mich zu Versen geschmiedet werden kann, vor denen die Welt in die Knie geht. Gepriesen und gehasst will ich werden, von Menschen, die mir zu Füßen liegen, während mir andere wutschnaubend Bannflüche entgegenschleudern. Preise soll man mir anbieten, nicht aus Liebe und Bewunderung, sondern aus Angst, mich zu verkennen. Selbstverständlich würde ich diese Preise hochmütig ablehnen und jedem Juror dabei die miesesten Niederträchtigkeiten vorwerfen. Ich will wie ein unerreichbares Fabelwesen in der Vorstellung vieler aufleuchten, ein Tier mit sanften dunklen Augen und Bocksbeinen, mit dem man sich paaren könnte, auf die Gefahr hin, ewigem Wahnsinn zu erliegen. Ihr könnt mich alle mal! Ich will ein Dichter sein, ein poetisches Genie, ein Monster mit Lippen, weich wie Satin, die einen Mund zieren, aus dem Verse hervorquellen. Ich will am Rad des Schicksals drehen können, ihm einen kräftigen Ruck verpassen, ein Spieler werden, der *va banque* spielt: Bankrott oder Jackpot!

Stattdessen sitze ich hier als fast Zweiundzwanzigjähriger auf einem Sofa über einer Metzgerei, mit nur einer einzigen Person, die mich anbetet und die meine dunkle Seite, die sie anfangs bei mir sah, ganz verdrängt zu haben scheint. Hier bin ich also, wenn ich meine Stunden als Polyp abgerissen habe. Übrigens gelte ich seit dem Wirbel um Jean – bei Lode beziehungsweise allen anderen Kollegen – als absolut nicht mehr vertrauenswürdig. Aber zurück zu »meinen Stunden«. So nenne ich, wie auch alle anderen Kollegen, meine Arbeitszeit. Meine Stunden … Sie gehören mir verdammt noch mal gar nicht, und das, was sich nach diesen Stunden abspielt, ist alles, was mir noch bleibt. Merkst du, wie so eine Arbeit Besitz von einem ergreift? Meine Stunden? Wer das sagt, merkt gar nicht, wie sehr er zum Sklaven geworden ist. Ich stecke hier fest, das ist es, von der Lende bis zu den Knöcheln einbetoniert, in einem Leben, das erst noch kommen muss und schon jetzt von A bis Z durch unzählige zahnlose Vorfahren vorgekaut zu sein scheint. Ich bin also wie die anderen, wie alle anderen. Es braucht seine Zeit, bis man das verdaut hat; da wird man schon – Yvette, deine schöne Urgroßmutter in spe, hat recht – ein klein wenig nervös.

»Dein Tee wird kalt. Ich hab ihn extra für dich gemacht.«

»Oh«, sage ich und trinke einen Schluck.

Wir sind alleine, insofern zwei junge Menschen zur damaligen Zeit in einem elterlichen Haus alleine sein können. Ihre Eltern putzen gerade unten die Metzgerei, Lode schiebt Dienst. Selbstverständlich befinden wir uns im Wohnzimmer. Man würde mir den Zutritt zu ihrem Haus auf immer verwehren, falls man mich in ihrem Schlafzimmer erwischen sollte.

»So«, sagt sie, »nun ist es aber mal gut mit deinen düsteren Gedanken. Du siehst mich heute ja kaum an.«

Wortlos öffne ich ein Knöpfchen dieser malvenfarbenen Satinbluse, die ihren Oberkörper so eng umschließt.

»He, was soll das denn werden?«

Aber es klingt nicht vorwurfsvoll und sie schiebt meine Hand auch nicht fort. Ich mache den nächsten Knopf auf, blicke ihr in die Augen. Sie sagt, dass ich ja ganz schön mutig sei.

Ein Stück ihres hautfarbenen BHs lugt hervor.

»Traust du dich nicht, weiter zu gehen?«

Die Art, wie sie mich das fragt, bringt mein Blut in Wallung. Ich traue mich kaum zu schlucken, aus Furcht, man könne das Echo im ganzen Haus hören, und komme mir vor wie die Hauptfigur in einem Zeichentrickfilm, die plötzlich merkt, dass sie von einem Haufen Banditen umzingelt ist, und sich ihre Angst nicht anmerken lassen will.

Ich öffne noch einen Knopf, versuche das möglichst geschmeidig hinzubekommen, als sei das Routine für mich. Meine zitternden Hände machen sich am letzten Knopf zu schaffen, der sich nur mit Mühe durch das Löchlein zwängen lässt. Ihre Bluse gleitet von den Schultern und gibt die von hautfarbener Spitze bedeckten Rundungen ihrer Brüste frei. Sie schaut mir immer noch fest in die Augen. Ihr Blick verrät Neugier. Mein Herz pocht. Ihres scheint weiter ruhig vor sich hin zu schlagen. Sie fährt mit dem Daumen unter einen Träger und schiebt ihn über die Schulter. Dann folgt der zweite Träger. Anschließend hebt sie mit der rechten Hand ihre linke Brust halb aus dem Spitzenkörbchen. Zum ersten Mal starre ich auf ihre nackte Brustwarze. Sie bietet sie mir dar. Mit der anderen Hand drückt sie meinen Kopf langsam nach unten.

»Ich gehöre dir«, flüstert sie. Erst jetzt kann ich ihre eigene Erregung hören. »Fass mich an, komm schon.«

Ihre Brustwarze wird bei ihren eigenen Worten hart.

Ich drücke einen Kuss darauf und atme den Geruch ihrer Haut. Sie duftet nach Dingen, die es vorher nur in meiner Fantasie gab. Düfte aus einem unbekannten Süden, dem Süden der Sonne, dem Süden ihres nackten Körpers, noch nicht entdeckt, nur in Gedanken.

Mein Kuss ist ihr zu behutsam.

»Mehr.«

Ich stülpe meine Lippen über die rosafarbene Knospe und sauge daran.

Ich höre sie: »Ja, ja, so …«

In meiner Hose wird es eng. Ich versuche ruhig zu atmen. Mit der Zungenspitze umkreise ich ihre Brustwarze, erkunde die Weichheit und gleichzeitige Härte, die Lust, die ihr ihre jetzige Form verleiht.

»Auch die andere …«

Dieser vermaledeite Dichter wird zum Liebesdienst gezwungen.

Yvette streichelt mir sanft übers Haar, während sich meine Zunge ihrer anderen Brustwarze zuwendet. Es fühlt sich an, als sei sie in Gedanken versunken, vielleicht schaut sie mit von mir abgewandtem Gesicht aus dem Fenster, in endlose Weiten, von einem Traum verschlungen. Doch bin ich dieser Traum? Vielleicht denkt sie ja gerade an einen Filmstar? Als ich hochkomme, um ihr einen Kuss auf die Lippen zu drücken, schaut sie mich direkt an. Sie schiebt mich sanft vom Sofa, zwingt mich auf die Knie. Sie rafft ihren Rock, spreizt die Schenkel und zieht mich an sich. Mein Mund wandert von einer Brust zur anderen, wobei sie mich fester an sich drückt. Während ich sie dort küsse, schaue ich heimlich nach oben, sehe, dass sie den Kopf in den Nacken gelegt hat. Sie bebt. Sie schlingt die Beine um mich. Ihre Schuhe stechen mir in den Rücken und ich mache mich selbst verrückt mit Fragen: Jetzt schon? Hier? Auf diese Weise? Einfach so? Ich fahre mit der Zunge ihren Hals entlang, will noch ein wenig ihren Geruch dort atmen, aber sie drückt meinen Kopf wieder zu ihren Brüsten. Und während ich sie wieder liebkose, ist mir, als würden ihre Gedanken erneut abschweifen, als ließe sie mich gewähren, als gestatte sie mir etwas, das insgeheim einem anderen gehört, jemand Unerreichbarem. Ein kurzes Aufstöhnen lässt diese Vermutung wieder abebben. Meinen Daumen an der Innenseite ihres Schenkels, auf dem kleinen Stück Nacktheit, duldet sie nicht, freundlich und nachsichtig schiebt sie ihn weg. Nur ihren Brüsten und ihrem Mund darf ich mich widmen, alles andere muss ein Versprechen bleiben. Wie aufgewühlt ich auch sein mag, wie sehr mir der Kopf schwirrt und egal, wie schmerzhaft die Lust in meiner Hose pocht, für mich ist es in Ordnung. Mehr noch: Es erleichtert mich, dass ich mich jetzt noch auf ihre nun feuchtwarmen – immer noch halb im Büstenhalter gefangenen – Vorhöfe und ihre hart gewordenen, purpurnen Knospen beschränken soll, die geradezu gebissen werden wollen, wenn auch nicht zu fest, aber doch fest genug, sodass wir uns für Tiere halten können, die nicht wissen, wo die Lust aufhört und der Hunger beginnt.

Dann holt sie plötzlich scharf Luft: »Ups.«

Ich höre Lodes Stimme hinter mir.

Er seufzt: »Mensch, Leute …«

21. März 1942. Meinem Tagebuch zufolge sehe ich an diesem Tag zum ersten Mal eine Leiche. Es ist früh am Samstagmorgen, und Gaston und ich befinden uns am Ende der Ommeganckstraat. »Lass uns keine große Sache draus machen.« Das ist Gastons Standardspruch. Er lässt diesen Satz bei so ziemlich allem vom Stapel, was sich an einem Arbeitstag ereignen kann. Er hat es auch gesagt, als ihm mitgeteilt wurde, dass er ab sofort mit mir auf Streife gehen müsse. Heute Morgen, bevor wir aufbrachen, kam er mit der Mitteilung vom Klo, er habe soeben Blut gepisst. Aber auch daraus müsse keine große Sache gemacht werden. Zögernd brachte ich meine Beunruhigung zum Ausdruck, doch das kümmerte ihn nicht. Er habe es kommen sehen, nichts weiter, gab er mir in ruhigem Ton zu verstehen. »Wir sind da, um zu krepieren. Noch ein Jahr dieses Elend und ich kann in Pension. Lass uns keine große Sache daraus machen, Wilfried. Dass einer wie ich die fünfzig überschritten hat, ist an sich schon kaum zu glauben. Meine Alte reibt mir ständig

unter die Nase, dass ich mir selbst den Garaus mache. Weißt du, was ich dann erwidere? Du etwa nicht?, das sage ich. Wenn ich daraus eine große Sache machen würde, könnte ich gar nicht mehr aufstehen. Es sind die Nieren. Die machen nicht mehr mit. Hab zu viel gepisst und zu viel gesoffen.«

Seine Worte gehen mir eine Weile durch den Kopf. Eine Trillerpfeife ertönt. In der Lentestraat liegt einer halb auf dem Gehweg, seinen Verletzungen nach ermordet. Zwei Kollegen schirmen den Toten mehr schlecht als recht ab und befehlen den Leuten, die aus ihren Häusern glotzen, Fenster und Türen zu schließen. Einer von ihnen zieht unbehaglich die Schultern hoch, als handele es sich um einen Unfall. Der andere blickt starr vor sich hin, als würde er den Mörder am liebsten an Ort und Stelle mit einem Stück Wurstgarn erwürgen. Fluchend kommt er auf uns zu. Es sieht ungelenk aus, als ginge er auf hohen Stelzen, und obwohl er zornig ist, sind seine Augen wie tot.

»Diese verfluchten Dreckskerle!«

Er schüttelt Gaston die Hand und nickt mir zu.

»Hast du ihn gekannt?«, fragt Gaston den wütenden Kollegen behutsam.

Der Stelzenläufer nickt, rümpft seine imposante Nase, als wären auch wir Kadaver.

»Mein aufrichtiges Beileid, Eduard«, brummt Gaston.

Eduard schüttelt den Kopf und geht zurück zur Leiche.

Es ist ein dunkler, kalter Morgen, auch wenn sich die Amseln mit ihrem Gesang gegenseitig zu übertreffen versuchen. Mit Daumen und kleinem Finger reibe ich mir die Augenlider, schaue noch einmal genau hin, in der Hoffnung, mein Sehvermögen funktioniere nun besser. Der Schock des Neuen trübt alles. Eine erste Leiche, das ist, als habe sich etwas aus einer anderen Welt zu erkennen gegeben, als habe ein Gott oder ein Dämon diesen Menschen zu einem Bündel aus Knochen und Blut reduziert, und grundlos, ohne ein Vorzeichen dessen Lebensfaden durchtrennt. Es ist, als habe dieser Gott in seiner arroganten Gleichgültigkeit hinsichtlich dessen, was man sich herausnehmen kann und was nicht, seinen Abfall liegen lassen. Es ist, als habe das hier geschehen müssen. Schließlich ist nichts mehr normal, das ist es schon lange nicht mehr. Der Mann liegt auf seiner rechten Seite, den Mund halb geöffnet. Ein Auge starrt stumpf ins Leere. Mit dem Hut, einen Meter entfernt auf der Straße, sieht der Tote wie ein Ausrufezeichen am Ende eines Satzes aus: Sieh, wie ich hier liege! Einer seiner Arme ist ausgestreckt, die Handfläche zum Himmel gerichtet, als sollte er im letzten Moment noch etwas empfangen. Das rechte Bein klemmt unter dem linken und formt so die Ziffer vier. Um die Herzgegend herum hat sich eine rote Blume gebildet. Sein Hinterkopf wurde allem Anschein nach eingetreten und ist jetzt ein blutiger Krater aus kleinen Klumpen verletzlicher rosiger Hirnmasse. Seine Schuhe sind abgetragen, aber sein Mantel und seine Hose lassen vermuten, dass er über genügend Geld verfügte. Seine Brieftasche liegt aufgeklappt neben ihm. Aus seinen Identitätspapieren geht hervor, dass der Mann Clement Bruynooghe heißt, er wurde hier ermordet, in der Lentestraat, also in unmittelbarer Nähe eines der rituellen Schlachthäuser der Israeliten. Jemand hat besagtem Bruynooghe, Clement in den Rücken geschossen und ihm anschließend eine Kugel ins Gehirn gejagt. Gerade werden in der Stadt Vertreter des kürzlich errichteten Judenrates von den Deutschen zur Verantwortung gezogen. Offenbar wird mit Repressalien gedroht. Manche nehmen die Besatzung nicht mehr als üble Naturkatastrophe, sondern sehen sie als etwas, gegen das man sich wehren kann. Ab heute wird zurückgeschossen. Besagter Bruynooghe soll mit seiner Sympathie für den Besatzer nicht hinterm Berg gehalten haben.

»Ein treuer Kamerad«, sagt Miesebart dazu.

»Einer der anwesenden Kollegen war fast außer sich vor Wut. Er hatte Clement gefunden.«

»Wie hieß er?«

»Eduard, glaube ich … Ich kannte ihn nicht.«

»Oh, das ist wahrscheinlich ›Der Finger‹. Eduard Vingerhoets. Er hat was von einem Vogel, stimmt's? Lange, spitze Nase, kleiner Kopf?«

»Ja, das ist er.«

»Ich kenne den Finger schon seit Jahren. Auch ein echter Kamerad. Vor dem Krieg haben wir viel zusammen protestiert. Aber wenn du bei der Polizei bist, musst du mit der Politik natürlich etwas aufpassen. Ist ein großer Bewunderer Mussolinis, damit haben wir ihn immer ein bisschen aufgezogen. Mal ehrlich, ob man nun an die gleichen Ideen glaubt oder nicht, dieser aufgeblasene italienische Fatzke ist doch eher albern, findest du nicht? Verglichen mit dem Führer, meine ich, nicht nur, was die Ausstrahlung betrifft, sondern auch in puncto Weltanschauung. Man spürt ganz deutlich, wer wirklich radikal ist, nicht wahr? Jedenfalls hat der Finger die Juden noch nie leiden können. Der Duce ist in dieser Frage doch manchmal eher schwammig. Der Finger war es nie. Der will sie alle schnellstmöglich vernichtet sehen.«

»Wieso nennt man ihn ›den Finger‹? Nur wegen seines Nachnamens?«

»Natürlich, aber da war auch noch so eine Geschichte in einer Kneipe mit irgendeiner Bardame … Ach, ich bin überhaupt nicht in der Stimmung für Schlüpfrigkeiten.«

Miesebart seufzt und zuckt die Achseln. Der Mann ist niedergeschlagen. Gaspar, der Papagei, ist unerwartet gestorben, und seine Mutter erholt sich nur langsam von einem unglücklichen Treppensturz. Miesebart muss auf einmal selbst die Einkäufe und den ganzen Haushalt erledigen. Er sagt, er müsse ihr auch täglich etwas vorlesen, was ihm ein Quell des Ärgers ist.

»Kennst du nicht jemanden, der sich ein paar Centimes dazuverdienen will? Deine Freundin vielleicht? Wie heißt sie noch gleich?«

»Yvette …«

»Ein bisschen kochen wäre schon gut, und putzen … Das wäre mir eine Hilfe. Ich würde sie ja gerne darum bitten, mal meiner Mutter mit einem Buch ein wenig Gesellschaft zu leisten, aber ich weiß jetzt schon, dass sie niemand anderen dafür haben wollen wird als mich.« Er hört sich irgendwie schuldbewusst an, oder bilde ich mir das ein?

»Yvette hat Menschenkenntnis.«

»Das ist schon mal gut … Tu mir den Gefallen und …«

»Ich sage dir dieses Wochenende Bescheid.«

»Ui, es ist erst Montag. Ich weiß nicht, ob … Na gut, ich werde mich gedulden.«

»Dieser Clement Bruynooghe war also ein Freund von dir?«

»Es ist doch wirklich nicht zu fassen … Diese Feiglinge haben ihn abgeknallt wie einen Hund. Das ist die reinste Provokation. Sie wollen uns einschüchtern. Aber wir stehen parat, wir sind bereit.«

»Wen meinst du mit ›sie‹?«

Miesebart zündet seine Pfeife an. »Da schau her, der Herr Silberknopf. Du wächst offenbar langsam in deine Rolle als Polizist hinein.« Er löscht das Streichholz, indem er es hin und her wedelt, und reibt sich die Schenkel. »Die Juden jedenfalls nicht. Die scheißen sich in die Hose. So verrückt sind die nicht, das weiß jeder.«

»Angeblich wurden ein paar von ihnen einkassiert.«

»Natürlich. Aber ich fresse einen Besen, wenn das kein Kommunist gewesen ist. Ein Weißer, versteht sich, ein Hundsfott aus dem Widerstand. Eigenartig, dass sie diese Bezeichnung verwenden. In diesem Europa sind verdammt noch mal wir der Widerstand.«

»Aber warum?«

Miesebart schaut mich erstaunt an und bricht dann in Lachen aus: *»Jeune homme …«*

»Was?«

»Was meinst du denn? Du hast doch mit eigenen Augen gesehen, wie dein Kollege Finger reagiert hat, oder? Clement war einer von uns. Der Kerl hat für den *Sicherheitsdienst* gearbeitet.«

»Ich meine: Wieso sollte ihn jemand auf offener Straße einfach so erschießen? Das hat doch gar keinen Sinn.«

»Ein Kamerad wurde wie ein Tier kaltgemacht, und du redest von Sinn und Unsinn? Meinst du etwa, alle benutzen weiterhin ihren gesunden Menschenverstand? Ich werde dir mal was sagen, mein Freund. Wir leben in Zeiten der Konfrontation, Zeiten, in denen jeder sein wahres Gesicht zeigen muss. Das ist wie ein Striptease, und auf einmal wird dir klar, dass der gesunde Menschenverstand ein Kleidungsstück wie jedes andere ist. Er wird abgestreift und landet auf dem Boden, wie der ganze Rest, mehr nicht. Hier weiß jeder alles vom anderen. Alle wissen, wer bei den Deutschen mitmacht, so weit, so klar. So schwer ist es ja nicht, dahinterzukommen. Nur du hinkst irgendwie hinterher, scheinst kaum etwas zu wissen. Nun, es funktioniert auch umgekehrt. Ich kann dir aus dem Stegreif ein paar Typen nennen, die Clement eine Kugel durch den Kopf hätten jagen können. Die Juden, die abgeführt werden, sehen wir nicht wieder. Aber wir wissen, wo wir die wirklichen Schuldigen finden. Darüber machen sich diese Dummköpfe gar keine Gedanken.«

»Wenn du einen begründeten Verdacht hast, kannst du jederzeit …«

»Kann ich was? Doch nicht etwa Anzeige auf deiner Ich-mach-was-man-mir-sagt-Wache erstatten? Wie dumm kann man sein? Bloß, weil du ab und zu eine Uniform trägst, heißt das noch lange nicht, dass du dir die grenzenlose Selbstüberschätzung deines Brötchengebers zu eigen machen musst. Jemanden anzeigen ist nun wirklich das Allerletzte, was einer von uns tun würde. Auge um Auge, so einfach ist das. Ein Anruf und die Sache ist erledigt. Aber auch davon halte ich nicht so viel, erst recht nicht, wenn es um Clement geht. So einem feinen Kerl einfach in den Rücken schießen, *mon Dieu*! Das trifft mich persönlich, es ist, als würde man seinen Bruder verlieren. Auf eine derartige Feigheit zu reagieren heißt auch, sich die Hände schmutzig zu machen. Wieso lachst du jetzt so dämlich?«

»Nun mach mal halblang.«

Miesebart steht abrupt auf. »Du kennst mich nicht gut genug, weder mich noch meine Kameraden. Wird Zeit, dass sich das ändert.«

Es ist Mai, die Sonne scheint, aber das kümmert Miesebarts Mutter nicht. Die Vorhänge bleiben geschlossen. Von ihrem Thronsessel aus fordert sie Yvette auf, weiterzulesen. Meine Liebste setzt sich schön gerade hin und räuspert sich. Ich habe mich wie gewohnt hinter die alte Frau gesetzt. Sie duldet meine Anwesenheit, aber sobald Yvette vorliest, muss ich ein wenig auf Abstand gehen. »Noch mal von vorne, Madame?«

»Nein, Kind. Wir wissen, dass es schneit und unser Held keine Lust hat zu arbeiten. Mein Gedächtnis funktioniert noch ganz gut.«

Yvette schlägt die Zeitschrift wieder auf. Auf dem billigen Umschlag ist eine Frau abgebildet, die den Leser mit weit aufgerissenen Augen und halb offenem Mund anstarrt. Die Geschichte des neunten Jahrgangs, Nummer fünf, heißt »Der Fluch des Grafen«.

»›Seine Augen streichelten die Gemälde an der Wand, hielten an einem Foto inne, auf dem ein mittelalterliches Schloss zu sehen war. In seinem Blick lag nun eine gewisse Entmutigung. Das …‹« Yvettes Stimme ist ein wenig belegt. Sie hustet, dann geht es wieder.

»Trink mal einen Schluck. Dafür steht das Glas ja da.«

Yvette nickt, trinkt, und nachdem sie kurz über die Schulter der Frau, die früher oder später eindämmern wird, zu mir geschaut hat, fährt sie fort zu lesen: »›Das kam bei Robert de Tiège öfter vor. Manchmal zweifelte er sogar an seinem Talent. Das Leben erschien ihm öde und sinnlos, trotz seiner Arbeit, der Ehre, der Kunst und des Ruhms. Gewiss, er hatte Erfolg! Junge, hübsche, verführerische Frauen nannten ihn ›Meister‹ und lachten ihn mit den Augen an. Doch für wen war dieses Lächeln bestimmt: für den Künstler oder den Junggesellen? Er war sich nicht sicher. Da dachte er mit einem mal daran …‹«

»So ein Hallodri«, murmelt Amandine Verschaffel zufrieden, »hätte ich mir ja denken können …«

Yvette schaut ihr wehrloses Opfer an. Miesebarts Mutter ist nur noch wenige Sekunden von einem tiefen Schlaf der Unschuld entfernt, den nur ein wirklich alter Mensch befallen kann. Yvette lächelt mir zu, bevor sie die Lektüre wieder aufnimmt.

»›… dass Madame Bressoux ihn zum *Souper* eingeladen hatte. Was sollte er tun? Die Einladung ignorieren? Nach dem Mahl würde getanzt werden. Die weiblichen Geladenen würden Jagd auf potenzielle Ehegatten machen. Robert grinste breit. Die gute Madame Bressoux!‹«

Aus dem Lehnstuhl steigt ein Knurren auf. Jedes Mal muss ich ein Lachen unterdrücken. Komisch, dass Miesebart nicht gerne vorliest. Nach ein bis zwei Absätzen hat es sich meist erledigt. Dann erstarrt die Alte zu etwas, das kaum noch Puls hat, weg von allem ist, insbesondere von ihren eigenen Gebrechen: die Hüfte, die den Dienst verweigert, das Auge, das manchmal stehen bleibt, der zittrige linke Arm, der sie ungeschickt macht, ihr Sohn, dem schon mal die Hand ausrutscht … Alles fort im Rhythmus der langsam vorgelesenen Sätze aus einem Groschenroman gedruckt auf billigem Zeitungspapier.

»Ja, die gute Frau Bressoux …«, flüstere ich, nachdem aus dem Knurren tiefes Seufzen geworden ist.

Nicole regt sich auf. »Was für ein Unsinn! Soll ich Ihnen im Ernst diesen Schund vorlesen? Ihnen, einer gebildeten Person?« Unter uns gesagt, mein Junge, bin ich selbst ganz versessen auf Groschenromane. Ich habe sie eine Zeit lang auf Trödelmärkten erstanden und gesammelt: muffig riechende Heftchen aus den Kriegsjahren, von zwei rostigen Klammern zusammengehalten, Kellerreste, die meine Bibliothek mit ihrem theatralischen Inhalt besudeln: Geliebte, die einander erst am Ende wiederfinden, ein Fluch, der über einem Schloss hängt, ein frommer Notar und ein hinterhältiger Kutscher, kichernde Dienstmädchen und hustende Gräfinnen, die ausgezehrt in ihren Betten vor sich hin siechen, während der Herr Pastor seinen Segen flüstert. So etwas sollte dir besser nicht unter die Augen kommen, sondern muss vorgelesen werden, so wie deine Urgroßmutter einst Frau Verschaffel dieses Vergnügen gegen ein bescheidenes Entgelt zuteilwerden ließ.

»Los, mach schon, Nicole …«

»Also bitte! Ich werde Ihre beginnende Demenz nicht auch noch mit so einem Quatsch beschleunigen.«

Ich sehe sie lange mit feuchten Augen an. Seufzend holt sie ihre Lesebrille hervor, rümpft die Nase und mustert die wenigen Seiten, die vor ihr auf dem Couchtisch liegen.

»Wo hat das denn gelegen?«

»Jetzt lies schon endlich vor …«

Ja, es ist nur eine Geschichte, geradezu wie von einem Roboter geschrieben, in deren Speicher Lochkarten zu allem stecken, was der Otto-Normalverbraucher zu seiner Unterhaltung braucht. Aber mir wird schwer ums Herz, wenn ich mich ihnen hingebe, und ich werfe mir vor, nie das nötige Talent besessen zu haben, derlei Geschichten zu schreiben, die jemanden, wenn auch nur für ein Stündchen, in eine andere Welt transportieren können. Hörst du, wie Angelo lacht? Ich schon.

In der »Weißen Amsel«, einer Kneipe auf der Belgiëlei, singt einer ein Lied. »Ja, weshalb sind ihre Nasen krumm? Kehrt wieder um, ihr Nasen, Nasen … Kehrt wieder um, dahin, wo der Pfeffer wächst!«

Gelächter. »Wo hast du das denn schon wieder her, Sylvain?«

»Mensch, Alter, das kennt doch jeder.« Besagter Sylvain zwinkert und nippt von seinem Bier.

»Herrgott noch mal, ja!«, ruft der baumlange Kneipenwirt. »Jetzt fällt der Groschen! Das ist das Riesenlied von den Karnevalsmännern aus Aalst.«

»Leck mich im Arsch. Ja klar, aus Dendermonde!«

»Nix da, Aalst!«

»Dendermonde, Wirt!«

In der Nähe des kleinen Tisches, an dem Miesebart und ich sitzen, ruft jemand: »Sag, stammst du nicht aus der Ecke, Sylvain?«

Der Tresendauergast hustet diskret: »Mütterlicherseits.«

»Kein Echter, hab ich's mir doch gedacht!« Der Mann neben uns grinst.

»Schenk mir das Glas noch einmal voll, Wirt!«

»Ich gebe dir einen aus, Sylvain.«

Sylvain federt von seinem Barhocker auf und schlägt plötzlich wieder putzmunter auf den Tresen. »Ja, weshalb sind ihre Nasen krumm? Kehrt wieder um, Nasen, Nasen …« Dazu bewegt er die Arme wie ein Dirigent. Ein paar Leute schauen amüsiert zu. Einer stimmt zögernd mit ein.

Wie in allen Kneipen während des Krieges gibt es nur wenig Licht in der »Weißen Amsel«. An den Wänden hängen bräunliche

Gemälde, offenbar alle vom selben Sonntagsmaler. Sicht auf die Schelde. Die Kathedrale bei Sonnenuntergang. Eine peinliche Ode an Bruegel, darauf ausgelassene Bauern, die die Kelche heben. Einzelne bildhaft dargestellte Sprichwörter, ebenfalls vom Meister inspiriert: Ein Knochen und zwei Hunde geben keine ruhige Stunde. Der eine schert die Schafe, der andere die Säue. Wer den Brei verschüttet, kann nicht alles wieder aufraffen.

»Ist hier immer so 'ne gute Stimmung?«

»Kommt durchaus vor, ja.« Miesebart wirkt abwesend. Ich sehe jemanden vom Innenhof hereinkommen. Von oberhalb des Ausschanks fällt das schummrige Licht auf seine Nase. Miesebart winkt ihm zu. Eduard Vingerhoets, genannt »Der Finger«, geht geradewegs auf unseren Tisch zu und grinst. Mit seinem langen Zeigefinger und dem Daumen macht er einen Revolver und zielt auf mich.

»Dich kenn ich. Wilfried Wils.«

»Er ist ein Freund von mir, Eduard.«

»Ach ja?«, entgegnet der Finger höhnisch.

»Wir sind doch Kollegen, nicht? Wir kennen uns vom Sehen«, sage ich.

Der Finger reagiert direkt: »Kollegen? So einen falschen Fünfziger wie dich, Freundchen, nenne ich nicht ›Kollegen‹.« Er kneift seine nahe beieinanderstehenden Augen halb zu. Die ganze Zeit hat er mich im Visier, es ist, als durchschaue er mich vollkommen, wie ein Chirurg, der mich aufgeschnitten hat, um nachzusehen, welche Körperteile erkrankt sind. Ich gehöre nicht dazu, vielleicht gehöre ich ja nirgendwo dazu, und er weiß, dass ich das weiß.

»Was ist eigentlich los mit dir, Eduard?« Miesebart versucht zu kitten, was nicht mehr zu kitten ist. Der Finger und ich schauen uns unablässig an.

»Was mit mir los ist? Mit mir nix, alles in Butter.«

»Lass den Jungen in Frieden.«

Der Finger zwinkert mir zu. »Soll ich dich in Frieden lassen? Weil dein Kumpel mich so lieb darum bittet?«

Ich zucke die Achseln, trinke einen Schluck von meinem Bier. »Lass es gut sein, Eduard. Themenwechsel.«

»Von mir aus … Soll ich dir mal was erzählen? Wir haben ihn.«

»Wen?«

»Das Schwein, das Clement abgeknallt hat wie so einen …« Wieder schaut er zu mir und zischt: »Sag mal, warst du nicht dabei, als wir Clement gefunden haben?«

Ich nicke. Die Nase vom Finger lenkt einen wirklich ab, ganz so, als würde man von einem Ameisenbären ausgefragt. Sein Rüssel baumelt einem ständig ins Gesicht. Erst jetzt fällt mir auf, dass der Kerl einen Schnurrbart hat, besser gesagt die Skizze eines solchen, die aussieht wie mit Bleistift oder Holzkohle über seinem kleinen Gift und Galle spuckenden Mund angebracht. Der Mund bildet Worte und entblößt dabei gelbe Nagezähne: »Wir haben dieses Dreckschwein von einem Mörder windelweich geschlagen. Am Ende hat er nur noch Blutblasen gespuckt.« Wieder dieser Blick in meine Richtung: »Allerdings nach Dienstschluss, klar? Ich möchte nicht, dass du glaubst, ich würde Leute vermöbeln, wenn ich in Uniform bin.« Breites Grinsen, gelbe Zähne.

Miesebart grinst ebenfalls. »Und anschließend hast du ihn unseren Freunden übergeben, will ich hoffen?«

Der Finger schüttelt kurz den Kopf: »Nein, diesmal nicht. Die Deutschen müssen nicht alles wissen. Wir haben das, was von ihm übrig war, kurzerhand ins Bonapartedok geschmissen. Blubb blubb. Wie ein Stein ist der versunken. Den sehen wir nicht wieder. Übrigens, wo wir schon von Deutschen reden …«

Miesebart wirft einen Blick auf seine Uhr. »Ja, er hätte schon hier sein müssen, aber der Mann hat viel um die Ohren. Wir werden uns gedulden müssen. Wirt, noch eine Runde!«

Der Riese stellt drei schäumende Biere vor uns auf den Tisch, wischt sich seine Pranken an der Schürze ab.

»Lucien, dies hier ist mein junger Freund Wilfried.«

»Willkommen in meiner Räuberhöhle.«

Der Wirt drückt seine Fäuste auf die Tischplatte, fragt, wo denn »der Rote« bleibt.

»Habe ich gerade gesagt. Er kommt gleich«, antwortet Miesebart.

Just in dem Moment geht die Tür auf und ein rothaariger Mann tritt ein.

»Kaum spricht man vom Teufel, da steht schon ein Deutscher vor einem«, lacht Lucien. Die beiden nicken einander zu. Der Deutsche ist genauso groß wie der Kneipenwirt.

Miesebart erhebt sich augenblicklich, schüttelt dem Rothaarigen die Hand. *»Wilfried, mein Freund Gregor. Gregor, hier ist der junge Freund, wovon ich bereits früher erzählt haben.«*

Ich nicke, schüttele dem Kerl die Hand.

Ohne sie loszulassen, schaut *»mein Freund Gregor«* zu Miesebart: *»Ist er der Polizist?«*

»Jawoll, der Polizist.« Miesebart lacht.

Gregor klopft mir auf die Schulter. »Der Krieg macht aus uns allen Polizisten, nicht wahr?«

»Du übertreibst, Gregor. Nicht aus allen ...!« Wieder schaut der Finger zu mir rüber.

»Schon gut, Eduard. Nur ein Scherz.«

Gregor nickt Lucien zu. Neue Biere werden auf den Tisch gestellt.

Dein Vater hat sich vor langer Zeit, damals warst du noch nicht geboren, im Gespräch mit mir über einen Krieg bei den Jugoslawen ereifert. Sein ganzes Wissen darüber hatte er von Leuten aus dem Fernsehen oder war ihm von irgendeiner Zeitung mundgerecht serviert worden: Sie brachten die geliebte Wahrheit deines Vaters mit Schmackes auf die Speisekarte, in der Hoffnung, dass er und alle anderen entrüsteten Leser auch am folgenden Tag ihre tägliche Portion Empörung in sich hineinlöffeln würden. Er erzählte mir von der besetzten Stadt Sarajevo, von weißen Lieferwagen der »Vereinten Nazionen« (seine Worte), die wütende Stadtbewohner in sämtlichen Farben des Regenbogens angemalt hatten, weil sie Neutralität für reine Augenwischerei hielten, eine billige Ausrede, um nichts unternehmen zu müssen. Ich ließ ihm seinen Zorn, es schien ihm gutzutun und davon abgesehen war ich, sein Großvater, für ihn anscheinend die prädestinierteste Person, um einen schmutzigen Krieg vom Ohrensessel aus anzuprangern. Ich sah, dass dieser Gedanke in ihm aufkam und er die Hoffnung hegte, ich mit meiner Vergangenheit würde ihm, meinem Enkel, der einen Scheißdreck erlebt hatte und erleben würde, die Hand reichen, um anschließend seiner Wut die Absolution zu erteilen; dass es mit anderen Worten völlig normal war, dass ein Krieg verurteilt wurde, dass jeder Krieg eine dreckige Angelegenheit war, und dass er und ich mit demselben Recht mitreden konnten. Er erzählte von Heckenschützen in diesem Bürgerkrieg, er redete von etwas, das offenbar »Sniper's Alley« hieß, Straßen, wo Männer hoch oben auf Gebäuden mit ihren Präzisionsgewehren lagen und auf Frauen warteten, die gerade Besorgungen machen wollten, oder auf Kinder, die der elterlichen Obhut kurz entwischt waren, dass sie alle für diese Mörder zur Zielscheibe geworden waren und ob ich das begreifen würde, wie tief ein Mensch sinken konnte, und ob ich das »zu meiner Zeit« nicht selbst erlebt hätte. Und während ich das hier für dich aufschreibe, muss ich an dieselben Dinge denken, wie als ich ihm zu antworten versuchte. Natürlich habe ich Menschen gesehen, die zur Zielscheibe wurden, bereit, vernichtet zu werden. Weil ihre Zeit gekommen war? Nein. Weil es nun einmal verlangt wurde. Jetzt ist es wohl so weit, dass ich dir vom Juni 1942 erzählen muss, dem Monat, in dem sämtliche jüdischen Männer, Frauen und Kinder dieser Stadt verpflichtet wurden, sich einen gelben Stern mit dem Großbuchstaben »J« ans Revers zu nähen. In der zweiten Juniwoche sah ich eine lange Schlange vor dem Schulgebäude in der Grotehondstraat. In demselben Gebäude habe ich jahrelang meine demokratische Pflicht erfüllt, mit Pass und Stimmzettel in der Hand, habe alle paar Jahre der Mühle, die man »Wahlen« nennt, neuen Schwung verpasst, bis ich die Nase voll davon hatte, mich vor den sogenannten Mächtigen zum Affen zu machen, denen man gerade wegen ihres bürokratischen Eifers nie vertrauen durfte, die immer auch eine Art Besatzungsmacht waren und die sofort kapitulierten, als andere Mächtige das Kommando übernahmen. In ebendiesem Schulgebäude mussten sich die Juden ihren Davidstern gegen Bezahlung abholen (drei Sterne für einen Franken), wurde ein Dutzend Stempel auf ihre Identitätskarte gemacht, durften sie brav den Empfang quittieren. Auf Napoleons Grab gespuckt, der diese Geißel der Menschheit namens »Bürokratie« hier bei uns eingeführt haben soll – »zum Wohle aller«, wie es so schön heißt, doch in Wirklichkeit zum Nutzen des Apparates selbst, der sich anderthalb Jahrhunderte später ohne großes Aufhebens zum Kannibalismus verführen ließ. Unsere Führer sind Knechte, mein Junge. Das ist die Tragikomödie: In jedem Herrscher steckt ein ganz gewöhnlicher Knecht, der sich vor Angst fast in die Hose macht. Jedenfalls wuchs die Zahl der Sternträger, die man in den Straßen sah, stetig an. Manche von ihnen schienen sich zu schämen, als hätten sie sich eine üble Krankheit eingefangen. Andere liefen jedoch mit stolz erhobenem Kopf herum, stolzer als vorher angesichts dessen, was wir einmal ihre Herkunft nennen wollen. Und wir, die nichtjüdischen Einwohner dieser Stadt, die einen Humor von der Sorte »Red-keinen-Scheiß« und »Schenk-unsnoch-einen-ein« kultivierten, hielten das Ganze zunächst für einen Scherz dieser aberwitzig gründlichen Deutschen. Die gesamte Stadt wurde zu einem ekelhaften Schulhof, auf dem von sämtlichen Lehrkörpern noch zur Schikane angeregt wurde, statt sie zu bestrafen. Es war unter aller Kanone. Und es geschah vor aller Augen. Manche ließen natürlich Bemerkungen in dem Stil fallen, dass wir erst jetzt sehen konnten, wie viel Gesindel doch auf unseren Straßen herumlief. Andere glaubten, immer noch neutral zu sein, wenn sie die Ansicht vertraten, dass diese Kennzeichnung immerhin den Vorteil hatte, dass jetzt Klarheit herrschte. Doch als der Stern an den Jacken blieb und bald als etwas ganz Normales galt, ging noch ein anderes Gespenst um. In jüdischen Kreisen nahm die Furcht immer mehr zu, eben weil ihnen allen bewusst war, dass ihr Stern noch mehr Menschen zu potenziellen Henkersknechten gemacht hatte, denn nichts lädt so sehr zum Draufschlagen ein wie ausgestellte Verletzlichkeit. *Der Krieg macht aus uns allen Polizisten, nicht wahr?* Selbstverständlich verlor im angeblich so anständigen Volk niemand einen Ton über diese Spaltung. Solche Gefühle werden unter den Teppich gekehrt. Unter derartigen Umständen überlegt man: entweder sie oder wir, entweder ein potenzielles Opfer werden oder ein potenzieller Heckenschütze. Das letzte Laken, dass man über sich zieht, ist das Büßerhemd der eigenen Verletzlichkeit, des eigenen Opferseins, natürlich ohne Stern an der Jacke, wenngleich ebenso bedroht; und unter diesem Laken schläft man in der Hoffnung ein, dass beim Erwachen alles vorbei ist. Nein, es gehört sich nicht, verächtlich darauf herabzusehen. Und dennoch … ein gewisses Eingeständnis dieser ewigen Doppelmoral wäre ehrlicher. Hör dir mein Gewäsch an, mein Junge, ich gackere daher wie ein kopfloses Huhn. Damals habe ich es vorgezogen, deinem Vater einfach recht zu geben, was die Widerwärtigkeit des Krieges betrifft, was auf dasselbe hinausläuft, wie überhaupt nichts zu sagen. Wie erklärt man jemandem, was Wehrlosigkeit ist und wozu der Mensch in der Lage sein kann, wenn derjenige nie am eigenen Leib erfahren hat, was es heißt, den Dreckskerl in sich selbst zu spüren, dass es zugleich Segen und Fluch bedeutet, das nie empfunden zu haben, und dass vom Sessel aus zu wüten bloß blinde Scheinheiligkeit ist? Die Leute behaupten ja gerne, man müsse sich erst in die Lage der anderen hineinversetzen, bevor man wirklich weiß, wovon man redet. Aber auch das ist scheinheilig, denn mit »die Lage der anderen« ist immer wieder gemeint: die des Opfers. Kein Wort wird über die Lage derer verloren, die sich vielleicht versucht fühlen, mitzumachen. Bevor du den Blutdurst eines anderen anprangerst, einer Person, die du noch nicht einmal kennst, die du bloß einmal im Fernsehen gesehen hast oder über die du das ein oder andere gelesen hast, sollte man dich verpflichten, am eigenen Leib zu erleben, was heimlicher Blutdurst bedeutet, der von denen, die die Strippen ziehen, geschürt wird, und deren Spiel du mitspielst, ob du's willst oder nicht – es ist der Blutdurst, den jeder in sich trägt. In deiner Welt, mein Junge, wimmelt es von Bildschirmen. Was man deiner Generation – der deines Vaters und sogar deines Großvaters, Gott hab ihn selig – vorhalten kann, ist die Empörung auf Kommando, das Jammern aus der Distanz, mit den Unterdrückten und über die verstümmelten Leichen, auf die mit Grabesstimme hingewiesen wird. Keiner von euch weiß, was es bedeutet, unmittelbar dabei zu sein, allgemeine Gewalt ist euch fremd. Natürlich ist es ein Segen, nie Krieg erlebt zu haben. Aber sobald ich wieder irgendeinen selbst ernannten Experten reden höre, zweifle ich wieder an diesem angeblichen Segen, finde ich mich selbst scheinheilig, ein Verräter, der sein Erbe zu etwas Salzlosem zerkaut. Bei uns auf der Wache pflegten sie zu sagen: Kein Schwein macht sich was aus 'nem Juden. Heute bereue ich mein damaliges Verhalten. Ich habe deinen Vater nie zu meinem Zuhörer gemacht, weil ich schlicht davon ausging, dass er es doch nicht verstehen würde. Seine Schwester hatte die gleichen Fragen. Immerhin bist du jetzt mein Zuhörer, das ist alles, was jetzt zählt. Du.

In dieser Stadt feiert man Muttertag am 15. August, dem Tag, an dem die Heilige Jungfrau Maria in den Himmel aufgefahren ist. Krieg hin oder her, an diesem Tag wird gefeiert und zubereitet, was aus den Lebensmittelmarken noch zusammengezaubert werden kann. Sag, mein Junge, ehrst du an diesem Tag deine Mutter? Das will ich doch hoffen, auch wenn deine Eltern längst geschieden sind und du, wie ich höre, mal bei dem einen, mal bei dem anderen wohnst. Ich halte das für keine schlechte Aufteilung. Für mich war es oft anstrengend, sowohl Vater als auch Mutter in ein und demselben Raum ertragen zu müssen, und gerade das opulent gestaltete Muttertagsmahl, von eisiger Stille begleitet, weil Vater sich wieder einen seiner zahllosen Seitensprünge erlaubt hatte, machte mir diese Anstrengung nur noch deutlicher.

An besagtem Abend stehe ich also mit ordentlich gefülltem Magen gegen neun Uhr mit einem Haufen anderer Beamter an der Ecke der Oostenstraat, ganz in der Nähe der Synagoge und nicht mal zwei Straßen von unserem Haus entfernt. Wir sind viele, sehr viele. Kameraden aus Deurne sind dabei, aus Borgerhout und Hoboken. Ein paar von ihnen scheinen aus Mortsel, andere aus Ekeren zu kommen. Unseren Befehl haben wir am selben Tag oder am Tag davor erhalten, ganz sicher bin ich mir da nicht mehr. Keiner von uns weiß, was wir hier sollen. Die Deutschen fahren jede Menge Material auf. Unsere Vorgesetzten haben nichts Konkretes verlauten lassen. Manche von uns sind schlecht gelaunt, weil sie an einem Feiertag antraben müssen. Die meisten meiner Kollegen reden wie gesagt nur noch das Allernötigste mit mir, wegen der

Geschichte mit dem armen Jean. Plötzlich steht Lode neben mir und sagt, er habe ein ungutes Gefühl bei der Sache.

»Hier ist gleich die Kacke am dampfen, Wilfried.« Er musste schon früher am Abend seinen Dienst antreten. Mit ein paar Kollegen hat er *Arbeitseinsatzbefehle* im Viertel verteilt, was auf gut Deutsch so viel heißt wie »Zwangsarbeit«. Zu Dutzenden haben sie Männer einkassiert und an die Deutschen übergeben. Nach ein bis zwei Stunden glaubten sie, ihre Arbeit sei beendet. Doch dann kam der Befehl, in die Oostenstraat zu gehen.

Die Plantin en Moretuslei wird jetzt abgeriegelt. Mittlerweile bin ich auf der Straße, die zum Bahnhof führt, und sehe, wie auch ein Stück des Kievits-Viertels abgesperrt wird. An den Straßenecken bauen einzelne Deutsche große Scheinwerfer auf. Männer der *Sicherheitspolizei* und der *Feldgendarmerie* springen von ihren Lkws. Auf der Van den Nestlei fahren nach und nach konfiszierte Umzugswagen vor. Der Begriff »konfisziert« ist hier vielleicht irreführend. Im Nachhinein kommt mir zu Ohren, dass die örtliche Umzugsfirma für die Nutzung ihrer Wagen bezahlt wurde. Ob das wirklich den Tatsachen entspricht, keine Ahnung. Die Fahrer lehnen an den Motorhauben und zünden sich ihre Zigaretten an. Wir werden in verschiedene Gruppen eingeteilt. Wir haben die Aktion zu »begleiten«. Wir überqueren die Plantin en Moretuslei, gehen in die Provinciestraat, um dann rechts in die Bleekhofstraat abzubiegen. Türen werden eingetreten. Ein Vater und eine Mutter werden von SD-Männern nach draußen gezerrt; gefolgt von ihren weinenden Kindern und zwei Greisen, die sich kaum vorwärtsbewegen können. Der Großvater rauft sich die Haare, das Gesicht angstverzerrt. Seine Frau trägt nur ein Nachthemd und darüber einen Morgenmantel. Ihre kräftigen Augenbrauen schauen unter der bunten Schlafmütze hervor. Natürlich dauert es nicht lange, bis die ganze Bleekhofstraat in Aufruhr ist. Menschen brüllen,

Menschen heulen. Und die Kinder kreischen noch viel lauter. Manche werden an den Haaren über die Straße geschleift. Unterdessen tun wir alle so, als wären wir immer noch einfach nur Polizisten. Wir riegeln die Straßen ab und halten Wache, als fände hier in Kürze ein sportliches Großereignis statt. Der Effekt ist skurril. Ich höre mich selbst zu einem weinenden, etwa sechzehnjährigen Jungen sagen, er solle sich beruhigen und zu den Lastern gehen. Andere Kollegen helfen ein paar Frauen wieder auf, die von einem SD-Mann zu Boden geworfen wurden. »Wenn Sie bitte folgen würden.« »Halten Sie Ihren Kleinen gut fest, Madame.« Und so weiter und so fort. Manche lassen sich wie Schlafwandler wegführen, im Pyjama spielen sie willenlos eine Rolle in ihrem eigenen Albtraum. Alles muss immer *»schneller«* und *»schneller«* gehen. Die Straße ist jetzt hell erleuchtet, lange Schatten bewegen sich auf den Bürgersteigen. Einer kotzt sich das Hemd voll, während er von zwei Feldgendarmen mitgeschleift wird. Eine Frau rennt einer Mutter mit zwei schreienden Kindern hinterher, einen zusätzlichen Mantel im Arm. Sie wird von den Deutschen verhöhnt. Als sie lautstark protestiert, verpassen sie ihr ein paar Schläge ins Gesicht, doch sie gibt nicht nach und wird schließlich mit den Juden zu einem Lastwagen gebracht. Ihr Blick in unsere Richtung sagt alles.

»In wessen Namen stehen wir hier eigentlich?«, raune ich Lode zu.

»Das fragst du noch? Nachher wird es sowieso heißen, dass all das hier gar nicht stattgefunden hat.«

Recht hat er. Der Oberstaatsanwalt oder der vermutlich gerade schnarchende Bürgermeister wird am nächsten Tag mit Normalitätssucht aufwachen, so wie jeden Morgen. Die abendliche Aktion habe der Ergreifung von Arbeitsdienstverweigerern gegolten, so wird es vermutlich verzeichnet werden. Aber wie soll man das Geschehene sonst zu Protokoll geben? »Heute Abend haben wir an einer Festnahmeaktion mitgewirkt, deren Anlass uns unbekannt war. Auch die Zahl der in Gewahrsam genommenen Personen, unter denen sich auch Frauen und Kinder befanden, entzieht sich unserer Kenntnis.« Diese Unkenntnis ist im Lohn miteinbegriffen, sie gehört dazu, auch das Gefühl, vollkommen alleine dazustehen, mit dieser Uniform am Leib, dem Schicksal ausgeliefert. Aber das kann man unmöglich zu Protokoll geben. Manche von uns sehen bleich aus oder schauen weg, aber es gibt genügend, die das Ganze hier kaltlässt. Der Auftrag lautet, keinen von ihnen entwischen zu lassen, und dieser Auftrag wird ausgeführt: Nein, Sie Verzweifelter, Sie dürfen hier nicht durch, Sie müssen auf den Laster, wie es das Herrenvolk befiehlt. Aber wenn jeder von uns hier nur seine Arbeit macht, und niemand weiß, warum wir das tun, und es morgen ohnehin vergessen sein wird, wer oder was sind wir dann noch? Es ist absurd, auch das »wir« existiert nicht mehr. Wer bin ich, inmitten meiner Kollegen, die nichts mit mir zu tun haben wollen? Weniger als nichts, ein Gespenst mit einem Helm auf dem Kopf? Wie die »Tolle Grete« auf dem Gemälde, die mit weit aufgerissenen Augen und gezücktem Schwert durch die Hölle stapft? Hat sie die Hölle entfacht oder ist sie nur ein Teil von ihr, irregeworden durch das, was sie mitansehen musste? Machen wir das hier möglich oder sind wir nur Zeugen, die niemals bezeugen werden, was sie während ihres Dienstes sehen müssen?

»Wenn so etwas möglich ist …«, schießt es mir in einer quälenden Endlosschleife durch den Kopf, »wenn so etwas möglich ist, wenn Menschen in Uniform Kinder treten, Frauen ins Gesicht und Männer fast zu Krüppeln schlagen und sie dabei in flämische Umzugswagen scheuchen dürfen … Wenn das alles möglich ist … Wir stehen hier, als was eigentlich … als Schergen in einer verkehrten Welt, wo Weiß Schwarz ist, in einer Nacht, die zu einem Tag der Hölle ausgeleuchtet wird, als Pfleger, die Deutsch sprechenden Ärzten in Uniform Beihilfe leisten, irgendeinen menschlichen Virus zu bekämpfen, mit Schlägen und Tritten, mit Drohungen und Gebrüll, unter Heulen und Zähneknirschen und zahllosen vollgeschissenen Hosen, mit Blut und Erbrochenem und Kot auf der Straße … Wenn all das möglich ist, ist dann nicht alles möglich? Ist dann nicht alles möglich?«

Ein Stück der Plantin en Moretuslei halten die Deutschen weiterhin gesperrt. Lode und ich sollen uns abmelden. Also gehen wir zum Ende der Provinciestraat und biegen dann hinter dem Zoo links ab, zurück ins Bahnhofsviertel.

»Was ich nicht kapiere«, sage ich, »ist, dass sie sich alle so …«

»So was?«

»Weißt du noch, an dem Tag, als es geschneit hat?«

»Wann?«

»Als wir diese jüdische Familie mit in die Van Diepenbeeckstraat bringen mussten. Wir sind gerade an ihrem Haus vorbeigekommen. Steht wohl immer noch leer.«

Lode schaut über seine Schulter, bleibt unvermittelt stehen. »Wieso fängst du jetzt davon an?«

»Weil es so …«

»Gib mir 'ne Zigarette.«

Ich krame meine Packung hervor und schüttele zwei heraus. Ich zünde beide an. Wir rauchen. Wir sagen eine Weile lang nichts.

»Ich hab dir das nie erzählt, Wilfried, aber …«

»Du hast den Mann gekannt, stimmt's?«

Lode schüttelt den Kopf. »Woher wusstest du das?«

»Das hab ich dir angesehen.«

»Chaim Lizke ist einer von denen, die in Steinen machen. Ein Diamantschleifer. Der Kerl ist ein Fall für sich, kann alles Mögliche deichseln. Mein Vater hat ein paar Jahre vor dem Krieg einige dieser Leute kennengelernt, viele waren hierher geflohen. Damals trank mein Vater an seinen freien Tagen schon mal ein Käffchen in der Pelikaanstraat, in der Nähe der Diamantenbörse. Jeder da kannte Lizke. Und ich kannte ihn eben auch. Er kam gelegentlich zu uns ins Haus, verstehst du? Das muss jetzt aber wirklich unter uns bleiben. Du weißt, wie es in einer Metzgerei zugeht. Unser Vater hatte eine Menge Schwarzgeld, der Krieg stand vor der Tür … Dann sorgt einer wie mein Vater vor. Kapierst du, was ich sagen will?«

Jetzt schüttle ich den Kopf.

»Mann, wir haben Steine gekauft. Lizke kannte so viele Leute. Unser Vater gab ihm ein Prozent Provision.«

»Und wir haben ihn und seine ganze Familie verhaftet …«

»Ich kann dir sagen, ich habe damals fast einen Herzinfarkt bekommen.«

Nachdem wir uns auf der Wache in den Vestingstraat abgemeldet haben, gehen wir ohne ein Wort des Abschieds getrennte Wege, nach Hause. Es wird hell. An der Oostenstraat stehen die Männer vom siebten Bezirk, die Synagoge wird seit den Krawallen im vorigen Jahr dauernd bewacht, um mögliche Beschädigungen zu verhindern. Die beiden Kollegen erkennen mich zweifellos, lassen sich das aber nichts anmerken. Aus purer Sturheit winke ich ihnen zu. Keine Reaktion. Das Gebäude soll unversehrt bleiben, auf Befehl des Bürgermeisters. Na dann: Gute Nacht.

Der nächste Tag ist ein Sonntag. Normalerweise treffe ich mich da mit Yvette, aber ich habe heute keine Lust, Lode zu begegnen, der ebenfalls freihat, und ich nehme an, dass es ihm umgekehrt genauso geht. Es ist still draußen, fast zu still für einen Sonntag. Ich gehe zur jüdischen Bäckerei in der Provinciestraat, die tatsächlich geöffnet ist und vor der sich eine lange Warteschlange gebildet hat, als mache der zynische Rachegott, der in der Nacht noch gewütet hat, einen schlechten Scherz. Schräg gegenüber, nur ein paar Meter entfernt, geht es in die Bleekhofstraat, wo es aussieht wie auf einem schlecht aufgeräumten Trödelmarkt: überall Kleidungsstücke und Glasscherben. Manche Haustüren sind noch sperrangelweit offen. Während die Leute warten, bis sie an der Reihe sind, wird kaum geredet. Einer klagt, er habe wegen des Heidenlärms sehr schlecht geschlafen, schaut dann aber auf seine Schuhspitzen. Eine spindeldürre Frau ist der Ansicht, jemand habe sich vorgedrängelt. Sie hebt den Zeigefinger in die Luft: »Na, eigentlich war ich jetzt dran!« Die Bäckersfrau schaut erschrocken auf. Was jeder weiß, wird nicht ausgesprochen, nicht einmal als Frage von den Mutigeren geflüstert. Wie lange wird es noch Brot von diesen beiden geben? Nicht lange, wenn ich mich richtig erinnere, eine Woche oder zwei, glaube ich, mehr nicht. Jemand zupft an meiner Jacke. Ich drehe mich um. Vor mir steht Tante Emma, die in der Van den Nestlei für eine jüdische Familie als Dienstmädchen arbeitet.

»Das war ja was …«, flüstert sie.

»Und?«

Sie schüttelt den Kopf. »Man hat sie mitgenommen. Auch die Kinder. Schlimm.«

Ich will mich erkundigen, wie es ihr jetzt geht, doch sie kneift mir in den Arm. »Nicht hier, mein Junge, nicht hier.«

Gaston will keine große Sache daraus machen, aber ihm ist zu Ohren gekommen, dass ich in der »Weißen Amsel« gesehen worden bin.

»Wer immer mich dort gesehen hat, war doch selbst auch da.«

»So kann man's natürlich auch betrachten.«

»Und wieso erzählst du mir das?«

»Manche halten dich für einen falschen Fuffziger, aber …«

»… du willst keine große Sache draus machen.«

»Sei also unbesorgt.«

»Wer ist hier eigentlich kein falscher Fuffziger?«, rufe ich in den Flur. Ein paar Kollegen drehen die Köpfe.

»Lass den Quatsch, sonst geh ich nicht mehr mit dir auf Streife«, zischt Gaston. Bevor ich reagieren kann, packt mich der Scheele August, der immer nach ein paar Gläsern Stout stinkt und jetzt plötzlich aus dem Nichts auftaucht, mit einer Hand bei der Kehle und schiebt mich an der Wand hoch. Meine Füße baumeln ein paar Zentimeter über dem Boden.

»Lass ihn los, August …« Ich sehe, wie ein paar Kollegen Gaston auf Distanz halten. August packt fester zu. Hilflos kralle ich nach seinem Gesicht. Sein Knie schießt vor, genau zwischen meine Beine. Der Schmerz in meinen Eiern lässt in meinem Schädel Sterne explodieren. Jetzt bloß nicht pissen, denke ich, auf keinen Fall pissen. Unmittelbar hinter August, etwas näher bei der Tür, sehe ich den Ameisenbärenrüssel vom Finger. Er lacht mit gebleckten Zähnen, etwas, was er wahrscheinlich nicht allzu oft tut. In ohnmächtiger Wut balle ich die Fäuste. Vor meinem inneren Auge führt Angelo mir vor, wie mich der Finger um Gnade anfleht, die Hosen voll und mit vor Rotz triefendem Rüssel, doch die Vorstellung beruhigt mich nicht.

»Du denkst wohl, du könntest tun und lassen, was du willst. Du glaubst, wir wüssten von nichts. Aber wir wissen genug, Freundchen. Hast du gehört, Wils? Alle hier wissen, dass du Jean verpfiffen hast. Alle wissen, was für ein Dreckskerl du bist, schnallst du das? Denk da mal ein paar Sekunden drüber nach. Du bist ein Scheißkerl, ein Arschkriecher. Mich persönlich schert es einen feuchten Kehricht, ob du dies denkst oder das, ob du für die Tommys oder die Deutschen bist. Aber ich warne dich. Wenn du es noch ein Mal wagst …«

»August!«, ruft einer.

»Hinter dir!«

»August, mitkommen, jetzt!«

Er lässt mich los. Ich sinke zu Boden. Unser Vorgesetzter schaut mich nicht an, während er den plötzlich gefügigen August in sein Büro schiebt.

August wird für zwei Tage vom Dienst suspendiert. Ihm wird aber nicht körperliche Gewalt gegenüber einem Kollegen zur Last gelegt, sondern er bekommt einen Verweis aufgrund einer Verfügung des Hauptkommissars: Es ist verboten, im Dienst über Politik zu reden.

Ich liege auf meinem Bett, habe Hose und Unterhose heruntergezogen. Aus dem Badezimmer habe ich mir Mutters Handspiegel geliehen und untersuche, obwohl ich schon ahne, was mich erwartet, mein Geschlecht. Der Hodensack sieht entsetzlich aus: blau, lila und ziemlich angeschwollen. Mein Penis liegt kraftlos da, auf der Unterseite sehe ich einen Bluterguss, der inzwischen die Form eines Schweinekopfes angenommen hat. Jemand klopft an die Tür. Ich schieße in die Höhe, es schmerzt. Gequält rufe ich: »Besetzt!«

Die Stimme meiner Mutter teilt mir mit, dass Besuch für mich da ist. Hastig ziehe ich die Hosen hoch, schiebe rasch den Handspiegel unters Kissen. Ich rappele mich auf. Sollte Yvette es gewagt haben, hier unangekündigt zu erscheinen?

»Ich komme runter!«, rufe ich.

Dann höre ich Lode. »Ich stehe vor der Tür.«

Ich versuche, eine entspannte Sitzhaltung einzunehmen, aber natürlich, ohne die Beine übereinanderzuschlagen.

Mein Blick schweift durchs Zimmer. Gibt es irgendetwas, das mich verrät, was Lode zeigt, wer ich in Wirklichkeit bin beziehungsweise der in mir, der Angelo heißt? Mir fällt nur ein, in Windeseile ein Gedicht von der Wand über meinem Bett zu reißen. Es trägt den Titel »Wachsamkeit«, ich habe es mit meinem eigenen Herzblut geschrieben. Oh Dichterherz, du drolliges Dichterherz.

»Tritt ein, mein Freund«, rufe ich munter.

Lode macht einen verlegenen Eindruck.

»Entschuldige ... aber ich wollte mal nach dir sehen. Ich habe gehört, was passiert ist.«

Ich biete ihm meinen einzigen Stuhl an. Er nimmt Platz.

Aus dem Nachtschränkchen nehme ich zwei verstaubte Gläser. Ich putze sie mit dem Bettbezug, biete ihm den Likör an, den mir Miesebart neulich geschenkt hat.

»Zum Wohl!«

Wir stoßen an, nehmen einen Schluck. Der Alkohol steigt mir sofort zu Kopf. Ich setzte mich etwas breitbeiniger, bilde mir ein, der Schmerz in meinen Hoden lasse dank des Alkohols ein wenig nach. »Ich fühle mich schuldig, Wilfried. Ich hätte dir eher sagen müssen, dass die auf der Arbeit dir nicht mehr trauen.«

»Als ob mir das nicht klar gewesen wäre ...«

»Stimmt es, dass August dir in die Eier getreten hat?«

»Fast. Er hat danebengetreten. Heißt ja nicht umsonst Scheeler August.«

Lode lacht, ich lache mit, doch mich kostet es etwas mehr Mühe.

Eine Weile sagen wir nichts. Ich schenke uns nach. »Auf deine Gesundheit!«

»Und auf deine!«

Lode räuspert sich und blickt auf den verschlissenen kleinen

Teppich, der vor meinem Bett liegt. »Bei uns laufen ein paar herum, die richtige Verräter sind, darauf kannst du Gift nehmen. Hauptsache, für sie fällt was dabei ab … Und da picken sich Leute eben einen heraus, einen wie dich eben, einen, der die Sünden Israels aufgeladen bekommt.«

»Du meinst, einer muss der Jude sein, so in der Art?«

»Komm schon, Wil. Du weißt, was ich meine.«

Einen wie mich: Die Formulierung geistert mir durch den Kopf. Denn egal für wie außergewöhnlich ich mich selbst halte, ich hatte gehofft, es sei nicht so offensichtlich. Nein, ich muss sogar zugeben: Ich wollte nicht nur nicht auffallen, sondern schlicht und ergreifend dazugehören. Wie naiv von mir zu denken, dass das Tragen einer Uniform dafür sorgen würde. Meine blauen Eier machen mir das ein für alle Mal klar.

»Aber eins muss ich dich doch fragen, Wilfried …«

»Du möchtest sicher noch was von diesem ekelhaft süßen Zeug, oder?« Lachend greife ich nach der Flasche.

»Warst du in der ›Weißen Amsel‹ … ja oder nein?«

»Ja«, sage ich und schenke aus, »mein alter Französischlehrer, der, der mir geholfen hat, meinen Abschluss zu machen, hat mich dahin mitgenommen.«

»Der Typ ist eine verdammte Filzlaus, Wilfried.«

»Stimmt, aber manchmal erfährt man das eine oder andere, wenn man den Dummen mimt.«

Lode pfeift durch die Zähne. »Verflucht noch eins …«

»Kapierst du, was ich meine?«

»Das ist kein Spiel, Kumpel. Täusch dich da mal bloß nicht.«

»Das sagt der Richtige.«

Lode muss lachen. »Ich werde dir nicht alles auf die Nase binden. Jedem seine Geheimnisse. Nur eines, und dann halt ich die Klappe: Die Deutschen und ihre netten Freunde wie dein Lehrer werden sich schön umschauen, wenn sie noch einmal Juden einkassieren wollen. Ja, da guckst du blöd! Ich sag nichts mehr.«

Am Ende ist die Flasche leer.

Hoffentlich wirst du das alles einmal lesen, mein Urenkel, obwohl wir uns nicht kennen und du auch nicht um meine Erinnerungen gebeten hast. Anders als die Tante, die du nie gesehen hast, meine schöne Enkelin, die sich am Ende mit einem Strick das Leben genommen hat. Sie wollte es wissen, sie wollte alles wissen.

»Lass den alten Kram«, hatte meine Frau mir zugezischt, während sie selbst gemachte Plätzchen und Tee in die Bibliothek brachte. Sie lächelte Hilde verständnisvoll an, sagte aber: »Ach Kind, lass deinen Opa doch in Ruhe.«

Ich sah Hilde an, sie war damals achtzehn, trug das Haar toupiert, eine weite Schlabberhose und ein Hemd mit Löchern. Ihre Augen waren auf Hexe geschminkt. Das war kein schöner Anblick, aber das störte mich nicht. Ich sah in ihr eine Rebellin, auch etwas Dunkles. Ihre Eltern hatte sie an den Rand eines Nervenzusammenbruchs gebracht mit ihren unvermittelten Weinkrämpfen, dem Ritzen ihrer Arme, ihren Visionen, in denen die wunderbarsten Stimmen ihr verkündeten, sie selbst und alle anderen hätten ihre Leben zu bessern.

Ich sah sie an und schwieg, deiner Urgroßmutter zuliebe, denn die befürchtete, meine Geschichten würden unsere Enkelin nur noch verrückter machen. Ich schwieg und habe mein Schweigen bis zum heutigen Tage verflucht.

Ich habe Monsieur Miesebart noch nie derart mies gelaunt erlebt. Er hat regelrecht Schaum vor dem Mund. Tollwütiges Bärtchen.

»Du und deine Kollegen, ihr seid ein Haufen Arschkriecher! Allesamt Verräter!«

»Wovon redest du?«

Er springt von seiner Chaiselongue und baut sich direkt vor meinem Sessel auf. Von oben auf mich herabschauend setzt er zu einer Tirade an. »Nein, das zieht bei mir nicht, mein Freund. Stell dich nicht dümmer, als du bist. War ein hartes Stück Arbeit, bis Gregor sich wieder eingekriegt hat. Weißt du, in was für eine Situation du mich gebracht hast? Ich bin davon ausgegangen, du würdest mich rechtzeitig informieren, so habe ich's auch dem SD gesagt. ›Gregor‹, habe ich gesagt, ›der Junge ist auf unserer Seite, darauf kannst du dich verlassen. Wenn er etwas weiß, wissen wir es auch.‹ Das hat er mir jetzt unter die Nase gerieben. Ich kann dir versichern, dass solche Typen keinen Spaß verstehen. Von einem Moment zum anderen hat er getobt wie ein Orkan. Und wie der gebrüllt hat! Hat gar nicht mehr aufgehört. Die ganze Aktion heute Abend ist abgeblasen. Und du weißt ganz genau, warum. Auf deiner Wache wimmelt es von Judenfreunden. Verflixt und zugenäht! *Mon Dieu!* Das ist noch viel zu freundlich formuliert. Du kannst mir nicht erzählen, dass da kein Geld geflossen ist, dass die Juden nicht im Tausch gegen eine Handvoll Silberlinge gewarnt worden sind. Und der liebe Wil hier weiß natürlich von nichts. Wer sagt denn, dass du nicht selbst etwas Geld genommen hast? Die Razzia findet nicht statt. Zufrieden? Na, ihr werdet noch sehen, was ihr davon habt. Ihr alle! Wenn's so nicht geht, dann eben anders. Aber es wird passieren!«

»Ich wusste von gar nichts«, sage ich in möglichst ruhigem Ton.

»Nein, das ist inzwischen verflucht noch mal klar. Nur gut, dass dein Kollege Eduard etwas mehr mitbekommen hat als du. Der Finger hat Gregor sofort gewarnt. Auf den kann man sich verlassen. Es wird Zeit, dass du dich auf deine wahren Freunde besinnst. Und der Finger weiß, auf wessen Seite du stehst, ich habe es ihm noch einmal erklärt.«

»Der Dreckskerl hasst mich.«

»Schreib's dir hinter die Ohren: Er ist einer der wenigen Freunde, die du unter deinen Kollegen hast. Bleibt nur die Frage, ob wir dir wirklich vertrauen können, ob du einer von uns bist. Vom Finger weiß ich das, aber bei dir? Sag schon! Hast du gewusst, dass die halbe Wache voller Verräter ist und deine Kollegen sich von diesen widerlichen Hakennasen bestechen lassen, oder nicht? Ja oder nein? Los, sag schon!«

Miesebart schaut auf mich herab. Nach seinem Wutausbruch habe ich Tröpfchen im Gesicht.

Ich versuche, die in mir hochkommende Wut zu bezwingen. Warum bilden sich alle ein, dass sie mit mir tun können, was sie wollen, dass ich mich – wie mein Vater sagen würde – benutzen lasse wie ein Stück Seife? Auf einmal steigt großer Hass in mir auf, ein Hass, der die schlummernden Erniedrigungen der letzten Zeit in sich hineinschlingt. Wieso halte ich mich eigentlich noch zurück? Wieso soll man eine Sache nach der anderen einfach so schlucken, bis man zu einer seelenlosen Marionette wird? Ich bin fertig ausgebildet, das reicht. Ich habe alles in mich aufgesogen, habe herausgeholt, was herauszuholen war, und mit dem ganzen Rest, dieser kaum verhohlenen Gehirnwäsche, die nie wirklich bei mir gegriffen hat, ist Schluss. Ich wische mir den Speichel aus dem Gesicht und erhebe mich wie ein ganzer Kerl.

»Musst du mir deshalb ins Gesicht spucken?«

»*Pardon,* wie bitte? *N'as-tu pas honte?* Eine Unverschämtheit!«

Ich stehe auf und lasse ihn Angelo sehen. Ich lasse ihn sehen, wie Angelo ihn wie eine Figur auf dem Schachbrett umstößt und an den Haaren über den Boden zur Treppe zerrt, wie er ihn die Treppen hinunterstößt, wie er unten aufschlägt. Ich zeige ihm, wie Angelos Fäuste wie Hämmer auf ihn niederprasseln und seinen bärtigen Schädel fachmännisch zu Mus schlagen. Ich sehe Angelos blutbeflecktes Gesicht, wie er seinen Hosenstall öffnet und auf die Pampe pisst, die einmal Miesebarts Kopf war. Das alles findet ausschließlich in meiner Vorstellung statt, aber ich lasse es ihn spüren. Und es hat Effekt.

»Ganz ruhig«, höre ich ihn sagen. »Ich habe überreagiert.«

»So sieht's aus«, sage ich.

»Ich weiß ja, dass du anders bist, aber du musst auch verstehen … in meiner Position …«

»Vielleicht solltest du dich erst einmal bemühen zu verstehen, wer ich bin.«

»Puh.« Miesebart lächelt verunsichert. »Mannomann.«

»Herrsch mich nie wieder so an«, sage ich und fort bin ich.

»Nein«, sagt Lode, »nicht mit mir. Da mach ich nicht mit, und wenn du dich auf den Kopf stellst.«

Der Vorgesetzte schaut in sein Protokollbuch. »Das werde ich leider vermerken müssen.«

»Tu, was du nicht lassen kannst.«

Wir haben Nachtschicht. Es ist etwa drei Uhr, der 28. August 1942. Wir sind für eine neue Aktion zusammengetrommelt worden. Da stehen wir, ein Haufen Rotznasen. Aber dann ergreift einer von uns das Wort, wie ein Mann. Oder wie ein Wahnsinniger. Wo ist da der Unterschied?

Gaston zieht Lode am Ärmel. »Tickst du nicht mehr ganz richtig? Mach nicht so eine große Sache draus. Du weißt doch, was das für Folgen haben kann.«

Einer sagt: »Das bedeutet Breendonk, mein Freund.«

Dieses Gerücht geht jedenfalls um. Wer jetzt nicht mitmacht, landet im Lager, in dem der blanke Horror herrscht, wie man so hört. Also: Hier sind die Namen, geht zur Terliststraat und lasst keinen entwischen.

»Wenn keiner von uns geht, passiert auch nichts.«

»Du machst alles nur noch schlimmer. Das ist Befehlsverweigerung, Metdepenningen!«

Gaston beugt sich zu unserem Vorgesetzten hinüber.

»Nicht übertreiben, Chef. Lass gut sein. Er kommt schon mit.«

Lode schaut uns der Reihe nach an, schüttelt den Kopf und geht, ohne ein weiteres Wort zu verlieren. Ich zögere. Aber ich will nicht, dass die Sache für mich in einem Lager endet. Ich sehe mich nicht an so einem Ort zum Krüppel geschlagen werden, von Opfern und Dreckskerlen umgeben, um eine Brotrinde bettelnd, um schließlich feststellen zu müssen, dass ich selbst das Rad des Schicksals für immer zum Stehen gebracht habe.

In der Terliststraat ist es totenstill. Dieses Mal sind keine Deutschen dabei. Dieses Mal sind wirklich nur wir hier. Die Namen werden verteilt. Wir sind etwa zwanzig Mann, vielleicht mehr. Zwei von uns bewachen die Synagoge in der Straße. Da sollen alle hingebracht werden.

Gaston wiederholt noch einmal, dass wir keine große Sache daraus machen sollen. Ich seufze.

»Wir werden das ruhig angehen, Wilfried. Wir klopfen einfach an die Tür und ...«

»... bitten sie höflich, mitzukommen?«

Jetzt seufzt Gaston seinerseits. Wir bilden Zweiergruppen, postieren uns vor Hauseingängen. Wir klopfen alle gleichzeitig an. »Aufmachen! Polizei!« Noch klingt das hohl in der so stillen Straße. Doch die Ruhe währt nicht lange. Fast augenblicklich dringt ein Lärmen, Rufen und Wehklagen aus den Wohnungen. Der Tumult ist derart groß, dass wir uns nicht einmal mehr untereinander verständigen können. Unsere Tür öffnet sich ein wenig.

»Teitelboim, Abraham?« Durch den Spalt sehen wir einen bärtigen Alten. Er schüttelt den Kopf, hat Tränen in den Augen. Er steht da im Nachthemd. »*Nein, nein, nein …*«, flüstert er.

»Sämtliche Familienmitglieder anziehen und etwas Proviant einpacken. Bitte Beeilung.«

Der Mann will die Tür sofort zuschlagen, als seien wir Verkäufer von Dingen, die er nicht haben will, doch Gaston zwängt seinen Fuß dazwischen und drückt sie ganz auf. Von der Treppe her schauen uns Kinderaugen an. Die totale Angst, Angst, die du deinen Lebtag nicht wieder vergisst. Mein Kollege versucht es noch einmal. »Ruhig bleiben bitte. Anziehen und mitkommen.« Zwei Frauen schreien gleichzeitig los. Das Warten scheint kein Ende zu nehmen. Was soll ich sagen? Ich bin zunehmend gereizt. Endlich sind sie fertig. Aber jetzt fängt einer nach dem anderen an, uns anzuflehen. Eine der Frauen hält uns etwas Schmuck unter die Nase. »*Bitte, bitte …*«

Wir schieben sie zur Tür hinaus. Auf der Straße herrscht absolutes Chaos. Aber sobald den Leuten auffällt, dass an der Aktion keine Deutschen beteiligt sind, wächst der Widerstand. Man zieht an unseren Ärmeln. »*Was haben wir getan?*« »*Bitte, bitte …*« Aber auch: »*Bastarde! Bastarde!*« und »*Schande über euch!*«. Wir zerren Familie Teitelboim zur Synagoge. Eine der Frauen stolpert, während sie mich anfleht, an meinem Arm hängt. Ich schleife sie über die Pflastersteine mit mir. Gaston zückt den Schlagstock und droht damit. Andere Kollegen, bei denen die Sicherungen durchgebrannt sind, knüppeln inzwischen wild drauflos. Alleingelassen, wie sie sind. Alle brüllen sich die Kehle aus dem Leib. Einer von uns muss von einem Juden weggezogen werden. Völlig von Sinnen tritt er wieder und wieder auf den Mann ein. Es dauert zwei, drei Sekunden, bis mir klar wird, wer von uns sich hier so gehen lässt. Von unterhalb des Helms erkenne ich das hagere Gesicht vom Finger. Er sieht mich, zwinkert mir zu. »Jetzt ist der Augenblick gekommen«, lese ich in seinen Augen, »wo du zeigen kannst, dass du kein falscher Fuffziger bist.« Ein Gefühl wie nasse Scheiße im Gesicht. Der Finger sucht noch kurz Blickkontakt, zuckt dann mit den Achseln und tritt weiter munter zu.

Blut auf der Straße. Leute heulen, kratzen und beißen.

»Achtung, Wilfried! Dir ist fast einer entwischt!«

Ich renne hinter einem etwa siebzehnjährigen Jungen her. Die Straße ist gesperrt. Er kann nicht weg. Wie ein Kind in einem Spiel schlägt er jetzt Haken, in der Hoffnung, mich so abschütteln zu können. Ich trete ihm von hinten in die Beine, er geht zu Boden, ich versuche ihn am Kragen zu erwischen. Da bricht sein ganzer Hass hervor. Er kratzt mir ins Gesicht, ich verpasse ihm einen Hieb. Und dann noch einen. Ich schleife ihn übers Pflaster. Seine Mutter fleht um Gnade. Mit beiden Fäusten hämmert sie auf meine Brust. Ich packe sie am Hals. Wir stoßen sie in die Synagoge hinein. Und so geht es immer weiter. Im nächsten Haus auf unserer Liste spuckt mir irgend so ein Irrer ins Gesicht. Eine Sekunde später sinkt er auf die Knie und bettelt um Mitleid. »Kommen Sie, bitte …«, sage ich, so höflich wie eben möglich. Ich greife ihn bei der Schulter. Er lässt sich fast von der Treppe fallen, ein Lumpensack, auf einmal kaum noch ein Mann. Dann begleitet er mich verschämt, als habe er sich vom Wahnsinn blenden lassen und nun den Verstand wiedergefunden.

Jetzt fällt mein Blick auf den Scheelen August, dessen Gesicht blutüberströmt ist. Er steht da und weint. Rotz läuft ihm aus der Nase. Da vergesse ich den Tritt in meine Eier. Auf einmal ist es mir unerträglich, jemanden wie ihn in einem solchen Zustand zu erleben. Ich fasse ihn am Ellbogen. »Bist du verletzt?«

»Ich, verletzt? Nein …«, August spricht stockend. »Wir … Ich.« Er holt tief Luft, wischt sich das Blut aus dem Gesicht. Noch einmal sagt er: »Wir … Ich.« Nach mehreren Ansätzen rückt er mit der

Sprache raus. Um uns ein Riesenlärm. »Der Kerl macht die Tür auf, streckt sein Kinn vor und schneidet sich mit 'nem Rasiermesser die Kehle durch. Der hat mich verflucht noch mal komplett vollgespritzt. Und drinnen … in der Wohnung …« August ringt um Worte, während er sich weiterhin das Blut aus dem Gesicht fegt. »Und drinnen alle tot … Alle tot am Tisch. Eine Frau und … fünf Kinder. Mausetot. Was …«

Gaston ruft mich. »Komm, Junge, weitermachen!« August winkt ab, tut, als habe er wieder alles unter Kontrolle. »Ist in Ordnung. An die Arbeit …«

Gaston hämmert immer noch auf eine Haustür ein. »Die werden wir wohl eintreten müssen …« Nach drei Versuchen gibt das Schloss nach. Aus einem der oberen Stockwerke ruft jemand, hier seien keine Juden. Es folgt lautes Fluchen. »Was habt ihr Dreckskerle mit meiner Tür gemacht!« Wir können gerade noch rechtzeitig einem gefüllten Nachttopf ausweichen, der auf dem Boden in Scherben springt. Wir stürmen rauf, werfen in der Eile ein Tischchen um. Eine Vase fällt. Im ersten Stock treten wir der Reihe nach alle Türen ein. »Ich zeige euch an!«, ruft ein magerer Mann, dem ein paar Zähne fehlen. Er zittert vor Wut in seinem Pyjama. Seine Frau liegt bibbernd im Bett, sie hat eine rosa Haube auf und hält sich die Hände vors Gesicht. »Heißen Sie Herschell?« Der Mann wirft mir seine Papiere an den Kopf. Offenbar nicht, kein Herschell. Das Wort »Jude« ist nicht in seinen Ausweis gestempelt. »Verzeihung, Herr Vandewalle.«

»Das wird ein Nachspiel haben, ihr Schießbudenfiguren.«

Auf den Pflastersteinen liegt, von ein paar heulenden Leuten umringt, ein spastisch zuckendes Kind. Speichel fließt aus seinem Mund. Man sieht nur noch das Weiß in seinen Augen. Wie ein frisch geschlachtetes Kaninchen liegt der Junge da und krampft. Einer von uns schnappt ihn sich unsanft und trägt ihn fort.

Es dauert Stunden, bis wir alle in die Synagoge geschafft haben. Sie hämmern ununterbrochen gegen die Tür und brüllen. Dann hören wir Lastwagen vorfahren.

Gaston und ich erhalten einen Verweis, weil wir die falsche Tür eingetreten haben.

»Direkt vom Bürgermeister, Leute. Er ist außer sich.«

Wir zucken mit den Achseln. Ich schaffe es nicht, das, was da in der Terliststraat passiert ist, abzuschütteln. Geht es nur mir so? Aber ich nehme an, wir vergessen es gemeinsam. Gemeinsam werden wir es vergessen, denn mit einem Mal gehöre ich wieder dazu, nach dem, was wir zusammen tun mussten.

Lode erhält ebenfalls einen Verweis, der auch direkt vom Bürgermeister kommt.

»Du weißt doch, warum der nicht nach Breendonk muss, oder?« Gaston klingt giftig. »Weil wir getan haben, was getan werden musste. Wir haben den ganzen Schlamassel ohne ihn erledigt. Die Deutschen sind längst zufrieden, kapierst du? Deshalb sitzt der noch zu Hause.« Er spuckt vor sich aus. »Ich brauch ein Bier!« Er schnippt seine nur halb aufgerauchte Zigarette auf den Boden.

»Wir wollen doch sauber bleiben, Gaston?«, mahnt unser Vorgesetzter.

Ja … sauber bleiben.

KAPUTTE HÜFTE, HALBER KERL

KAPUTTE HÜFTE, HALBER KERL. Ja, mein lieber Urenkel, das ist der Grund, warum es Monate gedauert hat, bis ich meine Schreibarbeit wiederaufnehmen konnte. Mir ist, als habe ich dich im Stich gelassen, als ob du während dieser Zeit vergeblich auf die Fortsetzung meiner Geschichte hast warten müssen, was natürlich ausgemachter Blödsinn ist, denn du hast bisher nichts von dem, was ich geschrieben habe, zu Gesicht bekommen. Den halben Winter und Frühling habe ich im Krankenhaus verbracht mit dem Gefühl, selbst einen Fluch auf mich herabgerufen zu haben. Wie oft habe ich mir Sorgen gemacht, auszurutschen und mir etwas zu brechen? Ich stellte mir vor, es würde draußen passieren, vor aller Augen, und mit Schmerzen und tiefer Erniedrigung einhergehen. Im Endeffekt ist es drinnen passiert. Ich war ganz alleine und es war noch erniedrigender, als ich mir hätte vorstellen können.

Wie gewöhnlich suchte ich gerade etwas. Nicole war längst nach Hause gegangen. Beim Überfliegen der letzten Seiten, die ich gerade geschrieben hatte, geriet ich ins Stocken, genauer gesagt, ich schweifte ab. Das war es. Mir ist schon klar, was ich dir noch erzählen muss, daran hapert es nicht, doch plötzlich wehrte sich alles in mir dagegen. Ich hatte die Schnauze voll von mir. Ich sah mein Leben als einen achtlos gezogenen Bleistiftstrich und sehnte mich mit einem Mal danach, dass irgendein höheres Wesen einen Radiergummi zur Hand nehmen würde, um mich zu beseitigen.

Ich sah dieses Wesen auf das Blatt pusten. Pfft, und weg war ich. Es war lange her, dass ich mich so gefühlt hatte. Genug. Das war das Wort. Und je älter man wird, umso mehr fühlt man sich verpflichtet, gegen dieses eine Wort, das eine Sehnsucht in sich birgt, anzukämpfen. Wie du weißt, habe ich deinen Großvater, meinen Sohn überlebt. Ausgezehrt lag er im Bett, mit der Zeit ringend, aber nicht, weil er länger leben wollte, sondern eher im Gegenteil. Er zählte jede einzelne Sekunde, vertat die Zeit, die zwischen dem Augenblick, in dem man von allem genug hat, und dem tatsächlichen Eintritt des Todes dahinkriecht. Den eigenen Sohn derart leiden zu sehen war geradezu pervers, eine Strafe, die sich ein niederträchtiger Gott ausgedacht haben musste. Voller Argwohn ließ man mich zu ihm. Alle sahen mich schief an, er auch, aber ich bestand darauf und er hatte nicht mehr die Kraft, mich des Krankenhauszimmers zu verweisen. »Mein Junge«, sagte ich, »Junge …« Er schüttelte den Kopf, natürlich war er längst kein Junge mehr, und sah mich dabei herausfordernd an. »Ich hab genug, meinetwegen können sie mich holen.« Das ging mir so an die Nieren, als hätte ich allein ihm dieses Leben angetan, die Keime seines Krebses selbst gesät, ihn vom ersten Moment an vergiftet, und als bestünde sein einziger Akt des Widerstandes mir gegenüber in seiner endgültigen Kapitulation. Es ist genug … Und ich, dachte ich in dem Moment. Er drängelte sich mit diesem Verlangen vor seinen Vater. Manche Väter würden sagen: Ich habe meinen Teil gehabt, nimm mich an seiner statt. Ich aber nicht. Erst nach seinem Tod hatte ich manchmal genug und sprach das Wort aus wie bei einer Generalprobe ohne Folgen, ein Echo des Fluches, den mein eigener Sohn auf sich herabgerufen und mit dem er mich angesteckt hatte. Ich wusste trotzdem, was ich zu tun hatte, als ich diesen Widerwillen nun erneut empfand. Ich hatte mich auf der Stelle am Riemen zu reißen. Aber die Melancholie, oder welches schwarze Gefühl es auch sein mochte, lässt sich nicht so einfach hinters Licht führen. In jenem Moment erinnerte ich mich an einen purpurfarbenen Briefumschlag mit Familienfotos. Ich hoffte, darin Trost finden zu können, obwohl man hinterher ja immer feststellt, dass Fotos zu betrachten eher die Schwarzgalligkeit fördert. Schließlich verlangt Dunkelheit nach noch mehr Dunkelheit. Ich durchsuchte meine ganze Bibliothek, schaute hinter den Buchreihen nach, fächerte manche Bände sogar durch, weil ich glaubte, der Schatz stecke zwischen irgendwelchen Seiten, doch vergebens. Nach mehreren Stunden des Suchens ließ ich mich vor Erschöpfung in meinem bequemen Wippstuhl nieder und kippte das Ding nach hinten. Just in diesem Augenblick sehe ich ganz oben auf dem Regal die Ecke eines purpurfarbenen Umschlages herausragen. Wie dämlich kann man sein, so etwas an einem derart unmöglichen Platz aufzubewahren, ungeschützt, unter einer Staubschicht begraben und vor allem so weit oben? Manchmal, oft sogar, ist man das Opfer seiner eigenen Scheinheiligkeit. Diese Frage zu stellen hieße ja eigentlich auch, sie zu beantworten. Ich hatte den Umschlag selbst da oben deponiert, weil es mich in den Fingern juckte, ihn wegzuschmeißen. Nun habe ich vor einigen Jahren so eine Bibliotheksleiter aus Holz anfertigen lassen … Du ahnst sicher schon, was jetzt kommt, oder? Und richtig, dieser Idiot hier, der in dem Augenblick nur Frolic im Kopf hatte, kletterte wie ein Jüngling hoch, traute sich nicht weiter als bis zur vorletzten Sprosse, griff ins Leere, versuchte dennoch einen zittrigen Schritt höher zu steigen, verlor das Gleichgewicht und fiel Hals über Kopf herab. Links auf die Hüfte. Knack, machte der Knochen. Von der großen Zehe bis in die Ohren durchzuckte mich ein Wahnsinnsschmerz, du kannst es dir nicht vorstellen. Als sei ein Sumoringer mit seinem ganzen Gewicht auf mich gesprungen und habe all meine Knochen gebrochen, als wären es Zweige. Zum ersten Mal in meinem Erwachsenenleben habe ich nach meiner Mutter gerufen. Das geschah wie von selbst, die Schmerzen waren zu stark, als dass ich mich darüber hätte wundern können. Ich werde dir keine Einzelheiten ersparen, schließlich habe ich mir vorgenommen, das auf diesen Seiten niemals zu tun, deshalb setze ich dich hiermit darüber in Kenntnis, dass sich dein armer Urgroßvater von Kopf bis Fuß vollgeschissen und die Kontrolle über seine Blase verloren hat. Da lag ich dann, vollkommen hilflos, kein Telefon in der Nähe, den ganzen Abend lang, die Nacht über bis zum frühen Morgen, bis Nicole erschien. Ich werde nie vergessen, wie sie mit gerümpfter Nase meine Bibliothek betrat. Der Gestank muss unerträglich gewesen sein. Ich war inzwischen zu heiser zum Weinen, winseln ging aber noch.

Im Krankenhaus haben sie mich wieder einigermaßen zusammengeflickt, natürlich im Sint-Vincentius, und dann wird selbstverständlich von einem erwartet, dass man sagt, das dortige Pflegepersonal sei zugewandt und liebevoll. Aber das kriege ich nicht über die Lippen, egal wie sehr dies, laut Nicole, auch der Wahrheit entspricht. Leute, die deine Bettpfanne leeren, dir einen Katheter in die Flöte schieben, dich von Arsch bis Nase waschen und versuchen, dich währenddessen in ein Gespräch zu verwickeln, kann ich beim besten Willen nicht anders als mit dem Wort »Quälgeister« bezeichnen. Vom ersten bis zum letzten Tag habe ich vor allem eines gesagt: Ich will hier weg, das ist die Hölle hier. Nur einen Trost hatte ich: Morphium. Ich hatte noch nie an einer Schmerzmittelpumpe gelegen, das war mir also vor allem während der ersten Tage eine angenehme neue Bekanntschaft. Deine Generation und die deines Vaters haben ja keine Berührungsängste, was Drogen betrifft, das ist mir schon klar, mir brauchst du nichts zu erzählen. Aber eure Joints und das Pulver, das sich manche von euch durch die Nase ziehen, kommt meiner Ansicht nach nicht an die herrliche Benebelung heran, die Morphium hervorruft. Menschenskinder, was für ein Genuss! Lang hat es nicht gedauert, bis ich ihnen klargemacht hatte, dass meine Schmerzschwelle extrem niedrig ist, und in diesem Punkt kam man mir umstandslos entgegen, vermutlich, um mein Genöle nicht mehr ertragen zu müssen. Die Träume, die Morphium hervorruft, sind starker Tobak, und es macht überhaupt nichts, dass Traum und sogenannte Realität sich hier kaum merklich miteinander vermischen, wie bei mildem Regen, der die Farben eines Gemäldes ineinander verlaufen lässt, eines Gemäldes, das ein Sonntagsmaler erschaffen hat, der bei strahlendem Sonnenschein und wolkenlosem Himmel zum Mittagessen ins Haus geht, wo er sich ein Gläschen Wein genehmigt, um erst Stunden später festzustellen, dass das Wetter gar nicht mehr so sommerlich ist und seine Landschaft eine andere Gestalt angenommen hat. Wie aus dem Nichts stolzierten nackte Frauenzimmer um mich herum, die mich einluden, sie von Kopf bis Fuß, besonders zwischen den Schenkeln, zu beschnuppern. In mir kamen Gefühle hoch, die ich glaubte, verloren zu haben. Deine Urgroßmutter war wieder lebendig, saß in all ihrer Schönheit unter einem Sonnenschirm, an ihrer Teetasse nippend, während sie fröhlich, ja sogar mit unverhülltem Vergnügen dabei zusah, wie ich mich in einem Nymphenwald gütlich tat. Mein Schamhaar wurde mit einer Kette aus Gänseblümchen geschmückt, mein stolzes Geschlecht stand steil empor, Wildschweine grunzten zufrieden in der Sonne, und an jeder meiner Brustwarzen sog ein warmer, bemutternder Mund. Ich flog von einem Zungenkuss zum nächsten und verglich den Speichel der weiblichen Fabelwesen, wie ein Kenner süßer Weine. Liebe? Zweifellos, eine allumfassende Liebe war es, die weder Schmerz noch Leid kannte. Weder Schuldgefühl noch Eifersucht. Alles war eins geworden, wie es die verrückten Hindus von einst im *Kamasutra* beschrieben hatten. Ich empfand zudem die Ekstase, die Lukrez gespürt haben muss, als er sein langes Gedicht über die Bausteine des Lebens schrieb, ein Buch, das ich mir noch vor nicht allzu langer Zeit mit einigem Erstaunen und auch einem gewissen Gefühl der Einsamkeit zu Gemüte geführt hatte. Nichts als Atome, alles eins. Nach einer Weile gab es auch dort Dunkelheit, das gebe ich gerne zu, aber das hielt mich nicht davon ab, ein weiteres Mal die Schmerzmittelpumpe zu betätigen, auf dass ich meine Hüfte und die Bettpfanne unter meinem Hintern vergessen konnte. Die Dunkelheit nahm die Gestalt eines im Bau befindlichen Kunstwerks an, einer Art Tempel auf einem brachliegenden Gelände, an dem junge Hippies arbeiteten und zugleich seltsame Rituale begingen, die das Ende der Zeiten begleiten sollten. Ein altes Mütterchen nahm mich bei der Hand und führte mich tiefer in das Gebäude hinein. Die meisten dieser Hippies schienen Deutsch zu sprechen, aber auch Englisch und sogar Niederländisch war zu hören. Diese hutzelige Frau hatte eine ungeheure Kraft in sich, sie zog mich immer tiefer ins Dunkel hinein, wo es feucht roch. Ich hörte jemanden graben und singen. »Da ist er«, sagte das Mütterchen. Ich sah die Silhouette eines Jünglings von etwa siebzehn Jahren, genau wie du, oder bist du inzwischen achtzehn oder gar neunzehn? »Hallo, mein Freund. Alles in Ordnung?«, fragte ich. Das Graben hörte auf. Der Junge wendete sich mir zu, etwas Kaltes ergriff von mir Besitz. »Mein Name ist Wilfried«, stammelte ich plötzlich. Der Junge grinste kühl, wie der Träger einer Maske, die plötzlich zum Leben erwacht, und sagte: »Das weiß ich schon. Und du weißt, wie ich heiße …« Hinter mir hörte ich das Mütterchen bösartig wie ein Truthahn kollern, das klingt ein bisschen so wie das Geräusch, das muslimische Frauen während einer Hochzeitsfeier machen, nur ohne Freude und vor allem unerbittlich. »Ja«, sagte ich, »ich kenne deinen Namen. Du heißt Angelo.« Die Maske auf dem Antlitz des Jungen erstarrte, ich spürte die Finger des Mütterchens über meinen knochigen Rücken schaben. »Nur du weißt, wie ekelerregend das alles ist«, sagte die Hutzelfrau, und mit einem Mal befand ich mich wieder im Bett von Sint-Vincentius und beschloss sofort, wenigstens bis nach dem Mittag die Finger von der Schmerzmittelpumpe zu lassen, egal, wie grausam mir diese Aussicht in dem Augenblick auch erscheinen mochte. In den darauffolgenden Tagen wurden keine Gänseblümchen mehr um mein armseliges Teil gewunden, vor allem Familienmitglieder kamen und trieben ihr Unwesen. Insbesondere eine Person malträtierte mich ohne Gnade: meine Enkelin, anders ausgedrückt, deine verstorbene Tante, also die Schwester deines Vaters. Und sie steigerte sich in einen entsetzlichen Wutanfall hinein, der noch lange in mir widerhallte. »Ich bin auf den Fotos«, kreischte sie, »die Fotos, die du gesucht hast, die Fotos, wegen denen du auf der Fresse gelandet bist ...« Und dann begriff ich etwas, das ich während des Sturzes vergessen hatte: dass der Umschlag mit mir auf den Boden gefallen ist. Das Morphium schenkte mir von dem Moment an keine Ruhe mehr. Immer lauter flehte ich, nach Hause gebracht zu werden, trotz der nagenden Schmerzen, die mich immer noch plagten, die sich aber nach einer Weile auch ohne Drogen als erträglich erwiesen. Endlich wurde ich entlassen und Nicole sowie der Stille meiner eigenen vier Wände überlassen. Meine Hüfte würde wieder genesen, Hauptsache, ich ruhte genug, versicherte man mir. Ich hätte Glück, ein flotter alter Herr zu sein, der immer noch relativ gut in Schuss sei. Was wussten die schon? Eine kaputte Hüfte, ein halber Kerl, notdürftig zusammengeflickt.

Deine Tante Hilde, die du leider nie Tante hast nennen können, weil sie sich das Leben genommen hat, bevor du geboren wurdest, drängt sich weiter auf. Ihre Geschichte ist mit der von uns allen, auch mit deiner, verbunden. Ihre Geschichte steckt im purpurfarbenen Umschlag, sie ist auf den unzähligen Fotos zu sehen, die ich von ihr besitze. Wie oft habe ich sie mir mit Tränen in den Augen angesehen, um sie dann von Selbstekel erfüllt wieder zu verstauen, den Umschlag verfluchend, ohne mich jemals durchringen zu können, die Bilder wegzuwerfen. Vielleicht schreibe ich dir das alles hier ja aus diesem Grund, eben weil es mich Jahre meines Lebens gekostet hat, den Gedanken an diese Verwobenheit zu akzeptieren. Ich glaube, erst jetzt, nach meinem Sturz und den elenden Schmerzen, wird mir das klar. Ich schreibe dir, um dir deutlich zu machen, dass leider alles miteinander verwoben ist und dass Hildes Schmerz, der zu ihrem Selbstmord geführt hat, daher rührt. Wenn ich an sie zurückdenke (was ich in den vergangenen Wochen allzu oft getan habe), verliert sie ihre Menschlichkeit, was mich wiederum verdammt wütend auf sie macht. Ich versuche, mich an gewisse Einzelheiten zu erinnern. Ihre Art zu lachen … immer etwas gekünstelt, fand ich. Könnte eine Katze lachen, zöge sie ein Gesicht, wie Hilde es tat. Ihr Lachen wirkte stets, als lache sie die Welt aus, als verstünde sie trotz ihres jungen Alters tatsächlich schon alles. Sie konnte sich königlich über Politiker amüsieren, über jeden, der über ein wenig Macht und das entsprechende Gehabe verfügte. Das Wort, das sie dabei meist benutzte, war »armer schwarzer Kater«. Wie vernichtend das aus ihrem Mund klang. Meine Frau vertrug Hildes Sarkasmus nicht. »Sie ist alt geboren«, sagte sie einmal, nachdem unsere Enkelin bei uns eine Tasse Tee getrunken hatte und wieder heimgegangen war, »und das verheißt nichts Gutes. In dem Alter sollte man nicht so viel wissen.«

»Sie glaubt, etwas zu wissen, Mutter.«

»Und du glaubst, dass es nur darum geht, Vater. Das bildest du dir ein.«

Was Hilde mit Leichtigkeit zu durchschauen verstand, war der Schein. Das tat sie schon als ganz kleines Mädchen. Wenn der Nikolaus vor der Tür stand und ihr Bruder, dein Vater, vor Angst schlotterte, obwohl er nicht mehr an ihn glaubte, begrüßte Hilde den kostümierten Heiligen mit einem kurzen, aber alles zunichtemachenden: »Hallo, Onkel Lode!« Lode selbst war davon so beeindruckt, dass er die Szene Jahre später noch oft heranzog, um zu belegen, dass er früh etwas ahnte und ihm keiner etwas anderes erzählen sollte. Dann sagte er: »Mein lieber Scholli … Hallo, Onkel Lode!« Und jedes Mal mussten wir beide herzlich lachen, wir sahen die kleine Hilde wieder vor uns, ich als stolzer Großvater und er als ebenso stolzer Großonkel. Heute liest sich das wahrscheinlich wie eine köstliche Anekdote, aber wenn ich jetzt daran zurückdenke, werde ich unglaublich wütend auf Lode. Wäre er noch da, würde ich ihn, verflucht noch mal, aus dem Fenster schmeißen. Aber das ist leider nicht mehr möglich. Er liegt ja schon eine Weile auf dem Schoonselhof begraben.

Jetzt ist der Frühling fast vorbei und mir wird klar, dass ich mich monatelang von der Welt abgeschottet, weder Zeitungen gelesen noch Bücher zur Hand genommen habe. Nicole und ich, das war alles. Monat für Monat. Auch an dich, mein lieber Junge, habe ich kaum gedacht. Aber damit ist jetzt Schluss. Inzwischen kann ich wieder schmerzfrei gehen. Ein medizinisches Wunder nennt es der Doktor, der erleichtert ist, dass sein berufsbedingter Optimismus offenbar doch prophetisch war. Was weiß so einer schon von Verwünschungen? Oder genauer: Was weiß so einer von Freiheit? Versuchen wir nicht alle, so lange wie möglich den Weißkitteln zu entgehen? Es ist wie ein Wettrennen auf Krücken gegen die Zeit, mit dem eigenen Körper als Einsatz und Trophäe. Nie darf man sich diesen Scharlatanen unterordnen, nie sich ihrem Urteil unterwerfen, es sei denn infolge höherer Gewalt oder – wie in meinem Fall – eines Sturzes. Sobald sie ihre Klauen in dich geschlagen haben, gehört dein Körper ihnen. Sie zögern, ohne dich zu fragen, deinen Tod hinaus. Bevor du dich versiehst, tröpfelt monatelang Fegefeuer per Infusion in dich hinein. Ehe du es überhaupt merkst, wirst du, der du dich am Rand des Todes befindest und dich nach ihm sehnst, eine Art chemisches Fass auf diesem Erdenrund. Genau das macht mich ja so rasend, dass man sich selbst die Illusion der Freiheit eingeimpft hat, um schließlich, wenn alles zu Ende geht, den eigenen Körper mit allem Drum und Dran der Unfreiheit preiszugeben. Am Ende bietet nicht einmal mehr die Aussicht auf den Tod Trost, stattdessen wird die Hoffnung auf Besserung, die andere dir einflüstern, zu einer hüpfenden Kugel beim Roulette, dein Körper wird zum Resultat eines Spiels, gegen die ewige Bank mit einem weniger ewig währenden Sparbuch als Einsatz gegen das Unvermeidliche, gegen das nicht einmal die komplette Chemie des Hafens etwas ausrichten kann. Und egal, wie lange es sich dann noch hinziehen mag, du gehst auf fremde und eigene Kosten bankrott, während ein paar Weißkittel davon profitieren, die gemeinsam mit einer Horde Pillendrehern und Pharmariesen die Kassen plündern. Unterdessen rühmt man die wissenschaftlichen Errungenschaften mit Formulierungen wie: »Man beachte, wie weit wir mit unseren Erkenntnissen gekommen sind.« Dafür lassen sie dich wie einen völlig ausgemergelten Galeerensklaven in den Tod taumeln. Im Schlafanzug durch Ihro Hospitale schlurfend, den Kopf zugedröhnt und an den Tropf gekettet, preisen sie dich für deinen Mut und deine Kampfbereitschaft, als habe die Schlacht gerade erst begonnen. Mut? Das nennen sie Mut? Dafür kann man sich verdammt noch mal nichts kaufen. Bankrott, definitiv verloren, am Ende angelangt und dennoch unfrei. Das darf nicht geschehen. Lieber sterbe ich wie ein Straßenköter. Das ist Mut.

Nicole wacht jedoch über mich wie ein Deutscher Schäferhund. Ich unterstelle ihr keineswegs, mit denen unter einer Decke zu stecken, die meinen alten Körper in ihrem Bett an ihrem Tropf sehen wollen. Nein, so ist sie nicht, ihr Misstrauen gegenüber diesen Drogendealern mit Lizenz scheint mir fast genauso groß wie mein eigenes zu sein. Aber wenn Not am Mann ist, wird sie zum Hörer greifen, den Krankenwagen rufen und meinen Körper definitiv, wenn auch tief seufzend und flüsternd, dass es sich nun nicht mehr vermeiden lässt, dem pharmazeutischen Fegefeuer übergeben. Im Augenblick ist sie außer Haus, um Einkäufe zu machen. Die Freiheit lockt, irgendetwas lockt, etwas sagt mir, dass ich unbedingt hinaus muss. Zum ersten Mal gehe ich ohne Begleitung die Straße in Richtung der Quinten Matsijslei entlang. Auf dem Troonplaats mache ich eine Verschnaufpause, setze mich auf einen der kalten weißen Wülste, die irgendwas zwischen Kunstwerk und Sitzgelegenheit darstellen sollen und in denen ich vage Wolfsangeln zu sehen glaube. Auf einer Seite meines Beckens brennt ein Feuer, das bei der geringsten Anstrengung spürbar wird, eine von Angst gespeiste Zündflamme, irgendwann ein zweites Mal zu stürzen und zum Krüppel auf Lebenszeit degradiert zu werden.

Habe ich nicht an früherer Stelle geschrieben, dass ich niemals Angst empfunden habe? Das ist Unsinn, ist es jetzt und war es damals schon. Ich verspreche, die Blindheit vor meiner Angst nicht mehr länger zu verheimlichen. Diese Lektion hat mich mein unzuverlässiger Körper gelehrt. Aber ebenso wie mit den anderen Stimmen in den Köpfen der Menschen lässt sich auch mit der Angst reden, ja sogar verhandeln, man darf ihr nur nie vertrauen. Halte die Angst auf Distanz, überlass ihr nie deinen Geldbeutel, verleihe sie nicht an eine Frau, die du liebst, und lehne dankend ab, wenn die Angst dir vorschlägt, mit dir zu verreisen. Sag ihr, du weißt, wer sie ist, und das genüge dir schon. Sag, du weißt, dass sie ein Lehrmeister ist. Aber nein, tönt es aus allen Ecken: ganz falsch, Angst ist ein schlechter Ratgeber. Das mag sein, aber sie bringt einem bei, was es heißt, intensiv zu leben, die Lüge wertzuschätzen, das Spiel zu spielen, all das, solange man sie sich vom Leib hält, eine Armlänge Abstand bewahrt.

Ich schnaufe, nicht nur vor Anstrengung, sondern vor allem wegen meiner plötzlich wiedergewonnenen Freiheit, die sich jetzt nicht mehr so ruchlos anfühlt. Schweiß perlt in meinen Hemdkragen. Zwei Militärfahrzeuge fahren auf den Mittelstreifen vor der Polizeiwache. Spezialeinsatzkräfte mit schweren Maschinengewehren springen heraus. Zu je zweien ziehen sie östlich in die Stadt. Vier von ihnen nicken mir freundlich zu, während sie in die Brialmontlei einbiegen, die sich hinter mir befindet. Mitten auf dem Gehweg postieren sich zwei von ihnen neben einer jüdischen Schule. Die anderen beiden gehen weiter. Die zwei vor der Schule zünden sich eine Zigarette an, während eine Schar Kinder nach draußen läuft und mit ihren grellbunten Fahrrädern-aus-dritter-Hand nach Hause düst. Bevor ich aufstehe, warte ich, bis der Großteil dieser Meute wieder verschwunden ist. Es kostet mich weniger Mühe, als ich dachte. Sobald ich vor dem Schultor bin, frage ich die Soldaten, ob eine Revolution ausgebrochen sei. Ein blonder, etwa zwanzigjähriger Soldat sagt lachend, ihr Einsatz sei eine Sicherheitsmaßnahme. »Wir stehen hier auch für Sie«, sagt der andere. Ich nicke möglichst arglos und sage: »Danke.« Ist die Welt während meiner Quarantäne denn komplett durchgedreht? Am Ende der Brialmontlei sehe ich wieder zwei auf der anderen Seite der Bahntrasse, nahe der Synagoge in der Oostenstraat. Ich biege links in die Mercatorstraat ein und mache mich auf den Heimweg, den Kopf voller Fragen.

Leider ist Nicole schon zurück. Natürlich hält sie mir eine Standpauke. Was nicht alles hätte passieren können. Ich hätte tot sein können. Und was hätte sie dann tun sollen? Zum Glück sei es ja noch einmal glimpflich ausgegangen! Ich könne froh sein!

»Ich habe Soldaten gesehen«, sage ich in der Hoffnung, dass sie sich endlich wieder einkriegt.

»Die sind hier schon seit Monaten!«, ruft sie mir aus der Küche zu.

Monate?

»Nichts als Propaganda!«, fügt sie hinzu. »Es ist wieder so weit.«

Es ist immer so weit, mein Bester, vergiss das nie. Das war mir immer klar, ich habe dir ja früher schon davon geschrieben. Irgendwer sagt, wer er ist und was er in deinem Leben zu schaffen hat, und das soll man dann einfach glauben: Hier ist dein Vater. Hier ist deine Mutter. Wir sind hier zu Ihrem Schutz.

»Wann ziehen sie ab?«, rufe ich in die Küche, denn es ist immer ein großer Spaß, Nicole mit ihren zweifellos extrem linken Sympathien auf die Palme zu bringen.

»Das weiß kein Mensch!«

»Und was ist mit der Polizei?«

Darauf bekomme ich keine Antwort.

Diese Stadt mag es manchmal richtig gerne, mit harter Hand geführt zu werden. Wer sie zur Ordnung ruft, dem präsentiert sie sich wie eine Hure in einer schummrigen Spelunke, einer Absturzkneipe, wie man hier sagt. Man braucht nur das Wort Ordnung zu rufen, schon fängt diese Stadt an zu gurren. Sie fährt mit dem Finger über den Rand ihres Schampusglases, schaut wieder mal einem Vater in die Augen, der die Zügel wieder anziehen will, und stöhnt ergeben: »Was hast du da gerade über Zucht und Ordnung auf den Straßen gesagt?« Am Anfang geilt der Gedanke an Ordnung die Stadt richtig auf, oder auch der an Freiheit, wenn ihr die verheißen wird. Ihr kann man schließlich alles schmackhaft machen. Der

Bürgervater, der das propagiert, muss selbstsicher auftreten, mehr nicht; wofür er eigentlich steht, ist im Grunde egal. Das führt zwangsläufig zu Missverständnissen, wie das bei Hurenböcken eben so ist. So ein Vater glaubt dann, die Ernte sei bereits eingefahren. Klar, wenn eine Stadt so ohne Weiteres wie das erstbeste, immer fröhliche Flittchen die Beine breit macht. Aber früher oder später wird es dieser Stadt langweilig. Manchmal braucht es Jahre, aber am Ende herrscht stets wieder diese Langeweile, die so typisch für sie ist. Dann zehrt sie vom Groll, der sich in ihrer Galle angestaut hat. Dann misstraut sie plötzlich allem, in erster Linie demjenigen, dem sie zuvor ihr Vertrauen geschenkt hat. Dann lacht sie auch den strengen Vater aus, erst hinter seinem Rücken, später aber mehr und mehr auch ins Gesicht. Macht macht Spaß, aber nicht auf Dauer, nicht durchgehend, nicht wirklich. Diese Stadt steht manchmal schlicht und ergreifend auf Uniformen. Wer Bullen kritisiert, muss sich warm anziehen. Was die Leute aber nicht davon abhält zu glauben, in jedem einzelnen Bullen stecke im Grunde ein Schwachmat, der die Uniform braucht, um sich Respekt zu verschaffen. Das gilt vor allem für jene, denen es an Humor mangelt. Denn hierzulande wird einem so manches verziehen, wenn es mit einem Quäntchen Humor serviert wird. Diese Stadt ist wetterwendisch, kann bisweilen scheinheilig sein, ist aber mindestens genauso vergnügungssüchtig. Sie schätzt ein herzhaftes, schonungsloses Lachen, mimt gerne mal die Gequälte und bleibt oft gleichgültig, wenn es darum geht, wer wofür verantwortlich ist. Menschen scheißen für gewöhnlich aufeinander, diese Stadt traut sich, ins eigene Bett zu scheißen und anderen die Schuld dafür zu geben. Was geht in ihrem Herzen vor? Über diese Frage habe ich schon viel zu viel nachgedacht und viel zu viel Unsinn verzapft. Aber ich weiß, was ich empfinde. Denn das redet sich dieser alte Mensch ein: dass nach so langer Zeit keine Barriere zwischen seinem Herzen und seinem

Verstand existiert, genau wie diese Stadt das Herz auf der Zunge trägt und ihre Gefühle für Gedanken oder Einsicht hält. Tief in ihrem Inneren mangelt es dieser Stadt an Selbstliebe, sie fühlt sich nicht wohl in ihrer Haut. Sie ist zwiegespalten, heißt es manchmal. Sie lässt sich in zwei Lager teilen, die einander diametral gegenüberstehen und sich nicht riechen können. Nein, viel zu simpel. Sie lässt sich vor allem spalten, weil sie es selbst nicht so recht weiß. Gib ihr eine neue Regierung, und sie gibt keinen Mucks von sich, dann lässt sie sich dressieren, zwiegespalten oder nicht, dann murrt sie stumm vor sich hin oder frohlockt, als habe ein neuer Messias Einzug gehalten. Aber was sie wirklich eint, ist ihr Argwohn und ihr Widerwille, in den Spiegel zu schauen. Nur das nicht, lieber lässt sie sich etliche Male ummodeln. Sie mag sich nicht, jedenfalls nicht wirklich, und kein Vater, der Ordnung predigt, oder meinetwegen einer, der mit mehr Freiheit winkt, einer mit barscher Sprache oder kreisenden Hüften, mit dem Kehrbesen in der Hand oder einem gefeierten Künstler am Arm, kann daran etwas ändern. Wer sich selbst nicht liebt, so steht es in den Büchern geschrieben, kann keine Liebe geben. Doch das ist Humbug, diese Stadt ist liebesfähig, nur ist ihre Liebe immer ein wenig zu sentimental oder zu sehr an Bedingungen geknüpft, zu auffällig, um aufrichtig zu sein, oder schlicht zu überschwänglich, gut möglich.

»Wer ist hier überschwänglich?«

Ohne weitere Umschweife stellt Nicole mir einen Teller vor die Nase.

»Zeit für Ihren Brei.«

Und während ich absolut widerwillig diesen elenden Haferschleim folgsam herunterwürge, sehe ich dich vor meinem inneren Auge, wie du mich anblickst und wortlos fragst, wann ich endlich wieder vom Krieg erzählen werde.

Seit wir alle zusammen die Israeliten in der Terliststraat festgenommen haben, wollen sie auf der Wache nichts mehr mit Lode zu tun haben. Ich bin so ziemlich der Einzige, der ihn noch grüßt, wenn ich ihm auf dem Gang begegne. Alle anderen Kollegen halten ihn für einen Feigling und einen Nestbeschmutzer, weil er sich geweigert hat, an der Razzia teilzunehmen. Unterdessen zweifelt kaum noch jemand an mir, ich gehöre wieder dazu. Mit einer einzigen Ausnahme: Eduard Vingerhoets, für ihn werde ich nie dazugehören, niemals, nur über seine Leiche, und niemand wird ihn jemals vom Gegenteil überzeugen.

Ich sitze in dem Zimmer, das als Aufenthaltsraum herhalten muss. Putzfrauen sind hier in dieser Männerhöhle nicht willkommen. Die Scheißheizung funktioniert mehr schlecht als recht, die Aschenbecher quellen wie immer über, die Tischplatten haben ringförmige Abdrücke, in denen Asche und Krümel kleben, und eines der Fenster, das auf die Rückseite eines Gebäudes auf der Keyserlei hinausgeht, lässt sich nicht richtig schließen. Das ist nicht weiter schlimm. So kommt wenigstens etwas frische Luft herein. Der Zigarettenqualm der Schicht, die gerade aufgebrochen ist, zieht nur langsam ab. Ich will gerade einen ersten Happen von meinem Butterbrot nehmen, da kommt der Finger zur Tür herein. Er setzt sich zu mir an den Tisch. Es ist zwei Uhr nachmittags. Außer uns ist keiner da. Meine physische Abneigung gegenüber Monsieur Vingerhoets nimmt noch zu, als ich erkenne, was er da hervorholt: einen in Zeitungspapier gewickelten Brathering. Immer nur Hering, Hering wohin man schaut. In diesem Jahr steht er in jedem Haushalt auf der Speisekarte. Ein wundersamer Fischfang, sagt manch einer verächtlich und lacht. Der Fischerkönig höchstpersönlich hilft uns in diesen schweren Zeiten aus der Not. Obwohl in letzter Zeit sein geschundener Leib am Kreuz viele schmerzhaft an ein blutiges Beefsteak erinnert. Nehmet und esset alle davon.

»Freitag ist Fischtag.« Der Finger grinst vor sich hin und schnabuliert und schmaust drauflos. Die Ausdünstungen des gebratenen Fisches machen jedweden Tabakgeruch vergessen. Meine belegten Brote schmecken mir nicht mehr, aber ich lasse mir nichts anmerken. Ich werde sie bis auf den letzten trockenen Krümel aufessen und erst dann aufstehen, oder nein: mir erst noch eine Zigarette drehen, die ich dann in aller Seelenruhe aufrauche. Von mir aus kann sich dieses Arschloch vor meiner Nase über ein großes Stück vergammelnden Pottwal hermachen, ich werde mich nicht von ihm einschüchtern lassen. Denn sollte das jemals geschehen – in einem kurzen Moment der Schwäche –, wäre es augenblicklich um mich geschehen. Dann sitze ich in seinem Käfig und er schmeißt den Schlüssel weg.

»Na, was geht dir durch den Kopf, Wils?«

»Leck mich, Finger!«

»Obacht, ich habe einen Streifen mehr an der Uniform.« Wieder richtet er seinen Finger wie eine Pistole auf mich. Er grinst. Solche Typen machen sich nichts aus Rang oder Stand, darum geht's ihnen nicht. Die Finger dieser Welt sind dazu da, den Laden noch mehr vor die Hunde gehen zu lassen, ohne Rücksicht auf Verluste. Unter der früheren Regierung war die Wahrscheinlichkeit größer, dass sie unter dem Radar blieben. Solche Kerle bewegen sich immer am Rande des Erlaubten, und doch kann es passieren, dass sie eines Tages unvorsichtig werden und sich eine blutige Nase holen. Bei den heutigen Herrschern liegen die Dinge jedoch anders; hier winkt ihnen möglicherweise sogar eine schöne Karriere, eben wegen ihrer Skrupellosigkeit, wegen ihrer auffälligen Triebhaftigkeit. Jetzt ist all das möglich, was vorher undenkbar gewesen ist. Vielleicht könnte man auch sagen, dass jeder Regierungswechsel seine ganz spezielle Form des Abschaums heranzüchtet.

»Wils, du bist ein Judenfreund, das ist glasklar, ein Handlanger der Plutokratie.«

»Ach denk doch, was du willst!«

»Wie großzügig von dir, vielen Dank auch, Freundchen. Ich weiß, dass du letzten Sommer die Levis und Cohens in ihren Vierteln gewarnt hast, damit sie sich aus dem Staub machen können. Hast dich bestimmt ordentlich dafür bezahlen lassen, wie? Es gibt noch andere, die auch davon profitiert haben, aber du bist ein Spezialfall. Wils hat sich abgesichert. Weißt du, was ich denke, wenn ich dich mit unserem Freund, dem Bartaffen, in der ›Amsel‹ Bierchen trinken sehe? Weißt du, was ich dann denke? Wart's nur ab, denke ich dann. Mehr nicht. Wart's nur ab. Denn solche Windhunde wie du machen immer irgendwann einen Fehler. Die halten sich nämlich für was Besseres. Wenn du gerade deine Visage sehen könntest! Diese Überheblichkeit, Wils, genieße sie … solange du noch kannst. Dich werden wir nicht in irgendeinem Kellerloch vermöbeln und hinterher wie eine zerquetschte Walnuss in ein Dock schmeißen … Nein, wir werden dir einen Strick umbinden und dich den Männern mit den Ledermänteln zum Fraß vorwerfen.«

Unterdessen kaut der Finger seelenruhig mit halb offenem Mund, aus dem seine Nagetierzähne ragen, weiter an seinem Fisch. Seine Worte scheinen aus seiner Nase zu schallen, wie verstärkt, und werden von den nikotingelben Wänden zurückgeworfen.

»Verschluck bloß keine Gräte«, sage ich mit ziemlich dünner Stimme, weil ich doch etwas Schiss habe. »Wär doch zu schade, wenn du ersticken würdest.«

Ich bereue meine Worte, bevor sie verklungen sind. Leider bleiben solche Sätze immer hängen. Die Zeit betont sie, bläht sie auf, lässt sie nachhallen. Finger schüttelt den Kopf und lacht leise. »Mannomann, du bist schon ein ganz Spezieller, Wils, muss ich schon sagen. Du bettelst regelrecht darum, wie? Offenbar hast du keine Ahnung, wen du vor dir hast.«

Ich drehe mir so langsam wie möglich eine Zigarette, obwohl noch zwei unangerührte Stullen in meiner Brotdose liegen. Sobald ich die Zigarette angezündet habe, niest er.

»Pardon«, sagt er direkt, als sei er auch mir, dem Dreckskerl, ein Mindestmaß an Höflichkeit schuldig. Aber das Niesen hört nicht auf, es wird sogar noch stärker. Hatschi. Und wieder. Hatschi. Kleine Stückchen Fisch schießen aus seinem Mund. Ich lehne mich so weit wie möglich zurück. Seine geröteten, faltigen Äuglein haben mit Hochwasser zu kämpfen. Ich beobachte ihn, der sich plötzlich keine Haltung mehr zu geben weiß und dem Kribbeln in seiner Nase ausgeliefert ist. Er wirkt wie ein großes Kind. »Wasnndas«, kriegt er gerade noch raus. Ja, was ist denn das, derart niesen zu müssen. Eduard Vingerhoets knöpft sich in Windeseile die Uniformjacke auf und, herrje, muss wieder niesen. Tränen kullern über seine schlecht rasierten Wangen. Er muss erneut niesen. Seine Nasenflügel blähen sich. Mit geschlossenen, feuchten Augen greift er nach seiner Innentasche, aus der er ein hellblau gestreiftes Taschentuch hervorholt. Er drückt es sich sofort auf die rot angeschwollene Nase. Aber seine abrupten Suchbewegungen sorgen dafür, dass im selben Augenblick sein Portemonnaie auf dem Boden landet. Aufgeklappt und wehrlos liegt das Ding da. Für den Bruchteil einer Sekunde sehe ich ein gezacktes Foto von ihm im dunklen Anzug, neben einer lächelnden Frau, unter deren üppigem Busen zwei Kinderköpfe hervorlugen: ein Sohn und eine Tochter mit den Funkelaugen ihrer fröhlichen Mutter. Eine getrocknete Blume bedeckt die andere Hälfte des Familienporträts. Wie stolz er auf dem Bild wirkt, und wie liebevoll, wie … Zwischen zwei Niesanfällen hebt er schnell seine Börse auf.

»Du weißt, Wils …«, sagt er fiepend, »du weißt, dass ich dich finden werde.« Er drückt sein Portemonnaie eng an sein Herz und stürzt aus dem Aufenthaltsraum, das Taschentuch auf die Nase gepresst. Im Treppenhaus höre ich ihn wieder niesen. Hahaaah-tschih. Den halb verputzten Fisch lässt er auf dem fettdurchtränkten Papier liegen. Ich drücke meine Kippe darauf aus. Meine Hand zittert, die von Angelo nicht.

An Sonntagen erwartet man von mir, falls mein Dienst es erlaubt, dass ich sie bei der Familie meiner Geliebten verbringe. Das Mittagessen darf unter keinen Umständen versäumt werden. Das habe ich einmal gemacht, was direkt zu einer regelrechten Krise geführt hat. Nein, so krank sei ich sicher nicht gewesen, bekomme ich in der darauffolgenden Woche zu hören, schließlich habe man mich im Harmoniepark mit einem Kameraden spazieren gehen sehen, der mich anschließend in die Taverne »Im Willkommen« im deutschen Viertel mitgenommen habe. Vollkommener Blödsinn, ich hatte an diesem Tag mein Bett nicht verlassen. Yvette machte mir Vorhaltungen, und hinter ihr stand Lode und zwinkerte. Der Mistkerl hatte sich das alles aus den Fingern gesogen, damit ich mich in Zukunft jeden Sonntag verpflichtet fühlte, frisch gewaschen und mit einem ordentlich gebügelten Hemd zum Appell anzutreten.

Yvettes Vater hat mir seit Kurzem einen festen Platz zugeteilt: zu seiner Linken. Mir genau gegenüber sitzt sein Sohn, neben ihm meine Liebste und Muttern am Kopfende. Muttern trägt die Suppe aus der Küche zum Esstisch und füllt die Teller. Sie überragt uns. Es herrscht eine strikte Reihenfolge. Erst bekommt Vater seine Suppe, danach ich, der Gast, dann die anderen. So reichen wir die Teller durch, in die Muttern gemächlich die Suppe schöpft. Vater kostet als Erster, dabei spitzt er die Lippen und pustet vorsichtig. Nach seinem zustimmenden Nicken dürfen wir anfangen. Sonntags wird bei Tisch kaum gesprochen, und bei allen macht sich eine gewisse Trägheit breit. Es gibt Wein, der für die Männer bestimmt ist. Natürlich nur eine Flasche, nie mehr.

Nach der Mahlzeit erledigen die Frauen den Abwasch, Vater verzieht sich hinter seine Zeitung, während Lode und ich uns unterhalten, manchmal im Wohnzimmer, manchmal in seiner Mansarde, ein Privileg, auf das Yvette immer ein wenig neidisch reagiert, weil es selbstverständlich völlig ausgeschlossen ist, dass ich auch nur eine Sekunde mit ihr allein in ihrem Mädchenzimmer verbringen darf. Sollten man uns jemals dort erwischen, würde ich die Schande in den Augen ihres Vaters nur dadurch abwenden können, dass ich augenblicklich um ihre Hand anhielte. Das Einzige, was mir gestattet ist, sind Spaziergänge an ihrer Seite, nach dem Abwasch und dem Aufräumen, was manchmal – zu unserem Missfallen – sehr lange dauern kann.

Lode geht mir voran, die steile Treppe zu seiner Mansarde empor. Yvette versucht meinen Blick zu erhaschen und wirft mir einen Luftkuss zu. Ich schenke ihr ein Augenzwinkern.

»Mein lieber Herr Gesangsverein, zu viel gegessen. Ich bin so was von schlapp …« Lode stöhnt und kickt seine Schuhe beim Betreten des Zimmers unter sein Bett. In einem Metzgerhaus zu essen ist tatsächlich selbst in diesen Zeiten nach wie vor ein Fest. Solchen Familien mangelt es an nichts. Bei mir daheim kommen wir auch noch über die Runden, vor allem, wenn ich und mein Kollege hin und wieder einem Schwarzhändler die Ohren langziehen, aber um uns herum herrscht Jammern und Wehklagen. Die Stadt und ihre Einwohner haben die Schnauze von der Rationierung inzwischen gestrichen voll und können keine Heringe mehr sehen, sie benehmen sich, als sei das alles nur ein Spiel, das nun wirklich lang genug gedauert hat. Man sieht viel mehr Bettler als früher. Manchmal sind es kleine Schulkinder, die die Hand ausstrecken. Sie bekommen selten etwas.

Ich setze mich auf Lodes Bett und drehe eine Zigarette. Lode steht mit dem Rücken zu mir gewandt vor der Waschkommode, nimmt einen Tonkrug und gießt laut gähnend Wasser in eine Schüssel. Er streift seine Weste ab, die er auf den erstbesten Stuhl wirft, den unterm Dachfenster. In einer fließenden Bewegung gleiten die Hosenträger von seinen Schultern, zieht er sein weißes Ober- und Unterhemd aus, dann macht er sich frisch. Wasser spritzt hoch und tropft von der Marmorplatte des Waschtisches herab. »Ah, das tut gut!« Er lächelt verstohlen, während er seine nun nasse Tolle nach hinten wirft. Tropfen rinnen über seinen Rücken, die in der Herbstsonne funkeln. Er öffnet seine Hose und lässt sie samt der Unterhose fallen. Von einem Bein aufs andere hüpfend, immer noch ohne sich umzudrehen, zieht er alles aus, auch die Socken. Die Rückseiten seiner Oberschenkel sind mit einem weichen bräunlich-schwarzen Flaum bedeckt, der bis zu seinen Pobacken reicht. Er besprenkelt seinen Bauch mit Wasser, stellt sich auf die Zehenspitzen, gießt dann Wasser über sein Geschlecht und fährt fort, sich zu waschen. Es scheint, als riefe mir sein ganzer Körper zu: Genieße meine Schönheit! Gleichzeitig tut Lode so, als geschehe nichts Besonderes, als sei dies eine ganz alltägliche Waschhandlung, bei der rein zufällig ein Freund zugegen ist. Es fällt jedoch kein Wort, keiner von uns beiden gibt einen Ton von sich, was der scheinbaren Normalität der Situation Abbruch tut. Ich hüstele zwar, sage »Ja, ja«, aber viel mehr bringe ich nicht heraus. Er beantwortet das mit etwas ebenso wenig Artikuliertem, während er sich mit nassen Händen den Hintern einseift. Wieder beugt er sich vor, um sich das bereits gewaschene Gesicht noch einmal nass zu spritzen, um dann langsam die Seifenreste mit einem Waschlappen von seinem Hinterteil zu wischen. Die Wände des Mansardenzimmers kommen bedrohlich näher. Ich habe auf einmal einen trockenen Mund, fühle mich gefangen. Was immer ich angesichts dieses nackten Körpers sage oder tue, nichts davon wird ihm oder mir Befriedigung schenken. Unterdessen, in meinem tiefsten Inneren, höre ich Angelos schallendes Gelächter. Schau, wie er da auf der Bettkante sitzt, unser Wilfried Wils, der große Denker, der keine Gnade kennt, der ein rauschendes Leben führen und der Welt seinen Willen aufzwingen will, schau, wie er jetzt vor Scham und angesichts der Banalität des Ganzen den Schwanz einzieht, so normal wie alle anderen und daher ebenso zum Sterben verdammt, ein dahergelaufener Wichtigtuer, der es nie geschafft hat, von dem ihm vorgezeichneten Lebensweg abzuweichen. Lode sieht mich über die Schulter hinweg an, wirkt verletzlich und dennoch selbstbewusst. Sein Blick ruft bei mir zugleich Lust und Ekel hervor, mir dreht sich alles im Kopf.

»Reichst du mir mal das Handtuch neben dem Bett?«

Ohne aufzustehen, greife ich danach und werfe ihm das spröde Ding hin.

Er trocknet sich gemächlich ab. Der Geruch der Seife vermischt sich mit dem seiner Männlichkeit und erfüllt den noch weiter geschrumpften Raum. Mein Hirn rast wie eine Ratte in einem Labyrinth aus Türen, Gängen und möglicherweise verriegelten Zimmern. Irgendwo muss doch ein Weg nach draußen führen. Die Geilheit des einen ist der Gebrauchsgegenstand des anderen, würde Angelo sagen.

»Dir ist doch klar«, sage ich mit rauer Stimme, »dass es jemanden gibt, vor dem du dich in Acht nehmen musst, oder?«

Auch jetzt dreht er sich nicht um, rubbelt sich nur weiter ab und fragt: »Vor wem?«

»Eduard Vingerhoets.«

»Vor dem Finger? Du kannst beruhigt sein, ich weiß, er ist ein Dreckskerl.«

»Seit der Sache in der Terliststraat hat er dich auf dem Kieker.

Übrigens war er es, der den Scheißdeutschen verraten hat, dass die Juden gewarnt waren.«

»Wieso bist du dir da so sicher?« Lode schaut mich von der Seite an. Er fährt langsam mit dem Handtuch über sein Bein, das auf dem Stuhl ruht. Ich sehe seine Hoden baumeln und denke: Quatsch, du siehst überhaupt nichts, hier ist zu wenig Licht.

»Du weißt doch, mit wem ich manchmal einen trinken gehe. Der Finger geht auch gelegentlich in die ›Weiße Amsel‹.«

Jetzt dreht sich Lode zu mir um, das Handtuch hat er über die Schulter geschlagen. Seine Augen funkeln. Ich kann nur zu seinem Gesicht hochschauen, darf den Blick nicht senken.

»Wir wissen, dass wir uns um den Kerl kümmern müssen.«

»Und wen meinst du mit ›wir‹?«

Lode macht einen Schritt auf mich zu.

»Dich im Augenblick jedenfalls nicht.«

Noch einen Schritt näher, er steckt sich den Finger ins Ohr und rührt kräftig darin herum.

»Du stehst etwas nah …«, sage ich, um nicht laut aussprechen zu müssen: Du wedelst mir mit deinem schon ziemlich angeschwollenen Teil fast im Gesicht herum.

Aus und vorbei. Die Stimmung kippt, die Luft entweicht wie aus einem Ballon. Kein Kloß mehr im Hals, kein erhöhter Pulsschlag mehr, keine trägen Bewegungen. Lode dreht sich direkt um, zwängt sein Glied in die Unterhose und kleidet sich an.

Gibt es das: Etwas bereuen, was man nicht getan hat und wozu man auch keine Lust hatte? Etwas bereuen, was nicht sein kann, und sich deswegen dennoch irgendwie schuldig fühlen? Reue, weil man ist, wie man ist, und der andere ist, wer er ist? Reue, wegen eines nichtsdestotrotz laut pochenden Herzens?

Lode streckt sich, lächelt wenig überzeugend. Wir rauchen, finden keine Worte mehr füreinander.

Yvette ruft. Ich steige die Treppe hinab.

Händchenhaltend gehen wir über den De Coninckplein.

Hinter den mächtigen Mauern des Gymnasiums, die diese Schule wie eine Festung wirken lassen, presse ich mich an sie. Wir küssen uns. Ich schiebe ihr die Zunge in den Mund. Sie stöhnt. »Endlich allein!«

Tante Emma hat eine Nachricht im Briefkasten hinterlassen. Sie lädt uns am Sonntag zu sich zum Kaffee in die Van den Nestlei ein: »Ich hoffe, euch allen geht es gut. Ihr seid alle eingeladen um vier Uhr nachmittags. Es ist so lange her und es ist ja so viel passiert!«

»Ist das eine Art?«, sagt meine Mutter. »Kann sie nicht kurz ›Hallo‹ sagen? Einfach nur einen Brief einzuwerfen. Sie wird von Minute zu Minute eingebildeter.« Mutter streicht mit der Hand über das Briefpapier. »Immerhin hat sie eine schöne Handschrift, hatte sie immer schon.«

»Ich hoffe, ihr deutscher Liebhaber ist nicht dabei«, brummt Vater, ohne seine Neugierde verbergen zu können.

»Vielleicht ist er dann ja im ›Hulstkamp‹«, sage ich und lache. Denn dieses Detail ihrer amourösen Verbindung geht mir nicht aus dem Kopf: Der Deutsche hat ihr Herz in der Gaststätte »Hulstkamp« auf der Keyserlei gestohlen, ehemals ein Ort, wo sich Dichter und Künstler gegenseitig auf ein Bier einluden und die Welt bei einem Dominospiel nach ihren Vorstellungen zu gestalten versuchten. Paul van Ostaijen kam hierher, bevor er irgendwo draußen in einem Dorf, weit außerhalb der Stadt, an Schwindsucht dahinsiechte. Das verrückte Paulchen mit seiner Bärenmütze auf dem Kopf und dem großen Künstlergehabe starb ja sehr jung. Ich habe ihn nie kennengelernt, aber man erzählt sich so manches über ihn. Wir haben die gleiche Schule besucht, er hatte dort einmal, zu Beginn des letzten Krieges, eine Ansprache gehalten, von der wegen seiner Fistelstimme keiner etwas verstanden hat. Waren es damals bereits die eitrigen Lungen, die ihm ein Schnippchen schlugen? Viele orientierten sich an seinem Dichtertum. Ich konnte mit seiner verrückten Art nichts anfangen. Oder besser gesagt, eigentlich schon. Doch meine Liebe zu ihm ist eher von der Art, wie sie so typisch ist in dieser Stadt, wenn man jemanden bewundert, nämlich von abgrundtiefer Missgunst durchtränkt. Denn wer auch immer nach dem irren Paule kommt, kann nicht mit seinem spielerischen Geist konkurrieren, mit seiner Flucht nach Berlin und seinen dortigen Abenteuern, mit seiner Rebellion, seiner grenzenlosen Neutönerei, seinem – schon gut, ich gebe es ja zu – Pioniergeist, vielleicht nicht einmal mit seinem Leiden, das ihn bis zum letzten Atemzug hat husten und prusten lassen: Romantischer geht es wohl kaum. Wenn man sich vorstellt, dass Paul van Ostaijen, dass das verrückte Paulchen, im »Hulstkamp« getrunken und geschäkert hat, dass sein Geist dort vielleicht noch herumschwirrt, während jetzt dort irgendwelche Nazis jungen Frauen von hier Getränke spendieren, in der Hoffnung, zwischen ihren Schenkeln landen zu dürfen … Gott sei's geklagt! Wieso ausgerechnet dort, in dieser Kneipe? Das heißt, der Muse einen Schleimbatzen ins Gesicht spucken. Aber gleichzeitig und mit Verlaub gesagt, hätte es den irren Paule natürlich amüsiert, wenn seine Lungen das noch mitgemacht hätten und er lebendig und wohlauf das Herrenvolk ein zweites Mal in seine Stadt hätte einmarschieren und diesmal sogar einen Platz in seiner Stammkneipe einfordern sehen. Mit Verlaub gesagt könnte es auch sein, dass er dann im Schwarzhemd und mit hochgereckter Flosse dagestanden und seine eigenen Antikriegsgedichte mit überlegenem Vergnügen als »pubertär« abgetan hätte. Man weiß ja nie. Doch wer bin ich, der Muse ins Gesicht zu rotzen? Zugleich und mit Verlaub gesagt, ist nichts heilig, alles ist im Fluss und nichts von allem wahr. Der Tod macht das Leben eines Künstlers übersichtlich, bettet ihn ein in sein unveränderliches Œuvre, in seine bereits legendären Präferenzen und das, was seine Freunde über ihn berichten. Der Tod ist sparsam mit Scham, Entscheidungen, die man bereut oder nicht, spielen keine Rolle mehr. Der Tod ist vor allem auf Schönheit aus, wenn er einen jungen Dichter fällt. Wer zu lange lebt, hat gute Chancen, vor aller Augen entweder als Stümper oder als Drecksack zu enden. Angelo sagt: Leg deinen nackten Hals aufs Schafott der Geschichte. Leider, um das zu tun, um auch nur den Drang zu verspüren, von einem frühen Tod gefällt zu werden, muss man erst über die Verse verfügen, die dein ganzes Wesen über die Schwelle des Vergessens heben. Und besagte Verse habe ich noch nicht, und meine Hoffnung, dass sie bald den Weg aufs Papier finden werden, ist in letzter Zeit relativ gering. Mein Tagebuch ist ein einziger Klagegesang, und für ein Gedicht, das neulich in halb trunkenem Zustand aus meiner Feder floss, habe ich mich tagelang geschämt. Es handelte von »brennenden Möwen in der Hölle« und der »strengen Hand des Irrsinns«. Woher kommt bloß dieser Kitsch? Das ist doch kein rühmliches Kopulieren mit der Muse, das ist nichts anderes, als Samen in ein Taschentuch zu vergießen, das mit der Zeit steif wird. Und überhaupt, wie ist das übrigens, und zwischen Anführungszeichen, möglich? Bei allem, was ich täglich erlebe, den Dreckskerlen, denen ich begegne, den Drohungen an meine Adresse, dem Leben auf des Messers Schneide in einer besetzten Stadt, müssten meine Gedichte brutal und überrumpelnd sein, sie müssten auf dem Papier wirken, als wären sie mit dem Saft des Lebens geschrieben. Ein echter Lyrikkenner müsste sofort einen Herzinfarkt bekommen. Bei dem, was ich kürzlich geschrieben habe, würde sich sogar eine fromme Lehrerin der elenden Reicheleuteschule »De Dames« aus der Lange Nieuwstraat vor Lachen in den Habit pissen, um mir dann mit einem übertriebenen Augenzwinkern vorzuhalten, ich hätte »offenbar« noch nicht viel erlebt. »Gib mir etwas Tödliches, Gott, denn ich will leben!« Wer hat's gedichtet? Ich nicht, verdammt und zugenäht, ich nicht! Das war natürlich das verrückte Paulchen. Immer wieder dieser irre Paule.

»Bring doch deine Freundin mit zu Tante Emma«, sagt meine Mutter plötzlich, als habe sie gerade einen glänzenden Einfall gehabt.

»Kommt gar nicht infrage.« Ich stöhne auf.

»Du hältst sie ja regelrecht geheim vor uns!«

»Schon ein starkes Stück«, sage ich, ein wenig lauter, »dass sie dort immer noch wohnt …«

Sie, die sich meine Eltern nennen, verstummen.

»Ihre jüdischen Arbeitgeber wurden doch abtransportiert …«, schiebe ich noch hinterher.

»Jetzt mach mal 'nen Punkt.« Vater wird direkt ungemütlich. »Ist das etwa unsere Angelegenheit?«

»Zieh deine Uniform an, Wilfried. Das wird ihr gefallen!«

Tante Emma öffnet uns im vollen Ornat die Tür. Sie kann sich zehn Jahre jünger schwindeln, wie man hier so sagt, als lege sie sich Abend für Abend an einen Tropf mit Jugendelixier. Die Herbstluft schneidet in ihr sommerliches Blümchenkleid mit dem tiefen Dekolleté. Sie war beim Friseur und hat sich die Lippen knallrot geschminkt. Vater fallen fast die Augen aus dem Kopf.

»Pass lieber auf, dass du dir keine Lungenentzündung holst!«, zischt Mutter, die mit einem Mal fünfzehn Jahre älter ist und mit ihrer Perücke plötzlich noch drolliger aussieht. Mutter hatte sich vor einer Stunde mit Maiglöckchenduft besprenkelt, etwas, das selten vorkommt und meinen Vater dazu veranlasst hat zu behaupten, sie fange an zu spinnen.

»Ah, unser Wilfried trägt seine Uniform! Die steht ihm ja ausgezeichnet! Kommt schnell herein!«

Wir gehen die breite Marmortreppe hinauf, halten uns an einem schmiedeeisernen Geländer fest, das mit Ornamenten aus schwarzen Herzen und Schlingpflanzen verziert ist. Die zweiflügligen Türen auf der ersten Etage sind offen. Ein Grammofon spielt. Eine Männerstimme singt: »Einmal wirst du wieder bei mir sein …« In dem großen Raum liegen lauter Perserteppiche. Auf einem kleinen Beistelltisch, umringt von einer Chaiselongue, einem bordeauxroten Diwan und Polstersesseln, steht eine richtige Torte, sogar mit Erdbeeren obendrauf, unglaublich.

»Mensch, Emma«, sagt mein Vater, während er sich die Oberschenkel reibt.

»Bitte, nehmt doch Platz! Und macht's euch bequem.« Jeder von uns wählt eine Sitzgelegenheit und lässt sich auf der Kante nieder, bereit, jederzeit hochzufedern, sollte uns unvermittelt irgendeine Baronin zurechtweisen. Völlig abwegig ist der Gedanke nicht; in dieser Wohnung irren Geister umher.

»Tee? Kaffee? Oder lieber gleich einen Cognac?« Tante lacht, man sieht ihre strahlend weißen Zähne, wie in einer Zahnpastawerbung von vor dem Krieg.

Mutter versucht, die Rolle der älteren Schwester zu übernehmen, schließlich weiß sie, wann eine Situation aus dem Ruder zu laufen droht, sie, die alles schon Jahre im Voraus erahnt: »Mach mal langsam, Emmeke. Kaffee ist prima.«

Vater schlackert mit dem Kopf wie ein Fisch auf dem Trockenen.

»Schatzi! Meine Gäste sind daar.«

Über Tante Emmas Deutsch muss ich nicht lachen. Man hört es heutzutage überall so, und wer weiß, ob ich die Sprache Goethes jemals beherrschen werde? Durch eine halb offene Tür im hinteren Teil der Wohnung ertönt eine gebrummelte Antwort. Mein Vater ruckelt auf seinem Sessel hin und her, als habe er gerade klammheimlich einen Furz gelassen. Er schluckt laut. Mutter setzt sich gerade.

Er erscheint mit einem Lächeln im Gesicht und schließt im Gehen den obersten Knopf seiner Uniform.

Groß. Rothaarig. *Mein Freund Gregor.*

Und jawohl, der Offizier schlägt die Hacken zusammen, seine Lippen berühren kurz die Fingerspitzen meiner Mutter, meinem Vater und mir schenkt er einen festen Händedruck. Vom Scheitel bis zur Sohle ein Preuße, wie er im Buche steht. Mein Herz schlägt schneller. Es wäre mir lieb, wenn er sich nicht anmerken ließe, dass wir uns schon einmal begegnet sind, in einer zwielichtigen Kneipe auf der Belgiëlei. Gleichzeitig sehe ich ihn herumwüten wie in den Geschichten, die Miesebart mir erzählt hat. Jetzt aber sind wir in der ehemaligen Wohnung einer reichen jüdischen Familie. Er in Uniform, ich ebenso.

»Angenehme Kennismachung!«

»Fast richtig, Liebster.« Tante zwinkert uns zu: »Es ist doch wichtig, dass er unsere Sprache lernt, nicht wahr?«

»Aber sicher«, sagt Vater gezwungen fröhlich. Just da meine ich, einen leisen Furz von ihm zu hören, den er sich ungeschickt verkniffen hat, schwächlich und nervös, wie der eines Kindes in einem strengen Internat.

Mutter hüstelt.

Gregor zwinkert meiner Tante sichtlich verliebt zu und degradiert sich dadurch zum Schoßhündchen, in den Händen einer von hier, die weiß, wo es langgeht. Vermutlich wartet in seiner Heimat eine Frau und Mutter auf ihn. Aber das ist egal, schließlich herrscht Krieg. Ich frage mich, was er Tante wohl weisgemacht hat. Wahrscheinlich nichts, was ihn Mühe gekostet hätte. Dieser SS-Gauner tut schließlich recht glaubwürdig so, als sähe er mich zum ersten

Mal. Doch seine Augen verraten ihn. Ich bekomme feuchte Achseln. Das Lied ist zu Ende. Die Grammofonplatte knackt. Sofort steht er auf und dreht die Platte um, alles in einer einzigen fließenden Bewegung, wie im Film.

»Ich bin verrückt nach ihm!« Tante lacht.

So etwas Intimes preiszugeben ist wirklich unerhört, nicht unsere Art, dergleichen tun wir hier nicht. Fast wäre Mutter aufgestanden, so erschrocken ist sie, aber sie weiß sich zu beherrschen. Hier wird ein anderes Spiel gespielt, eines, das uns fremd ist, das aus einer anderen Welt stammt und dem sich alle unterzuordnen haben.

Tante Emma fasst sich in ihre schicke Frisur, plötzlich ertappt.

Gregor erhebt sich, denn er hat wohl gerade eine Eingebung.

»Augenblick mal!« Er hebt die Nadel von der Schallplatte und stellt sie wieder auf den Anfang des Liedes zurück. Dann geht er zu Tante und streckt ihr die Hand entgegen.

»Aber Gregor … Jetzt doch nicht …«

Doch der Liebhaber will sich nicht so leicht abwimmeln lassen. Tante steht auf, bringt rasch ihre Haare in Ordnung und tanzt mit ihm. Die beiden wiegen sich im Takt, ein wenig ungeschickt, wegen ihrer unterschiedlichen Körpergröße. »Komm zurück«, singt eine schwärmerische Männerstimme, »ich wa-a-a-arte auf dich, denn du bist für mich … all mein Glück.« Die beiden tanzen immer enger. Gregors rechte Hand liegt nun fast auf dem Hintern meiner Tante, die inzwischen die Augen geschlossen hat und in einem Kinotraum versinkt. Wir glotzen sie an wie blöd. Vater ist unbehaglich zumute, er schlägt auf seine Beine, als wolle er zur Musik den Takt angeben. Mutter kann es kaum noch ertragen und kramt in ihrer Handtasche herum, findet ihr besticktes Taschentuch, in dem sie ihr Gesicht verbirgt, dann schnäuzt sie sich. Endlich ist das Lied zu Ende.

»Soll ich?«, fragt der SS-Mann und nickt in Richtung Torte. *»Bitter séér!«*, antwortet seine Liebschaft mit einem glückseligen Lächeln auf den Lippen.

Und schwupp wird die Torte behutsam, doch ohne Zögern, akkurat in gleiche Teile geschnitten. Tante reicht die Teller an. Wir essen. Nein, es ist vielmehr ein hingebungsvolles Schmausen. In Crème fraîche beißen und zugleich gute Manieren bewahren, gar nicht so einfach. Zu unserer Erleichterung erwartet man nicht von uns, dass wir viel sagen. Tante fährt mit irgendeiner Darlegung fort, die bald kaum noch Hand und Fuß hat, ab und zu unterbrochen von Gregors Kichern.

»Und jetzt Cognac!«

Gregor lässt die reichlich gefüllten Schwenker sanft kreisen, bevor er sie weiterreicht.

Mutter lehnt dankend ab. Vater tut kurz so, als überlege er, nimmt dann aber das Glas entgegen und kostet: »Natürlich aus Frankreich!«

Tante und Gregor lachen schallend. Der Deutsche schlägt sich überschwänglich auf die uniformierten Schenkel, als habe er gerade den besten Witz seit Jahren gehört.

Dann blickt er mich an und fragt: »Sie sind Polizist?«

»Jawoll, und ich bin stolz darauf.« Ist es Angelo oder bin ich das, der da antwortet? Oder ist es der Cognac, der durch meine Adern strömt?

»Hör sich das einer an!«, ruft Tante. »Wie gut unser Wil Deutsch spricht!«

Mutter und Vater werfen mir einen Blick zu, als hätten sie, ohne es zu ahnen, jahrelang einem Monster Obdach gewährt.

Gregor erhebt das Glas, zwinkert mir komisch zu, als sei ich seine Bauchrednerpuppe.

»Auf eine brillante Karriere!«

»Prosit!«, sagt Vater an meiner Stelle.
Die Schwenker stoßen aneinander.

Nicht viel später setzt mich Miesebart darüber in Kenntnis, wie sehr *»mein Freund Gregor«* unsere Begegnung genossen habe.

»Ich wusste, dass er irgendeine *Mademoiselle* hat, aber dass es sich dabei ausgerechnet um eine Verwandte von dir handelt … Also, das eröffnet gewisse Möglichkeiten, sowohl für dich als auch für mich.«

»Du hast wohl nicht mehr alle Tassen im Schrank, und es werden immer weniger, was?«

»*Toutes les possibilités harmoniques et architecturales s'émouvront autour de ton siège.* Von wem stammt dieses Zitat?«

»Rimbaud …«, tippe ich, des Tippens müde.

Miesebart schaut mich an, als wolle er mich küssen. »*Voilà!* Du merkst doch hoffentlich selbst, wie sich die Kräfte um dich herum zusammenballen. Das ist wirklich nicht jedem gegeben, Wil. Der Jugend gehört die Welt, sie bekommt Chancen, und sie liegen einem Jüngling quasi vor den Füßen. *Mais il faut faire attention!* Chancen wollen genutzt werden. Tut man das nicht, betreibt man Schindluder mit der Freigiebigkeit des Universums, und man ist dazu verdammt, ein Nullachtfünfzehn-Leben zu führen. Und das so was nichts für dich ist, das ist mir klar. Mir machst du nichts vor … Aha, wen haben wir denn da?«

Alle Anwesenden in der »Weißen Amsel« sehen zu der Dame mit den kastanienbraunen Locken hinüber, welche unter einer kanarien-gelben Mütze hervorlugen; aber vor allem schauen sie auf ihre Beine, die unter einem Mantel mit Fischgrätmuster voller Elan der Kälte trotzen und in Schuhen mit Absätzen münden, wie man sie sonst nur auf einer Kinoleinwand zu Gesicht bekommt. Da ist Jenny wieder, Verfall inklusive, wenngleich mit Schminke zugekleistert.

»Du hattest mir etwas versprochen«, sagt sie zu Miesebart, gleich mit der Tür ins Haus fallend.

»Aber Schätzchen! Die haben hier Export, dein Lieblingsbier. Sind das etwa keine guten Nachrichten?«

»Mach dich über wen anderes lustig! Du weißt genau, dass ich bloß weißen Port trinke.«

»Wirt! 'nen weißen Port.«

»Und wer ist dieser junge Bursche hier, wenn ich fragen darf?« Viel hätte nicht gefehlt, und sie hätte mir in die Wange gekniffen.

»Wir wurden einander schon einmal vorgestellt, Madame.«

»Man höre und staune. Gibt's also doch noch wen, der sich zivilisatisfaktorisch benehmen kann. Ja, lach nur … Das Wort hab ich selbst erfunden, Mann, ich bin schließlich nicht blöde, aber manchmal höre ich lieber etwas, das ich mir selbst ausgedacht habe. Meine Mama hatte das auch. Sie nannte unseren Friseur einen Tollwart, als sie erfuhr, dass er bei einer Kneipenfußballmannschaft im Tor stand.«

Wir lachen. Jenny nimmt einen kräftigen Schluck vom Port und behauptet, sie könne stundenlang so weitermachen, mit erfundenen Wörtern.

»Das stimmt!«, keucht Miesebart ausgelassen. »Sie kann stundenlang so weitermachen!«

»Aber heute hab ich darauf keine Lust. Wie schaut's aus, mein Lieber? Du hattest mir doch was versprochen, aber ich höre gar nichts mehr von dir. Oder schämst du dich etwa vor deinem gebildeten wohlerzogenen Kameraden hier?«

»Ich kann euch gerne kurz alleine lassen«, sage ich durch die Zähne hindurch und leicht genervt.

»Nicht nötig«, beeilt sich Miesebart, »lass nur. Ich habe der lieben Jenny hier versprochen, ihr eine kleine Boutique zu besorgen, hier ganz in der Nähe, auf der Charlottalei …«

»Na, Boutique würde ich das ja nicht nennen, mein Freund. Es geht um einen Handel in Tabakwaren, wie es so schick oben über der Tür angeschrieben steht. Oder willst du etwa ein Kleidergeschäft draus machen? Dann darfst du es von mir aus ›Boutique‹ nennen, und ich werd mich bei Gott nicht beklagen. Das täte mir natürlich tausendmal besser gefallen als irgend so eine Räucherbude, in der sich die Herren ihren Knaster besorgen.« Und schwupp, Jennys Portglas ist leer. Miesebart schnippt nach dem Wirt, was man in einer Kneipe wie dieser tunlichst bleiben lassen sollte, selbst wenn man mit dem Kneipier befreundet ist. Dementsprechend passiert nach dem Fingerschnippen auch nichts. Aber als Jenny ihr Glas in die Höhe hebt, eilt der Wirt sofort mit der Flasche herbei. Wortlos schenkt er nach.

»Ein Geschäft also, das nenne ich große Pläne!«

Jenny entweicht ein leicht verächtliches Schnauben, nicht allzu laut, doch laut genug, um ihren Galan vom Schlag Tanz-nach-meiner-Pfeife bei der Stange zu halten.

»Alles eine Frage des richtigen Augenblicks, nicht des Geldes«, fährt Miesebart schnell fort. »*Mein Freund Gregor* und ich müssen diesem Mann erst mal einen Besuch abstatten. Angeblich beschäftigt er eine jüdische Aushilfe, die ihren Stern nicht trägt. Die muss natürlich verschwinden. Das ist im Handumdrehen geregelt, wahrscheinlich nächste Woche. Und dann schlägt Jennys Stunde, die mit ihren hübschen Augen und der eleganten Figur extra freundlich anfragt, ob der Ladenbesitzer nicht zufällig Arbeit für sie hat.«

Jenny streckt ihre behandschuhte Hand aus. »Sinn und Zweck der Sache ist doch, dass ich den Laden dort übernehme, oder? Mir haben Männer lange genug vorgeschrieben, was ich zu tun und zu lassen habe. Ich will endlich auf eigenen Beinen stehen. Ich hab genug mitgemacht und einstecken müssen. Damit ist jetzt Schluss.«

»Wart's ab, mein Täubchen«, beschwichtigt Miesebart und macht einen Kussmund. »Einen Schritt nach dem anderen. Nur Geduld.«

Ich werfe die Tür der »Weißen Amsel« hinter mir zu, habe ganz schön einen in der Birne, zu viele Bierchen intus. An der Ecke Charlottalei und Belgiëlei hebt der stürmische Herbstwind ein Flugblatt vom Pflaster, lässt es anschließend an meinen Hosenbeinen entlangstreifen, bis es neben einer Pfütze landet, in der Laub vor sich hin rottet. Ich stelle meinen Fuß darauf, lese die Großbuchstaben, schaue mich um; klammheimlich stecke ich es ein, denn jeglicher Besitz derartigen Schrifttums wird streng bestraft, sogar mit dem Tod, wenn man richtig Pech hat. Getötet wegen des Besitzes illegaler Zeilen! Angelo grient. Jetzt zählt alles, und alles kann riskant werden. Ich habe es ja bereits geschrieben, mein Junge: Hier lebt man auf des Messers Schneide. Manchmal, zum Beispiel während eines Spaziergangs, wie ich ihn dir eben beschrieben habe, durch immer stillere Straßen, wo bei Einbruch der Dunkelheit kaum noch jemand unterwegs ist, sehe ich vor mir dramatische Buchstaben auf einem Bildschirm erscheinen, begleitet von spannungsgeladener Musik, wie Filmreklame aus einem längst vergangenen, fast sogar vergessenen Deutschland, selbst wenn man sich vor etwa zehn Jahren auch hier solche deutschen Filme angesehen hat. »Angst in der Großstadt!«, »Hinter jeder Ecke lauert Gefahr!«, »Terror auf den Straßen!« Im Nachhinein waren das Generalproben, Filme, die uns wie Feldwebel auf dem Exerzierplatz zuriefen, dass das Ende nahte, dass der Welt ein Superhirn des Verbrechens bevorstand, dass wir bald zu einer blutrünstigen Meute oder einem Haufen Sklaven werden würden, die nicht voneinander zu unterscheiden sein und mit eingezogenem Kopf und dem Blick nach unten die Geißel der Diktatur am eigenen Leib erfahren würden, die von unseren eigenen sogenannten Führern unterstützt werden würde.

Derartige Filme sind heute verboten. Jetzt läuft uns ein kalter Schauer über den Rücken, wenn wir solche Flugblätter lesen, für deren Herstellung Menschen ihr Leben aufs Spiel setzten. Jahrelang haben wir diese Angst in Filmen und in Büchern gesehen, ein Lockruf, der sich in dieser besetzten Stadt manifestiert, wo Angst zum Normalzustand geworden ist, und alles andere auch.

Ich nehme das Papier aus der Tasche und schaue es mir noch einmal an. Die illegale Presse druckt in schlampigen, verschmierten Blockbuchstaben: »Erst die Juden, jetzt sind wir an der Reihe!« Nein, es wäre definitiv besser, das Ding direkt zu zerreißen, statt es als Andenken aufzuheben. Der Wind trägt die Papierfetzen Stück für Stück davon. Auf der gegenüberliegenden Seite der Kreuzung winkt mir jemand zu. Es ist Miesebart. Er ruft meinen Namen.

»Ich kann dich nicht hören!«, erwidere ich und muss kichern, weil es so lächerlich klingt, so beschickert, so sturzbesoffen. Doch er hört nicht auf, mir zu signalisieren, ich solle zu ihm kommen. An der Ecke zur Lange Leemstraat treffen wir uns.

»Ich hab dich dort stehen gesehen.« Er japst. »Es ist verflucht noch mal … Es ist …«

»Was ist los?«

»Sie haben ihn gerade gefunden. Ein einziges Chaos in der Kneipe. Es ist kaum zu …«

»Um wen geht's?«

»Ja, hast du denn den Schuss nicht gehört? Irgendwer muss doch … Wie ist das möglich, dass wir nichts …«

»Bitte, beruhig dich doch.«

Nicht weit von uns haben ein paar Leute vor der »Weißen Amsel« einen Halbkreis gebildet. Ich sehe Jenny, die sich die behandschuhte Hand vor den Mund hält, zurück in die Kneipe eilen. Miesebart ergreift meinen Arm. Der Kreis weitet sich. Vor uns liegt Eduard Vingerhoets. Etwas, vermutlich eine Kugel, hat seinen Hinterkopf zu Brei geschlagen. Er zeigt mit rechts auf den Eingang der Kneipe, seine Finger sind verkrampft, als hätten sie beinahe die Türklinke gefasst, als hätte ihn jemand kurz vor dem Ziel, kurz vor einem frischen Bier und dem warmen Busen einer Hure, kurz davor und also in letzter Sekunde kaltgemacht. Neben ihm ein Zettel mit aufgeklebten Buchstaben: »Auge um Auge.«

Miesebart sinkt auf die Knie, in den Matsch aus verrottenden Blättern. Er senkt das Haupt und schluchzt leise, wie ein kleiner Junge, der sich in die Hose geschissen hat und sich nirgendwo verstecken kann.

Es sind anscheinend nicht viele Leute zu Fingers Begräbnis erschienen. Miesebart ist natürlich hingegangen. Ich nicht, ich musste arbeiten. Jeden Tag steht Fingers Witwe vor der Wache. Schließlich wird ihr eine Unterredung mit dem Kommissar gestattet, der ihr zweifelsohne erzählt, dass sämtliche ihm zur Verfügung stehenden Einheiten mit dem Fall beschäftigt seien und es nur eine Frage der Zeit sei, bis man den Täter gefasst hat. Wie man hört, hat einer von Fingers Freunden, der als Wächter im Gefangenenlager Breendonk arbeitet, aus Rache drei Kommunisten mit dem Knüppel totgeschlagen, einen nach dem anderen, mitten auf dem Innenhof, und jeder Gefangene, ob Mann, Frau oder Kind, wurde gezwungen, dabei zuzusehen. Aber es kursieren auch andere, dem widersprechende Gerüchte. So sollen die drei Unglücklichen von einer ganzen Meute niedergemacht worden sein, in einer Nacht der Angst und des Schreckens. Oder nein, oder doch, aber nicht ganz so, denn vorher haben sie allen noch die Eier abgeschnitten. Man erzählt uns aber auch, besagter Freund, dessen Namen niemand kennt, habe sich wegen eines Nervenzusammenbruchs krankmelden müssen. Unterdessen hält die Frau vom Finger tapfer durch. Sie hat jeden Einzelnen von uns angesprochen, die Fotos ihrer Kinder in der einen und ein nasses, zum Trauerpfropf zusammengedrücktes Taschentuch in der anderen Hand. Auch mich bekommt sie zu fassen.

»Er war so eine ehrliche Haut. Hast du ihn gekannt?«

»Ein Mann, der immer gesagt hat, was Sache war, Madame. Ganz zweifellos.«

»Und der beste Vater, den man sich nur vorstellen kann. Die Kinder kommen an erster Stelle, sagte er immer.«

»Es ist zu traurig.«

»Wann werden sie die Dreckskerle endlich fassen! Terroristen sind das. Kanalratten! Mitten auf der Straße, und noch dazu im Dienst … Haben die denn keine Ehre im Leib?«

Offenbar hatte keiner es übers Herz gebracht, ihr zu sagen, dass ihr seliger Ehemann einen Meter von seiner Lieblingskneipe entfernt gefunden wurde. Jeder weiß, was in der »Weißen Amsel« vor sich geht, weiß von den Damen, die sich dort zwischen zwei Bierchen verwöhnen lassen. »Ja, der Finger«, sagte einer kurz nach seinem Tod zu mir, »der hat die Weiber gern gefingert.« Typisch, dass sich solche Fehltritte erst dann überall herumsprechen, wenn die Leiche auf einem Marmorblock erkaltet.

Nach einer Weile gibt Fingers Witwe auf.

Sie lässt sich nicht mehr blicken. Jetzt, so habe ich gehört, soll sie trinken und ein Verhältnis mit einem Postboten haben. Angeblich einem Kommunisten.

Alle wissen alles. Keiner weiß jedoch einen Scheiß. Normalerweise würde man meinen, ein Mord an einem Polizisten würde sämtliche Mannschaften in Alarmbereitschaft versetzen und eine gnadenlose Hetzjagd nach sich ziehen, bis der oder die Täter gefasst sind. Nicht so in einer besetzten Stadt. Es werden Nebelgranaten gezündet, die »laufenden Ermittlungen« würden mit äußerster Intensität betrieben. Zu Fingers Lebzeiten gab es sowieso nur wenige Kollegen, die ihn mochten. Seine wahren Freunde sitzen in der »Weißen Amsel«, wo außer mir kein Silberknopf verkehrt. Bei Fingers Tod ging vor allem ein Seufzer der Erleichterung durch die Gänge der Vestingstraat. Ein Mann wie er hat bestimmt einen gewissen Ehrgeiz besessen, doch für sein Alter hätte er es weiter gebracht haben müssen, als einen einzigen Streifen mehr als ich am Arm zu tragen. Eine echte Beförderung hat man ihm jedoch nie gegönnt, und das will was heißen. Trotzdem muss die Rechnung beglichen werden. Die Leiche eines Polizisten verlangt nach Repressalien, nach Möglichkeit ohne Richter oder ein Gericht. Auf der einen Seite fällt einer, dann müssen auf der anderen auch ein paar fallen, möglichst ohne viel Aufhebens oder auch ohne nur das Geringste mit der Sache zu tun zu haben. Die Rechnung wird von Schattenwesen, die nicht notwendigerweise bei der Polizei arbeiten, beglichen. Die *Feldkommandantur* lässt verlauten, dass »als Vergeltungsmaßnahme für den Mord an dem Polizeibeamten E. Vingerhoets zehn Kommunisten des Landes verwiesen werden«. Vielleicht bekommen wir ja deshalb die einander widersprechenden Geschichten von besagtem Wächter in Breendonk zu hören, der Kommunisten abgeschlachtet haben soll. Wahr oder nicht, sie zeigen jedenfalls, dass es eine Antwort auf den Mord gegeben hat. Am Ende des Tages muss die Rechnung stimmen, so ist das nun mal. Miesebart höre ich nichts mehr von Rache faseln. Da weiß ich, was die Stunde geschlagen hat. Dann wurden Leute verhaftet und abgeführt, auf Befehl vom Bärtchen und mit Einwilligung von *meinem Freund Gregor.* Lode erwähnt mir gegenüber Fingers Tod nicht, und ich für meinen Teil frage auch nicht weiter nach. Wer sagt, er hätte etwas mit der Sache zu tun gehabt? Wer sagt, ich hätte etwas mit der Sache zu tun gehabt? Eine Spinne schießt nicht notwendigerweise direkt aus ihrem Versteck hervor, bloß weil ihr Netz kurz vibriert. Dazu braucht es meist eine größere Erschütterung, mehr Menschen, die ihrem Willen Ausdruck verleihen und den einen oder anderen Zustand beseitigt sehen wollen oder die ein Opfer fordern. So funktioniert das jetzt. So hat das vielleicht schon immer funktioniert, aber heutzutage verlaufen die Aktionen und die sich daran anschließenden Reaktionen, die Taten und ihre Folgen, ohne jegliche Umschweife, ohne Entschuldigung, grob und gnadenlos, unbeobachtet im Dunkeln, doch mit dem Wissen aller.

Eine Woche später steht ausnahmsweise etwas wahrlich Interessantes in den Tagesbefehlen, die wir, davon geht man zumindest aus, vor Dienstantritt zur Kenntnis nehmen. Mit sofortiger Wirkung – *»en vigueur avec effet immédiat«*, wie es im Staatsblatt heißen würde – wird uns aufs Strengste verboten, Arbeitsdienstverweigerer aufzugreifen. Befehl des Bürgermeisters! Und des Oberstaatsanwaltes! Wird denen dort in ihren schönen Büros etwa ein wenig warm in ihren dünnen Hemdkragen?

»Wurde auch mal Zeit!«, ruft Gaston, der sich Bierschaum von den Lippen wischt.

»Was macht das schon für einen Unterschied? Wie oft haben wir es nicht gemeldet, wenn niemand zu Hause war? Wir haben immer nur die, die uns dumm gekommen sind oder deren Visage uns nicht gepasst hat, mitgenommen.«

»Aber Wilfried! So zynisch!«

Gaston lacht.

»Und waren all die Fremden nicht angeblich auch Arbeitsverweigerer?«

Das Wort Jude verwenden Gaston und ich nicht mehr, wenn wir uns unterhalten. Eine stillschweigende Übereinkunft.

»Aufgepasst, Kerlchen, oder ich spendiere dir kein Bier mehr.«

»Wirt! Schenk uns noch einmal nach!«, rufe ich.

»Sieh mal einer an! Monsieur zückt seinen Geldbeutel.«

Als die Biere auf unserem Tisch stehen, beugt sich Gaston zu mir, mit einem amüsierten Funkeln in den Augen.

»Ist dir klar, worauf das hinausläuft? Ich weiß nicht, ob ich dir das schon erzählt habe, aber unser Vorgesetzter ist eigentlich ein Kamerad von mir …«

»Das hast du bisher aber gut für dich behalten …«

Gaston fasst mich bei der Schulter, flüstert: »Das bleibt natürlich unter uns, aber er ist verheiratet mit der Tochter des, ähm … Moment, nein. Das ist zu kompliziert. Na, egal, mit jemandem aus meiner Familie. Und da erfährt man schon mal das ein oder andere. Wie sich herausgestellt hat, ist das Verbot, Arbeitsdienstverweigerer zu ergreifen, auf der Wache wie eine Bombe eingeschlagen. Jeder mit einem Streifen mehr am Ärmel macht sich jetzt in die Hose, anscheinend bis hinauf zum Hauptkommissar. Verstehst du?«

»Nein, versteh ich nicht.«

»Komm schon, Freund. Streng deinen Grips mal an! Wir haben verdammt noch mal die ganze Zeit Leute einkassiert, Fremde, Leute von hier … Und was stellt sich heraus …« Gaston geht noch etwas mit der Stimme runter. »Dass die im Rathaus auf einmal behaupten, das sei nicht im Einklang mit unserer Verfassung! Kannst du mir folgen? Wir haben das Gesetz gebrochen. Aber wir sind das Gesetz.« Gaston schüttet sich aus vor Lachen. »Wenn das jemals rauskommt … dass wir Befehle befolgt haben, die völlig gesetzeswidrig waren … Kannst du mir folgen?«

»Wie ein Rennfahrer bei der Tour de France.«

Gaston lacht noch lauter: »Den muss ich mir merken! Na egal, du kannst jedenfalls ab sofort im Pulk mitfahren, so schnell von Begriff, wie du bist. Mensch Junge, ehrlich gesagt, ich will keine große Sache draus machen, aber … ist das nicht zum Totlachen?«

Zum Totlachen, in der Tat. Bis dahin galt das unausgesprochene Gesetz: Es gibt keinen anderen Weg, und außerdem ist alles normal. Trotzdem wuchs schon damals bei manchen die Furcht davor, dass sie diese Rechnung eines Tages würden begleichen müssen. Also verschaffte man sich eine Hintertür, vom Staatsanwalt bis zum Bürgermeister, vom Bürgermeister bis zum Polizeipräsidenten und so weiter und so fort. Auf den Mauern der Rathausfassade, hinter der der Bürgermeister so tut, als sei er die Nummer eins, stehen im mittleren Teil zwei Skulpturen, die die Tugenden dieser Stadt symbolisieren. Links ist die aus altgriechischem Wahn modellierte Frau Justitia, auch Gerechtigkeit genannt, zur Rechten findet man, mindestens ebenso antik und mit einer entsprechend ruhmreichen Vergangenheit, Frau Prudentia, auch Weisheit genannt. Angesichts dessen, dass der Gedanke an Gerechtigkeit in Kriegszeiten eher zu einem frommen Wunsch verkommt, oder zu etwas, an dem noch gearbeitet werden muss, wenn nach den echten Herausforderungen noch ein wenig Zeit bleibt, bekommt die Tugend der Weisheit etwas mehr Spielraum. Frau Prudentia wird mit einem Spiegel in der einen Hand dargestellt, während sich um die andere eine Schlange windet. Der Spiegel steht wohl eher für Selbsterkenntnis als für Eitelkeit, die Schlange deutet auf jederzeit zu wahrende Kontrolle hin. Bei Prudentia geht es darum, im richtigen Moment die richtige Entscheidung zu treffen. Als das Rathaus errichtet wurde, arbeitete der Maler Bruegel gerade in der Stadt. Auf seinem Kupferstich, auf dem die Weisheit dargestellt wird, wird geerntet und gepökelt, Frau Prudentia steht auf den Sprossen einer Leiter, die auf dem Boden liegt, während sie einen Sarg unter dem Arm trägt. Unter dem Stich steht auf Latein: »Willst in Vorsicht du dich üben, sei der Zukunft eingedenk, und vergiss nicht, was passieren kann.« Verstehst du, worauf ich hinauswill? Verstehst du, wie stark sich diese Stadt samt ihrem Bürgermeister zur Tugend der Weisheit bekannte und sich im Übrigen auch danach, bis zum heutigen Tag, mit immer anderen Bürgermeistern dazu bekennt? Was das Volk für eine neue Epoche mit anderen Herrschern, Sitten und Gebräuchen hielt, war in den Augen seiner sogenannten Entscheidungsträger längst kalter Kaffee. Ohne Zweifel, mein Urenkel, rochen sie da bereits den potenziellen Duft frischeren Kaffees, einer neuen Normalität unter wieder anderen Herrschern. Ich habe nichts gerochen. Ich steckte mittendrin. Ich liebäugelte mal mit dem einen, dann mit dem anderen. Was der eine mir erzählt hatte, ließ ich auf das stoßen, was mir ein anderer anvertraut hatte. Angelo in mir sah keine Normalität, sondern eher diverse Möglichkeiten, dem Leben neuen Schwung zu verpassen, und zwar einen dermaßen großen, dass alles aus den Angeln flog, sodass die Pferde von den Karussells mit schäumenden Mäulern durch die Straßen trabten, alle hinter dem großen schwarzen Pferd her, auf dem ich mich selbst sitzen sah, mit meiner Wahrheit hinter einer grinsenden Maske. Das ist die Wahrheit der Jugend, die sich nicht nach dem, was eine ältere Person für normal hält, richten will.

»Ich brauche deine Hilfe.«

Lode steht am Eingang zur Vestingstraat, zu seinen Füßen ein großer Jutesack. Es ist sechs Uhr abends, meine Schicht ist zu Ende.

»Hast du auf mich gewartet?«

»Ich brauche deine Hilfe.«

»Wobei?«

»Wirst du schon sehen.«

Er wirft sich den Sack über die Schulter, ich folge ihm. Keiner sagt ein Wort. Wir gehen durch die Vestingstraat und überqueren die Keyserlei in Richtung Geuzenhofkes. Wir lassen meine ehemalige Schule, das Gymnasium, zu unserer Rechten liegen und ziehen weiter in die breite Van Maerlantstraat. Vor einem der stattlichen Häuser dort tastet Lode nach seinem Schlüsselbund. Auf beiden Seiten des Gebäudes befindet sich eine Eingangstür. Eine mit jeder Menge Klingeln und Briefkästen, eine andere ohne. Letztere öffnet er. Lode dreht an einem Schalter, eine funzelige Glühbirne sorgt kaum für Licht. Am Ende des Ganges befindet sich noch eine Tür im Halbdunkel.

»Leuchte mir mal …«

Lode reicht mir seine Taschenlampe, ich hebe sie über seine Schultern, richte den Lichtstrahl nach unten. Der Schlüssel gleitet ins Schloss, die Tür geht knarrend auf. Wir befinden uns in einem überdachten Innenhof, es riecht nach Fäkalien.

»Dein Vater mästet hier doch wohl keine Tiere, oder?«

»Nicht so laut«, flüstert Lode und deutet nach oben. »Dort wohnen Leute, man hört hier alles. Dunkle das Licht mal ein bisschen ab.«

Auf der linken Seite des Innenhofs befindet sich eine kleine, grün gestrichene Tür. Lode öffnet ein Bügelschloss, drückt die Tür auf. Er tastet nach einem Lichtschalter, und auf einmal stehen wir in einem circa zehn Meter langen Lagerraum mit hohen Decken. Abgesehen von zwei Käfigen, die sich am anderen Ende des Raumes befinden, ist er vollkommen leer. Ich höre ein paar Ferkel und eine Sau.

»Wusste ich's doch …«

Lode greift in den großen Jutesack, streut Kartoffelschalen und Gemüseabfall über den Käfigen aus. »Das ist es nicht, wofür ich deine Hilfe brauche.«

Er nimmt einen Besen, fegt das Stroh zur Seite, das zwischen den beiden Käfigen liegt. Eine Falltür wird sichtbar. Wieder klimpert das Schlüsselbund, wieder hantiert er mit einem großen Schloss herum. Lode klappt die Falltür auf, leuchtet mit seiner Taschenlampe in das Kellerloch hinein.

»Lass mich vorgehen.«

Den Jutesack in der einen, die Lampe in der anderen Hand, geht er eine ziemlich morsche Treppe hinunter, dann knipst er das Licht an.

»Komm nur und zieh die Luke hinter dir zu.«

Wir stehen jetzt in einem trockenen, recht hohen Keller, meiner Schätzung nach etwa vier Meter hoch. Zu beiden Seiten stapeln sich Kartons bis knapp unter die Decke. Ein schmaler Durchgang führt zu ein paar Paletten.

»Packst du mal mit an?«

Wir schieben die Paletten zur Seite, viel Staub liegt nicht darauf. Dann klopft Lode dreimal kurz hintereinander an eine Tür, dann noch ein viertes Mal. Auf der anderen Seite wird das Klopfen erwidert.

Lode öffnet die Tür, und plötzlich befinden wir uns in einem Wohnzimmer, einem vollständig eingerichteten Raum, hier und da eine Schirmlampe, eine Kochhexe, ein Sessel und ein Tisch mit zwei Stühlen, ein nicht allzu kleines Bett und schwere Vorhänge.

»Haben Sie einen Freund mitgebracht?« Chaim Lizke begrüßt uns lächelnd, während er sich an einem Küchentuch die Hände abtrocknet, eine Wanne mit Spülwasser zu seinen Füßen.

Lode stellt den Jutesack auf den Tisch und sagt, er habe ihm Brot mitgebracht.

Wir sitzen in der Taverne »Betty« in der Rotterdamstraat.

Lode sieht mich an. »Weil du praktisch zur Familie gehörst … Darum.«

Also schlicht weil meine naiven Hände die von Lodes Schwester gefunden haben? War es im Übrigen nicht eher umgekehrt, hat sie nicht zuerst meine ergriffen? Weil ihr Vater mich jetzt mit mehr als einer unwirschen einsilbigen Bemerkung begrüßt und mich rascher bittet, Platz zu nehmen? Weil ihrer beider Mutter jetzt hin und wieder ihre Besorgtheit äußert und mich fürsorglich zur Ordnung ruft, ich müsse zum Beispiel auf meine Lunge achten, so ganz ohne Schal unterwegs, wo doch die Blätter schon fallen? Weil er und ich zusammen Bierchen trinken, einander wortlos verstehen und offenbar Freunde fürs Leben sind? Oder weil er sich noch eine ganze Menge anderer Sachen zwischen uns einbildet? Oder vielleicht eher und vor allem deswegen, weil sie, die schöne und stilvolle Yvette, einfach ihr ganzes Leben lang ein Recht auf mich haben wird und dies in ihren Briefen jedes Mal deutlich macht? Und falls das nicht der Grund ist, dann sind es wohl ihre herzhaften Küsse, ihre Brüste, die sie mir hinhält, ihre Versprechen, dass ich eines Tages, vielleicht sogar früher als erwartet, noch sehr viel mehr von ihrem herrlichen Körper werde genießen dürfen, vielleicht sogar noch ehe ich mit ihr vor den Traualtar trete, wo dann ihr Vater und ihre Mutter Rotz und Wasser heulen, weil ihr Kind, das allerschönste, einfach so in den Stand der Ehe tritt mit einem ... ach, es ist in Ordnung, er ist halbwegs in Ordnung, wie war gleich noch sein Name?

Darum, aus all diesen Gründen, gehöre ich zur Familie und habe deshalb zusammen mit Lode für den Israeliten Chaim Lizke zu sorgen, der vorhin in jenem Souterrain vollkommen anders aussah als damals, als wir ihn mit seiner Familie unter dem Gebrüll der Feldheinis durch den Schnee gejagt haben, vor rund zwei Jahren, auf dem Weg nach nirgendwo, wie es damals schien. Er, der in jenem Moment ein Häufchen Elend war, ein jammerndes Schaf, das zur Schlachtbank geführt wurde, ist jetzt offenbar jemand, der sich durch wenig einschüchtern lässt, *un homme du monde,* es ist, als würde er uns in irgendeinem kunstsinnigen Bohemien-Salon empfangen, der der Welt, die auf ihn Jagd macht, auf magische Weise verschlossen ist und wo er in einer wie auch immer gearteten künstlerischen Isolation, die zur Erschaffung des Kunstwerks der Kunstwerke führen muss, Immunität genießt.

»Du siehst, was das alles nach sich zieht. Die Menschen müssen zu essen bekommen, sie müssen versorgt werden. Wegen der Metzgerei kann mein Vater nur abends hingehen. Meine Mutter und Yvette wissen von nichts. Ich wechsle mich also mit meinem Vater ab, aber er wird allmählich zu alt dafür. Wenn das so weitergeht, kriegt er Probleme mit der Pumpe. Ich habe mit ihm darüber gesprochen. Er erwähnte dich von sich aus und meinte, du seist jemand, dem man vertrauen könne. Das war mir natürlich schon lange klar.«

»Du möchtest also, dass ich ab und zu für dich einspringe?«

Lode schaute sich ängstlich um. Bei »Betty« ist es jedoch besonders laut, hier fällt niemand auf. Die Frau des beinahe ununterbrochen bierzapfenden Wirts legt Grammofonplatte um -platte auf, und die Männer können dabei ihre Finger nicht von den Frauen lassen, eine nach der anderen wird zu dem knappen Quadratmeter Tanzfläche geführt, um dort halb beritten zu werden. Es wird geraucht und gestritten, gebrüllt und gelacht, und dann und wann eilt eine junge Frau, das Taschentuch vor das betränte Gesicht haltend, zur Toilette, um dort dem großen Kummer über ein schlecht verlaufendes Gespräch mit dem soundsovielten Hurenbock, der ihr ständig an den Hintern fasst, freien Lauf zu lassen. Ein sicherer Ort.

»Nicht nur das, es wird hier zu gefährlich. Das hab ich im Urin. Wir kriegen Scherereien. Er muss nach Brüssel. Ich höre überall, dass es dort weniger Kontrollen gibt. Mein Onkel wohnt dort. Der könnte ihn vielleicht nach Portugal schaffen. Ich hör mich gerade um. Ein paar Männer haben einen Plan.«

»Du hast den Juden dort eingeschlossen. Was, wenn ein Feuer ausbricht?«

»Mach dir keine Sorgen, es gibt noch einen Ausgang, zu dem er einen Schlüssel hat. Aber er weiß, dass er den nur im äußersten Notfall benutzen darf. Wenn er da rausgeht, steht er sozusagen auf dem Hof vom Hinterhaus.«

»Wo sind seine Frau und seine Kinder? Doch nicht etwa …«

Lode seufzt. »Viel hat nicht gefehlt … Die Kinder sind irgendwo in den Ardennen, und seine Frau lebt als falsche Nonne in einem Kloster in der Provinz Limburg. Seine Lage ist etwas komplizierter.«

»Das sieht man aber nicht auf den ersten Blick.«

»Wie meinst du das?«

»Ich finde, er wirkt sehr viel entspannter als du.«

»Chaim Lizke ist ein Fall für sich. Ich habe dir das schon einmal gesagt, glaube ich. Erinnerst du dich noch daran, du kamst auf ihn zu sprechen, und ich habe dir erzählt, dass mein Vater ihn bei den Diamantleuten kennengelernt hat? Es tut mir leid, dass ich dir damals nicht mehr berichten konnte. Ich musste mich zuerst mit meinem Vater beraten.«

Diese letzten Sätze klingen ein wenig geschraubt, ein bisschen sehr nachdrücklich, wie auswendig gelernt. Irgendwas ist faul an dieser Erklärung. Liegt es vielleicht daran, dass es ihm schwerfällt, seine wahren Gefühle für mich zu verbergen, und dass er es deswegen umso mehr bedauert, mich angelogen zu haben, oder gibt es einen anderen Grund? Wer weiß, vielleicht hat der Vater den noblen Idealismus seines Sohnes ja missbraucht, und es geht nicht nur darum, das Leben dieses Israeliten zu retten, sondern auch darum, einen finanziellen Vorteil rauszuschlagen. Könnte es nicht sein, dass mein zukünftiger Schwiegervater sich von diesem Chaim Lizke fürstlich für den Schutz bezahlen lässt und Lode das nur allzu gut weiß? Und wennschon? Die Risiken sind gewaltig. Der Vater ist berechnend, aber der Sohn vielleicht allzu verwegen. Sein Temperament ist bekannt, und wie gesagt: Auf der Wache hat er keinen einzigen Freund mehr. Alle halten ihn für einen Quertreiber, der seine Kollegen im Stich gelassen hat. Niemand wird Lode in Schutz nehmen, vor allem nicht, wenn es um den soundsovielten Juden geht, nachdem jede Menge Israeliten schon längst mit dem Zug in ein Arbeitslager oder zu etwas Schlimmerem gebracht worden sind.

»Dir ist doch klar, was passiert, wenn man ihn findet? Mit dir, mit deinen Eltern, vielleicht mit Yvette?«

»Du steckst jetzt auch mit drin.«

Ich erstarre. Lode legt mir sofort die Hand auf die Schulter. »Das ist mir so rausgerutscht. Entschuldige.« Seine Hand bleibt liegen. Ich muss ihm in die Augen sehen und nicken, damit er mich wieder loslässt.

Jemand bittet die Frau am Zapfhahn lallend, die letzte Platte noch einmal zu spielen. »Das kann doch, verdammt noch eins, nicht schaden, zwei Mal nacheinander?« Sein Schatz nickt eifrig dazu.

Die Eingangstür wird so kräftig aufgestoßen, dass eine Scheibe zerspringt. Rund zwei Dutzend Männer der flämischen SS stürmen brüllend die Schenke. Gekreische. Ihre Knüppel fegen volle Gläser und Aschenbecher von den Tischen. Menschen drängen in Richtung Tür. Ein Besoffener, der keinen Schimmer davon hat, was vor sich geht, erhält einen Schlag in den Magen und sinkt, Schleim hochröchelnd, zu Boden. Der Wirt umarmt seine schluchzende Frau. Die Schallplatten werden Stück für Stück von den Rotznasen in Uniform, die kaum älter als achtzehn sind, zerschlagen. Einer von ihnen hört gar nicht mehr auf, auf den Schellackscherben herumzutrampeln. Die meisten Gäste haben das Lokal verlassen. Lode und ich sind sitzen geblieben. Niemand achtet auf uns. Nachdem noch ein paar Flaschen kaputt geworfen wurden und der ganze Boden mit Scherben übersät ist, machen die Burschen den Hitlergruß. Anschließend grapscht einer von ihnen, wahrscheinlich der Anführer, in die Kasse und nimmt alle Geldscheine heraus. Dann verlassen sie lachend und höhnische Bemerkungen machend das Lokal.

Der Wirt schaut wütend zu Lode: »Sie sind doch der Sohn vom Metzger hier auf dem Platz? Sie sind doch bei der Polizei? Und da bleiben sie verdammt noch mal einfach auf dem Hintern sitzen, während man mir meinen Laden zerlegt? Mich bringt man um Lohn und Brot, und Sie und Ihr Freund unternehmen nichts!«

»Schämen Sie sich nicht!«, ruft seine Frau weinend in Richtung Lode.

»Wir dürfen nicht einschreiten«, erwidert Lode so ruhig wie möglich.

»Ein Haufen Feiglinge seid ihr! Euch werden wir uns nach dem Krieg schon noch vorknöpfen. Raus aus meiner Kneipe! Sofort, verdammt!«

Miesebart ist auf »Exkursion«, wie er mir selbst vor einer Stunde zugeflüstert hat, und das bedeutet, er ist bei Jenny oder einer anderen Hure, sodass Yvette und ich allein bei seinem Muttchen sitzen, das sich erst entspannt, wenn ihr lieber Sohn zur Tür raus ist. Mich schaut sie schon seit einer ganzen Weile nicht mehr an. Sie interessiert nur noch Yvette, Yvette mit ihrer sanften Pflegerinnenstimme, die noch immer, als handele es sich um eine schier endlose Geschichte, die aus zahllosen, in Leder gebundenen gediegenen Bänden besteht, aus »Der Fluch des Grafen« vorliest, einem Heftchen, neunter Jahrgang, Nummer fünf, rund dreißig ärmliche Seiten, von zwei Heftklammern zusammengehalten.

»Lies weiter, Kind. Ich sitz hier sehr gemütlich.«

»›Doch durch allzu viel Nachdenken ist der Geist verdorrt. Glücklich, so sprach Robert de Tiège zu sich selbst, glücklich jene, die morgens in einem weichen Bett aufwachen und nicht feststellen müssen, dass sie sich selbst verraten haben. Es war niemand Geringeres als er selbst, der schuldig war! Nein, keinen sonst konnte man dieses Verrats bezichtigen. Für immer und ewig würde er sich den Schlaf versagen. Das würgende Schuldbewusstsein ließ das nicht zu. Natürlich, es war vor allem Robert de Tiège selbst, der dies nicht zuließ. Mit einem Holzsplitter würde er sich die geschwollenen Augenlider offen halten! Bei Sonnenaufgang würde man ihn hoch aufgerichtet finden, als wäre er ...‹«

Ein leises Schnarchen ist zu hören. Die Mutter schläft schon wieder tief, wie ein in die Jahre gekommenes Eichhörnchen nach dem Verzehr einer der allzu groß ausgefallenen Nüsse zu Beginn des Winterschlafs. Das Köpfchen schief, ein dünner Speichelfaden, der ihren Mund mit dem Schal verbindet, den sie um die Schultern trägt ... Sie wähnt sich sicher.

»Das hat nicht lange gedauert«, flüstert Yvette vergnügt. Sie hat heute einen Tic, der mich verrückt macht. Hin und wieder, nicht oft, drückt ihre Zungenspitze kräftig gegen den linken Winkel ihres gefärbten Munds. Die Unterseite ihrer Zunge sieht aus wie ein feuchtes rosafarbenes Tierchen, das gerade ein paar Wartungsarbeiten am Tor der Lust verrichtet. Sie sieht mich über die Schulter hinweg an und ahnt etwas.

»Ich will dich küssen«, sage ich und versuche, dabei nicht allzu sehr zu keuchen.

Yvette zuckt mit den Achseln, doch dabei hebt sich kokett eine ihrer Augenbrauen. Eine Woge der Dankbarkeit durchflutet mich. Die Spangen in ihrer Frisur, die ihre Haare hochhalten und so die delikaten Ohren sichtbar machen: *merci*. Der Lippenstift, der ihre Lippen so begierig aussehen lässt: *merci*. Wie ihre Augen durch die Mascara funkeln: freundlichsten Dank! Der Duft von Maiglöckchen, der aus ihrem noch recht sittsamen Dekolleté aufsteigt: tausend Dank, o Universum, so lässt mein Herz sich mit Vergnügen zermahlen.

»Was sagst du nun, Robert de Tiége, du Verräter deines eigenen Herzens …«, spottet sie flüsternd, mit noch immer erhobener Augenbraue.

Ich ziehe sie langsam aus dem Lesesessel und führe sie aus Muttchens Ruhezimmer. Die Alte muckst sich wie immer nicht. Ich führe Yvette ein paar Stufen abwärts, in ein Zwischengeschoss, in ein Vestibül, das nirgendwo hinführt, das gefüllt ist mit Mänteln, die ordentlich an Haken hängen, und Schuhen und Hüten auf beidseitig angebrachten Brettern. Da stehen wir unter dem gewölbten Eingang, inmitten von Kleidungsstücken und gelbem Licht, eines Hollywoodfotos würdig, der Beginn eines Happy Ends, kurz vor der sehr lauten Musik, die den Abspann begleitet.

Ich taste nach der Schnur für den Schalter. Küssen im Hellen oder im Dunkeln?

Aber ihre Lippen haben meine bereits gefunden, und wir küssen uns bei Licht, umgeben vom Geruch von Bohnerwachs, Mottenkugeln und Schuhcreme. Manchmal denke ich, ich bin ein erregtes Tier, doch dann lehrt mich ihr Mund wieder, dass dies nichts im Vergleich zu dem ist, was in ihr vorgehen muss, ein Sturm der Lust, den sie wüten lässt, dem sie jedoch gleichzeitig widersteht. So wird ein zärtlicher Kuss plötzlich verschlingend, und ihr gelegentliches Keuchen versetzt mich in einen Grad der Erregung, den ich allein niemals erreichen würde, als brüllte das ganze Universum, es sei zur Paarung bereit. Und dennoch spielt sich alles nur zwischen meinen Ohren ab, und ich kann ihre Hingabe nie wirklich erwidern. Wenn mein Küssen heftiger wird, beruhigt sie mich, woraufhin mich das subtile Lecken ihrer Zunge wieder in höchste Gefilde treibt. Ich denke immer zu viel nach, vermute ich, und sie folgt einfach dem Feuer in ihrem Bauch, manchmal sanft, manchmal überrumpelnd. Was wir mit unseren Mündern machen, ist eine Geschichte für sich. Irgendwann, und das geschieht immer in dem Moment, wenn sich meine Lippen rau anfühlen, zwingt sie mich, ihr tief in die Augen zu sehen. Wenn ich versuche, dasselbe zu erzwingen, schaut sie als Erste weg. Doch wenn sie als Erste meinen Blick erhascht, wende ich mich nicht ab und fühle mich dadurch viel zu nackt, viel zu verletzlich, zu sehr allein. Oft passiert es dann, dass Angelo sich bemerkbar macht, etwas, das sie jedes Mal zu spüren scheint und sie heute erstmals dazu veranlasst zu sagen: »Da ist er wieder.«

»Wer?«, frage ich Trottel, ich, der Idiot ohne Attribute, der da herumsteht, die Augen in ihren verloren und ansonsten splitterfasernackt.

»Der herrliche Drecksack, der widerliche Verräter«, erwidert sie, ohne mit der Wimper zu zucken. Wie passt das zu dem »Liebster hier« und »Liebster da« in den Briefen, die sie mir immer noch so oft schickt. Mein Mund erstickt die Worte, die sie noch hinzufügen will. Sie dreht den Kopf nach links, und ihre Zunge leckt wieder um meine herum. Unsere Zungen winden sich umeinander, manchmal langsam abtastend, dann wieder schnell und munter, und bei jeder Rhythmusänderung fühlt sich mein Kopf leichter an als zuvor, als würde ich nie mit ihr Schritt halten können, als wäre ich letztendlich ihrer Lust nicht gewachsen, die viel erfinderischer ist als meine und, wer weiß: viel schmutziger, als ich je zu denken gewagt hätte. Ich nehme ihre Hand und lege sie in meinen Schritt, sofort bereit, mich bis an mein Lebensende bei ihr zu entschuldigen, sollte sie Anstoß daran nehmen. Doch mir gibt nichts zu der Vermutung Anlass, dass dem so ist. Im Gegenteil, ihre Hand knetet dort sanft, während sie mit der anderen an der Schalterschnur zieht und uns in Dunkelheit hüllt. Und ja, sie hat natürlich recht, denn was ich jetzt plötzlich offenbar ganz impulsiv will – bin ich das, oder ist es ein anderer? –, geschieht am besten im Dunkeln. Sie streichelt mich durch die Hose hindurch, als wüsste sie, was sie tut, und als ginge sie zugleich arglos auf Entdeckung, eine Kombination, die mich noch wahnsinniger macht. Ich halte die Augen geschlossen, ich kann jetzt nicht gucken, alles muss sich im Zappenduster abspielen. Ich muss sie weiter küssen und genussvoll über mich ergehen lassen, was sie dort unten macht. Meine zögernde Hand an ihren Brüsten hat sie soeben weggeschoben, und sie woanders zu berühren, traue ich mich nicht. Ihre Finger haben meinen Reißverschluss gefunden. Sie öffnet meinen Hosenschlitz, und ihre Erregung dabei verwirrt mich, macht mich schwindlig. Findet sie das ebenso angenehm wie ich, vielleicht sogar noch angenehmer? Wieder halte ich nicht Schritt. Jetzt greift sie sanft durch den Baumwollstoff der Unterhose, und als sie die feuchte Stelle oben ertastet, knetet sie dort ein wenig fester. Unterdessen findet ihre Zunge stets wieder einen anderen Weg, mich nach Luft schnappen zu lassen. Die beiden Haken meiner Hose öffnet sie, ohne zu zögern. Meine Hose steht jetzt sperrangelweit offen. Ich frage mich, ob sie heimlich guckt, während sie mich am Hals küsst und streichelt, aber ich traue mich immer noch nicht, die Augen zu öffnen, als würde dies alles dann plötzlich verschwinden und nie mehr wiederkehren. Zwei Finger spüre ich auf beiden Seiten des Gummibands der Unterhose. Sie zieht das Gummi erst ein wenig nach vorne und schiebt dann das weiße Kleidungsstück nach unten. Mein nackter Schwanz schnappt nach Luft und steht senkrecht. Ich rieche sofort meine eigne Erregung, meine männliche Bestialität und werde bis über beide Ohren rot. Unsere Münder finden einander wieder, und ihre Küsse werden beschwichtigend. »Komm her«, sagt sie, »komm her.« Womit sie offenbar sagen will: Vertrau dich meiner Hand an, gib dich hin. Ich gehe beinahe in die Knie, als sie anfängt, mich zu streicheln, stoße Geräusche aus, die ich nicht kontrollieren kann. Als sie mich ein wenig fester rannimmt, verkrampfe ich, weil ihre Hand so trocken ist. Aber wie sagt man das? Welche Worte benutzt man, um so etwas Praktisches deutlich zu machen? Sie hält sofort mit dem Küssen inne und lässt mich kurz los. Ich suche noch immer nach den richtigen Worten, als ich mit einem Mal ihre Hand wieder spüre, feucht heißt sie mich willkommen. Die Tatsache, dass sie spontan ihre Hand befeuchtet, ohne auch nur gefragt zu haben, dass sie leise in ihre Hand gespuckt hat, um mir ein größeres Vergnügen zu bereiten, verhindert im letzten Moment, dass ich komme; obwohl ich verdammt nah dran bin. Mir wird kalt. So erregt ich auch bin, in mir beginnt etwas Dunkles zu singen, zu den Tönen einer Melodie formt sich allmählich eine Frage. »Warum macht sie das mit mir? Warum macht sie das mit mir?« Tut sie es, weil sie weiß, dass ich jetzt »zur Familie gehöre«, wie Lode mir gegenüber gesagt hat? Weiß sie doch über den Juden Bescheid, den ihr Vater und ihr Bruder verstecken, und darüber, dass ich es auch weiß? Muss unser Pakt nun so besiegelt werden, auf diese Weise, mit ihrer Hand an meinem pulsierenden Schwanz? Und ich, der nirgendwo hinkann, nirgendwo hinwill? Weil du jetzt praktisch zur Familie gehörst, darum? Und warum ist es vor allem Lode, der mir diesen letzten Satz ins Ohr flüstert? Nein, das ist Unsinn, hör auf zu grübeln, halt die Augen geschlossen und lass es geschehen. Ihr Mund beschwichtigt mich, wieder ruft sie eine Erregung hervor, die eher tierisch als sanft ist. Und wieder geh ich in die Knie, bin vollkommen der ihre. Ihre Hand beherrscht unterschiedliche Methoden der Lust. Zärtlich geht über in kräftig, aus schnellem Reiben wird sanftes Kneten. Ich taumele von einer Empfindung in die nächste, weiß nicht mehr, wo ich bin, was ich tue oder wer ich bin; ich bekomme nur noch mit, wie sie mir bei jedem Wonneschauder ins Ohr raunt, dass ich ihr gehöre, ihr ganz allein. Ich bin kurz davor zu explodieren. Und auch das spürt sie. Plötzlich zieht sie an der Schalterkordel, und da stehe ich im hellen Licht. Ihre Hand fährt noch kraftvoller auf und ab. Sie nimmt die Lippen von meinem Mund, zwingt mich, ihr in die Augen zu schauen, und sagt: »Mach ruhig.« Woraufhin mein Samen hochspritzt und wohl irgendwo zwischen Muttchens Wintermänteln landet. Und dann, ohne die Hand von meinem immer noch bebenden Schwanz zu nehmen, küsst sie mich erneut, wieder mit einer Erregung, an die ich selbst auf meinem Höhepunkt nicht heranreiche.

Plötzlich hören wir ein lautes Stöhnen. Wir sehen einander an.

Yvette beruhigt mich: »Sie träumt schon wieder.«

Silberknöpfe gehen niemals allein. So könnte irgendein verteufeltes Lied heißen. Aber es stimmt: Ein einzelner Polizist, so ganz ohne Kollegen, wirkt verdächtig. Keine Sorge, ich habe mir darüber Gedanken gemacht. Wie gehe ich vor, wenn die Reihe an mich kommt, den Juden zu füttern? Uniform hin oder her? Lode hatte seine an, als er auf mich wartete. Ich beschließe letztendlich, genauso zu verfahren, in der Hoffnung, keinen Feldheinis zu begegnen, die mich fragen könnten, was ich da in meiner Tasche habe. Wenn du es wirklich wissen willst: zwei Würste, drei Kartoffeln und ein Stück grobes Brot. Jemand, der untertaucht, sucht sich am besten einen Metzger oder Bauern als Beschützer. Lode hatte die Tasche und das Schlüsselbund hinter dem Tor neben der Metzgerei bereitgelegt. Auch das machte mich nervös, weil ich dort leicht hätte beobachtet werden können. Eine andere Lösung fanden wir nicht. Während wir erfolglos danach suchten, im Dunkeln auf dem Rückweg von Lizke miteinander flüsternd, überkam mich ein Gefühl der Einfältigkeit. Das alles könnte besser organisiert sein, es müsste besser organisiert sein, allerdings wusste ich auch nicht, wie. Und jetzt stehe ich vor der Tür, hinter der Lizke haust, und gebe das Klopfzeichen, ein Verschwörer zum Totlachen, ein Wichtigtuer bin ich, ein Stümper. Was ist schlimmer: zu wissen, dass man ein Amateur ist, oder zu denken, man könnte es besser machen, aber nicht zu wissen, wie? Klopf, klopf, die Tür öffnet sich, und das Rätsel Lizke begrüßt mich. Er prüft, was ich ihm mitgebracht habe, und fragt, ob beim nächsten Mal nicht vielleicht Eier dabei sein könnten. Ich zucke mit den Achseln, murmele etwas vor mich hin. Jetzt riecht es hier nach Brillantine. Ist dieser Mann wirklich Arbeiter in der Diamantindustrie gewesen, ein Mann der Klunker? Ich kann es mir nicht vorstellen. Er schnuppert am Brot, kneift sanft in die Würste, streichelt die Kartoffeln, lächelt und wendet sich mir dann zu.

»*Bitte, setzen Sie sich* ...«

»*Leider keine Zeit*«, antworte ich.

»*Aber natürlich* ...«

Erneut geht mir durch den Kopf, dass er hier bestimmt gegen Bezahlung von Vater und Sohn versteckt gehalten wird, wie irgendein Ungeheuer aus einer finsteren Geschichte der Brüder Grimm. Doch wer hat hier wen in seiner Gewalt? Was, wenn sein Vorrat an Geld oder Diamanten oder Schmuck zur Neige geht? Haben sie einen Tagessatz miteinander vereinbart oder doch eher einen festen Betrag? Würde Lodes Vater Lizke vor die Tür setzen, wenn sich seine Mittel als unzureichend erwiesen? Der eine Gedanke schließt den anderen nicht aus. Doch nein, das ist unmöglich, die Risiken sind gewaltig. Unter den gegebenen Umständen kann es sich keine der Parteien leisten, die andere zu brüskieren. Wenn man Lizke bitten würde, wegen Geldmangels Leine zu ziehen, und er würde geschnappt, dürfte es kaum jemanden verwundern, wenn er uns alle verrät und an den Galgen bringt. Bin ich der Erste, der auf diesen Gedanken kommt, oder haben Vater und Sohn das mitbedacht? Kann der Vater noch klar denken, ohne sich von Habgier und Profit leiten zu lassen? Die Karten liegen offen auf dem Tisch. Wenn es einzig um Geld geht, ist es der Untergetauchte, der das Schicksal aller in seiner Hand hat.

Ich bitte um die Tasche, nicke höflich und habe die Klinke bereits in der Hand.

»Sie scheinen mir ein Intellektueller …«

Ich bleibe stehen, weiß nicht, was ich darauf erwidern soll.

»Haben Sie Bücher?«

Ich frage, was für Bücher.

Er zuckt mit den Achseln. Egal, am liebsten auf Deutsch.

Ich nicke und sage, dass ich vielleicht etwas organisieren kann. Nur ein einziger Mensch in meinem Bekanntenkreis besitzt haufenweise deutsche Bücher, und der Gedanke, sie mir von ihm zu leihen, zaubert mir heute das erste Lächeln aufs Gesicht.

So kommt es, dass ich nicht sehr viel später wieder vor der Sphinx Lizke stehe, diesmal mit einem Leinenbeutel voller Bücher, alle auf Deutsch. Miesebart wurde nicht schlau aus meiner plötzlichen Begeisterung für deutsche Literatur. Ein wenig verwirrt suchte er ein paar Bände zusammen: Schiller, Hesse und Jünger. Nicht alle Bücher stimmten mit dem neuen Volksbewusstsein überein, teilte er mir mit, wenn sie jedoch mit seinem Exlibris, seinem Namen und irgendeinem lateinischen Motto versehen seien, dürfte ich sie ruhig mitnehmen.

Chaim Lizke holt sie die Reihe nach aus dem Leinenbeutel, legt sie nebeneinander auf den nicht sonderlich stabilen, kleinen Esstisch und blinzelt mir zu. Sein breiter Mund formt ein Lächeln. Nickend, als würde er alte Freunde erkennen, wählt er nach einigem Zögern einen Titel aus und lässt sich damit in einem der verschlissenen Sessel nieder. Ohne mich noch eines Blickes zu würdigen, schlägt er das Buch seiner Wahl auf und fängt an zu lesen. Hin und wieder stößt er ein vergnügtes Seufzen aus. Ob ich gehe oder bleibe, ist ihm anscheinend vollkommen egal. Er leckt am Zeigefinger, bevor er eine Seite umblättert, schaut noch kurz in meine Richtung und liest dann weiter.

Ich bleibe am Tisch sitzen und drehe mir eine Zigarette. Während ich rauche, betrachte ich Lizke. Seine innere Ruhe oder seine Fähigkeit, sich vom einen Moment auf den anderen in ein Buch zu vertiefen, als existierte dieses Versteck gar nicht, als spielte es keine Rolle mehr, ob er in Gefahr ist oder nicht, irritiert mich irgendwie. Sollte man eine solche Kaltblütigkeit nun bewundern, oder ist dieser Ausdruck des Bedürfnisses nach Normalität nicht etwas affektiert? Ganz gleich, was ich denke, ihn lässt es vollkommen kalt. Ob ich jetzt Rauchringe in die Luft blase, nachdrücklich gähne oder furze, Lizke wird nicht mehr aufschauen. Wieder leckt er an seinem Finger und blättert um. Die Stille zwischen uns gibt anderen Geräuschen breiten Raum. Das Ticken einer alten Uhr lässt das Herz eines Menschen langsamer schlagen, es wirkt wie ein Präludium zum baldigen Schnarchen im Sessel, wie eine alte Katze am Ofen. Die zuvor kaum vernehmbaren Geräusche der Außenwelt klingen jetzt wie dünne Stimmchen aus einem anderen Universum, vorerst zu weit entfernt, um eine Bedeutung haben zu können, tatsächlich auf zu pathetische Weise winzig, um Eindruck zu hinterlassen. Der Sessel knarrt. Chaim Lizke ändert seine Sitzposition. Er kratzt sich am Ohr, zieht die Nase kräftig hoch. Er langt nach seinem Taschentuch und röchelt hinein. Und wieder eine nächste Seite. »Hehe …«, erklingt es gedämpft. Bereiten ihm die ersten Seiten von *Der Steppenwolf* großes Vergnügen, oder macht er sich vielmehr über Hermann Hesse lustig? Es lässt sich nicht ausmachen. »Aufpassen, Erstausgabe!«, hatte Miesebart bei diesem Buch gesagt. Doch in den Händen dieses Mannes ist es nur ein Gebrauchsgegenstand, kein Kleinod. Muss ich ihm sagen, dass er keine Eselsohren machen, den Buchrücken nicht knicken und nicht zu viel Speichel auf dem Papier hinterlassen darf? Keine Ahnung, wie man das auf Deutsch sagt.

»Das sind nicht meine Bücher …«, unternehme ich einen Anlauf.

Lizke schaut auf, und wieder lächelt er. *»Danke schön. Sehr freundlich …«* Sein Kinn schiebt sich ein wenig nach vorne, die Augen werden zu Schlitzen, und mit dem gefrorenen Lächeln werden sie zu einer Maske der Dankbarkeit und Anerkennung. *»Sehr freundlich«*, wiederholt er noch einmal nickend, während sein Blick bereits wieder über die Buchstaben schweift.

Ich seufze und denke mit einem Mal, dass es keine Rolle spielt. Und dass diese Bücher nie wieder zurück in Miesebarts Besitz gelangen werden. Oder vielleicht doch, aber dann zu einem Zeitpunkt, an dem Miesebart nichts tun kann, als einfach nur mit den Achseln zucken, weil ihn andere Sorgen plagen, bei denen Bücher keine Rolle spielen. Ich denke plötzlich, dass wirklich alles endlich ist. Darüber habe ich nie so genau nachgedacht, und jetzt, durch Chaim Lizkes Lektüre in der Abgeschiedenheit, wird es auf einmal konkret.

Doch auch dieses Gefühl weckt in mir nicht die Sehnsucht, im Lotussitz unter irgendeinem Baum zu hocken, mit einem leise murmelnden Fluss im Hintergrund und der Lehre Buddhas wie einen angenehmen Schal um meinen nackten Hals. Ja, alles ist endlich, aber die Unruhe, die Lizke in mir erzeugt, scheint sich von der Zeit losgelöst zu haben. Es ist eine tiefe, unvorhersehbare Unruhe. Lange darf er hier nicht mehr bleiben. Er erscheint mir in meinen Träumen, manchmal wortlos, aber sehr präsent. Gestern hielt er mir zum Beispiel die Tür auf und flüsterte wie ein Butler: *»Allow me, Sir«*, woraufhin er auf den Fingern pfiff. Aus dem Nebel des viktorianischen London tauchte eine Kutsche auf, ganz langsam, davor zwei zügellose schwarze Hengste mit schäumendem Maul. Lizke muss fort von hier. Er kriecht mir unter die Haut, ohne dass ich herausfinden könnte, warum. Lode beansprucht in letzter Zeit immer häufiger meine Dienste, um diesen Menschen mit Essen zu versorgen. Es ist offensichtlich, dass er noch mit anderen Dingen beschäftigt ist, vielleicht Widerstandsaktionen oder gar Sabotage. Jeder spürt, dass die Anspannung zunimmt, als stünde uns eine große Konfrontation bevor. Natürlich Schwachsinn. Das Leben in dieser Stadt schleppt sich von Zwischenfall zu Zwischenfall. Das eine folgt aus dem anderen, sagt man. Besetzt oder nicht, mehr als das ist es nicht. Manchmal, in Momenten, in denen alles normal zu sein scheint, erzittere ich plötzlich und greife mir an den Magen. Lange dauert es nicht, weniger als eine Minute, als würde ein Roboter in mir eine Nachricht von jemandem mit einem Superhirn erhalten, der mit einem sardonischen Plan die Welt vernichten will.

An der Haustür in der Kruikstraat suche ich in der Hosentasche nach dem Schlüssel. Jemand legt mir die Hand auf die Schulter und sagt, ich solle mitkommen. Ehe mir klar wird, was geschieht, sitze ich hinten in einem Auto, zwischen zwei Männern in Ledermänteln. Der Mann, der den Wagen gemächlich die Belgiëlei entlangchauffiert, hat das Seitenfenster hochgeklappt und hält seine Zigarette halb nach draußen, während die andere Hand lässig auf dem Lenkrad liegt. Keiner sagt ein Wort. Am Harmoniepark biegt der Wagen nach links in die Karel Oomsstraat ein. Der Mann neben mir hüstelt ostentativ.

»Musst du unbedingt jetzt diese Scheißzigarette rauchen? Mich plagt noch immer meine Bronchitis.«

»Ach, hab dich nicht so«, erwidert der Fahrer.

Niemand spricht mit mir. Ich bin eine Ladung, die von A nach B transportiert werden muss. Ich versuche, auf meine Atmung zu achten, und sehe den Juden vor mir, dem ich vor gerade einmal einer halben Stunde zum Abschied die Hand geschüttelt habe. Ich falte die Hände im Schoß. Jetzt krieg ich die Rechnung präsentiert. Jetzt kommt der Moment, den ich mir nicht in allen Einzelheiten vorstellen wollte, den ich mir aber manchmal in einer der seltenen schlaflosen Nächte schon mal vor mein geistiges Auge gerufen habe. Wir erreichen ein herrschaftliches Viertel, wo der Wagen nach rechts abbiegt. Was habe ich mir bloß eingeredet? Ich sehe Lode, der mich warnt, Yvette, die mir zulächelt, meine Mutter, weinend in der Küche, und mich selbst, alleine und verlassen, im schmutzigen Aufenthaltsraum in der Vestingstraat Butterbrote essend. Ich prüfe Möglichkeiten, denkbare Erwiderungen und andere Formen einer Erklärung, Dinge, die auf den ersten Blick stimmen können, Begründungen für auf den ersten Blick verdächtiges Verhalten. Jetzt passiert es. Diese Szene. Das ist dein Moment, Wilfried Wils. Mach dir nicht vor, du hättest das nicht kommen sehen. Lauf dich schon mal in den Kulissen warm. Aber mach dir nicht in die Hosen. Sei auf alles vorbereitet, vor allem auf Schmerzen, weil Schlagstöcke auf dich einprasseln werden, die dich so zart und blutig schlagen wie ein Beefsteak von höchster Qualität, eins, wie sie vor dem Krieg gerne im Hotel Weber auf der Keyserlei serviert wurden, blutig und in einer sämigen braunen Soße badend, in der die Gabel stehen blieb, blutig wie Christus am Kreuz. Es ist der Schrecken, der dich leben lässt, es ist der Schrecken, der dich leben lässt. Die Sätze bilden einen Refrain in meinem Kopf.

Wir parken in der Della Faillelaan, vor dem Hauptquartier des Sicherheitsdienstes.

Im Erdgeschoss herrscht geschäftiges Treiben, es ist ein Kommen und Gehen. Ich sehe Männer in Uniform, die zwischen sich andere Männer tragen, deren Gesichter keine menschlichen Züge mehr haben. Manche murmeln vor sich hin, während sie ins Untergeschoss abgeführt werden. Türen öffnen sich, und immer wieder ertönt ein erstickter Angstschrei, ehe sie sich wieder schließen. Es ist der Schrecken, der dich leben lässt, es ist der Schrecken, der dich leben lässt. Die Ledermäntel sind der Ansicht, dass ich die große Treppe etwas zu langsam hinaufgehe, und helfen mir ein wenig. Meine Füße berühren kaum noch den Marmor. Ich hoffe, ich kann meine Blase unter Kontrolle halten. Wie ein kleines Kind werde ich in einem hohen Flur auf eine Bank gesetzt und angeschnauzt, ich solle warten. Ein Mann der Waffen-SS steht mit einer Maschinenpistole neben einer der Türen. Einer meiner Begleiter klopft an und geht hinein. Zeit für die mündliche Prüfung, sage ich zu mir selbst, konzentrier dich und verlier ja nicht das Selbstvertrauen. In mir höre ich Angelo recht schamlos lachen, oder zumindest wie er versucht, ein Lachen zu unterdrücken. Es ist der Schrecken, der dich leben lässt …

Die Tür geht auf. Der Mann im Ledermantel nickt mir zu, und ich gehe hinein, während er den Raum verlässt und die Tür hinter sich schließt. Da steht der rote Gregor in seiner schwarzen Uniform. Mit einem Kopfnicken deutet er auf einen Stuhl. Ich setze mich.

Gregor versucht, deutsche Klänge zu vermeiden. Das gelingt ihm nicht ganz, doch er beherrscht die Sprache besser, als ich dachte, nachdem ich ihn bei meiner Tante hatte sprechen hören.

»Lieber hier als in der Kneipe, *Herr Wils.*«

Ich nicke. Mein Herzschlag beruhigt sich wieder ein wenig.

»Ein Glas Wasser?« Ohne auf meine Antwort zu warten, geht er zu einem Beistelltischchen und nimmt eine Karaffe. Mit drei Schlucken trinke ich das Glas, das er mir reicht, aus. Wortlos füllt er es erneut.

»*Sie scheinen ein wenig nervös zu sein …*«

»Bitte um Verzeihung, Oberscharführer.«

Gregor lächelt. »Sie kennen meinen Rang.«

»Selbstverständlich.«

»Und Sie wissen auch, was ich in dieser Stadt mache?«

Ich nicke.

»Dann brauchen Sie sich doch keine Sorgen zu machen. Es sei denn, Sie sind beschnitten. Sind Sie beschnitten, *Herr Wils?*« Er sieht mich kurz an. »Entschuldigen Sie, das war kein besonders anständiger *Witz.* Bitte entschuldigen Sie auch die Art und Weise, wie wir Sie hierhergebracht haben. Ich hoffe, es hat Sie nicht allzu sehr angegriffen. *Na gut, zum Kern der Sache.* Wie Sie wahrscheinlich wissen, hat sich der Sicherheitsdienst mit der Tatsache abgefunden, dass die Polizeikräfte keine Hilfestellung bei der Abwicklung der *Judenfrage* mehr leisten werden. *Das ist kein Problem.* Im vergangenen Sommer haben wir ja schließlich gemerkt, dass Ihre Einheiten so durchlässig sind wie … *Wie heißt das auf Niederländisch?*«

»Wie ein Sieb.«

»Durchlässig wie ein Sieb; genau der gleiche Ausdruck …«

Ich nicke.

»Unser gemeinsamer Freund hat mich wissen lassen, dass wir auf Sie zählen können. Das wäre praktisch, vor allem nachdem *Herr* Vingerhoets auf so *unglückliche Weise* ums Leben gekommen ist. Wir wissen, dass es hier und da ein wenig, äh … *Subversion* innerhalb der Polizei gibt: gestohlene Lebensmittelkarten, Juden, denen geholfen wird. Einige Ihrer Kollegen – selbstverständlich eine kleine Minderheit – lassen sich zweifellos für ihre Dienste gut bezahlen. *Nicht wahr?*«

»Ich weiß nichts darüber, Oberscharführer.«

»Natürlich nicht. Jedenfalls nichts Konkretes, ich verstehe, was Sie meinen. Das muss sich ändern. Hier.« Er tippt sich mit dem Zeigefinger an die Stirn. »Aber Sie schaffen das sicher. Und es gibt eine Entschädigung. Verstehen Sie, was ich meine? Die Identität vieler unserer sogenannten *Vertrauensleute* halten wir strikt geheim. Selbstverständlich würden wir das in Ihrem Fall auch so halten. Manche werden vergütet. Leider kann ich Ihnen das nicht anbieten.

Aber es gibt für alles eine Lösung. Ihr Freund weiß, wovon ich rede. Es gibt genug Möglichkeiten. Was Sie tun müssen, ist nachzudenken, zu überlegen.«

Gregor zündet sich eine Zigarre an, löscht wedelnd das Streichholz und bläst Rauch aus.

»*Gut, dass wir einander so* … Ich meine: Ihre Tante Emma … Wir können uns auch ab und zu bei ihr treffen. *Verstehen Sie?*«

»Gewiss, Oberscharführer …«

»Betrachten Sie es als eine mögliche Investition von uns in Sie. Und denken Sie daran, dass Ihr geschätzter Freund dies stets mit mir … *sich mit mir kurzschließen wird.* Verstehen Sie diesen deutschen Ausdruck?«

»Dass er sich mit Ihnen in Verbindung setzen wird, ja, das verstehe ich.«

Gregor bläst zufrieden Rauch in die Luft: »Sehr gut.«

»Du weißt doch, was man sich über diesen widerlichen Deutschen erzählt?«

»Es wird so viel geredet, Lode.«

»Geschäfte mit Gregor machen, darauf läuft es hinaus. Ich habe gehört, dass er hin und wieder abends ein paar von seinen Kumpeln – Leute von hier, Mann, keine Deutschen – in schwarze Uniformen steckt, damit sie anschließend Juden oder Menschen, von denen sie vermuten, dass sie Juden verstecken, einen Besuch abstatten. Dann brüllen die ein wenig herum, und die armen Schweine müssen Geld oder Diamanten rausrücken. Anschließend ziehen sie in die ›Weiße Amsel‹, deine Stammkneipe, und leeren da bis zur Sperrstunde eine Flasche Cognac nach der anderen. Oder stimmt das etwa nicht? Du musst das doch wissen.«

»Er scheint mir nicht der Typ dafür.«

»Weißt du, woran er auch interessiert ist? Möbel. Wenn reiche

Juden aus ihrer Wohnung geschmissen werden, darf sich niemand darin zu schaffen machen. Im Prinzip jedenfalls. Aber wenn man, wie unser Gregor, einen guten Draht zu den Umzugsunternehmern hier in der Stadt hat, kann man Geschäfte machen. Wer schert sich schon um einen Eichentisch, ein antikes Bett oder ein Gemälde an der Wand? Weg ist weg. Dinge können durchaus verschwinden. Du weißt also, an wen du dich wenden musst, wenn du mal einen Sessel brauchst …«

»Na und, das Ganze hat auch seine Vorteile. Der Oberscharführer denkt, ich wäre einer von ihnen. Das könnte uns schützen.«

»Na, das hast du dir ja schön zurechtgelegt. Bist wohl wirklich einer von denen.«

Es dauert ein paar Sekunden, ehe Lode laut auflacht. »Heh, das Ganze ist doch sowieso schon ernst genug.«

Ich stimme wie üblich in sein Lachen ein. Gleichzeitig denke ich an Chaim Lizke und frage mich zum wiederholten Mal, wie viele Juwelen oder Diamanten er Lode und seinem Vater wohl versprochen hat. Einer erkennt im anderen den eigenen kleinen Verrat. Ich sehe, wie die Verfolgten sämtliche Wertsachen abgeben. Ich sehe, wie sie gezwungen werden, sich bis auf die Unterwäsche auszuziehen, wie sie sich bis tief ins Gedärm abtasten lassen müssen, auf der Suche nach Edelsteinen und Juwelen.

»Geld …«, ergänzt Lode unwissentlich meine Gedanken, »darum geht es. Erzähl mir nicht, die würden an den ganzen Klimbim glauben, an Herrenvolk und Untermenschen, an Blut und Boden und das ganze Theater mit erhobenem Arm, bei dem sie ihre sogenannten ritterlichen Ideale wie Kirmeshändler auf dem Jahrmarkt zur Schau stellen und das Gebrüll von dem geschniegelten Lackaffen im Radio anbeten, als wäre er ein Gott. Alles Humbug. Die Sache liegt doch auf der Hand. Die Juden haben Geld, darum geht es! Organisierter Diebstahl, das ist es.«

Er scheint mir den Nagel auf den Kopf zu treffen. Trotzdem zweifle ich ständig und rede mir gern ein, keine Ahnung von dem zu haben, was in dieser Stadt vor sich geht. Ist Geld wirklich die Erklärung für alles? Ist diese Annahme nicht in Wirklichkeit extrem naiv? Lodes Wutrede, die vollkommen aus dem Nichts zu kommen schien, klang wie die lang in Gedanken vorbereiteten Anschuldigungen eines Heranwachsenden, die er schließlich dem Vater an den Kopf wirft. Schließlich grinsen noch andere Dinge in der Dunkelheit, Gedanken wie Köter, die ich leider immer noch nicht in einem Gedicht habe einfangen können, Energien, die wie gefallene Engel um sich greifen, Gefasel, Flüstern in meinem Hirn, Taten ohne Auslöser, Folgen ohne Ursache, tragische Zufälle, Benebelung und achtlose Schweinerei, und auch Sadismus, Sturheit und ein Mangel an Konzentration. Warum sieht Lode klar, wo für mich alles verschwommen ist? Vielleicht weil er selbst ein Dieb ist. Nein, das ist zu weit hergeholt. Lode ist enttäuscht, mehr nicht. Aber er ist wohl doch kein Held, sondern jemand, der einem Juden das Leben rettet, weil sich alles ums Geld dreht. Oder nicht? Irre ich mich? Ich sehe es nicht mehr, das Innere meines Freundes scheint beschlagen wie ein Spiegel zu sein.

»Geht es darum, Lode?«

»Worum?«

»Ums Geld.«

»Manchmal redest du immer noch wie ein kleines Kind.«

»Du also auch?«

»Ich also was?«

»Du also auch. Weil es Geld einbringt.«

»He Mann, was ist plötzlich mit dir los?«

Lode sieht mir in die Augen, versucht dort etwas zu finden, schüttelt aber schließlich den Kopf. Spontan wuschelt er mir durch die Haare.

»Mach das nicht«, sage ich.

»Nein«, sagt er wütend, »ich mache nichts ...«

Er macht nichts.

Zigarren für Väter, Zigaretten für junge Leute, Pfeifentabak für den Opa am Ofen und Kautabak oder Feinschnitt für Gleisarbeiter, Straßenbauer oder Gärtner. Willkommen bei Bruyninckx, Tabakwaren, und an der Kasse unsere sympathische Jenny, die sich, wie ihr besonders sommerlich wirkendes Dekolleté bei eisigen Temperaturen von minus zwei Grad zeigt, bisher nicht an die herrschenden Bekleidungstrends der Ladenmädchen angepasst hat.

Die Türklingel der Räuberhöhle verstummt nur allmählich.

»Der hübsche Wilfried.«

Ihre Lippen bilden ein rotes O. Gespielte Hingabe. Sie hält dabei die rechte Hand an die Stirn, als würde sie jeden Moment in Ohnmacht fallen. »Eine Frau wie ich kriegt Probleme, wenn du auftauchst. Dann kribbelt mir der Bauch.«

»Du scheinst glücklich, Jenny.«

Jenny ohne Alkohol ist ein wenig intensiver als Jenny auf Port. Kein träger Augenaufschlag mehr, keine Verständnislosigkeit im Blick, keine Tränen, die beim geringsten Anlass zu fließen drohen, ein ganzes Stück weniger Hure als zuvor.

»Schon viele Kunden gehabt?«

Sie kneift die Augen halb zu. »Willst du mich veräppeln?«

»Geht das überhaupt?«

»Oh, wie charmant!« Sie lacht. »Und wenn du es genau wissen willst, der Laden hier ist eine Goldmine. Du machst dir keine Vorstellung davon, wie viele Leute in diesen Zeiten ihre Marken so schnell wie möglich aufqualmen wollen. Die Menschen haben längst vergessen, wie guter Tabak schmeckt.«

Klingeling. Ein Kunde.

»Dein Spießgeselle sitzt hinten im Laden«, flüstert Jenny und blinzelt in Richtung des goldbraunen Vorhangs in ihrem Rücken.

Durch einen Gang, in dem sich zu beiden Seiten Kartons stapeln, gelange ich zu Miesebart. Der sitzt, im Schein einer Schreibtischlampe mit ordentlich viel Watt, sodass sein Gesicht glüht und seine Denkfalten beängstigende Schattenpartien bilden, an einem Tisch voller Papiere, Rechnungen und Quittungen. Ob von geistiger Arbeit erfüllt oder nicht, er wirkt jedenfalls recht fröhlich.

»Willkommen in meinem neuen Laden, mein Lieber! Päckchen Tabak? Für dich kostenlos.«

»Dein Laden? Das ging aber schnell.«

»Sagen wir einmal so: Der Besitzer hat sich zur Ruhe gesetzt. Ich finde es schade für ihn, aber er hat immerhin ein Rassengesetz übertreten. Er hätte es besser wissen müssen. Tja, jetzt bin ich der Geschäftsführer, oder wie nennt man das?«

Miesebart schiebt ein paar Unterlagen beiseite und findet schließlich die Streichhölzer. Vergnügt saugt er die Flamme in den Pfeifenkopf. »Herr Bruyninckx hat ein fantastisches Lager … Alles von vor dem Krieg. Türkischer Tabak, englischer Tabak … Alles für seine besten Kunden. Das musst du dir ansehen!«

Er wedelt mit einem kleinen Heft.

Ich schlage es auf. Darin stehen lauter Namen, gefolgt von Kreuzchen, Zahlen, Markennamen unterschiedlicher Tabaksorten.

»Der Kundenstamm von Herrn Bruyninckx. Dass er schlampig war, kann man ihm nicht vorwerfen. Und schau dir die Namen nur einmal an …« Miesebart nimmt andere Papiere hinzu. »Koch, Holz, Rothman, Kubelsky, Gottlieb … Lauter Juden, die auf unserer Liste stehen und die wir noch immer nicht zu fassen bekommen haben. Ist das zu glauben? Die kommen hier noch regelmäßig in den Laden! Heute mindestens zwei. *C'est vraiment stupéfiant!* Unterschätze sie ja nicht … Der Einfallsreichtum des Israeliten lässt sich mit Worten nicht beschreiben. Zugleich ist ihre dämliche Arroganz so … Kannst du dir vorstellen, dass sich zwei von ihnen heute einfach mit ihrem Namen bei Jenny gemeldet und nach ihrem Lieblingstabak verlangt haben, mit gestohlenen Marken in der Hand. Einfach so, als ginge das Leben weiter wie bisher.«

»Und was nun?«

Miesebart reibt sich mit beiden Händen die Schläfen und gähnt. »Wir werden so viele wie möglich auf einmal verhaften. Einen oder zwei hat keinen Sinn. Dann schaltet sich der Buschfunk ein, und die anderen entwischen uns.«

»Du könntest mit einem Rabatt auf Tabak werben.«

»Verflucht, was für eine brillante Idee. Juden wollen immer Rabatt haben! Das ist es, so kann es gehen! Das machen wir!«

Diese Worte bedauere ich dermaßen, es fühlt sich an, als wäre ich plötzlich und durch eigene Schuld unter einer Eisdusche gelandet, zähneklappernd wie ein Fiebriger, meine eigene Dummheit verfluchend, die Tatsache verabscheuend, dass meine Zunge manchmal nicht auf den Verstand hört, mein loses Mundwerk, meine Arroganz, die Schweinereien, die in mir hausen, mein – Gott verdammt noch mal – kaum reflektiertes Verlangen, einfach nur dabei zu sein, mit rumzualbern, mich wertgeschätzt zu fühlen. Manchmal fühlt sich Scham wie ein Mückenstich an, manchmal wie ein Herzanfall und manchmal, als würden einem in der tödlichen Umschlingung einer Würgeschlange alle Knochen gebrochen. Und nichts und niemand wird mich das je vergessen lassen. Du bist der erste, lieber Urenkel, dem ich dies erzähle. Du sollst wissen, dass die Erwähnung des Rabatts nur als Scherz gedacht war. Es ist mir einfach so herausgerutscht. Wie dämlich von mir, wie himmelschreiend billig und banal. Und du sollst wissen, dass Angelo, die Stimme, die mich früher so beherrschte und die jetzt nur noch ganz selten wispert, mir an jenem Abend zuraunte, dass meine Scham ein Zeichen von Schwäche sei, und dass ich ihm dies auch abnahm, wodurch der Schlaf in dieser Nacht wahrscheinlich etwas schneller kam. Nachdem Tabakwaren Bruyninckx mit einem exklusiven Rabatt geworben hatte, wurden in jener Woche ein Dutzend jüdische Raucher im Laden festgenommen.

»Wann führst du mich mal wieder zum Tanzen aus, Wilfried?«

Yvette geht zum Grammofon.

»Das geht in letzter Zeit nicht mehr so einfach …«

»Das weiß ich ja. Es hört gar nicht mehr auf. In den letzten Wochen haben die schwarzen Säcke ein Lokal nach dem anderen kurz und klein geschlagen. Sogar hier auf dem Platz, vorgestern Nacht. Das ›Alma‹, das ›Lympia‹ und noch ein paar andere. Ich lag im Bett und habe das Gebrüll gehört. Die von der SS können es nicht ertragen, dass man mal auf andere Gedanken kommen will. Idioten! Dann kriegt man doch erst recht Lust, tanzen zu gehen. Ist das denn ein Verbrechen?«

»Wie stellst du dir das vor? Dass ich mit dir zum Tanzen gehe, während eine Kneipe nach der anderen verwüstet wird?«

»Nun ja, ich zähle da auf deinen Einfallsreichtum. Du willst mir doch nicht etwa einreden, dass es absolut verboten ist zu tanzen? Wenn man auf der richtigen Seite steht, gibt es noch eine Menge Orte, wo das möglich ist.« Sie schaut mich an wie eine Katze eine Maus.

»Und ich stehe auf der richtigen Seite?«

»Du kennst Leute auf dieser Seite.«

Sie wendet mir den Rücken zu und beugt sich vor.

Die Nadel senkt sich auf die knisternde Grammofonplatte.

»Plaisi-i-i-i-ir d'amour ne dure qu' u-u-u-un instant … Chagrin d'amour dure toute la vie-e-e-e …« Das Wohnzimmer wird

für sie zu klein. Sie flüstert eine Zeile des Liebeslieds der Stehlampe zu, stellt sich mit gefalteten Händen ans Fenster, als hörte der Mond ihr zu, und springt dann plötzlich mit neckisch gerunzelter Stirn vor mich. »*Et pourtant notre tendre roman par ta faute … aujourd'hui vient mourir bêtement …*« Mühelos drapiert ihre Stimme sich über die der Nachtigall Rina Ketty, die mit ihrer Tango-Kapelle holperige Runden unter der Grammofonnadel dreht. Das unfranzösische »r« der italienischen Sängerin lässt sie noch deutlicher erklingen, während sie die Hände an die Wangen legt und sich mit weit aufgerissenen Augen in einem imaginären Lichtkreis in Pose wirft. Ich kann den Blick nicht von ihr wenden und lächele. Am Ende des Lieds vollführt Yvette eine Pirouette vor ihrer lachenden Mutter, die sich an den Rahmen der Küchentür lehnt und mir kräftig zuzwinkert. Ach, hat sie nicht Talent? Zeigt sich nicht überdeutlich ihre Gabe, andere Menschen mit ihrer Stimme glücklich zu machen? Könnte sie auf den großen europäischen Bühnen nicht Abertausende von Zuhörern zu Tränen rühren? Ihre Mutter und ich applaudieren begeistert. Yvette macht eine tiefe Verbeugung.

»Das müsste dein Vater einmal hören, anstatt all der schwierigen Opernstücke, mit denen du ihn immer zum Wahnsinn treibst.«

»Ach, Mama, er hört mich einfach nicht gerne singen, *c'est ça*.«

»Von nichts kommt nichts. Männer muss man aufwecken.«

Ein wenig verlegen schaut meine zukünftige Schwiegermutter zu mir herüber. »Habe ich nicht recht, Wilfried?«

»Keine Ahnung«, erwidere ich, ohne sie anzusehen, und halte eine Flamme an das Ende meiner Zigarette.

Yvette seufzt theatralisch.

»Nun denn, ich mach dann mal in der Küche weiter.« Abrupt beendet ihre Mutter das Gespräch.

Yvette setzt sich in den Sessel neben meinem und blättert eifrig in einer Frauenzeitschrift, die sie wahrscheinlich bereits tausend

Mal durchgesehen hat. »Du solltest sie auch mit ›Mama‹ ansprechen. Oder mit ›Mutter‹.«

»Hat sie das gesagt?« Ich blase Rauch über die Zeitung, die vor mir auf dem Salontischchen liegt. »Die Gefahr des Bolschewismus wird totgeschwiegen«, lese ich. Und: »Wir wollen als Volk anerkannt werden …«

»Ist dir das unangenehm?«

»Das habe ich nicht gesagt.«

»Aber?«

»Nichts.«

»Schau mich mal an, du interessierst dich mehr für die Zeitung als für mich. Was bin ich für dich? Ein halbes Pfund Feigen?«

Sie klingt mit einem Mal sehr schnippisch. Ich schaue zu ihr hinüber.

»Du weißt gar nicht, wer ich bin, Wilfried.«

»Unsinn.«

Sie kneift mir in den Unterarm. »Wer bin ich? Sag's mir! Was will ich vom Leben? Weißt du's?«

Wie ein Liebhaber in einem altmodischen, schlechten Film, in dem die Handlung von Zwischentiteln mit lauter geschriebenen Seufzern anstelle von Stimmen unterbrochen wird, falle ich vor ihr auf die Knie und ergreife, nachdem ich zuerst noch meine halb aufgerauchte türkische Zigarette im Aschenbecher ausgedrückt habe, ihre Hand. »Glück! Liebe! Du willst mich!«

»Setz dich. Du machst dich über mich lustig.«

Ich nehme wieder im Sessel Platz und ziehe die Bügelfalten in den Hosenbeinen gerade.

»Muss es denn immer so ernst zugehen?« Meine Stimme klingt ein wenig zu klagend. Schließlich bin ich es, der viel zu ernst ist, wie sie mir nun schon so oft vorgehalten hat. Mit mir könne man keinen Spaß haben. Außerdem sei ich zu geistesabwesend und zu finster. Doch Letzteres, dieses Finstere, ist auch hin und wieder verlockend, das gibt sie gerne zu. Es ist vor allem der Zwischendurch-Wilfried, der weder Fisch noch Fleisch ist, der ihr auf die Nerven, auf den Senkel geht, wie sie es selbst ausdrückt.

»Glaubst du etwa, ich möchte, dass du meine Mutter mit ›Mama‹ ansprichst?«

»Ja.«

Sie verpasst mir einen kräftigen Klaps auf die Wange. »Nein, eben nicht.«

»Au.«

»Ja, au … dämlicher Kerl.«

»Ich kann dir nicht mehr folgen.«

»Was ich will, ist singen, ich will, dass alle meine Stimme hören, dass man mich die Nachtigall vom Coninckplein nennt, eine Frau von einfacher Herkunft, deren Karriere sie bis nach Mailand führt, nach Paris, New York. Ich will …«

»Genau das habe ich auch gerade gedacht.«

»Was ich will, ist Freiheit, ich will von einem Ort zum anderen reisen. Ich will, dass du mich begleitest und deine Gedichte schreibst. Du musst meine Mutter nicht ›Mama‹ nennen. Wer weiß, vielleicht heiraten wir gar nicht und leben in Sünde, ständig unterwegs, du machst, was du willst, so wie ich mache, was ich …«

»Derjenige sein, der man sein will …«

Wieder ein Klaps auf die Wange. »Du unterbrichst mich ständig …«

Ich packe sie beim Handgelenk und sage dezidiert: »Derjenige sein, der man sein will, ist Gott verdammt noch mal das Schwierigste, was es gibt.«

»Da ist er wieder. Ich sehe es in deinen Augen. Da ist der Drecksack.«

Tante Emma winkt uns zu. Sie winkt so erwartungsvoll, dass ich bedaure, mich mit ihr verabredet zu haben. Sie trägt etwas Weißes mit Puffärmeln, kombiniert mit einer doppelten Perlenkette, die großzügig um ihren Hals hängt. Ich winke zurück und führe Yvette an den Tischchen der Gaststätte »Hulstkamp« vorbei zu ihr. Mein Schatz ist wie eine kultivierte Böhmerwäldlerin gekleidet, eine Zigeunerin in einem schwarz-weiß gestreiften Rock, der weit über ihre Taille reicht, und darüber eine rote Bluse und ein ebenso roter Bolero, den sie selbst bestickt hat.

»Was bist du doch nur für ein hübsches Mädchen!«, ruft meine Tante, und die Frauen tauschen drei vorgeblich herzliche Küsse untereinander aus, auf beiden Seiten mit verzogenem Mund verabreicht, sodass keine der beiden die Wange der anderen mit dem Abdruck von tiefrotem Lippenstift verunziert. Unter Frauen ist diese Kusstechnik ein Ausdruck tiefen Respekts, wie Yvette mich unlängst wissen ließ. Mit anderen Worten: Bei einer Frau, die man am liebsten in einer flachen Schüssel mit ätzender Säure ertränken würde, macht man genau das Gegenteil.

Nach dem Küssen lässt sich Tante Emma ein wenig vorsichtig nieder, wie eine Gans, die ihre frisch geschlüpften Küken wärmen will. »Ich komme immer früh her, sodass ich mich an diesen Tisch setzen kann. Hier hat man die beste Aussicht.«

»Yvette möchte gerne tanzen.«

Tante Emma schaut mit funkelnden Augen zu Yvette. »Oh, heute wird ganz bestimmt noch getanzt. Da mach dir mal keine Sorgen. Du wirst sehen, sobald mein Gregor mit seinen Kameraden hier ist, explodiert der Laden.«

Zwischen den Köpfen der Frauen sehe ich rechts hinten eine merkwürdige Gestalt an einem Tisch sitzen und Jenever trinken. Der Mann hat kohlrabenschwarze Augen, die Haare sehen aus, als wären sie mit Kleister auf seinen Schädel geklebt, und sein Körper ist in einen schwarzen Samtanzug gehüllt. Unter dem Jackett trägt er eine rote Weste und dazu eine ebenfalls rote Fliege und ein weißes Hemd mit Manschetten, die fast bis zu den Fingerspitzen reichen und deren Rand mit Spitzen verziert ist.

»Hast du den Idioten neben der Tür zu den Toiletten schon gesehen?«

»Ach.« Meine Tante seufzt, ohne über die Schulter zu sehen. »Kennst du ihn? Das ist Sus. Der glaubt, er sei die Reinkarnation irgendeines Dichters, der sich anscheinend früher hier den Hintern platt gesessen hat.«

»Das verrückte Paulchen«, sage ich und platze beinahe vor Lachen, ohne meine Begleiterinnen dies merken zu lassen.

»Halte dich von ihm fern, Junge. Dieser Sus, der quatscht dir ein Ohr ab, wenn er einmal angefangen hat, und ehe du dich's versiehst, lädt er sich an unseren Tisch ein, und der Abend ist im Eimer.«

»Was hast du?«, flüstert Yvette.

»Nichts, alles bestens«, sage ich hastig und mit einem Lächeln. Manchmal können diese Stadt und ihre Dichter einen komplett verrückt machen. Wie viel Attitüde, wie viel verdammte Banalität! So zu tun, als wäre man Paul van Ostaijen! Wie tief kann man als Pseudodichter eigentlich sinken? Große Werke erzwingt man ja nicht mithilfe passender Kleidung, verdammt. Das erfordert Arbeit und ein Leben auf des Messers Schneide, aber ganz bestimmt nicht den Willen, die Pose oder die Garderobe, die man sich von einem anderen leiht. »Tja«, sage ich, »was möchten die Damen trinken?«

Tante Emma lacht beherzt. »Nachher gibt es Champagner, aber besorg mir jetzt doch erst ein frisches Bier.«

Yvette hätte gern ein Glas Wein. Ich hebe die Hand in die Höhe und gebe die Bestellung weiter. »Und für mich ein Bier und einen Kurzen.«

»Oha, Jenever. Pass auf, sonst geht es dir nachher schlecht.«

»Die Kneipe ist bekannt für ihren Jenever, Liebes.«

»Dann sieh zu, dass du hier nicht auch noch bekannt wirst, Schatz.«

Yvette und ich lachen einander an. Ihr Blick verrät jedoch Ernst.

Tante Emma klatscht ausgelassen in die Hände. »Was seid ihr doch nur für ein hübsches Paar! Du bist ein Mädchen mit Biss, Yvette. Genau das, was er braucht. Du kannst dir nicht vorstellen, was für eine große Klappe der Kerl schon als Kind hatte. Erinnerst du dich noch, Wilfried?«

»Nein«, erwidere ich.

»Ich glaub's sofort«, neckt Yvette mich.

»Und gebrüllt hat er. Er konnte kaum über den Tisch gucken, da fing er an, sich seinem Vater und seiner Mutter gegenüber vollkommen verrückt zu benehmen. ›Du bist nicht mein Vater!‹ Ich höre es ihn heute noch sagen. Und genauso zu seiner Mutter. Was haben wir damals gelacht. Es war zu köstlich.«

»Ja, ja«, sage ich.

»Extases sans phrases, adieu raison …«, singt das Grammofon leise inmitten all der Gespräche an dem Dutzend Tischchen.

Yvette reckt fröhlich den Finger in die Luft: »*La java du clair de lune* von Suzy Solidor!«

»Mensch, Kind, du verstehst was von Musik.«

»Sie will Sängerin werden, Tante Emma.«

»Das will ich gerne glauben. Sie hat die Figur dafür.«

»Suzy Solidor hat kurzes blondes Haar mit einem Pony bis knapp über die Augen. Eine solche Frisur hätte ich auch gern.«

»Ach, Kind, dein schönes Haar derart versaubeuteln? Eine blöde Idee. Im Übrigen ist es ganz aus der Mode, dieses Auf-Mannweib-Machen.«

»Ich dachte, du willst Opernsängerin werden, Schatz.«

»Hauptsache, ich stehe auf einer Bühne, Liebster.«

Da sind die Deutschen. Plötzlich wimmelt es von schwarzen und feldgrauen Uniformen, und meine Tante wird vom Oberscharführer und Judenreferenten dieser Stadt inniglich umarmt. Seine Kameraden befinden sich bereits in bedenklichem Zustand, sie scheinen sich aus schierer Notwendigkeit an Frauen zu hängen. Ihre Nachnamen faseln sie kaum verständlich. Gregor selbst ist die Liebenswürdigkeit in Person, er begrüßt Yvette und mich sehr charmant und lässt sogleich Champagner und eine Flasche Schnaps kommen. Oberscharführer Karl ist in Begleitung einer Blondine, die ihre üppigen Locken halb hochgesteckt trägt und über ein strahlend weißes Gebiss verfügt. Im Gegensatz zu Gregor ist Karl ein typischer SS-Offizier, der es vorzieht, mit uns Eingeborenen von oben herab zu reden, aber dabei natürlich eine Ausnahme für schöne Frauen wie Yvette macht, die er behandelt, als wäre sie nichts als ein braves Mädchen, schmachtend nach Unterweisung durch einen Allwissenden, wie er einer ist. Ungefragt und noch ehe ein Sektkühler an unseren Tisch gestellt wurde, hält er ihr einen Vortrag darüber, welche die besten Champagnerkellereien sind und was für Traubensorten sie verwenden, um ihr exzellentes Resultat zu erzielen. Karls Freundin schenkt Yvette ein mitfühlendes Lächeln, das selbst King Kong wie ein Hätschelkind in Tränen ausbrechen ließe. Der Hauptsturmführer legt keinen Wert mehr auf seinen hohen Rang, dafür ist er schließlich schon viel zu betrunken, und die korrekten Umgangsformen scheinen zwischen diesen Offizieren ohnehin nicht sonderlich wichtig zu sein, sobald die Sonne untergegangen ist und Kellner in Livree sie umschwirren wie Krankenpfleger mit Tabletts voll alkoholhaltiger Medizin. Er hat einen Schmiss auf der linken Wange und ein hängendes Augenlid. Uns beachtet er nicht. Er widmet seine ganze Aufmerksamkeit den beiden Frauen, die mit ihm gekommen sind und die behaupten, Schwestern zu sein. Es dauert aber nicht lange, bis sich weitere Frauen zu ihm setzen, die er offenbar alle kennt, auch wenn ich ihn nie dabei ertappe, dass er sie beim Vornamen nennt. »Schatzi« und »Mausi« wechseln einander ab, wenn er sie anspricht.

Seit sich die SS-Männer bei uns niedergelassen haben, und mit ihnen Wehrmachtsoffiziere samt Anhang, versucht der Pseudodichter meine Aufmerksamkeit auf sich zu lenken, indem er jedes Mal sein Jeneverglas mit einem Augenzwinkern in meine Richtung hebt, ehe er die Lippen spitzt. Ich ignoriere ihn und schenke mir nach. Yvette steht aufgrund der Unterweisung durch Oberscharführer Karl nicht zur Verfügung, und auch Tante Emma hat sich, nach einigen Versuchen, mich ins Gespräch miteinzubeziehen, damit abgefunden, dass ihr Gregor ihre ganze Aufmerksamkeit fordert, während er Geschichten erzählt, denen ich nicht folgen kann.

Allmählich füllt sich die Bar. Yvette schickt mir einen Blick voll stiller Verzweiflung, der auch Tante Emma nicht entgeht. Sogleich flüstert sie Gregor etwas ins Ohr.

»*Eine ausgezeichnete Idee!*«, ruft dieser darauf.

Er schnippt mit den Fingern, ruft den Leuten hinter dem Zapfhahn etwas zu, und sofort werden Stühle und Tische beiseitegeschoben, das Grammofon wird lauter gestellt, und meine Tante und er schwofen auf einem Quadratmeter. Noch ehe ich mich ganz erhoben habe, um mit Yvette zu tanzen, hat sie bereits die Aufforderung des verfluchten Karl akzeptiert. Seine blonde Freundin schaut den beiden mit verschränkten Armen hinterher.

»Wollen Sie mit mir tanzen?«, frage ich sie.

Sie antwortet nicht einmal. Ich bin von derselben Krankheit wie Yvette befallen. Ihr deutscher Liebhaber ist, wie sich zeigt, mit geschmeidigen Hüften und noch weiteren tänzerischen Qualitäten gesegnet, sodass sich Yvette in seinen Armen sichtbar entspannt. Die Tatsache, dass er jetzt endlich schweigt, trägt vermutlich dazu bei. Mit halb offenem Mund beobachtet er sie, als könnte seine Geschicklichkeit sie von einem Moment auf den anderen in eine Art unschicklicher Ekstase stürzen. Ich trinke zwei Schnäpse nacheinander und schenke mir dann achtlos nach. Der Pseudodichter hat mich durchschaut, er steht auf und tut mit geschlossenen Augen grinsend so, als spielte er mit äußerster Hingabe Geige. Anschließend verbeugt er sich hämisch in meine Richtung und drückt gegen die Tür, die zu den Toiletten führt.

»Arbeiten Sie auch für diese Leute?«, fragt mich ein Kerlchen mit Brille.

»Sie?«

»Dolmetscher, also, Übersetzer«, erwidert das Bürschchen sofort.

»Ich weiß verdammt noch mal, was ein Dolmetscher ist.«

»Entschuldigung.«

»Blödmann, du verfluchtes Arschloch, du mieser kleiner Drecksack. Ich scheiße auf deine Entschuldigung, verstanden?«

»Hoho.«

»Bin ich etwa ein Pferd? Und du ein Cowboy?«

»Ist ja schon gut«, sagt der Brillenträger ruhig.

Es kostet mich keinerlei Mühe, mich aufzurichten und mich durch die tanzende Menge zu den Toiletten zu begeben. Yvette hat nicht einmal bemerkt, dass ich an ihr vorbeigegangen bin. Sie lässt sich führen, als wäre sie hypnotisiert. An einem Urinal steht der Dichter und schüttelt wie ein Prostatiker Tropfen um Tropfen von seinem zweifellos winzigen Schwanz. »Hehe …«, sagt er, als er mich sieht. Ich packe ihn im Nacken und schlage seinen Kopf gegen das Porzellan vor ihm. Er ist so überrascht, dass es kaum Mühe kostet, und danach ist er zu betäubt, um sich gegen einen zweiten Kopfstoß zu wehren, der einen Blutfleck auf dem Weiß hinterlässt. »Heho«, heult er schließlich. Noch einer, der verdammt noch mal denkt, ich sei ein Pferd. Ein paar Sekunden lang bin ich mir nicht schlüssig, was ich mit ihm anfangen soll. Ich schaukle hin und her auf meinen Beinen. Dann zerre ich ihn in eins der Scheißhäuser und trete ihn, bis er kotzend neben der Kloschüssel liegt. Das glaube ich jedenfalls. Sicher bin ich mir nicht, denn plötzlich stehe ich wieder inmitten der tanzenden Paare.

»Alles in Ordnung?«, flüstert Yvette mir tonlos über die Schulter ihres immer noch sehr eifrigen Tanzpartners zu. Ich denke, dass ich beruhigend nicke. Aber auch dessen bin ich mir nicht hundertprozentig sicher. Ich falle auf meinen Stuhl und schenke mir noch einen Jenever ein. Der Deutsche fummelt an Yvettes Hintern herum. Ich winke und strecke den Daumen in die Luft. Alles bestens, alles unter Kontrolle. Bei dir doch auch, oder? Sie wendet den Blick von mir ab.

Gregor nimmt neben mir Platz. Tante Emma bleibt ein wenig auf Distanz und schlingt, während sie zu mir herüberschaut, die Arme um sich wie bei großer Kälte oder als wäre sie Zeugin eines schrecklichen Autounfalls. Der Hauptsturmführer, Heinrich heißt er, tanzt mit drei Frauen zugleich, oder besser gesagt: Sie tanzen um ihn herum, als wäre er ein heidnischer Gott, der nackt auf einem Altar thront. Ich sehe die Kellner nicht mehr, sondern nur noch Tabletts voller Getränke, die sich von der einen Seite des Lokals zur anderen bewegen, scheinbar ohne menschliche Einwirkung. Ich will mein Glas wieder nachfüllen, aber es ist noch gar nicht leer. Gregor und ich beginnen ein Gespräch, denke ich. Ich sage Sachen. Er hört zu. Dann redet er.

Plötzlich halte ich mich an einem Laternenpfahl auf dem De Coninckplein fest.

Yvette schaut mich wütend an.

Mein Magen rebelliert. Ich glaube, kräftig rülpsen zu müssen, und kotze mir im nächsten Augenblick schon auf die Jacke.

Ich glaube, sie weint. Sie sagt: »Du hast mich nicht beschützt.«

»Du wolltest tanzen gehen, du Flittchen.«

»Du hast mir nicht zugehört. Du bist nicht du selbst, du Suffkopp. Du hast mich nicht beschützt.«

Ich muss mich erneut übergeben, und diesmal schaffe ich es, mich rechtzeitig vorzubeugen. Grün spritzt es aus meinem Leib. Ich schmecke Galle. Ich muss auch ganz dringend kacken.

»Hörst du mich? Du hast mich nicht beschützt, Wilfried!« Sie verpasst mir eine Ohrfeige. Meine Ohren rauschen. Ich sacke zu Boden und fange an zu schluchzen. Sie beachtet mich nicht und sucht in ihrer Handtasche nach dem Schlüssel.

»Sag deinem Bruder nicht, dass …«

»Das hättest du wohl gerne. Ich sag, was ich will, verdammt. Mich so zu demütigen.«

»Sag deinem Bruder nicht, dass wir … dass wir … im ›Hulstkamp‹ tanzen waren. Das ist wichtig … Er darf es nicht erfahren … verstehst du? Das verstehst du doch? Liebes, Schatz …«

Zack. Die Haustür fällt ins Schloss.

Nach Hause gehen oder kriechen?

Der Kater ist entsprechend. Der nächste Tag ist ein Sonntag. Meine Mutter weigert sich, auch nur ein Wort mit mir zu reden, und mein Vater schweigt ebenfalls. Doch kaum hat sie uns den Rücken zugekehrt, da fängt er von der Kotze an, die sie am Morgen im Flur gefunden haben.

»Bis zur Toilette war es offenbar zu weit?«

»Ich weiß von nichts.«

»Ich bin es jedenfalls nicht gewesen, du Dreckschwein. Du hättest dich mal hören müssen, wie du die Treppe hochgestolpert bist. Du warst voll wie eine Strandhaubitze.«

Für all die vielen Male, die er die Treppe hochgewankt ist, bezahle ich jetzt: die Sünde des Sohnes, der schließlich doch in die Fußstapfen des Vaters tritt. Ich bin schon so oft betrunken gewesen, doch bis heute Nacht habe ich das immer verheimlichen können, was ihn natürlich überaus irritiert hat. Jetzt ist die Rache süß. Da er als Patriarch nicht viel taugt und ich mich immer wieder verächtlich darüber geäußert habe, werde ich jetzt zur Kasse gebeten. Auch du, Wilfried Wils, erliegst der männlichen Dummheit, dem Übermut, den der Alkohol mit sich bringt, der grünen Eifersucht auf der Tanzfläche und all den Kleinigkeiten, der allerkleinsten Kleinigkeit, die normalerweise unbemerkt bleibt, jedoch durch den Teufel, der Alkohol heißt, zu einer Tragikomödie voller Schäbigkeit vergrößert und aufgeblasen wird, vom Vater auf den Sohn bis in alle Kneipenewigkeit. Dieser schlichte Blender, den ich meinen Vater nennen muss, kann nun zu seiner großen Erleichterung feststellen, dass sein Sohn am Ende doch über dieselbe feuchte Leber verfügt wie er, das einzig wahre Erbe, das ein schwacher Mann für gerecht hält. Ich schwach? Dann du auch, Rotzlümmel.

»Ich … äh …«

»He, du wirst ganz grün. Los, nichts wie zum Klo, du Idiot.«

Im letzten Moment schaff ich's bis zur Schüssel. Der Geruch von Bleichmittel und Seife, der dort hängt, bringt mich zum Würgen. Ich kotze, ununterbrochen kommen mir die Tränen, ich verkrampfe und übergebe mich erneut. Schleim trieft aus meinem Mund, mein Kopf zerplatzt. Ich sinke neben dem Klo zu Boden. In mir trällert Angelo ein Lied, das meine Unterwelt vor Schmerz und Reue erdröhnen lässt. Die Ereignisse von gestern sind gespickt mit schwarzen Löchern, die sich mit dem Brackwasser erniedrigender Scham füllen, sobald ich sie ergründen will. Ich habe einen Filmriss. Da sind nur zwanghafte Fragen, die mich in dem trüben Wasser strampeln lassen, das mir bis an die Lippen reicht. Ist es wirklich wahr, dass ich Yvette ein Flittchen genannt habe? Könnte es nicht sein, dass ich dem Dichter gern eins in die Fresse gegeben hätte, es aber am Ende doch nicht getan habe? Besteht die Gefahr, dass Tante Emma mit Grauen in den Augen meiner Mutter von mir berichtet? Was ist mir gegenüber Oberscharführer Gregor so alles herausgerutscht? Vor allem diese letzte Frage lässt mich erzittern wie ein lebendig gehäutetes Kaninchen, das mit dem Kopf nach unten abhängt. Was für ein Bild. Ich muss mich sofort wieder übergeben. Galle diesmal, wobei mir so ist, als käme mir die Gallenblase selbst als zartes, stinkendes Hundefutter hoch.

Jemand rüttelt an der Tür.

»Besetzt!«, rufe ich heiser.

»Kotz dir meinetwegen die Seele aus dem Leib«, zischt meine Mutter mir durch die Tür zu. »Du hast es ja nicht anders verdient.«

Die Blumenstände auf dem Groenplaats haben noch geöffnet.

»Das sind die letzten, mein Herr.«

Vielleicht ist Orange nicht ihre Farbe, und welche ihre Lieblingsblumen sind, das weiß ich auch nicht, aber es ist so, wie es ist, und was nicht mehr ganz ist, lässt sich vielleicht wieder kitten. Ich muss rasch zu Miesebart, denn ich weiß, dass sie dort heute Nachmittag seiner Mutter vorliest. Mit einem Blumenstrauß wird es nicht getan sein, das weiß ich auch. Ich brauche eine Erklärung, etwas, womit sie die Scherben ihres Herzens wieder kleben kann, etwas, das sie davon überzeugt, dass so etwas nie wieder passieren wird. Um Jenever mache ich fortan einen Bogen, guter Gott, was für ein Zeug, ich habe meine Lektion gelernt, wenn ich gewusst hätte, wie übel betrunken man davon wird, dann hätte ich … In der Art? Oder sollte ich es lieber auf die tiefen, finsteren Verliese meiner Seele schieben? Von wegen sie habe nun leider mit eigenen Augen gesehen, was für ein Mistkerl ich sein könne; dieses schwarze Ungeheuer liege neunundneunzig Prozent der Zeit an der Kette, doch sie sei gestern bedauerlicherweise Augenzeugin einer der seltenen Gelegenheiten geworden, bei denen es mit schäumendem Maul und unkontrolliert nach allen schnappt. Dies ist auch ein Teil von mir, Liebste, vergib mir, ich schäme mich in Grund und Boden, doch andererseits ist es vielleicht gut … oder nein, nicht gut, es ist vielleicht doch nicht so schlecht … nein, das auch nicht … es ist wenigstens ehrlich, ja, das ist es, es ist wenigstens ehrlich, dass ich mich dir auch einmal von der anderen Seite zeige, die trotz allem ein Teil von mir ist, wenn auch ein sehr kleiner und vor allem ein sehr verborgener Teil, und ich fühle mich sicher genug, auch diesen mit dir teilen zu dürfen, nicht, dass ich es extra getan hätte, aber du weißt, was ich sagen will, dass wir die schlechten Seiten des anderen, vor allem meine, kennenlernen müssen, ehe wir unserer gegenseitigen Liebe gewiss sein können … So was in der Art?

Ich bin zu spät. Sie ist nicht da. Miesebart betrachtet meine Blumen und fragt, ob die für ihn seien.

»Witzbold.«

»Deine Liebste hat mich im Stich gelassen, mein Freund. Meine Mutter ist streng. Entweder Yvette oder keiner. Jetzt sitze ich hier fest. Ich wollte etwas mit Jenny unternehmen.«

»Das ist schlecht.«

»Hast du etwas gutzumachen? Mich wundert das nicht. Wie man hört, hast du dich gestern im ›Hulstkamp‹ wie ein Schwein benommen.«

»Das hat sich aber schnell herumgesprochen.« Mehr als schnell, aber das ist ein Phänomen, das jede Stadt kennt. Die Tentakel unserer Mitmenschen reichen tief und weit, sie beherrschen alles. Jemand erledigt in einem Viertel sein großes Geschäft, und schon wissen diverse Leute in einem anderen Viertel, wer den Gestank verursacht hat und welcher Art die Verdauungsprobleme sind. Alle zusammen auf einem überdachten Spielplatz ohne Fenster, während gleichzeitig Gerüchte, Scheißhausparolen und Halbwahrheiten uns wie Schlingpflanzen allmählich die Kehle zudrücken.

»Ich habe meinen Freund Gregor gestern noch in der ›Weißen Amsel‹ getroffen. Da nimmt man gerne noch einen Absacker, zusammen mit seinen echten Kameraden.«

Wir nehmen Platz. Wir warten. Ich knöpfe meinen Mantel auf. Ab und zu stöhnt Miesebarts Mutter im Nebenzimmer, als habe ein böses Insekt sie soeben gestochen. Ihr Sohn rührt keinen Finger.

»Sie kommt wirklich nicht«, sage ich schließlich.

»Der Kerl, dem du in der Toilette eine Abreibung …«

»Kein Wort, verdammt.«

Es stimmt also, ist bereits zu einer Geschichte geronnen. Jetzt schon, jetzt schon der Beweis für die Wunde der Scham, die mich bereits den ganzen Tag über quält und für die ich kein Pflaster finde.

»Dieser Sus … ein braver Kerl. Hilfsbibliothekar am Conscienceplein. Gut möglich, dass er eine Festanstellung hat, denn für etwas anderes ist der Mann kaum zu gebrauchen. Seine Gedichte sind noch viel schlimmer, als man von einem solchen Parvenü ohnehin erwarten würde. Aber das ist noch kein Grund, ihn krankenhausreif zu prügeln.«

»Oh.«

»Er wurde mit etlichen Stichen genäht, habe ich gehört. Gregor hat ihn von seinem Fahrer ins Sint-Elisabeth bringen lassen. Tja, mein Lieber, du hast allen Grund, dir in die Hosen zu machen. Suskewiet ist ein Freund des Obersturmführers …«

»Hilfe, Hilfe!«, kreischt das Muttchen plötzlich aus dem Dunkeln.

»Kümmre dich nicht drum, sie hat wieder einen ihrer Anfälle …«

Miesebart stopft Tabak in seine Pfeife und saugt die Flamme in den Kopf. Seine Mutter ruft wieder.

Jetzt reagiert ihr Sohn laut und direkt: »Muss ich Gott verdammt noch mal kommen, oder wie ist das!« Ihr entfährt ein Seufzer, als leerte sich ein Ballon voller zu Luft gewordenen Missmuts und falsch verstandener Mutterliebe.

»Ich stecke knöcheltief in der Scheiße …«

Miesebart lacht mich aus. »Nun schau sich ihn einer an, den Boxer aus dem sechsten Bezirk. In der Scheiße? Sagen wir, du hast es wiedergutgemacht. Aber so wie du guckst, hast du alles wegen des vielen Alkohols in deiner Birne vergessen.«

Gregor, der mich ansah, ich, der ein paar Sachen sagte, er, der darauf antwortete; an mehr erinnere ich mich tatsächlich nicht.

»Es ist ganz einfach. Du stehst auf unserer Seite, und wir helfen einander. Das weiß unser Oberscharführer, das weiß ich, und du weißt es auch. Es wird noch interessant werden. Mit den Lebensmittelkarten wird geschummelt und betrogen. Mein Freund Omer und ich haben in den kommenden Wochen noch jede Menge vor. Dabei würden wir uns über deine Hilfe freuen. Hilfe im Übrigen, die du mit besoffenem Kopf und anderer Leute Blut an den Fäusten feierlich wie ein Chorknabe versprochen hast. Gregor hat dich imitiert. Wir haben alle vor Lachen am Boden gelegen.«

Ich stehe auf und knöpfe meinen Mantel zu.

»Oh, du gehst? Vergiss die Blumen nicht.«

»Schenk sie nur Jenny.«

»Sie wird nicht wissen, wie ihr geschieht. *Merci,* Wilfried.«

Etwa sieben oder acht Briefe schicke ich ihr, die immer beginnen mit: »Mein allerliebster Schatz, noch immer keine Nachricht von Dir, und ich habe es natürlich nicht besser verdient, aber …« Doch all ihre Luken sind dicht und die Tür ist verriegelt. Nach zwei Briefen, auf die keine Antwort kommt, werfe ich meine Bittschrift persönlich abends in den Briefkasten der Metzgerei, in der festen Überzeugung, dass der Postbote jedwede Mitarbeit verweigert hat, dass das Universum selbst nicht willens ist, sich nach dem zu richten, was ich so gern für sie empfinden möchte. Dennoch schweigt sie weiterhin, wodurch ich noch mehr von Liebe rede, und noch mehr von Schmerz, und so natürlich mit jedem Satz kitschiger und weinerlicher werde. Angelo ekelt sich schweigend. Mein Inneres klingt so leer wie eine Kathedrale nach Mitternacht. Ich liege auf dem Bett und breche einfach so in Tränen aus. Nur ein schwaches Echo dessen hallt wider, mehr nicht. »Ich bin kein schlechter Mensch, ich bin kein schlechter Mensch …«, murmele ich ununterbrochen vor mich hin. Das Weinen wird dadurch noch heftiger, und am nächsten Tag habe ich rot geschwollene Augen. Meine angebliche Mutter hat sich wieder eingekriegt. Die Kotze im Flur ist schon vergessen. Sie betrachtet mich wie eine Katze, die sich in ihrem Elend unterm Schrank versteckt hat, und warnt mich bei Tisch fortwährend, dass ich dabei bin, mich selbst ins Verderben zu stürzen.

»Es ist, als gebe es eine Verschwörung in Wils Kopf«, sagt sie in meinem Beisein leise zu ihrem Gatten.

»Schlimmer darf es nicht werden«, stimmt der ihr zu.

Lode gegenüber wage ich nicht, Yvette zu erwähnen. Dazu gibt er mir auch kaum die Gelegenheit. Wir sehen uns im Dienst, trinken sogar hin und wieder ein Bier miteinander. Aber in den Gesprächen geht es um alles Mögliche, außer um Dinge, die mit Frauen, Liebe oder Familie zu tun haben. Wenn wir Chaim Lizkes Versorgung besprechen, verwenden wir eine Art Code. »Die Kartoffeln stehen hinter der Tür bereit«, sagt Lode mir, und ich tue wie in Trance, als gehörte ich immer noch zur Familie, und begebe mich in der Abenddämmerung zu der Tür neben der Metzgerei und bringe dem Juden den Beutel, den ich dort finde.

Unterwegs gehe ich im Kopf noch einmal den Brief durch, den

ich soeben eingeworfen habe. War ich an dieser einen Stelle nicht ein wenig zu schroff? War das Ende nicht zu weinerlich, zu wenig männlich, zu kindisch? Sollte ich nicht besser einfach Abschied von ihr nehmen, mich endlich einmal so verhalten, wie es von einem Mann erwartet wird? Braucht ein Dichter, wie ich einer sein will, überhaupt eine Frau, die ihn sowieso nicht versteht und ihren Geliebten bei der kleinsten Kleinigkeit nie wieder anhören will? Ja, wirklich, das Ganze dauert schon viel zu lange. Ich mache Schluss, und jeder geht seines Weges. Doch warum wird mir auf einmal so kalt? Warum macht mich der Gedanke wütend, dass sie bei einem anderen ist und mit ihm Dinge tut, die mir bereits vergönnt waren? Verdammt, denk ich, Yvette hat ein verwöhntes Kind aus mir gemacht. Und so geht es immer weiter in meinem Kopf, alles wird darin zermahlen, das Fleisch und Blut meines Dichtertums wird durch diese ständig rotierende Mühle des Grübelns und Seufzens gedreht und verkommt so zum läppischen Hackfleisch der Kleinbürgerlichkeit. Hinterher klopft dann der Selbsthass an die Tür und fragt, ob er eintreten darf. Und noch immer kein Angelo, noch immer keine quengelnde Stimme, die mich zur Ordnung ruft. Obwohl der andere nur in meinem Kopf existiert, sehe ich ihn schon, wie er mit ihr im Bett liegt und ihr lachend von dem zermahlenen Fleisch in meinem Kopf erzählt, um sie danach noch einmal … Ach, ich kann nicht mehr.

Chaim Lizke nickt mir auch diesmal lächelnd zu, holt die Lebensmittel aus dem Beutel und setzt sich dann an den Küchentisch, ohne mich eines weiteren Blickes zu würdigen, um das aufgeschlagene Buch wieder zur Hand zu nehmen. Ihm ist es wirklich einerlei, ob ich bleibe oder nicht. Ich lasse mich auf dem verschlissenen Sofa nieder und komponiere im Kopf einen besseren Brief, den ultimativen Brief an sie, den Brief, der ihr Herz mürbe machen wird. Doch je mehr ich darüber nachdenke, desto deutlicher spüre ich, dass ich den allerletzten Rest von mir selbst verspiele, obwohl es die Sätze nur in meinen Gedanken gibt.

In meiner Innentasche führe ich schon seit Jahren ein in Leder gebundenes Notizbuch und einen Bleistiftstummel bei mir. Jedes Mal, wenn ich das Zeug hervorhole, komme ich nicht weiter als bis zu einer sogleich zum Vergessen verdammten Zeile, als wäre die Tatsache, dass ich es aus der Tasche herausnehme, bereits allzu vorsätzlich und daher allzu unschädlich, zu sehr auf das Dichtertum selbst gerichtet anstatt auf das Schmieden von Versen, die jedem Schauer über den Körper jagen. Und jetzt liegt mein Notizbuch plötzlich vor mir, und der Stummel brav daneben, ohne dass ich mich erinnern könnte, es aus der Tasche genommen zu haben. Ich schlage es auf und streiche die Worte »glühende Erzählung« durch, die ich davor noch für einen potenziellen Titel hielt und von denen ich vermutete, sie jemandem gestohlen zu haben. Darüber kritzele ich »Geständnisse eines Komödianten«. Lizke schaut nicht ein Mal auf, während ich eine Seite nach der anderen mit Schmutz fülle, mit Gedichten, in die noch nichts und niemand hineingepfuscht hat. Jedes Mal, wenn ich erneut ansetze, höre ich, wie Angelo den Atem anhält.

Und dann finde ich endlich ihren Brief auf den Bodenfliesen im Flur. Schon von oben an der Treppe erkenne ich ihre Handschrift. So wie meine letzten vier Briefe hat auch ihrer keine Marke, sie muss ihr Schreiben also selbst in meinen Briefschlitz gesteckt haben, als traute auch sie keinem noch, der zwischen uns steht. Ich reiß den Umschlag auf. Auf dem Blatt nur ein mit einem Fragezeichen versehenes Datum und eine Uhrzeit, und darunter: »Du findest mich auf der Brücke im Stadtpark.«

Sie hat viel nachgedacht, das merke ich ihr an, als ich mich ihr am vereinbarten Tag zur vorgegebenen Zeit auf der Brücke nähere. Sie steht kerzengerade, die Beine leicht gespreizt, etwas mehr, als es einer Dame geziemt, fast wie ein Mann, der auf einen Ärger vorbereitet ist, der möglicherweise in einem Faustkampf enden wird.

»Sag nicht, es täte dir leid. Das hast du schon zu oft getan.«

Enten schnattern unter uns. Der Winter ist fast vorüber.

»Ich bin verrückt nach dir«, sage ich.

»Das sind Worte«, erwidert sie.

»Ich werde mich ändern.«

»Ach, tatsächlich? Und ich soll glauben, dass es besser wird? Reine Zeitverschwendung. Du hältst mich doch ohnehin nur zum Narren.«

»Willst du mich denn nicht mehr? Ist es aus? Sag es, dann werde ich mich damit abfinden.«

»Du hast es plötzlich aber eilig.«

Ich zucke die Achseln wie ein plattfüßiger Harlekin mit traurig geschminktem Gesicht und einer schwarzen Träne unter dem Auge. »Es tut viel zu sehr weh. Lieber kurz und schmerzhaft als noch länger diese Ungewissheit.«

Ich wende den Blick von ihr ab, lasse meine Hände auf dem Brückengeländer ruhen und beobachte ein Paar, das unten auf einem der Wege mit einem Kinderwagen spazieren geht, Mann und Frau starren vor sich hin, ohne ein Wort zu wechseln.

»Du spielst gern Spielchen, Wilfried. Du weißt selbst nicht mehr, wann du Unsinn verzapfst und wann nicht.«

»Kann sein«, erwidere ich, »kann durchaus sein. Keine Ahnung.«

»Komm her.« Sie ergreift meine Hand, und ich fühle, wie mein Körper verkrampft. »Hör doch damit auf …«

Wir umarmen einander, und ich beiße mir fest auf die Zunge, um nicht wie ein Kind in Tränen auszubrechen.

Genau in diesem Moment wird er wach.

Genau in dem Moment sagt Angelo: »Schauspieler.«

Und sie sagt: »Der Deutsche hat mich angefasst. Und du hast tatenlos zugesehen. Du hast mich nicht beschützt.«

Sie küsst mich. Ich erwidere ihren Kuss.

»Es wird nie wieder vorkommen …«

»Ach«, sagt sie und küsst mich erneut, warm und feucht.

Und plötzlich weiß ich überhaupt nicht mehr, was das sein soll, Liebe.

Lieber Urenkel, ich schiebe meine Papiere, Notizen und Tagebücher beiseite. Ich habe gerade genug davon. Außerdem liegt vor mir eine Zigarre, die ich gerne genießen will, ohne dass Nicole ins Zimmer kommt und keift. Gerade habe ich die Haustür ins Schloss fallen hören, also ist sie einkaufen gegangen. Vielleicht sollte ich ein Fenster öffnen, aber vielleicht auch nicht. Ich qualme ungeniert vor mich hin wie ein Fabrikschornstein in einer Industriestadt im neunzehnten Jahrhundert, die an einem verunreinigten Fluss liegt. Es wird viel mehr Spaß machen, nachher den Anschlag auf meine Lungen zu leugnen, wenn der Rauch noch wie brauner Nebel im Zimmer hängt.

Deinetwegen bin ich auf diesen Seiten zum Romanhelden geworden, einer, der nicht weiß, was geschehen wird, wenn er zur Tür hinausgeht, und der deshalb einen Schlag nach dem anderen ins Gesicht bekommt, wie ein Idiot auf einem brennenden Berg, der sich dessen nicht bewusst ist, dass alles in Flammen aufgeht, weil er eine glühende Zigarre achtlos ins dürre Gras geworfen hat. Schließlich kann alles Mögliche passieren, wesentlich bleibt, dass man im entscheidenden Moment Dinge sagt oder Dinge tut, für die man – kaum ein paar Sekunden oder auch Jahrzehnte später – den Preis bezahlen muss. Je mehr ich für dich niederschreibe, umso mehr lasse ich regelmäßig alles, was ich weiß, unter dem fallenden Schnee verschwinden, umso mehr tue ich, als sei dieser alte Mensch bloß ein Geist, ein Schatten, der hinter dem jungen Wilfried fällt, der fest ins Sonnenlicht des darauffolgenden Tages schaut, ein Bursche, der zu wenig begreift von den Dingen um sich herum und sich einredet, dass ihm nichts etwas anhaben kann. Als ich an das Gespräch zwischen deiner Urgroßmutter und mir zurückdachte, zerplatzte dieser genügsame Traum. Ach … Ja, ach.

Meine Zigarre schmeckt mir mit jedem Zug weniger. Ich würde gerne einfach für eine Weile Wilfried Wils bleiben, ein Kerl in hohem Alter, der nur ein wenig über die Dinge um sich herum nachgrübelt. Schau, dort, die Amsel oben im Baum, wie hübsch. Und da, wie niedlich, der Kleine mit der viel zu großen Mütze, unter der sein schlecht gelauntes Gesicht fast verschwindet. Sieh einmal dies und sieh einmal das. Schau nur lang genug hin, und du siehst ein Bruegelgemälde in aktuellen Farben, zu dem ihr, du und auch der Maler, keinen Zugang habt. Gucken bleibt Gucken, am Ende vertreibt es rein gar nichts. Ich muss an meine Enkelin Hilde denken, die verdammt ist. Schau, wie wir dort gehen. Wir spazieren die Meir entlang. Sie hat sich bei mir untergehakt. Etwa sechzehn Jahre ist sie alt. Das zwanzigste Jahrhundert hat sein letztes Jahrzehnt angefangen. Wir erleben das Ende der Geschichte, so kann man in zwei Zeitungen lesen, die offensichtlich meinen, uns damit etwas Außergewöhnliches zu verkünden, das aus dem ewigen Ausland herübergeweht kommt. Alles spielt sich im Jetzt ab und nicht mehr in der Vergangenheit, es gibt niemanden mehr, der noch die Last von früher tragen müsste. Quatsch mit Soße ist das.

»Das ist hier ein Vergnügungspark, in dem sie dir nur das Geld aus der Tasche ziehen, Opa.«

»Oh, wie blöd. Und ich wollte dich gerade fragen, ob wir Kleider für dich kaufen wollen.«

»Gefalle ich dir etwa nicht?«

Sie lässt meinen Arm los und dreht sich um die eigene Achse. Sie trägt einen meiner alten Mäntel, den ich ihr nach langem Betteln überlassen habe. Um den Hals hat sie einen meterlangen Schal in Regenbogenfarben, den irgendeine Freundin für sie gestrickt hat. Ihre Füße stecken in Soldatenstiefeln, auf die sie mit einem weißen Stift allerlei Zeichen gemalt hat. Außerdem trägt sie Leggins mit Totenschädeln drauf. Ihre Lippen hat sie schwarz angemalt, die Fingernägel schwarz lackiert, die Haare hat sie hochtoupiert. Zahllose Ringe schmücken ihre Ohren, einen trägt sie durch die Nase.

»Um ehrlich zu sein, ist es ein Affront.« Ich lache.

»Schämst du dich nicht, mit mir vor die Tür zu gehen?«

»Ich schäme mich total.«

Wir haken uns wieder ein. Wie ist es möglich, denke ich in diesem Augenblick, wie ist es möglich, dass ich ein solch prächtiges Geschöpf meine Enkelin nennen darf? Zu allem gibt sie ihren Kommentar ab.

»Dieser Familienvater ist wie ein zwölfjähriges Kind angezogen. Und der da drüben darf seiner Frau nicht mehr an die Wäsche, das sehe ich sofort, Opa. Und schau dir die Kinder an! Halbe Mongolen! Und dort! Siehst du, wie die Damen ihre Taschen näher an sich herangezogen haben, als der lässige schwarze Typ an ihnen vorbeigegangen ist? Shit, ich hab keine Kippen mehr, und Geld hab ich auch keins. Und mir läuft die Nase. Können wir nicht zum Groenplaats gehen? Da hängen bestimmt ein paar Freunde von mir rum.«

»Willst du dich denn da mit einem alten Mann wie mir blicken lassen?«

Einen Moment ist sie still. Sie scheint ernsthaft über meine Frage nachzudenken und lächelt schließlich, als würde nur sie mein

Geheimnis kennen und wäre daher bereit, jedem spöttischen Blick auf die Liebe, die sie für ihren Großvater empfindet, mit großer Geringschätzung zu trotzen. Es fällt mir schwer, meinen Stolz zu verbergen, und ich bin froh, dass sie schließlich einfach weiterplappert, als sei nichts gewesen.

»Die vielen Leute machen mich wahnsinnig. Das sagt doch alles, dass die ganzen Touristen erst durch diesen Wahnsinn hier geschleust werden, ehe sie den Rest der Stadt besichtigen dürfen, in der Hoffnung, dass man ihnen vorher schon eine Menge Geld aus den Taschen gezogen hat. Und es ist auch kein Zufall, dass am Ende der Meir so ein gigantischer Turm mit dem Logo einer Bank darauf steht. Menschen sind Schafe …«

»Denken alle in deinem Alter so?«

»Die meisten sind *Loser* und haben keine Ahnung, also nein, nicht wirklich.«

»Ich hoffe, du tischst deiner Großmutter nicht solches Zeug auf.«

»Nein«, erwidert sie und drückt meinen Arm, »so was erzähle ich nur dir. Du verstehst das.«

Wieder setzt Stolz meine Augen unter Wasser. Ich räuspere mich, ich huste und schlucke die Tränen weg.

»Ich würde gern nach Berlin.«

»Was gibt es da?«, frage ich mit heiserer Stimme.

»Da sind wenigstens coole Leute. Ich hab schon etwas Geld gespart, aber meine Eltern machen Stress.«

»Du bist ja auch erst sechzehn.«

»Wenn du mal mit ihnen darüber sprechen würdest …«

»Da mische ich mich nicht ein.«

»Ich bin doch dein Patenkind.«

»Gerade deshalb. Ich will nicht, dass du mit diesen coolen Leuten in irgendeiner Berliner Gosse endest.«

»Du willst mich triezen.«

»Ja«, lüge ich wider Willen. Denn die Möglichkeit besteht, dass sie mich am Ende dazu bringt, mich bei ihren Eltern dafür einzusetzen, ihren Reiseplänen zuzustimmen. Und das will ich nicht. Ich will sie beschützen.

»Wen wollen Sie beschützen, Herr Wils?«

Nicole hält mich energisch am Ellenbogen. Plötzlich schlurfe ich mit ihr durch die Stadt und nicht mehr mit meiner Enkelin. Plötzlich bin ich mit allem Drum und Dran im Jetzt gelandet, und ich kann mich nicht daran erinnern, wie das passiert ist. Nicole spricht von Kleidung, die für mich gekauft werden soll.

»Ich will niemanden beschützen. Ich hab mit mir selbst geredet.«

»Manchmal glaube ich, Sie wissen einfach nicht mehr, ob Sie etwas zu mir sagen oder bloß in Gedanken reden.«

»Meine Zigarre ist weg ...«

»Da können Sie ja von Glück reden. Außerdem haben Sie schon seit Monaten keine Zigarren mehr im Haus. Ich habe alle verschenkt. Wissen Sie das nicht mehr?«

»Natürlich«, erwidere ich so überzeugend wie möglich, »natürlich ... Das war einfach nur so dahergesagt, mehr nicht.«

»Ich kann Ihnen nicht folgen.« Nicole seufzt.

»Ich mir auch nicht ...« Was soll man sonst sagen? Schnapp dir ein Fahrrad, dann bist du schneller? Heute lacht keiner mehr über solch lahmen Scherze, und Nicole erst recht nicht.

Sie lotst mich durch Straßen, in denen es von Vätern und Müttern wimmelt, die meinen, die noch immer viel zu kalte Frühlingsluft täte ihrem Nachwuchs gut. Manche Familien haben ihre Pflicht bereits erfüllt und stehen, unbehaglich und wortlos, von großen Plastiktaschen umgeben, die wie Sandsäcke einen Deich gegen die

Melancholie bilden sollen, an einer der Straßenbahnhaltestellen, ihre Welt zum soundsovielten Mal entzaubert. Für meine Mutter mit ihrer ewig schief sitzenden Perücke auf dem Kopf war die Suche nach neuen Kleidern etwas Herrliches. Ich glaube nicht, dass sie sich hätte vorstellen können, dass eine Zeit kommen würde, in der jeder beim Einkaufen, von unendlich viel Werbung angeheizt, zu einem infantil geifernden Kleinkind wird, das mit klebrigen Händchen nach einem angekündigten Schnäppchen oder »Sonderrabatten« greift.

So werde auch ich durch die Geschäftsstraßen geführt: wie ein großes Kind ohne Gedächtnis, ohne Vergangenheit, ohne einen Menschen, der das angepriesene Heute mit ein paar Kommentaren versehen könnte. Kommentaren, wie sie meine Enkelin früher pausenlos abgab und die mir im Stillen so viel Freude bereitet haben. Heute denke ich, sie war die letzte mir nahestehende Person, die noch Widerworte gab, gut gelaunt und gnadenlos.

Jetzt ist nichts zu hören außer Nicoles munterem Geplapper.

Wenn ich allein in der Stadt unterwegs bin, mache ich mir selbst weis, gut zu Fuß zu sein. Geht sie neben mir, überkommt mich die Angst, doch einmal zu stolpern und endgültig im Rollstuhl zu landen. Die Vorstellung, wieder vollkommen hilflos zu sein, wie damals, in den Armen eines Vaters liegend, den ich nie für meinen Vater gehalten habe, quält mich dann. Die Kräfte, die aus jedem ein artiges Kind machen wollen statt eines selbstständig denkenden Menschen, waren damals, ganz so wie heute, allgegenwärtig.

»Sind Sie ein bisschen kurzatmig?«

»Wieso? Mit den ganzen Schaumschlägern hier kann ich noch locker mithalten?«

»Na dann«, sagt sie und lacht.

Wir überqueren die breiten Ringstraßen, und ich sehe die bunte Menschenmasse aus Richtung Meir auf mich zukommen.

»Müssen Sie mir das wirklich antun?«

Sie drückt meine Hand, und einen Moment lang meine ich zu spüren, dass sie es bedauert, mich mitgenommen zu haben, dass sie selbst Angst hat, ich könnte jeden Augenblick auf die Schnauze fallen.

»Wir haben es nicht mehr weit. Und dort ist alles in unmittelbarer Nachbarschaft; ein Schuhgeschäft, Hosen werden wir dort auch finden und einen *Chemesier* für ein paar neue Hemden, so wie Sie es sich gewünscht haben.«

Chemesier. Sie verwendet dieses Wort, um mir einen Gefallen zu tun. Früher habe ich meine Hemden lieber auf Maß schneidern lassen, doch ein Geschäft, das sich auf Hemden spezialisiert hat, ist in diesen banalen Zeiten die notwendigerweise zweitbeste Wahl. Es ist lange her, dass ich auf der Meir war. Sogar als hier noch Autos fahren durften, lag dieses funkelnde Einkaufsparadies bereits mit gespreizten Beinen da. Ich habe es nie anders gekannt. Inzwischen gehöre ich zu der schon recht ausgedünnten Generation, die alles am Krieg misst und nicht anders kann, als alle Mutwilligkeiten von heute als dicken Schorf auf den Wunden der Vergangenheit zu betrachten. Sowohl in mir als auch in der Stadt liegt noch viel zu viel begraben. Die Langhaarigen in den Sechzigerjahren sagten, unter dem Pflaster läge der Strand. Dummköpfe. Unter dem Pflaster liegt der Betrug. Reiß es auf, und die Toten tanzen darunter hervor. Sie tanzen jetzt schon, Gott verdammt, da ist ja einer. Ich sehe sie mit vorwurfsvollem Blick an meiner Seite stehen. Wer hat dich nicht beschützen können, Hilde, meine hübsche, widerspenstige, verwirrte Enkelin? War ich es oder ein anderer? Haben wir es alle gemeinsam nicht auf die Reihe bekommen?

»Sie seufzen, als hätten Sie wieder eine unruhige Nacht gehabt, Herr Wils.«

»Warte nur, bis du selbst alt bist, Nicole.«

Auf der linken Seite der Meir öffnet sich ein Maul aus Gold und Glitzer. Da liegt ein platt getretener roter Läufer wie eine gespaltene Zunge und führt zu einem eleganten offenen Mund mit schneeweißen Zähnen. Durch einen Spalt, in dem an beiden Seiten fluoreszierend Rabatte angepriesen werden (– 50 %! – 70 %! Letzte Chance wegen Umbau!), gelangen wir in einen sehr viel breiteren als tiefen Raum, in dem Menschen in einer überdimensionalen Champagnerschale Champagner trinken und wo links und rechts noch mehr Tischchen stehen und wo es dahinter jede Menge Läden gibt, jede Menge Lampen, jede Menge Talmi. Laute Unterhaltungen und Musik kriechen die hohen Wände empor, fangen sich oben in der gläsernen Kuppel, bevor sie herunterfallen.

»Ich glaube, ich bin hier noch nie gewesen.«

»Früher war das der städtische Festsaal, Herr Wils. Daran erinnern Sie sich doch noch, oder?«

In meinem Innern windet sich eine Schlange Richtung Speiseröhre. »War das hier …?«

Nicole schaut besorgt.

»Kommen Sie, wir setzen uns da drüben hin.«

»Ich habe Sodbrennen …« Ich stöhne, mit einem Mal so schlapp wie ein Lappen.

»Setzen Sie sich hin. Ich habe Lutschbonbons, ich besorge Ihnen gleich ein Glas Wasser.«

Sie muss nur kurz in ihrer Tasche kramen, und schon liegt das Bonbon auf meiner runzligen Hand. Ich lutsche und schaue mich um. Nicole winkt einen ganz in Schwarz gekleideten Ober an unseren Tisch, dessen spärliche Haare aufrecht stehen und der ein dunkles Loch im Ohrläppchen hat. Ich nippe an meinem Wasserglas, während der Pfefferminzgeschmack die saure Schlange zum Rückzug zwingt.

Nicole rührt in ihrem Milchkaffee.

»Geht es wieder?«

Ich starre in ihre freimütigen Augen, weil ich gerade eine Ablenkung brauche. Nein, einen Mann hat sie nicht. Ich glaube, sie hat nie einen gehabt. Steht sie auf Frauen? Das lässt sich nicht ausschließen, obwohl ich so meine Zweifel daran habe. Wie alt mag wohl ihr sehniger Körper sein, mit den offenen blauen Augen und dem Kurzhaarschnitt, in dem das Grau durchscheint? So um die fünfzig? Fünfundfünfzig? Aber die Liebe wird sie doch erfahren haben, und wenn nicht, dann stattdessen eine tiefe Ruhe. Vielleicht hat sie sich selbst besiegt, vielleicht hat sie sich vollkommen neu erfunden und sich dabei allem widersetzt, was andere von ihr erwartet haben.

»Sie haben schelmische Augen, Herr Wils.«

»Ich sehe Sie einfach nur an.«

»Sie haben doch hoffentlich keine Dummheiten im Sinn?«

»Ich muss zu meiner Schande gestehen, dass ich nichts über Sie weiß, dass ich mich nicht ein einziges Mal nach Ihrem Privatleben erkundigt habe. Ich schäme mich gerade ein wenig dafür.« Ich nippe wieder an meinem Glas.

»Was wollen Sie wissen?«

»Erzählen Sie mal ein wenig von sich.«

Sie stammt aus reichem Elternhaus. Ihre Mutter ist schon lange tot, offenbar vor Kummer über ihre unglückliche Ehe. Ihr Vater liegt bedauerlicherweise noch nicht auf dem Friedhof, wie sie selbst sagt. Hin und wieder besucht sie ihn, doch sich wirklich um ihn kümmern, das macht sie nicht, obwohl sie das früher vorgehabt hatte. Aber der Alte will nichts davon wissen und tut so, als würde er sie nicht mehr erkennen. Sie war ein rebellisches Kind. Das glaube ich ihr aufs Wort. Sie machte sich nichts aus Geld. Die Freunde ihres Vaters waren alle wohlhabend und dekadent. Was sie nicht alles mit ihm erlebt hat! Davon wolle sie später einmal berichten, wenn mir solche Geschichten Freude bereiten. Ein Spanienurlaub auf irgendeinem Berg, unglaublich … Wahnsinn! Aber egal, sie ist ihren eigenen Weg gegangen, was sie stärker hat werden lassen. Die Pflege anderer ist ihr Lebensinhalt geworden, das ist ihre Leidenschaft, aber … Und dann spricht sie von allerlei Dingen auf der Arbeit, Einsparungen, üble Nachrede, Kontrollen, Vorgesetzte, die nicht wissen, was Pflege bedeutet, und der ganze Heckmeck, der noch hinzukommt, und so weiter. Ich nicke verständnisvoll und hoffe, dass ihre Geschichte später wieder eine andere Wendung nimmt, dass sie meinetwegen von Frauen berichtet, mit denen sie das Bett geteilt hat und die am Ende doch nicht taugten. Aber das Nicken bringt nichts, jetzt hilft keine Selbsthypnose mehr.

Ihre Erzählung ist immer weiter weg, ich kann ihr nicht mehr folgen und gebe es auf.

Seufzend verliere ich mich im städtischen Festsaal von einst, in dem, wofür dieser monströse goldene, mit Kauflust gelaugte Arsch einst die Kulisse war.

An der Ecke zur Brialmontlei, der Straße, von der sich heutzutage schon niemand mehr vorstellen kann, dass dort vor nicht allzu langer Zeit jüdische Kinder zur Schule gingen, alle mit einem auf den Mantel aufgenähten gelben Stern, steht Omer Verschueren und wartet auf uns. Der Anwalt, den ich in voller Glorie bereits erlebt habe, als er mit einer Eisenstange die Fenster der Synagoge in der Oostenstraat einschlug, erkennt mich nicht wieder. Diesen arroganten Fatzke ertrage ich einfach nicht, der muss dran glauben. Es wäre eine Schande, wenn so jemand seinen letzten Atemzug friedlich im Bett machen dürfte.

»Sag ruhig Omer«, sagt er dröhnend. Miesebart sieht zum Glück davon ab, mich ein zweites Mal mit viel Tamtam als seinen großen literarischen Freund vorzustellen. Stattdessen fragt er seinen Kameraden mit einem Augenzwinkern, ob er »alles« dabeihabe.

»Da mach dir mal keine Sorgen, mein Lieber«, erwidert der Anwalt und klopft sich links auf die Brust.

Ich schlage den Kragen hoch, weil eine scharfe Brise weht, reibe mir die Hände ein wenig warm und frage, was der Plan sei.

»Detektiv spielen!« Miesebart kichert.

»So ist es, junger Freund«, brummt Omer, der Bär, ebenso heiter. »Er ist Sherlock Holmes, und ich bin dieser Doktor … wie war sein Name …?«

»Elementary, my dear Watson!«

Die Türen sind weit geöffnet. Eine lange Schlange beginnt auf der Meir und windet sich ins Gebäude, an der hölzernen Wandvertäfelung entlang, im gelblichen Licht, tief in das breite Foyer hinein, um sich dann schließlich auf fünf Tische zu verteilen, ordentlich nebeneinander. Hier sitzen jeweils zwei Beamte mit Namenslisten vor sich, dazu Karteikartenstapel und eine Batterie von Stempeln neben einem aufgeklappten Stempelkissen. Früher konnte hier getanzt werden, jetzt verteilt man Lebensmittelkarten an die Bewohner der Stadt. Wir biegen in eine Seitenstraße ein und gelangen durch eine Tür auf einen Flur hinter dem Festsaal. Miesebart gibt sich flüsternd einem Portier zu erkennen, einem Kerlchen mit Haarbüscheln in beiden Ohren und kleinen Rasierwunden über einem ausgeblichenen Hemdkragen. Der Mann erschrickt, steht stramm und führt uns in einen kleinen Raum im Bauch des Gebäudes. Keine Fenster. Kahle Wände. Eine Glühbirne. Zwei einfache Stühle und ein Metalltisch stehen bereit. Wortlos lässt er uns dort zurück.

»Wie spät ist es, Omer?«

»Genau zehn Uhr.«

Der Anwalt streckt sich und wirft seinen Mantel ab. Etwas Schweres fällt auf einen der Stühle. Omer tastet nach dem Gegenstand und legt ihn auf den Tisch.

»Machst du einen auf Gangster?«

»Genau«, sagt der Anwalt und schiebt die Pistole wieder tief in eine Innentasche.

»Er hat einen Waffenschein«, sagt Miesebart und blinzelt mir dabei zu. »Ich übrigens auch …« Er präsentiert mir seine Innentasche, aus der ein Kolben hervorlugt.

»Ich gehe«, sage ich.

Die beiden sehen mich an. Miesebart schüttelt väterlich den Kopf.

»Was du tun musst, ist ganz einfach. Stell dich in der Reihe an. Das ist alles.«

»Meine Mutter hat die Lebensmittelkarten schon geholt.«

»Das Einzige, was du tun musst, ist dich umzuschauen. Sehr wahrscheinlich wird in der Halle gleich einiges los sein. Ein paar Leute werden versuchen zu entwischen. Gut möglich, dass darunter welche sind, die du kennst, Leute von deiner Wache, aber in Zivil. Brauchst nur die Augen offen zu halten. Wir erledigen den Rest.«

»Und was, wenn ich erkannt werde?«

Omer lacht. »Keiner will hinterher etwas gesehen oder jemanden erkannt haben, verstehst du?«

Diskret klopft jemand an die Tür.

»Mein Herr?«

»Kommen Sie rein.«

Der Portier mit den Büscheln in den Ohren nickt schüchtern.

»Ich habe den Männern drinnen gesagt, dass Sie da sind. Ich soll

Ihnen ausrichten, jemand habe sich mit drei Karten gemeldet. Zwei der Namen stehen auf der Liste, die Sie weitergegeben haben.«

Miesebart reibt sich ostentativ die Hände. »Sagen Sie den Beamten, sie sollen ihn kurz beiseitenehmen.« Der Portier nickt untertänig und schließt die Tür hinter sich.

»Was für eine Liste?«, frage ich zaghaft.

»Unser Freund Wilfried hört die Glocke, sieht aber den Klöppel nicht.«

Omer zuckt mit den Schultern und kratzt sich in einer seiner Achselhöhlen. »Nicht jeder versteht, wie das Spiel gespielt wird …«

»Dabei liegt es doch auf der Hand: Erstens sind wir die Juden noch nicht los. Das kommt daher, weil es zweitens immer noch Idioten gibt, die meinen, ihnen helfen zu müssen. Und drittens haben wir erfahren, dass diese Idioten so blöd sind zu glauben, sie könnten sich einfach mit den Lebensmittelkarten der Krummnasen anstellen, um sie dann mit Essen zu versorgen. Wie bescheuert kann man sein? Und jetzt sieh zu, dass du wegkommst, Wilfried. Hier darfst du nicht dabei sein. Stell dich in der Reihe an.«

Ich gehe durch den Flur und gelange wieder in die schmale Seitenstraße, wo jetzt ein Umzugswagen, ein Laster der Feldgendarmerie und ein Personenwagen parken, in dem ich den Oberscharführer erkenne. Er sitzt in Zivil neben dem Fahrer. Als er mich sieht, lächelt er kaum merklich. Ich ducke meinen hochroten Kopf tief in den Kragen. Seit den Vorkommnissen im »Hulstkamp« bin ich ihm nicht mehr begegnet. Ich denke: Nur die Ruhe, es ist ein Spiel, das sich beherrschen lässt. Aber natürlich habe ich keine Ahnung.

Ich höre die dicht gedrängt Wartenden miteinander reden. Niemand beachtet mich. Manche Frauen haben ihre kleinen Kinder dabei. Ein Dreikäsehoch quengelt, er sei müde. Seine Mutter versucht, ihn mit einem Teddybären bei Laune zu halten. »Ich verstehe nicht, wieso man das nicht besser organisiert«, murrt jemand. »Typisch Stadtverwaltung«, sagt ein anderer. »Wenn die Deutschen sich darum kümmern würden, ginge das alles sehr viel schneller. Da können Sie Gift drauf nehmen.« Die letzte Stimme ist etwas lauter, doch niemand reagiert. Die Unterhaltungen drehen sich aber auch um den verdammten Wind, der einfach nicht aufhören will, um das Fallen der Blätter und um die Tante, die Phlebitis am Bein hat und nicht auf einen guten Arzt hoffen kann, und ja, dann muss man sich natürlich um sie kümmern, auch wenn sie, mit Verlaub, ein ausgesprochenes Miststück ist, und dass es nicht immer diese Seite der Familie sein kann, die immer für alles geradestehen muss. Kaum sind wir im Gebäude, verstummen die Gespräche, als würden wir eine Kathedrale betreten, in der vor dem Altar ein Dutzend Priester die Kommunion austeilt. Viele halten die Köpfe gesenkt, bereit, diesen oder jenen Segen zu empfangen. Vorne bemerke ich Miesebart, der auf einen der Tische zugeht. Mit einem kurzen Nicken fordert er einen Mann auf, ihm zu folgen. Obwohl ich sehr weit weg stehe, kann ich sein sarkastisches Grinsen sehen. Ohne zu zögern, folgt ihm der Mann. Ich stehe inzwischen in der langen zweiten Reihe auf der linken Seite. Die Zeit dehnt sich. Anhand der zahllosen Rücken vor mir versuche ich, Personen zu identifizieren. Eine Nachbarin erkenne ich sofort an ihrem auffälligen schräg geschnittenen Hut, der sie in den Augen meiner Mutter zu einer liederlichen Frau macht. Dann fällt mein Blick auf das Ohr eines Mannes, der in der äußersten linken Schlange steht, einige Meter von mir entfernt. Irgendwas sagt mir, dass ich ihn kenne, dass ich ihn kennen muss, dass es sogar wichtig ist, ihn zu erkennen. Ich stelle mich diskret auf die Zehen, doch mehr als ein Ohr und etwas schwarzes Haar unter dem Hut sehe ich nicht. Man könnte fast meinen … Aber das kann nicht sein. Dann erstarrt der Saal. Ein Geräusch dringt aus dem Zimmer, in das Miesebart den Mann geführt hat. Sämtliche Gespräche verstummen, nur das Abstempeln der Karten geht unbeirrt weiter. Irgendein Gegenstand wird geworfen. Eine Faust donnert auf einen Tisch. Jetzt hören wir jemanden winseln. Die Beamten schauen einander kurz an und fahren dann sogleich wieder fort, die Namen zu kontrollieren und Lebensmittelkarten abzustempeln. Mehr Gewinsel und dann ein lautes »Nein!«. Jetzt wird die Menschenmenge unruhig. »Was geht da drinnen bloß vor sich …« Jemand zischt: »Gestapo, Gestapo …« Ein anderer flucht, ein Fluch, der diskret von Reihe zu Reihe wandert. »Schweinehunde.« »Mischen die sich wieder ein.« »Muss das sein?« Ein Beamter steht auf und nimmt direkt wieder Platz. Miesebart kommt zurück in den Saal. Er heftet den Blick auf eine Karte, die ein anderer Beamter beiseitegeschoben hat. Ein Mann ganz vorn in der Reihe wird wortlos gebeten, sich ein wenig abseits zu stellen. Miesebart schaut ihn an. Wieder das sarkastische Nicken, begleitet von der einladenden Geste in Richtung Zimmer. Aber der Mann, ein wahrhafter Hüne, Typ ehemaliger Soldat mit hochgeschorenem Haar und breiten Falten in seinem Stiernacken, rührt sich nicht vom Fleck. Miesebart reicht kaum über die Schultern des Mannes. Der Stiernacken lässt seine Stimmbänder in dem Saal erschallen, in dem vor dem Krieg Orchester gespielt haben, in dem der Bürgermeister seinen alljährlichen Ball veranstaltet hat, wo getanzt, gelacht und am Ende einer trunkenen Nacht Frauen belästigt wurden. »Darf ich fragen, wer Sie sind? Ich mache keinen Schritt, ehe ich nicht Ihren Ausweis gesehen habe! Für wen halten Sie sich eigentlich?« Der Mann verschränkt die Arme. Währenddessen bemerke ich, dass der mit dem Hut, den ich nicht so recht einordnen kann, unauffällig Wartende vorlässt und sich heimlich rückwärts bewegt, sodass er mir immer näher kommt. Miesebart zieht seine Pistole. Die Menschenmenge weicht zurück. Manche, selbst die weiter von der Waffe entfernt Stehenden, ducken sich, die Hände schützend über dem Kopf. Die Leute zischen: »Unglaublich … Das darf doch nicht sein?« »Wer ist dieser Hundsfott überhaupt?« »Gestapo, Gestapo!« Ein junger Bursche in Knickerbockern und einer kurzen Lederjacke stößt einen ohrenbetäubenden Fluch aus und fügt hinzu: »Nicht mit mir, du …!« Dann macht er sich aus dem Saal und raus auf die Meir. Die Menschenreihen wogen unterdessen hin und her, wie auf einem Schiff bei Sturm. Die Unruhe nimmt noch weiter zu, als Miesebart die Pistole auf die Brust des Stiernackens richtet: »Mitkommen, sofort, verflucht noch mal!« Menschen recken die Hälse, um zu sehen, was vorne passiert. Die eben noch sauber getrennten Schlangen sind nun in völlige Unordnung geraten. Jemand ruft: »Feigling!« Ein alter Mann versucht, Miesebart zu beruhigen. Er hält die Hände vor sich. Ich sehe, wie die Faust mit der Pistole in die Höhe geht und hinuntersaust. Schreie des Entsetzens gellen durch den Saal. Dann erkenne ich endlich das Phantom links von mir, das das Chaos dazu benutzt, sich aus dem Staub zu machen. Weniger als eine Sekunde lang schauen wir einander in die Augen: Chaim Lizke. Ich bin mir nicht sicher, ob er mich auch erkannt hat, und ehe ich recht weiß, wer da vor mir steht, ist er schon verschwunden. Ich kann es kaum glauben. Dann ertönen Trillerpfeifen, zwei Polizisten stürmen in den Saal, gefolgt von dem Burschen in den Knickerbockern, der offenbar immer noch glaubt, bei Gewalt müsse einfach einer von uns Polizeibeamten hinzugezogen werden. Und als würde jemand da oben Karten spielen und Pik als Trumpf ausbringen, sehe ich, dass Lode unter den Beamten ist, den Kopf rot vor Zorn. Es wird gedrängelt und geschoben. Kinder schreien. Lodes Pfeifsignal und das seines Kollegen wird von deutschen Befehlen erwidert. Wie in einem schlechten Schwank erscheint mein Freund Gregor von hinter dem Vorhang, in seinem Kielwasser ein Haufen Feldgendarmen, alle mit der Waffe im Anschlag. Lode wird direkt umzingelt und abgeführt. Miesebart ist verschwunden. Alle drängen zum Ausgang. Kinder stürzen, Menschen brüllen, und ich kämpfe mich, wie ein Dilettant, der zufällig vor den Toren der Hölle gelandet ist, mit den anderen ins Freie.

Stundenlang sitze ich im Stadtpark am Weiher und denke nach, das eine gegen das andere abwägend, als könnte ich hirnverbrannter Idiot das ganze Spiel, in das ich da hineingeraten bin, mit ein paar Denkmanövern in die von mir gewünschte Richtung lenken. Erst am frühen Abend habe ich den Mut, zur Metzgerei zu gehen. Yvette und ihre Eltern sind bereits fürchterlich in Sorge.

Yvette öffnet die Tür. Ihre Augen sind rot, und sie sieht mich an wie einen ungebetenen Gast.

»Oh, was ist denn mit dir?«, höre ich mich tapfer fragen. »Was ist los?«

Sie wischt die Tränen ab und führt mich nach oben. Ihre Mutter schaut kurz zu mir auf, sagt aber kein Wort. Auch sie hat geweint. Wie üblich sitzt der Vater in seinem Sessel und liest Zeitung.

»Nun rück schon damit raus«, sage ich. »Was ist um Himmels willen passiert?«

»Unser Held hat sich in seinem Zimmer verschanzt«, erwidert der Vater scharf, ohne die Zeitung herunterzunehmen. »Frag ihn selbst! Ich habe es immer gesagt. Lass die Finger von der Uniform. Aber der Herr wollte ja nicht hören. Jetzt sieht er, was er davon hat!«

»Ach, Vater. Es ist ja schon gut«, jammert seine Frau.

Ich gehe eine Treppe höher und klopfe an die Schlafzimmertür.

»Lode, ich bin's, Wilfried.«

Keine Antwort. Ich betrete sein Zimmer.

Lode sitzt mit dem Rücken zu mir auf dem Bett.

»Deine ganze Familie flennt.«

Er dreht sich langsam zu mir um. Das rechte Auge ist zugeschwollen.

»Ich habe alles gesehen«, sage ich.

»Was du nicht sagst.«

»Ich stand in einer der Reihen.«

»Sie haben uns mitgenommen. Wir haben ordentlich Prügel bezogen.«

»Du hättest dich lieber nicht einmischen sollen …«

»Jetzt fängst du auch schon damit an! Wenn jemand zu dir kommt und berichtet, dass irgendein Irrer im städtischen Festsaal mit einer Pistole herumfuchtelt, bleibt dir dann noch eine Wahl? Wir sind bei der Polizei, Mann! Oder hast du das vergessen?«

Er öffnet die Tür seines Nachtschränkchens und holt eine Flasche Jenever hervor. Er nimmt einen Schluck und reicht mir dann die Flasche. Ich trinke einen tüchtigen Schluck und stehe mit einem Mal wieder schwankend im »Hulstkamp«. Hände weg vom Jenever.

»Entschuldige, ich hab keine Gläser …«

Ich lache. Er auch.

»Wir haben noch nicht mal den Dreckskerl mit der Pistole erkannt. Wenn ich dahinterkomme, wer …«

»Mein ehemaliger Französischlehrer …«, höre ich mich sagen. Lode sieht mich an, reibt sich das Kinn. »Das war ja zu erwarten, dass dein Kumpel dort sein würde.«

»Es war noch jemand bei ihm. Ein Rechtsanwalt. Omer Verschueren.«

Jetzt erschrickt Lode sichtlich.

»Wie bitte?«

Er nimmt noch einen Schluck aus der Flasche. »Du weißt doch, was man sich über ihn erzählt, oder?«

»Wer erzählt was?«

»Dass er ein doppeltes Spiel spielt. Für Geld macht dieses Arschloch alles. Übrigens kennt Omer meinen Vater und mich ziemlich gut. Ein paar Jahre vor dem Krieg war er unser Anwalt.«

»Ein absolutes Dreckschwein …«

»Das kann man wohl sagen.«

»Den sollte man am besten erledigen, wenn du mich fragst.«

»Nichts dagegen.«

Ich greife nach der Flasche und gieße ordentlich Jenever in mich hinein. Alles dreht sich. Hätte ich besser nicht gemacht. Ist stärker als ich selbst.

»Lode ...«

»Still. Pass auf, was du sagst. Nein, halt lieber ganz den Mund.«

Eine Weile sagt keiner ein Wort. Ich zünde zwei Zigaretten an und gebe Lode eine.

»Ich habe auch Chaim Lizke dort gesehen.«

Lode fällt fasst die Zigarette aus den Fingern. »Unmöglich! Das ist Wahnsinn. Das kann nicht sein.«

Da steht er im Halbdunkel seines Verstecks, hinter dem Küchentisch, auf dem ein offenes Buch liegt. Wir schauen ihn an.

»Wo sind Sie gewesen?«, ruft Lode.

Runzeln erscheinen auf Lizkes Stirn. Er sieht zu Lode, dann zu mir. Sein Gesichtsausdruck bleibt unverändert. Verständnislosigkeit.

»Sie sollen nicht nach aus gehen, Herr Lizke!«

»Nach Hause? Das geht nicht mehr.«

Plötzlich schießen ihm Tränen in die Augen, obwohl er immer noch erwartungsvoll lächelt, bereit, uns bei egal welchem Unsinn zu Diensten zu sein.

Lode und ich seufzen zugleich. Lode hebt die Arme in die Luft. Ich lasse Lizke keinen Moment aus den Augen, wie ein Kind, das versucht, hinter den Trick eines Zauberers zu kommen.

Lizke wendet sich von uns ab und setzt sich hin.

Tränen tropfen auf den Tisch.

»Alles ist zu einem Nachtmahr geworden«, sagt er, ohne einen von uns speziell anzusprechen.

Lode sieht mich fragend an.

»*Nachtmahr* bedeutet Albtraum«, sage ich leise.

Lizke schnäuzt sich in ein schmutziges Tuch.

Ich sehe, wie er erschaudert, ehe er wieder zu seinem Buch greift und weiterliest, als wären wir gar nicht da.

Lode und ich stehen vor einem Haus in der Lange Leemstraat. An einer der Türklingeln hängt eine kleine Kupferplatte, in die »Versicherungen Flor Goetschalckx« eingraviert ist. Der Name lässt mich heimlich grinsen. Lode drückt den Klingelknopf über dem des Versicherungsbüros. Ich kenne den jungen Burschen, der uns die Tür öffnet, nicht. Er spricht Lode flüsternd mit »Vincent« an, und ich werde ihm als »Robert« vorgestellt.

Im Flur riecht es nach altem, nassem Hund. So leise wie möglich steigen wir die knarrende Treppe hinauf. Hinter einer der Türen im ersten Stock ertönt leise Klaviermusik aus einem Grammofontrichter. Wir werden in die Wohnung zur Straße hin geführt, die am weitesten von der Treppe entfernt liegt. Im Zimmer hängen Rauchschwaden. Ein untersetzter Mann in den Vierzigern mit buschigen Augenbrauen wie Fühlhörner eines seltsamen Käfers sitzt an einem Küchentisch, über den eine Häkeldecke drapiert ist. Eine Teekanne steht bereit, umgeben von leeren Tassen. Der Mann mit den Fühlhörnern nickt Lode zu.

»Wen hast du da mitgebracht, Vincent?«, fragt er mit knarziger Stimme.

»Einen Kollegen, Professor, einen aus dem sechsten Distrikt. Er heißt Robert. Er hat mir mit dem Juden geholfen, den ich …«

Der Mann gebietet Lode zu schweigen. »Schon gut, mein Freund. Mehr brauchen wir nicht zu wissen.«

Ich verstehe, warum er »Professor« genannt wird. Man kann ihn sich mühelos in einem Hörsaal vorstellen, die Bänke gefüllt mit jungen Studenten, die hingebungsvoll lächelnd seine Weisheiten schlucken. Der junge Bursche, der uns hineingelassen hat, ist augenscheinlich ein Student, und der Rothaarige, der auf der anderen Seite des Tisches in der Nase bohrt, offenbar auch. Einer der beiden schenkt dampfenden Tee ein, und wir nehmen Platz.

»Meine Herren«, sagt der Professor, »der Feind kassiert eine Pleite nach der anderen ein. Nordafrika können sich die Deutschen abschminken, in Russland beziehen sie Prügel, und hier in unserer eigenen Stadt fühlt sich kein einziger Hunne oder Volksverräter mehr sicher. Sagt, was ihr wollt, aber allmählich zeigt sich, dass nach der tiefsten Dunkelheit das hellste Licht sichtbar wird. Jetzt dürfen wir nicht aufgeben. Jeder Sabotageakt, jeder Stock in den Speichen der Nazis ist ein Schritt vorwärts.«

Zum Zeichen der Zustimmung klopfen die Anwesenden leise auf den Tisch. Der Nasebohrer zündet sich eine Zigarette an und bläst den Rauch triumphierend an die Decke, wie ein Mafioso in einem Kinofilm.

Der Professor schaut mich an: »Robert, wir können Leute wie dich und deinen Freund Vincent gut gebrauchen …«

Lode, oder »Vincent«, unterbricht ihn sofort: »Deswegen ist er nicht hier, Professor.«

»Weswegen sonst?«

»Um zu erfahren, wie weit wir sind. Mein Jude muss weg.«

Der Professor schaut zu dem Burschen hinüber, der uns die Tür geöffnet hat: »Guillaume?«

Besagter Guillaume zupft sich kurz am Ohrläppchen und sagt dann mit einer Fistelstimme, so hoch, dass es beinahe komisch ist: »Das Versteck in Brüssel ist bereit. Die Leute vor Ort sind informiert. Wir müssen ihnen nur noch Bescheid geben, wann der Mann dort ankommen wird. Seine Papiere …«

»Ich arbeite daran«, unterbricht ihn der Professor, »es ist nur noch eine Frage von Tagen. Du wirst so gut wie keinen Unterschied zu den echten Dokumenten feststellen. Ach, Freunde, es ist doch wirklich unvorstellbar, was Menschen alles erreichen können, wenn sie an einem Strang ziehen. Nicht mehr lange, dann sind wir dran, ihr werdet schon sehen. Man spürt, dass die Menschen allmählich bereit sind. Die Brutalität der Besatzer macht, dass wir die Herzen des Volkes gewinnen.«

Seine Augen leuchten. Er schlägt heftig auf den Tisch, lächelt aber sogleich. »Entschuldigt, ich weiß, dass wir Herrn Goetschalckx hier unten keinen Anlass zur Beunruhigung geben dürfen.

Die Männer, die im Halbkreis um ihn sitzen, grinsen etwas dämlich, auch Lode. Ich stehe am Fenster neben dem Vorhang und höre eine Straßenbahn langsam und knarrend wie ein Stück Schrott auf Rädern vorbeifahren. Dann Schritte. Jemand ruft: »Halt!« Es ist, als müsste die Straßenbahn erst ächzen, bevor sie bremsen kann. Dort draußen das normale Leben, hier drinnen die Verschwörung einer kleinen Gruppe, die glaubt, dass bald der Moment für eine Revolution kommen wird, mit Tee und Haferplätzchen, im Vertrauen auf das, was der Professor sich selbst in puncto richtiger Seite, und wer am Ende obsiegen wird, wie ein kleiner Junge eingeredet hat, der in einem Lager voller Schwarzpulver mit Streichhölzern herumhantiert und jede Flamme, die er entzündet, für ein Zeichen Licht spendender Hoffnung hält.

»Bist du jetzt beruhigt?«, fragt Lode munter, als wir mit hochgeschlagenen Kragen zurück in Richtung Van Eycklei gehen.

Ich schweige. Wir stapfen eilig weiter.

»Sag mal«, frage ich schließlich mit ausdruckslosem Gesicht, »ist dieser Flor Goetschalckx auch an dem Komplott beteiligt?«

Lode runzelt die Stirn.

»Ein Versicherungsvertreter könnte in einer solchen Truppe durchaus von Nutzen sein. Wenn es zu häuslichen Unfällen kommt. Oder auch bei aushäusigen Aktivitäten.«

Lode seufzt. »Du hältst dich wirklich für ganz besonders komisch, was?«

»Lachend sagt der Narr die Wahrheit, mein Freund. Aber mal im Ernst: Was hast du mit diesen Amateuren zu schaffen?«

»Das sagt der Richtige. Überleg mal, wo du dich überall herumtreibst, mein Lieber.«

»Nämlich?«

»Mit dem ganzen Abschaum im ›Hulstkamp‹, wo du meine Schwester hingeschleppt hast? Ja, ja, ich weiß, du hast ihr verboten, mir davon zu erzählen. Bist du vollkommen verrückt geworden?«

»Aber es ist sicherer, sich gut mit den Schweinehunden zu stehen.«

»Sicherer für wen? Für Yvette? Ich glaube nicht. Jeder in dieser Stadt hat alles gesehen. Doch du glaubst, du seist unsichtbar, du denkst, das alles sei nur ein Spiel.«

»Mein Gott, Lode, euer Professor denkt das doch auch. Und du genauso. Das ist, als werfe der eine Hund dem anderen vor, dass er Flöhe hat.«

»Wir sind also alle Idioten?«

»Darauf kannst du einen lassen.«

»Bierchen?«

»Ach, wieso nicht? Vielleicht hat das ›Hulstkamp‹ noch auf …«

»Ach, leck mich doch, ›Robert‹.«

»Selber, ›Vincent‹.«

Eine Viertelstunde später prosten wir einander in der Brasserie »Alma« zu.

Meine Uniform ist mir ein fester Halt geworden. Sie gibt mir Struktur, das Patrouillieren ist zu einem beruhigenden Ritual inmitten des alltäglichen Wahnsinns geworden, und Gaston kenne ich inzwischen so gut, dass ich seine Sätze spontan vervollständigen kann. Am Ende unserer Schicht gehen wir mit dem Hilfskommissar durch, welcher Mist uns an diesem Tag wieder auf den Straßen begegnet ist, und er notiert dann im Protokollbuch, was ihm in den Kram passt. Am Ende erteilt er uns meistens seinen Segen. So fühlt es sich jedenfalls an, als würden wir von unseren Sünden freigesprochen.

»So ist es«, knurrt Gaston. »Und solange keiner von uns …«

»… eine große Sache daraus macht …«

»… wird alles gut. Verdammt, Wilfried, meiner Meinung nach machst du Fortschritte. Es ist schön zu sehen, wie ein junges Fohlen nach langem Schwanken und Stolpern auf seinen vier Beinen schließlich doch …«

»Schon gut.«

Gaston lacht sein herzhaftes Lachen. Wir sitzen im Aufenthaltsraum und essen unser Butterbrot, bevor die Schicht beginnt.

»Hör dir das an!« Gaston lacht und streicht die Falten aus seiner Zeitung. »Ein Hirtenbrief unseres Kardinals. ›Der innere Zustand unseres Landes verschlimmert sich von Tag zu Tag. Ununterbrochen und fast überall werden Gewalttaten begangen. Die Anschläge auf Leib und Leben lassen sich nicht mehr zählen. Wohin führt dieser Blutstrom?‹«

»Oh Mann«, sage ich.

»Wenn sich die Bande der Mitrenträger zu Wort meldet, wird es ernst! Und dieser Satz ist auch herrlich, hör dir das an: ›Wir fordern, dass diese blutige Serie ein Ende nimmt und dass Ruhe und Geduld wiederaufleben, in der unerschütterlichen Hoffnung auf einen gerechten Frieden.‹ *Voilá*, Problem gelöst. Jeder Widerstandskämpfer wird ja wohl die Zeitung lesen, oder? Wir können nach Hause gehen.«

»Und so wird der Terrorismus endgültig zur Hölle geschickt …«

»Du kannst also beruhigt sein.«

Gaston will aufstehen, sinkt aber ächzend und sehr vorsichtig wieder auf den Stuhl zurück.

»Was hast du denn jetzt wieder?«

»Arschkletten, ja, Rosettenbommeln, mein Lieber. Nicht lachen! Das kommt vom Alkohol, und davor ekelt sich keiner. Nimm mich als abschreckendes Beispiel, damit du selbst nicht der Schande und dem Verderben zum Opfer fällst.«

Der Scheele August kommt rein und sagt, in der Potgieterstraat sei gerade eine Bombe explodiert.

»Dann solltest du dich wohl auf den Weg dorthin machen«, sagt Gaston mit einem gleichgültigen Gesichtsausdruck. Er blinzelt mir zu, während er erneut seine Butterbrottüte öffnet.

»Mensch, du weißt genau, dass die Straße nicht auf unserer Route liegt.«

»Außerdem sind Bombenanschläge, ehrlich gesagt, nicht gerade unsere Spezialität«, füge ich hinzu.

In unserem Bezirk mit lauter Kneipen, Hotels und Juwelieren lässt man keine Bomben hochgehen, und man wirft auch keine Granaten in Schaufenster. Zu viele Deutsche in der Nähe, die saufen und herumhuren, vermute ich. Und eine Bombe ist ziemlich auffällig, man läuft Gefahr, dass es mehr als einen Toten gibt. Hier wird ganz selten einmal jemand in der Abenddämmerung in seiner Wohnung oder vor seiner Haustür niedergeschossen, nachdem er zuvor eine Warnung erhalten hat, wie zum Beispiel: ›Naziknecht, ein Volksgericht hat dich verurteilt‹. Manchmal erstattet ein derart Bedrohter Anzeige gegen Unbekannt, manchmal lässt er es aber auch bleiben. Nicht, dass es einen großen Unterschied machen würde, wenn sie es tun. Erst gestern haben wir zufällig einen von ihnen ins Krankenhaus bringen lassen, wo er bald darauf gestorben ist. »Ich habe denen doch gesagt, dass man es auf mich abgesehen hat«, murmelte er, bevor der Krankenwagen kam, »aber die Polizei hat keinen Finger krumm gemacht.«

Wir nicken, wir nehmen in Augenschein, wir halten fest, wir notieren, wir fragen nach Details. Wann genau haben Sie den Brief gefunden, Madame? Können Sie uns sagen, zu welchem Zeitpunkt das passiert ist, mein Herr? Welcher Ihrer Nachbarn verhält sich Ihrer Ansicht nach auffällig? Diese Handlungen sollen Gelassenheit demonstrieren, ihr Ziel ist es, Ruhe zu vermitteln. Wir wachen über Sie. Diese Vorstellung beruhigt jedoch vor allem uns selbst.

»Das muss auch so sein«, sagt Gaston. »Keinem Menschen ist mit einem nervösen Gesetzeshüter gedient, dem ins Gesicht geschrieben steht, dass den Dingen nicht nachgegangen wird und alles außer Kontrolle ist.«

»Das ist es doch schon lange?«

»Absolut richtig, aber das eine widerspricht dem anderen nicht. Deine Gelassenheit und Würde sind Waffen in Zeiten des Irrsinns. Sei deiner Uniform dankbar, mein Junge, sie beruhigt dein Gemüt.«

Unten ruft jemand laut unsere Namen.

Der Hilfskommissar teilt uns mit, dass wir ins »Golding« in der Anneessensstraat müssen.

»Ein paar Deutsche nehmen da den Laden auseinander.«

»Vergiss es. Schick zwei andere Idioten.«

»Ich schicke euch beide, Gaston. Du solltest längst unterwegs sein.«

»Ich will keine …«

»Gaston!«, brüllt der Hilfskommissar. »Wenn du keine Schwierigkeiten haben willst, dann mach keine Schwierigkeiten. Erledige verdammt noch mal einfach deine Arbeit!«

Ein paar Kollegen können ihr Lachen nicht unterdrücken, erleichtert darüber, dass sie nicht zum »Golding« müssen. Unter lautem Applaus verlassen wir die Wache. »Verpasst ihnen ordentlich eins, Jungs«, ruft man uns hinterher.

Die Brasserie »Golding« ist das dritte Gebäude neben dem Cinema Metro. In der schmalen Straße mit allerlei Vergnügungslokalitäten drängeln sich die Leute. Aber es ist gerade mal acht Uhr, noch ist es hier noch nicht mal richtig losgegangen. Ein SS-Mann hat schon jetzt genug intus. Auf Höhe des »Golding« lehnt er an einem Baum und schreit vollkommen außer Sinnen den Vollmond an. Alle tun so, als sähen sie ihn nicht. Noch ehe wir das Lokal erreichen, fliegt ein Tisch durch das Fenster des »Golding«. Der betrunkene Soldat bückt sich zwar sofort, gerät aber trotzdem in den Scherbenregen. Er wirft einen Blick in die Kneipe, zuckt, wobei die Scherben von ihm runterfallen, dämlich grinsend mit den Achseln und winkt seinen Kameraden zu, während ein paar Kunden aus dem Haus strömen wie Ratten in Todesangst. Einer von ihnen, ein leicht angetrunkener Kerl mit einem Hitlerbärtchen und einem zu weiten Regenmantel, spricht uns an: »Die drehen vollkommen durch. Gut, dass Sie da sind! Das Ganze läuft wirklich aus dem Ruder …« Er macht eine Pause, sieht uns beide nacheinander an und seufzt: »Ich fürchte nur, Sie sind mit zu wenig Leuten gekommen.«

Im Inneren der Brasserie sieht es aus wie auf einem Schlachtfeld. Tische und Stühle liegen wild verstreut herum. Ein SS-Mann schlägt mit Schaum vor dem Mund einen Barhocker an der Theke in Stücke. Holzsplitter fliegen umher. Ein Kopf taucht auf und sucht dann wieder Deckung hinter den Zapfhähnen. Fünf SS-Männer stehen im Kreis beieinander und prosten sich zu, ohne auf das Chaos zu achten. Ein paar andere sitzen weiter hinten in der Kneipe, vor ihnen Champagnerkühler, neben ihnen lachende Frauen. Ein Mann sitzt weinend allein an einem Tisch, unbeachtet von allen. Der mit dem Schaum vor dem Mund greift mit blutigen Händen nach einem weiteren Hocker und bemerkt dann plötzlich uns. Mit einem breiten Grinsen ruft er seinen Kameraden zu: »Hurra, Jungs! Die Feuerwehr ist da!«

»Was ruft der Arsch?«, fragt Gaston mit zusammengebissenen Zähnen.

»Er sagt, wir seien von der Feuerwehr.«

Gaston zieht seinen Schlagstock und trifft den betrunkenen blonden Arier, der ihn mit offenen Armen und breit lächelnd begrüßt, genau am Hals. Hustend und sich an die Kehle greifend, geht der Deutsche in die Knie. Alle drehen sich zu uns um. Abgesehen vom Geröchel des Deutschen, der nur mühsam Luft bekommt, herrscht Stille. Alle sind mit einem Mal nüchtern und fest entschlossen, sich zu wehren. Weiter hinten lösen sich die Soldaten in aller Ruhe von den Frauen, die ihnen an den Hälsen hängen. Ein Champagnerglas zerschellt am Boden. Selbst derjenige, der eben noch Tränen vergossen hat, lässt jetzt die Fingerknöchel knacken, bereit für die Feldschlacht.

»Keine so gute Idee, Gaston.«

Er ignoriert mich und brüllt, lauter als ich ihn jemals gehört habe: »Alle *zu Hause*, gottverdammt! Macht, dass ihr rauskommt, oder ihr werdet was erleben! *Ihr gehen was erleben, verstanden?*«

Gastons Helm wird ihm vom Kopf gestoßen. Fluchend dreht er sich um und trifft den SS-Mann in den Magen. Die Übrigen machen einen Schritt auf uns zu, ruhig und beherrscht, eine Mordmaschine, die bereit ist, uns mit einem Mal zu verschlingen, eine groteske Beute. Einer der Männer hebt den weißen Helm vom Boden auf und pisst gemächlich hinein. Es dauert ein paar Sekunden, bis die Soldaten zu wiehern anfangen.

»Wir müssen hier weg«, sage ich so leise wie möglich.

Gaston brennen jetzt alle Sicherungen durch.

»Verflucht, mein Helm!«

Die wenigen Haare, die er hat, stehen in verschwitzten, schwarzen Büscheln nach oben. Der SS-Mann schüttelt seinen Schwanz ab und wirft den Helm in Richtung Gaston. Die Pisse rinnt uns übers Gesicht.

Lautes Sirenengeheul.

Donnern in der Ferne.

Die Engländer. Ein Luftangriff.

Die Flak beginnt sogleich zu feuern.

Hinterm Tresen hören wir die Klappe einer Bodenluke zufallen. Der Wirt hat sich in seinem Bierkeller verschanzt.

Dann gibt es einen lauten Knall, der die Mauern erzittern lässt. Alle rennen um ihr Leben nach draußen; Gaston und ich selbst sind mit einem Mal keine komischen Feuerwehrmänner mehr.

»Von den Engländern gerettet«, rufe ich.

»Gewöhn dich schon mal daran«, erwidert Gaston.

Das Wetter ist gut, und sie möchte, dass wir einen Ausflug machen. Ich darf das Fahrrad ihrer Mutter leihen.

»Wo willst du hin?«, frage ich sie.

Was sie sagt, wie sie mich ansieht, all das lässt mich vermuten, dass ich mich noch irgendwo in der Vorhölle ihres Herzens befinde. Dieses Gefühl macht mich klein, so wie ich auch jetzt auf dem sich dahinschleppenden Rad ihrer Mutter einen Kopf kleiner als sie bin. Wir biegen in die Van Maerlantstraat ein, vorbei an dem Haus, in dem sich Chaim Lizke noch immer versteckt. Plötzlich erwacht in mir der Wunsch, an meinen Gedichten weiterzuarbeiten, an meinen »Bekenntnissen eines Komödianten«, die genau dort, an dem Tisch, wo der Jude seine Bücher liest, entstanden sind und nur dort weiterwachsen, wenn die Reihe wieder einmal an mir ist, ihm Essen zu bringen. Sobald ich daran denke, winden sich die Verse um mich herum. Doch Yvette behält mich so scharf im Auge, dass ich es mir nicht erlauben kann, mich darin zu verstricken. Ich muss jetzt bei ihr sein, nirgendwo sonst. Wir biegen links ab, überqueren die Italiëlei und fahren ein Stück über den Paardenmarkt. Sie folgt mir, ohne ein Wort zu sagen, ohne zu fragen, wohin wir fahren. In der Nähe des Rotlichtviertels biege ich rechts ab, und wir kreuzen die breite Ankerrui. Dort dümpeln die Boote auf dem schwarzgrünen Wasser des Willemdoks und kreischen die Möwen lauter als sonst wo in der Stadt. Wir rumpeln über die geschlossenen Schleusentore.

»Wo führst du mich hin?«

»Raus aus der Stadt«, sage ich, und es klingt wie »raus aus dem Dreck«.

Wir fahren an Seemannskneipen vorüber, wo sich schon jetzt Trunkenbolde mit einer Hand an der Wand abstützen, den Oberkörper weit nach vorne gebeugt; dabei ist es noch nicht einmal Zeit fürs Mittagessen. Die Fischhändler haben ihre Ware in Holzkisten nach draußen gestellt, doch es sind kaum nüchterne Menschen unterwegs. Die Stadt schläft noch immer.

In der Nähe der Londenbrug, wo die größeren Schiffe liegen, winkt das Grün des Flussufers, dem wir in nördlicher Richtung folgen.

»Aha«, sie lacht, »da fahren wir also hin? Aber die Saison hat doch noch gar nicht begonnen.«

Obwohl es schon deutlich wärmer wird, ist noch nicht Sommer. Gerade deshalb will ich mit ihr in die Wälder, an den Strand und zum Badeteich des Noordkasteels. Ich glaube nicht, dass da jetzt jemand ist. Und ich will gern mit ihr allein sein.

Es ist ruhig dort.

Sie schaut zum Wasser, das an dem verlassenen Strand leckt. Ein Stück entfernt, am gegenüberliegenden Ufer, das von Pappeln gesäumt ist, sitzen drei Angler auf ihren Körben. Ich nehme ihre Hand und spaziere mit ihr zu den Sträuchern und Bäumen.

»Was hast du vor?«

Ich meine, an ihren Augen zu sehen, dass sie die Antwort auf diese Frage möglicherweise schon kennt und jetzt neugierig ist, wie ich es anpacken werde. Es ist ein Test, sie gibt mir auf diese Weise zu verstehen: Mach es gut, dann geht es weiter, wenn du versagst, ist es aus und vorbei.

Auf einem versteckten Rasenstück hinter dichten Sträuchern breite ich meinen Regenmantel aus. Elegant setzt sie sich hin, als wäre sie bei einem Picknick mit Sandwiches und Tee, umgeben von Butlern mit weißen Handschuhen.

»Hast du eine Zigarette für mich?«

Ich ignoriere ihre Frage und küsse sie am Hals. Ich spüre, dass sie lächelt. Meine Zungenspitze folgt einem Weg von ihrem Schlüsselbein bis hinters Ohr. Das Lächeln wird breiter. Meine Hände fahren über ihre Brüste. Durch den Büstenhalter und die cremefarbene Bluse, die sie anhat, hindurch, finden meine Daumen ihre Brustwarzen. Ich öffne zwei Knöpfe. Beim dritten greift sie nach meinem Handgelenk. Meine andere Hand langt an ihren Hals, und ich drücke sie nach hinten, auf den Boden. Sie lässt mein Handgelenk los. Ihre Bluse ist nun offen, ich schiebe das Satinunterhemd nach oben, ohne sie loszulassen. Sie schaut mich nicht an. Als ich ihren Hals erneut lecke, entfährt ihr ein Stöhnen. Ich zerre ihren engen Rock nach oben, sodass ihr Hüftgürtel sichtbar wird. Ich setze meine Zähne kurz in einen ihrer Schenkel, bevor ich überall hineinbeiße, wo ich ihr Fleisch spüre. Sie schaut auf, doch ich drücke ihren Kopf wieder nach hinten. »Du Tier …«, sagt sie, doch es klingt wie eine Frage. Eine Frage, die mich noch mehr aufreizt. Ich erwidere: »Nein, ich bin es.« Ich, der Drecksack, ich allein. Und ich schiebe den Rock bis unter ihren Hintern, beiße und lecke erneut. »Ich will ...«, flüstert sie ein paar Mal nacheinander, »ich will ...« Worauf ich erwidere, sie habe nichts zu wollen und solle besser schweigen. Yvette lächelt nicht mehr. Ich hebe ihren Hintern an und ziehe die Spitzenunterhose über die Strümpfe runter. Ihre beiden Hände legen sich sofort zwischen die Schenkel. Ich packe ihre Unterarme, presse ihre Hände zu Boden, betrachte ihren Pelz, schaue sie ohne Unterlass an. »Was machst du da?« Sie kichert plötzlich nervös. »Ich fresse dich auf mit Haut und Haaren«, sage ich. Ich sehe ihr in die Augen. Sie nickt ganz kurz, mehr nicht.

»Du Mistkerl! Lass das Mädchen in Ruhe!«

Ich drehe mich um. Ein Angler mit rotem Kopf und hängendem Schnurrbart starrt mich wütend an.

»Verschwinde«, sage ich ruhig, »hau ab, oder ich mach Fischfutter aus dir.«

»Großmaul!«

Ich stehe auf. »Hallo«, sage ich, »das war kein Scherz. Geh heim, Alter. Deine Frau wird dir deine Fische braten.«

Der Angler schaut über meine Schulter zu Yvette, nickt dann brav und trottet zurück in Richtung Fluss. Ich stehe immer noch mit dem Rücken zu ihr, als sie schließlich flüstert: »Komm her.«

»Vorher musst du etwas tun«, sage ich.

Ich öffne den Reißverschluss. Sie richtet sich halb auf.

Zum ersten Mal spüre ich kein Zögern. Zum ersten Mal fühle ich blanke Gier. Ich schiebe meine Unterhose runter und stehe unmittelbar vor ihr.

»Öffne den Mund«, sage ich.

Wir liegen dort, bis die Dämmerung hereinbricht. Ab und zu nähern sich Stimmen, die sich dann wieder entfernen. Wir achten kaum darauf. Ich beiße sie. Sie kratzt mich. Ohne Übergang von Jungfrau zum Tier.

Hinterher sagt sie: »Was war bloß mit dir los, du warst wie von Sinnen …«

Und immer noch lächelt sie nicht. Diesmal meint sie es ernst.

Sie will zu Fuß nach Hause gehen, auch wenn es jetzt wirklich dunkel wird.

Schweigend gehen wir nebeneinanderher, bis sie schließlich sagt: »Du und der Angler. Dem Kerl ist wirklich der Schrecken in die Glieder gefahren.«

»Schau dir das mal an …«

Miesebart schiebt zwei Identitätskarten zu mir rüber. Auf der einen steht ein Name, den ich nicht kenne, Kaufmann von Beruf und so weiter und so fort. Die andere Karte lässt meinen Puls höher schlagen. Ich verstecke meine zitternden Hände unter der Tischplatte. Das Passfoto zeigt Chaim Lizke. Es ist ein recht aktuelles Bild. Argwöhnisch und stolz starrt er mich an. Name: Goetschalckx. Vorname: Florimond, Jozef. Beruf: Versicherungsvertreter. Unter dem Foto steht die Körpergröße vermeldet: 1,60 m. In der Rubrik »Wohnort« steht »Lange Leemstraat 22«. Unterzeichnet vom »Leiter des Einwohnermeldeamtes (oder seinem Vertreter)«. Rechts oben in der Ecke ein brauner Fleck, noch nicht ganz getrocknet.

»Natürlich gefälscht«, sagt Miesebart höhnisch.

»Ach ja?«

»Ich verwette mein letztes Hemd darauf, dass das eine Krummnase ist. Was meinst du? Schau dir Augen und die dicke Unterlippe an.«

Wir sitzen in einem kleinen Büro im Erdgeschoss eines vornehmen Hauses in der Elisabethlaan, dem neuen Hauptquartier des Sicherheitsdienstes. Die hohen Fenster geben den Blick auf einen verwildernden Garten frei. Amseln singen ein Lied. Eine von ihnen landet auf dem gusseisernen Geländer der Terrasse. Der Vogel dreht den Kopf, schaut nach drinnen, dreht den Kopf wieder weg und fliegt in einen der Kastanienbäume. Rechts von uns steht ein kleiner Pavillon, mit Bögen und kleinen Säulen, bereit, in die Vergangenheit zurückzukehren, an einen glühend heißen Tag des neunzehnten Jahrhunderts, es wird Tee getrunken und es gibt Personal, das Torten bringt und aus Silber Getränke nachschenkt.

»Bist du noch da, Wilfried?«

»Gefälscht, aber gut gemacht«, sage ich ein wenig zu gehetzt, »oder einfach blanko Karten gestohlen und selbst ausgefüllt, könnte auch sein.«

»Genau das passiert auch, davon sind wir schon eine Weile überzeugt. Ja, das kommt vor, und vor allem: Es passiert auf deiner Wache in der Vestingstraat. Verstehst du, worauf ich hinauswill?«

»Woher hast du diese Identitätskarten?«

»Daher, wo wir alles herbekommen, *jeune homme*. Eine Stadt, die krank ist, eine Stadt, die jahrelang zu viel Ungeziefer erduldet hat, weil die herrschende Plutokratie von früher ständig eine schützende Hand über diese volksfremden Elemente gehalten hat … Eine solche Stadt übt Rache, das ist so sicher wie das Amen in der Kirche, das ist quasi ein Naturgesetz. Sobald die Bevölkerung ihre Chance wittert, ein Wörtchen mitzureden, öffnen sich sämtliche Schleusen und Tore. So säubert sich die Stadt selbst.«

»Also Denunziation.«

»Na, was für ein Ausdruck. Jetzt enttäuschst du mich aber. Angesichts deiner geistigen Entwicklung bin ich davon ausgegangen, dass du dem Spielplatz entwachsen bist.«

»Wir kriegen viele solcher Briefe mit Hinweisen. Die Hälfte, wie sich meist zeigt, von Leuten geschrieben, die aus dem Irrenhaus geflohen sind oder sich rächen wollen, weil der Nachbar regelmäßig ihre Frau besteigt.«

»Und die andere Hälfte stammt von Menschen, die einen wertvollen Beitrag zur Genesung der Stadt leisten, indem sie uns helfen, uns von den Juden und Terroristen zu befreien, die nach wie vor glauben, es gäbe ihr *ancien régime* noch. Einer von ihnen nannte uns eine Adresse in der Lange Leemstraat. ›Regelmäßig am späten Abend merkwürdige Zusammenkünfte von Männern.‹ … Wir haben das eine Zeit lang beobachtet. Und was stellte sich heraus …«

Weiteratmen. Meine Hände krallen sich in meine Hosenbeine. Jetzt kommt's. Jetzt folgt die Anschuldigung, jetzt kommt das Ins-Gesicht-Spucken, die Hand auf der Schulter, der Knast, das Ende. Mein Geist rast wie ein Rennwagen über diese neue Strecke. Sofort Gas geben, alles leugnen und weglachen? Oder die Kurve, die genommen werden muss, abschätzen, dann abbremsen, alles Mögliche halb zugeben und die andere Hälfte zurechtbiegen?

»Es ging zunächst um eine Person. Wir haben den Mann schließlich in einem Haus in der Nähe des Belgiëlei verhaftet, wo wir auf diese Papiere gestoßen sind, zusammen mit den üblichen Flugblättern und etwas Munition, nicht viel, aber genug. Es war ein Wagnis, uns nur auf ihn zu konzentrieren, aber es hat sich gelohnt. Oder besser gesagt: Es wird sich weiter lohnen, denn die Ermittlungen sind längst noch nicht abgeschlossen.«

»Und was hat das mit mir zu tun?«

Miesebart schaut aus dem Fenster in den Garten. Es hat zu nieseln begonnen. »Wusstest du, dass die Deutschen so streng sind, dass nicht nur ein ›Ehrenamtlicher‹ wie ich einen offiziellen Antrag für ein spezielles Verhör einreichen muss, sondern fast jeder Mitarbeiter, egal welchen Rang oder Stand derjenige hat?«

»Nein, das wusste ich nicht.«

»Gregor ist diese ganze Bürokratie ziemlich egal. Und ich gebe zu, sie ist lästig, im Grunde sogar lächerlich. Andererseits kann man eine solche Disziplin in Kriegszeiten nur bewundern. Wir sind keine Bestien. Manchmal aber ist die Bestie nützlich. Aber trotzdem: diese Disziplin, der Antrag … Unglaublich. Wie dem auch sei, unsere Anfrage wurde recht schnell positiv beschieden. Es gibt gute Neuigkeiten. Der Verdächtige hat gestanden, dass ein Polizist zu seiner Gruppe gehört. Jemand von deiner Wache.«

»Wer?«

Miesebart reibt sich die Hände. »Deshalb habe ich dich herkommen lassen, Wilfried. Den Moment willst du nicht verpassen. Omer knöpft ihn sich gerade vor. Ich denke, innerhalb der nächsten Stunde werden wir alles wissen.«

Die Kellertür öffnet sich, und während wir die Treppe hinuntersteigen, hören wir einen Mann schreien. Der Raum ist in Zellen unterteilt, in denen Schatten hinter Gittern hocken, totenstill. Nur eine Frau höre ich das Vaterunser murmeln. Miesebart öffnet eine Metalltür. Angst und Dreck wehen mir entgegen. An einer Eisenstange hängt der Professor, mit Ketten an den Handgelenken, nackt und blutig. Jemand mit einer Nickelbrille lehnt schräg an einem Tisch. Er dreht sich eine Zigarette. Wenn ich mich recht erinnere, ist es der Scheißkerl aus dem »Hulstkamp«, der mich angequatscht und mir gesagt hat, er sei Übersetzer beim SD. Jetzt sieht er mich geringschätzig an, fährt mit der Zunge über den Klebestreifen und zündet sich die Zigarette an.

»Vielleicht kennst du Joris …«

»Wir sind uns mal begegnet.« Ich nicke.

Omer dreht sich zu mir um. Er hat die Hemdärmel aufgerollt und wischt sich das Blut von den Händen. Über seiner Kleidung trägt er eine Metzgerschürze. Stöcke und Knüppel liegen auf dem Tisch neben ihm bereit, wo auch eine Flasche Cognac und Gläser stehen.

»Und?«, fragt Miesebart, der ebenfalls die Jacke auszieht und sich die Ärmel hochkrempelt.

»Für meinen Geschmack dauert das zu lange«, flüstert Omer.

Der Professor fängt an zu schluchzen, er wimmert leise Verwünschungen. »Drecksäcke, Schweinehunde …« Er blubbert die Wörter zu Blasen. Rotz trieft aus seiner Nase. Sein Gesicht ist ganz verquollen. Ein Arm ist augenscheinlich gebrochen. Seine Hände sehen aus wie Klauen, an mehreren Fingern fehlen die Nägel. Der übrige Körper ist ein Flickenteppich aus blauen Flecken, tiefen Wunden, braunen Spritzern und geronnenem Blut.

Omer schenkt sich noch ein Glas ein und schaut uns fragend an. Nein, ich habe keine Lust auf Cognac. Miesebart ist auch nicht danach. Omer zuckt die Achseln und kippt sich den Inhalt des Glases in den Rachen. Joris mit der Brille trinkt ebenfalls einen Schluck.

Das Schluchzen des Professors wird lauter. »Es reicht!«, ruft er plötzlich. »Es reicht, ihr verdammten Schweinehunde!«

»Jetzt reißt er auf einmal das Maul auf.« Omer grinst. »Hört nur, wie er blökt …«

Miesebart tritt nah an den Professor heran. »Du musst entschuldigen, Mistratte, ich habe nicht so lange studieren können wie du. Darum bin ich etwas schwer von Begriff, wenn mir ein Intellektueller so zu verstehen gibt, dass ihm etwas allmählich zum Hals raushängt. Dann kapiere ich nicht, was er sagt, verstehst du? Dann versuche ich herauszufinden, was er genau damit meint, wenn ›es reicht‹.«

Omer blinzelt mir und Joris zu, als würden wir gleich was erleben, als würde uns nun hier der beste Witz aller Zeiten präsentiert, und er postiert sich neben Miesebart. »Davon abgesehen bestimmen wir, wann es reicht, und ob es reicht. Ich weiß, das ist nicht leicht für so einen Eliteheini wie dich, für einen, der sein Leben damit verbracht hat, Menschen wie uns zu verachten. Ja, sag ruhig, was du denkst. Sind wir deiner Ansicht nach nicht Landesverräter, du Judenfreund? Leuten wie uns darf man in den Rücken schießen und sie vor der eigenen Haustür verbluten lassen, nicht wahr? Stimmt's oder habe ich recht? Aber leider bringt dir deine ach so intellektuelle Verachtung jetzt nichts mehr.« Omer verpasst dem Professor einen knallharten Schlag in den Magen. Einen Moment lang verstummt das Schluchzen. Einen Moment lang verstummt alles. Ich denke: Wann macht ihm endlich jemand den Garaus? Wann wird dieser Anwalt aus dem Weg geräumt?

»Joris! Wasser!«

Die Nickelbrille greift nach einem Eimer.

»Zur Seite …«, murmelt er. Miesebart und Omer treten einen Schritt zurück. Joris schüttet mit voller Wucht das Wasser über den Professor. Sofort schreckt der Mann auf, er hebt den Kopf und sieht mich an. Ich stehe etwas nach hinten versetzt, aber genau in seinem Blickfeld. Der Professor schaut mich unverwandt an, öffnet den Mund, spuckt Blut und verzieht den Mund dann zu einem Lächeln. Es ist ein irrwitziger Anblick, der mein Herz so laut pochen lässt, dass ich fürchte, jeder kann es hören.

»Robert«, ruft der Professor, »Robert und Vincent, die beiden, die zwei von der Pol… von der Poli… von der Poliz…« Er schüttelt den Kopf und spuckt erneut Blut.

Ich versuche, mich aufrecht zu halten, doch beim Klang der beiden idiotischen Decknamen, die Lode sich und mir gegeben hat, schwinden mir beinahe die Sinne. Sofort lässt der Professor den Kopf wieder sinken.

»Welcher Robert? Welcher Vincent?«, rufen Miesebart und Omer gleichzeitig, während sie mit den Fäusten auf den Professor einschlagen. Der ächzt und schluchzt nicht mehr, ist nur noch ein lebloser Sandsack.

»Joris!«

Die Nickelbrille hält den Eimer unter den Hahn, füllt ihn mit Wasser und sagt erneut, ebenso ruhig wie vorhin: »Zur Seite.«

Wieder ergießt sich der Eimer über den Professor, wieder kommt er zu Bewusstsein, wieder sucht er meinen Blick, und ich stehe da, wie am Boden festgenagelt.

Nachdem er Blutblasen gespuckt hat, nickt er halb in meine Richtung: »Da haben wir …«

Ich sehe mich, wie ich, von Panik erfüllt, Omer und Miesebart beiseitestoße und auf ihn losstürme. »Wer ist Robert! Wer ist Vincent?«, höre ich mich rufen, während ich ihm mit dem Knie einen Stoß in den Unterleib verpasse. Der Professor verliert das Bewusstsein, erschlafft wie ein Ballon.

»He, Blödmann …«, höhnt Miesebart.

»Joris!«

Noch eine Ladung Wasser in das verunstaltete Gesicht.

Nichts.

Er hängt da und gibt keinen Mucks von sich.

Omer seufzt. »Ich denke, wir sollten den Arzt holen. Joris?«

»Bin schon unterwegs …« Joris seufzt und zischt mir zu, ich sei ein Amateur.

Inzwischen ist es zwei Uhr nachmittags, und es regnet Bindfäden.

»Verflucht …«, sagt Lode nun schon zum dritten Mal, »woher weißt du das?«

»Du weißt, woher ich es weiß.«

»War der Drecksack mit dem Bärtchen auch dabei?«

Ich nicke.

»Wir stecken tief in der Scheiße.«

»Der Stümper, den du Professor nennst, der kennt unsere richtigen Namen doch nicht, oder irre ich mich?«, frage ich.

Lode nickt. Ich sehe ihm an, dass er an ein Dutzend andere Dinge denkt. »Unsere Namen kennt er nicht, aber … wir haben uns einmal dort getroffen, wo wir Chaim Lizke verstecken. Verdammt noch mal, das war blöd von mir. Wir haben dort das Foto für seine Identitätskarte gemacht.«

»Und jetzt?«

»Der Jude muss verschwinden. Heute noch.«

Lizke erschreckt, weicht einen Schritt zurück, während er sich die Arme schützend vors Gesicht hält. Der Stuhl, auf dem er eben noch saß, kippt um, die Lampe über dem Tisch schaukelt hin und her. Er tastet sogleich nach dem Hammer, den er hier mal irgendwo hat herumliegen sehen und den er seitdem als einzige Waffe bei sich trägt. Er spürt instinktiv, dass wir ihm nicht mehr helfen können. Der Hammer in seiner Hand macht deutlich, dass wir uns für ihn jetzt nicht mehr von all den anderen unterscheiden.

»Keine Panik«, sagt Lode so ruhig wie möglich.

Lizke nimmt zögernd wieder Platz, wischt sich den Schweiß von der Stirn und entschuldigt sich. Er legt den Hammer hin und hört sich an, was wir von ihm erwarten.

»Nein, nein.«

Ich sehe Lode an und seufze. Was verlangen wir hier eigentlich von diesem Mann? Wir schlagen ihm vor, sich ohne Papiere auf den Weg zu machen, zu einer Adresse in einer Stadt, die er kaum kennt, wir versuchen, ihm ein Lotterielos anzudrehen, statt ihm einen sicheren Ausweg zu bieten. Und er ist sich dessen bewusst.

»Ich gehe nicht. Auf keinen Fall.«

»Hier bleiben, dann kaputt. Wir auch kaputt. Alles zum Teufel, Herr Lizke! Keine Chance.«

Ich muss meinen Blick von Lode abwenden, weil ich sonst in hysterisches Kichern auszubrechen drohe.

»Sag auch mal was, Wilfried!«

»Alles oder nichts, Herr Lizke. Es gibt keine andere Möglichkeit. Verstehen Sie? Wir sind verraten worden.«

Lizke hat Lode während seiner Darlegung nicht angeschaut. Mich starrt er an, als würde sich hinter meinen Augen etwas Rätselhaftes verbergen. Aber dann nimmt er schicksalsergeben seinen Mantel vom Haken.

Lode hebt die Augenbrauen. »Mensch, der hat aber Bammel vor dir.«

»Zum Glück«, sage ich.

Es war Lodes Idee, den Juden in Uniform zum Bahnhof zu begleiten. Jetzt, da wir mit ihm in der Mitte an den Parkanlagen der Geuzenhofkes entlang Richtung Keyserlei gehen, nimmt mein Unbehagen angesichts dieses Plans zu, als könnten wir jeden Moment wie auf einem Maskenball entlarvt werden. Es ist Samstag, die Sonne scheint. Jede Menge Leute sind unterwegs. Straßenbahnen fahren klingelnd vorbei, massenweise Menschen sitzen an Cafétischen und starren nach draußen, auf die Passanten und somit auch auf uns. In der Van Maerlantstraat ist weniger Betrieb, doch während wir uns nun dem Bahnhof nähern, fängt Lizke ängstlich an zu murmeln, und an einem Fußgängerüberweg bleibt er plötzlich stehen, weil auf der anderen Seite zwei deutsche Offiziere drauf warten, die Straße überqueren zu können.

»Nich stehen bleiben …«, raunt Lode ihm zu.

Doch er steht wie am Boden festgenagelt da. Ohne uns darauf zu verständigen und annähernd synchron packen wir ihn auf beiden Seiten am Ellenbogen und gehen über die Straße. Die Offiziere begnügen sich mit einem Nicken und wir mit unbestimmtem Salutieren in ihre Richtung.

»Verdammt.« Ich stöhne. »Und was machen wir, wenn wir am Bahnhof sind?«

»Einfach eine Fahrkarte kaufen und ihn in den Zug nach Brüssel setzen«, flüstert Lode zurück, als ginge es um ein störrisches Kind.

»Entschuldigung?«, wispert Lizke.

»Alles gut«, erwidert Lode mit einem forcierten Blinzeln.

Aber wir sind Amateure, wir sind Stümper, wir sind Clowns, unsere Hühnerbrust ist mit einer Reihe von silbernen Knöpfen verziert, und auf unserem Kopf prangt ein weißer Pisspott, wir sind der Anfang eines Witzes: »Gehen zwei Clowns in Uniform mit einem Juden über die Keyserlei. Da kommt ...« Nichts ist mehr übrig von uns, unsere Uniform droht durchsichtig zu werden, und der Jude ist plötzlich gebrandmarkt, mit einem Stern, der vorn auf seinen Mantel genäht ist, und einem weiß gekalkten Fadenkreuz auf dem Rücken.

An der Ecke von Van Ertbornstraat und Keyserlei, ganz in der Nähe des Kinos Rex, halten wir an. Wegen eines Umzugs können wir die Straße nicht überqueren. Dutzende von Männern in der Uniform der Schwarzen Brigade marschieren in Richtung Bahnhof. Überall Flaggen, überall Transparente. »Ein Führer, eine Bewegung, ein Volk« ist da zu lesen, und auf einem anderen Spruchband: »Sieg dem Nationalsozialismus«. Es wird getrommelt und trompetet, gesungen und im Gleichschritt marschiert. Aber die vielen Menschen auf der Straße jubeln den schwarzen Truppen nicht mehr wie noch vor ein paar Jahren zu. Fast keiner hebt mehr den Hut in die Luft und ruft: »Es lebe unser Volk!« Die Leute bleiben nicht einmal mehr stehen, abgesehen von dem ein oder anderen Bauern von außerhalb, der zum ersten Mal in die große Stadt getrottet ist und jetzt die Mütze abnimmt und zu Boden starrt, als wollte er einem Begräbniszug Respekt zollen. Ein paar SS-Männer salutieren, mehr nicht. Zwischen uns fühlen wir, wie Lizke erschaudert. Wir halten ihn kräftig, aber diskret bei den Handgelenken. Endlich ist die Kolonne vorübergezogen, und wir können die Straße überqueren.

»*Wir folgen den Toten*«, murmelt der Jude wiederholt.

Es klingt, als könnten Gespenster bei Tageslicht tanzen.

Wir haben den Bahnhof fast erreicht.

Dort wimmelt es von Uniformen. SS-Männer, deutsche Soldaten, Feldgendarmen, hier und da einer der unsrigen. Wir salutieren alle naslang und gehen dabei entschlossen weiter. Die Kolonne der Schwarzen Brigade biegt links ab, Richtung Zoo, wahrscheinlich um einer weiteren werbenden Rede mit jeder Menge Tamtam und Tralala zu lauschen und anschließend kollektiv mit erhobener Pfote die Fahne zu grüßen. Während ich die letzten von ihnen um die Ecke gehen sehe, bemerke ich plötzlich inmitten des ganzen Gewimmels von Menschen, die rennen, um ihren Zug noch zu erreichen, von Reisenden mit Gepäck, die an den Eingängen der Hotels stehen, von Frauen, die einander küssen, und Männern, die einander auf die Schulter klopfen, Miesebart und Omer auf einer Caféterrasse. Wie zwei Figuren aus einem Vaudeville-Stück sitzen sie genüsslich in der Sonne. Omer reckt eine Hand in die Luft, um noch etwas zu bestellen. Ich beschleunige unsere Schritte, manövriere uns weg von der Fahrbahn und näher hin zu den Fassaden, und sogleich überkommt mich Zweifel. Habe ich die beiden wirklich dort sitzen gesehen oder nicht? Aber ich wage es nicht, mich erneut zu vergewissern. Ich fühle mich beschmutzt, ertappt, beobachtet.

»Was hast du?«

»Lass uns den Eingang in der Pelikaanstraat nehmen.«

»*Was ist los?*«

»*Kein Problem*«, raune ich Lizke zu, »*ruhig bleiben.*«

Wir überqueren die Straße. Lizke zerrt an uns, um sich loszureißen.

»Lass das …«, zischt Lode ihn an.

Es muss seltsam aussehen, wie wir versuchen, ihn so im Griff zu halten, ihn mit schleifenden Füßen zum Seiteneingang schleppen.

Doch niemand in der Menschenmenge nimmt daran Anstoß. Die Leute sind längst daran gewöhnt, sie wollen nichts mehr wissen, sie registrieren kaum noch etwas, alles ist normal und wird auch für immer normal bleiben. Ich schaue über die Schulter in Richtung Keyserlei, halbwegs damit rechnend, dass Miesebart und Omer die Verfolgung aufgenommen haben, uns im allerletzten Moment doch noch erwischen.

»Verdammt!«, ruft Lode.

Diese eine Bewegung von mir, diesen kurzen Moment der Unachtsamkeit, macht Lizke sich zunutze. Gewaltsam reißt er sich los und rennt wie ein Wahnsinniger davon, im Zickzack zwischen den Reisenden hindurch, den Hut in der einen und einen bescheidenen Reisekoffer in der anderen Hand. Es dauert einen Moment, bis Lode und ich, beide vollkommen verdutzt, die Verfolgung aufnehmen. Wir laufen in den Bahnhof hinein und sehen, wie Lizke in Richtung Bahnhofshalle rennt. Wir schubsen Leute beiseite, ich will nach meiner Trillerpfeife greifen, doch zum Glück signalisiert Lode mir, das bleiben zu lassen, bevor mir der Gedanke kommt, dass das schlecht ausgehen könnte. Ohne plausible Erklärung können wir keine Topfgucker gebrauchen, keine Kollegen zu dieser Geschichte hinzuziehen. Wir rennen in die Bahnhofshalle, stoßen hier und da Menschen beiseite, die uns beschimpfen und uns alle möglichen Verwünschungen mit auf den Weg geben. Wir schauen uns in der riesigen Halle um. Nichts. Viele Leute, viel Betrieb, kein Lizke. Lode sieht mich an und eilt zum Ausgang Astridplein. Ich stürme die breite Treppe hinauf, um mir von oben einen Überblick zu verschaffen. Schweiß rinnt mir über die Stirn. Nichts. Kein Lizke. Dann sehe ich Lode allein zurückkommen.

Wir haben ihn verloren.

»Nun sag schon, was los ist …?«

Mutter kann das Händewringen ihrer Schwester nicht länger ertragen. Vater hat sich hinter seiner Zeitung verschanzt. Ich sitze betäubt am Küchentisch, von einer tiefen Traurigkeit erfüllt, außerstande, aufzustehen und mich in mein Zimmer zu begeben, keine Kraft, mich wie eine kranke Katze abzusondern, die sich unter dem Schrank versteckt. Wie lange muss ich noch Sohn dieser beiden sein?

Tante Emma seufzt. »Ich will dich nicht damit behelligen.«

»Dann scher dich weg«, erwidert meine Mutter entschieden. »Erst kommst du hier mit Tränen in den Augen rein, und dann stellst du dich stumm. Und ich habe extra das Essen vom Herd genommen. Ich habe doch gesehen, dass irgendwas nicht stimmt.«

»Du hast uns schon mit ganz anderen Dingen behelligt«, ertönt es von hinter der Zeitung. Vater hat Hunger. Er blinzelt mir zu. Ich seufze als Antwort.

»Hör nicht auf ihn. So meinte ich es nicht. Und du kannst immer bei uns zum Essen bleiben. Es ist allerdings nicht viel.«

»Nicht so wie bei dir, Emma«, startet Vater einen neuen Versuch. Während der letzten Monate hat er eine Obsession entwickelt, was das Essen anderer betrifft, das in seiner Fantasie immer reichlicher ist als das, was bei uns zu Hause auf den Tisch kommt. An den Folgen der zunehmenden Knappheit, die ich immer weniger zu kompensieren vermag, ist seiner Ansicht nach seine Frau schuld. Sie hungert ihn aus.

»Ach, jetzt halt du doch endlich mal den Schnabel. Dein dummes Geschwätz hängt mir zum Hals raus!«

Stille. Mutters unvermittelter Wutausbruch hat alle zusammenzucken lassen. Mein Vater lässt die Zeitung sinken, mit einem Mal bleich wie ein Tischtuch. Tante Emmas Kinnlade ist heruntergeklappt. Meine Mutter hat den Blick gesenkt, aber sie meint es ernst, sie nimmt kein Wort zurück. Vater steht auf, räuspert sich und sagt, er gehe ein wenig frische Luft schnappen. Wir hören, wie die Haustür ins Schloss fällt.

»Ich bin froh, dass er weg ist, ständig diese Nörgelei«, sagt meine Mutter, noch immer entschieden, ohne dass ihre Stimme zittert oder sich gar überschlägt. Sie nickt mir zu und fragt ihre Schwester, ob sie mich auch verscheuchen soll. Dann prusten die beiden Frauen plötzlich los. Ich stehe auf.

»Nein, nein«, sagt Tante Emma, »bleib ruhig hier.«

»Ist es etwa vorbei mit deinem Deutschen?«, fragt Mutter.

Die Tante schüttelt den Kopf. »Nein, es geht um das, was er mir vorhin erzählt hat. Er war fuchsteufelswild. Ich musste ihn beruhigen. So habe ich ihn noch nie erlebt.«

»Jetzt rede nicht um den heißen Brei herum, Emma.«

Es hat sich etwas in den Ton meiner Mutter geschlichen, das ich nicht recht deuten kann, als hätte ihr Gekeife von eben etwas freigesetzt, das sie bis jetzt vor der gesamten Familie verborgen gehalten hatte. Tante Emma bemerkt es nicht, bei einem anderen etwas zu bemerken ist ohnehin nicht ihre Stärke.

»Vor einem Monat ist jemand von der Ostfront hierhin versetzt worden, ein Hauptsturmführer Schmidt oder so ähnlich. Gregor und die anderen kamen nicht gut mit ihm zurecht. Ich bin ihm einmal begegnet. Stiller Typ, kein Trinker. Er guckte immer unglaublich böse drein. Gregor hat mir erzählt, Schmidt wolle einfach nicht verstehen, wie sie hier arbeiten, dass er in Russland einen Knacks bekommen, zu viel gesehen, zu viel erlebt habe, dort eigentlich halb wahnsinnig geworden sei, und man ihm deshalb einen ruhigeren Posten gegeben habe. Heute ... und ich fange an zu zittern, wenn ich daran denke ... heute hat der Kerl sich mit allen gestritten, vor allem mit Heinrich ...« Tante Emma schaut zu mir herüber. »Du kennst ihn, er war mal im ›Hulstkamp‹, als du und deine Freundin auch dort waren … Weißt du noch?« Tante Emma sieht mich ein wenig erbleichen und macht mir mit einem stechenden Blick deutlich, dass sie meine Trunkenheit an jenem Abend, und was auf der Toilette passiert ist, für sich behalten will. »Der Hauptsturmführer mit der Narbe im Gesicht, ein recht amüsanter Bursche. Heinrich …«

»Ich erinnere mich vage an ihn.«

»Nun, er ist von dem Ostfrontkämpfer erschossen worden. Kannst du dir das vorstellen? Deutsche, die aufeinander schießen? Dieser Schmidt zog seine Pistole und knallte ihn ab, als sei es nichts. Und dann beschuldigte er alle, nichts als Profiteure zu sein. Unglaublich. Mein Gregor schuftet Tag und Nacht.«

»Und, haben sie den Irren eingesperrt?«

»Nein«, sagte Tante Emma leise, »Gregor konnte von Glück sagen, denn der Kerl hat angefangen, wild um sich zu ballern. Schließlich war es Gregor selbst, der ihn zur Strecke gebracht hat. Er hätte tot sein können …« Meine Tante fängt an zu schluchzen.

»Ach, Mädchen …« Meine Mutter drückt sanft die Schultern ihrer Schwester.

»Manchmal …« Tante Emma lässt nun ihren Tränen freien Lauf und bekommt kaum ein Wort über die Lippen. »Manchmal … denke ich … alles geht den Bach runter … Man ist verliebt, man mag den anderen sehr gern und macht Pläne … aber es kann so vieles schiefgehen … Manchmal denke ich: Es ist vorbei, Schluss, aus … und wo stehe ich dann? Verstehst du?«

Sie fasst sich an den Bauch. Emma hat es wieder am Magen. Zurück auf Los.

»Ach, komm, es wird schon alles gut werden«, sagt meine Mutter und sieht mich dabei an, schärfer als je zuvor, vielleicht sogar zum ersten Mal scharf.

Tante Emma verabschiedet sich. Ich höre sie noch kurz an der Haustür schluchzen, dann ist sie weg.

»Dein Vater hat inzwischen bestimmt ein gemütliches Plätzchen mit netter Bedienung gefunden, was meinst du?«

Ich zucke die Achseln.

»Ja, ist das denn zu glauben …« Nachdem sie das Essen wieder auf den Herd gestellt hat, geht sie zurück zum Küchentisch und nimmt Platz. »Die fangen jetzt also an, sich gegenseitig umzubringen. Das wird ja immer schöner! Die kommen hier hin und stehlen wie die Raben, alles, was nicht niet- und nagelfest ist, stecken sie sich in die Tasche, die saufen sich blöd und machen sich an Frauen wie unsere Emma ran, die im Grunde, so gern ich sie auch habe, eine dumme Pute ist, und was passiert am Ende? Sie fangen an, sich gegenseitig umzubringen … Und das alles wegen der Penunzen dieser Fremden, die sich hier niedergelassen haben. Du verstehst, was ich meine. Die Juden haben die ganze Bande mit Raffgier infiziert. Sie haben sich gegenseitig verdient.«

»Ja«, erwidere ich, »immer sind die anderen schuld.«

»Hängt dir dein Geschwafel nie selbst zum Hals heraus, Wilfried?«

Schatten können reden. Da ist kein geronnenes Blut auf dem Boden dieses Zimmers, sind keine vertrockneten Fleischstücke, auch keine Gemüseschalen und keine von mir gebrachten Kartoffeln. Miesebarts deutschsprachige Bücher liegen hier noch, zusammen mit einem Mantel, zurückgelassener Unterwäsche und einer verschlissenen Socke. Der Rest ist zusammen mit Chaim Lizke verschwunden. Auch mit mir wird es bald aus und vorbei sein. Oder etwa nicht? Schwer zu sagen. Der Ort, an dem Lizke untergetaucht war, ist nun mein Versteck. Ein Blatt nach dem anderen fülle ich hier mit meinen Versen, mit meinen »Bekenntnissen eines Komödianten«, als wäre das Ende nicht absehbar, als sei es abgeschafft, als würde alles einfach unaufhörlich weitergehen, Richtung Höllenschlund, ein Ziel, das unerreichbar ist. Das Einzige, was wir gehört haben, was Lode aufgeschnappt hat, ist, dass der Professor kurze Zeit in der Begijnenstraat eingesperrt war und dass man ihn anschließend in ein Lager gebracht hat. Niemand weiß mehr. Alles schleppt sich träge dahin, und bis jetzt ist keiner hier eingedrungen. Niemand kommt, um mich zu verhaften und fortzuschleifen, um mich von der Bühne zu führen wie einen abgehalfterten Schauspieler. Also lausche ich weiter den Schatten, schreibe weiter an dem, was einmal mein erster Gedichtband werden soll. Die Welt draußen ist zu einer Ausrede geworden, zu einem Zwischenspiel für die Stunden, die ich hier zubringe. Ich kann Lizkes Gegenwart noch riechen, ich nehme den Hammer, den er gefunden hat, in die Hand. Hin und wieder meine ich, ihn zu sehen, in einer halbdunklen Ecke, mit einem entschuldigenden Grinsen auf dem Gesicht; oder ich spüre seine Anwesenheit neben mir am Tisch, an dem er liest, während die Tinte aus meinem Füller strömt und Buchstaben formt. Ich schreibe über Drecksäcke und Doppeldeutigkeiten, über Blut auf dem Boden und Schläge ins Gesicht, über Kinder, die mit dem Helm auf dem Kopf zur Welt kommen werden, über falsche Trägheit und widersprüchliche Freundschaft. An einem hell erleuchteten Ort lasse ich zwei Erzfeinde mit einem Lächeln auf dem Gesicht aufeinander einreden, jeder mit einem Glas in der Hand und dem Messer unterm Tisch. Ich lasse Soldaten mit aufgeknöpftem Hosenschlitz hinter protestierenden Müttern hermarschieren. Zeitungen verpasse ich eine schmeichlerische Stimme. Ich lasse Menschen mit hungrigen Augen vor hohen Stapeln geschlachteter Kinderpuppen Schlange stehen. Ich bestreiche gefolterte Körper mit Honig, die ich dann mit Thymianzweigen verziere. Grammofone lärmen durcheinander: »Und wieder ist ein Held geboren!« Woraufhin alle aus dem sonntäglichen Wohnzimmer heraus einstimmen und singen: »Holladiheh, du bist so still, José!« Ein Gedicht widme ich Lode, zerreiße es jedoch, als es fertig ist. Dann erscheinen mir Lode und Yvette in einem Traum, sie treiben Blutschande, und die Verse bieten sich an wie Bordsteinschwalben an einer Straßenecke, die ostentativ und obszön mit ihren Zungen schnalzen. Ich bin der umgekehrte König Midas. Meine Worte verwandeln alles in Kot und Dreck statt in Gold. Manchmal lege ich den Füllfederhalter hin und lese ein paar meiner Gedichte. Ähnelt sich das nicht alles ein bisschen zu sehr? Aber der Schreibtrieb, der in mir wütet, lässt sich dadurch nur ein paar Sekunden aus dem Takt bringen. Jedes Mal, wenn ich nach Hause zurückkehren muss, höre ich Angelo zufrieden in mir aufseufzen. Endlich. Ach, endlich. Hier erhebt sich ein Sohn, der den verschlissenen und allzu sentimental gewordenen Vater der Poesie mit Hohn überschütten, seine dünkelhafte Sturheit mit Versen vernichten wird.

Es sind diese Worte, mein lieber Urenkel, die bewirken, dass ich auf einmal wieder in meinem Arbeitszimmer und in diesem Jahrhundert bin und mich für eine Weile von der Geschichte ausgeschlossen fühle, die ich noch zu erzählen habe. Die Worte scheinen mir treffend zu sein, aber diese erwachende Dichterseele ist mir zugleich so fremd geworden, sie ist so losgelöst von allem, was sich danach in meinem Leben ereignet hat, dass ich Lust habe, ihr ins Gesicht zu lachen. Du Dummkopf! Du arrogantes Mistvieh! Du Ahnungsloser! Ich kann mir beim besten Willen nicht mehr den Gemütszustand ins Gedächtnis rufen, der diese Worte hervorgebracht hat. Woran ich mich jedoch erinnere, ist, dass der Gedichtband nach Kriegsende erschienen ist. Gab es Jubel? Vermutlich nur wenig. Gab es Spott? Vielleicht, aber so etwas vergisst man rasch. War es der Aufstand des Sohnes im Haus der Poesie? Der Mensch hat einen gewissen Bedarf an Unsinn, zwar durch Willen, Ehrgeiz und Zukunftsvisionen gestützt, was das Ganze aber nicht weniger lächerlich macht. Viel von diesem Unsinn behältst du für dich. Hin und wieder gehst du damit einem anderen auf die Nerven, der dir nahesteht. Es ist selten erbaulich. Wenn ich sehen würde, wie du all dies liest, würde ich den Blick abwenden und dich mit einem freundlichen Lächeln allein im Zimmer lassen. Aber sobald ich die Tür hinter mir geschlossen habe, würde mich die Ungeduld erfassen. Würdest du mir dann mitteilen, dass du deine Lektüre beendet hast, würde ich dir einen flehentlichen Blick schenken, wie ein Hund, der versucht, sein Herrchen mit einem neuen Trick zu erfreuen, wenngleich der neue Trick nur aus einem auf der Badezimmermatte hinterlassenen Hundehaufen besteht. Präsentiert aus purer Eitelkeit, einer lächerlichen Eitelkeit. Sie macht einen verletzlich. Yvette habe ich nie eine Zeile lesen lassen. Ich hielt sie von meiner Lyrik fern. Außerhalb der Gedichte herrschte das Normale, innerhalb der ganze Rest, so würde der junge Wilfried es auch ausgedrückt haben.

Meiner Enkelin hätte ich rückblickend gern alles Mögliche zu lesen gegeben, denn ich hatte bei ihr das Gefühl, dass sie mich verstand, dass sie wusste, wovon ich sprach, auch wenn sie selbst kaum Schlimmes erlebt hatte. Doch Hilde fing an, sich vor mir zu verschließen, als sie etwa neunzehn war. Vom einen Tag auf den anderen musste ich feststellen, dass meine Mitstreiterin und mein Augapfel, dass das rebellische Familienmitglied, von dem ich glaubte, es könnte Teil meiner Ein-Mann-Verschwörung gegen alles und jeden werden, nichts mehr mit mir zu tun haben wollte. Hilde verschwand einfach, ließ mich über ihre Eltern wissen, dass auch die seltenen Familienfeiern sie nicht mehr interessierten, und als ich endlich meinen Stolz überwunden hatte und sie anrief, weil ich wissen wollte, »wie es ihr gehe«, da wurde mir mitgeteilt, sie sei zu sehr mit Lernen beschäftigt, um ans Telefon zu gehen. Wie ich hörte, nahm sie Medikamente ein, die die finsteren Träume aus ihrem

Hirn fernhalten sollten. In meiner Fantasie höhlten die Pillen ihren Kopf langsam aus, alles, was mich mit ihr verband, wurde als Erstes aufgefressen, und danach, wenn der Rest zu einem einzigen Brei geworden war, zu Banalität ohne Ecken und Kanten, was dann? Was dann? Bittere Tränen weinte ich um sie. Doch auch das war nicht befreiend, ebenso wenig wie die Wut und der Groll, die mich quälten. Nichts zieht einen Menschen so runter wie Verbitterung über etwas, das man nicht begreifen kann. Denn es verschwindet schließlich nicht, es brennt weiter ohne Sinn und Grund, bis jede Erinnerung versengt und verkohlt ist. So gelangte ich zu der festen Überzeugung, dass es an den Pillen lag, dass sie sich mir entfremdet hatte, und außerdem, noch schlimmer, dass sie die Dinger gerade deshalb nahm, um sich von der schwarzen Bestie zu distanzieren, die sie in mir als die ihre erkannte. Wie anmaßend, wie affektiert. Aber verdammt … manchmal denke ich das heute noch.

Nicole klopft an die Tür.

»Geh …«, sage ich.

»Ich habe Ihnen ein Bad einlaufen lassen«, erwidert sie und öffnet die Tür. »Mein Gott, Ihre Augen sind ganz rot.«

»Das kommt von den Zigarren«, sage ich.

»Es gibt schon seit Monaten keine mehr, Herr Wils. Alle verschenkt. Haben Sie das vergessen?«

Sie nimmt mich entschlossen am Arm und führt mich ins Badezimmer.

Ich werde ausgezogen. Sie fordert mich auf, zuerst den einen Arm in die Luft zu strecken und dann den anderen, meinen Fuß anzuheben und mich dabei auf ihrer Schulter abzustützen, es ihr, mit anderen Worten, nicht schwer zu machen. Bei jedem Manöver sagt sie: »So … ja, gut so« oder »Na … prima«. Ihre kleinen Ermunterungen sind mir ein Trost, das gebe ich ehrlich zu. Also hebe ich meine Arme in die Luft, halte mich an ihrer Schulter fest, rieche die charakteristische Lotion auf ihrer Haut, die neutral duften soll und auf die Pflegerinnen so schwören, und flüstere hektisch »Pass doch auf, pass auf«, als sie mir, für meinen Geschmack ein bisschen zu schnell, in die Wanne hilft.

»Lass mich das machen …«, sage ich, als sie nach der Seife greift.

»Ihren Rücken wasche ich.« Sie seufzt.

»Was gibt es Neues, Nicole? Was schreiben sie denn in der Zeitung?«

Sie wäscht mir den Rücken und rattert ihren Nachrichtenüberblick herunter: »Die Soldaten sind nach wie vor auf den Straßen, es kommen weiterhin Flüchtlinge, die Börsen stehen wie immer kurz vor dem Crash, und die Europäische Union ist eine Lüge.«

»Erspar mir deinen Zynismus, Nicole.«

»Das würde ich niemals wagen, Herr Wils. Einen Moment warten, bitte. Allein kommen Sie nicht aus der Wanne.«

»Als wenn ich das nicht wüsste«, erwidere ich, der ich halb entspannt im Wasser liege, dessen Temperatur sie bestimmt hat, beinahe sind wir zurück am Wahn des Anfangs, mit mir als Säugling und ihr als Mutter.

»Mit meinem Nebenverdienst ist Schluss«, sagt Yvette lakonisch.

Den schwarz umrandeten Brief überreicht sie mir mitten in einer Panikattacke. Ich sehe mich gerade selbst nackt auf einem Exerzierplatz, Folterknechte kommen mit Knüppeln in der Faust aus allen vier Ecken auf mich zu. »Du machst dich vor aller Augen zum Gespött!«, poltert ein SS-Mann, als die Scheiße aus mir strömt, und ich zittere und weine im Beisein derer, die sich meine Eltern nennen und mich jetzt mit gerümpfter Nase anstarren. »Hast du denn nichts bei uns gelernt?« Das könnte die Schlusszeile für jenes Gedicht sein, das ich …

»Schatz … Der Brief, du hast ihn dir nicht mal angesehen.«

Miesebarts Mutter hat offenbar das Zeitliche gesegnet. Verschaffel, Amandine, geborene Leyers. Geboren in einer Zeit, als man noch mit der Kutsche fuhr und die Straßen nach Pferdemist rochen, gestorben, als Flugzeuge über ihrem Kopf kreisten, mit Bomben im Bauch, wie alsbald gebärende Drachenweibchen. Hat sie gelitten? Ach nein, da steht, dass Gott sie im Schlaf zu sich gerufen hat. Zweifellos trug sie ihre Leinenhaube auf dem Kopf und war in mehrere Schichten Nachtgewand gewickelt, vielleicht träumte sie von einem untreuen Grafen, von einem Künstler mit blutendem Herzen und einem willigen Küchenmädchen, einer Welt voller Schurken und Huren, in der es keine Söhne gibt.

»Hat er sie endlich ins Grab getrieben.«

»Du übertreibst, mein Schatz …« Ich klinge wie ein Dichter mit Aphthen im Mund.

Yvette hebt die Augenbrauen und hält dabei ein brennendes Streichholz an ihre Zigarette. Ihre Eltern haben einen starken Verdacht, wo sie diese neue Angewohnheit herhaben könnte. »In seinem Bett, natürlich«, hörte ich unlängst ihren Vater hinter der nicht ganz geschlossenen Küchentür flüstern, »das ist doch klar.« Woraufhin ihre Mutter wütend »Pssssst« zischte, als schüttete sie eine Schüssel Wasser in das Feuer seiner besitzergreifenden Vaterschaft. Natürlich kann man diesem Vater nichts vormachen. Er braucht sie nur anzusehen und weiß genug. Manchmal fahren wir rasch mit dem Rad zum Noordkasteel, um uns dort hinter einem Strauch auszuziehen. Aber weil das Wetter immer besser wird, tummeln sich dort auch immer mehr Spaziergänger und Angler, und hin und wieder sehen wir sogar Leute, die sich kurz mit nackten Füßen ins Wasser wagen. Manchmal sind es nur kurze Momente bei ihr zu Hause, für die ich mich unbemerkt an der Metzgerei vorbeischleichen muss. Bei mir zu Hause ist es quasi unmöglich, und der Ort, an dem ich meine Gedichte schreibe und wo Lizke sich versteckt hatte, ist für mich undenkbar. Ständig sagt Yvette, wir müssten uns beeilen, hätten nur wenig Zeit. Manchmal hat es den Anschein, als lasse sie mich nur in sich eindringen, weil ich sonst zu ungestüm werden würde, zu wahnsinnig aufgrund meiner Lust. Manchmal geht es dabei um sie, und unser Liebesspiel ist eine Antwort auf ihre innere pechschwarze Unruhe, die dadurch kurz besänftigt wird, als würde man einem wütenden Hund ein Stück zartes Fleisch zuwerfen. Vielleicht ist es ja diese Unruhe, die ihrem Vater auffällt und die entfacht zu haben er mir vorwirft. Aber der Tochter wird nicht streng ins Gewissen geredet. Im Gegenteil, ihr Vater ist schließlich davon überzeugt, in den finalen Kampf um ihr Herz verwickelt zu sein, denn jetzt ist es ernst, der Freier, der Wilfried Wils heißt, geht nicht mehr weg. Scheißfreundlich ist er geworden, obwohl sein Blick immer noch hart ist. Niemals spricht er mit mir auch nur ein Wort über seine hübsche Tochter, übrigens auch nicht darüber, dass Lode und ich seinen jüdischen Goldesel haben laufen lassen. »Ich habe ihm irgendeine Geschichte erzählt«, hatte Lode gesagt, als ich ihn danach fragte. Unsinn, natürlich. So einem Metzger macht man nichts vor. Und währenddessen einfach …

»Schatz! Auf welchem Planeten lebst du?«

»Nun ja, ich sagte nur, du sollst nicht übertreiben.«

»Und ich sage dir, dein Kumpel hat seine Mutter ins Grab gebracht. Wie der sie immer angeschnauzt hat, nicht zu fassen. Manchmal hat er ihr den ganzen Tag nichts zu essen gegeben. Und ab und zu hat er sie so fürchterlich erschreckt, dass die Ärmste laut aufgeschrien hat. Findest du das normal? Und es hat ihn nicht die Bohne interessiert, ob ich das alles mitbekomme oder nicht … Ich bin froh, dass ich da nie wieder hinmuss. Am Ende konnte ich den Kerl nicht mehr riechen.«

»Ja, ja«, sage ich.

»Er hat sie geschlagen …«

Ich nicke. Wieso bekommt Yvette eine Todesanzeige und ich nicht?

Das alte Frauchen wird in der Sint-Andrieskerk begraben, in ihrer angestammten Gemeinde. Spätgotisch außen, barock drinnen, eine Kirche für Sünder mit Stil, in schrillem Kontrast zu den ärmlichen Gestalten, die auf der Treppe zum Seiteneingang lungern. Kinder, Alte mit Zitterhänden und eine Frau mit einem Säugling. Ich eile an ihnen vorüber, ich bin zu spät. Yvette wollte nicht mit. »Ich will die Visage dieses Muttermörders nie wieder sehen!« Ich schon, ich will Miesebart sehen. Ich will, dass er mich sieht, damit ich an seinem Gesicht ablesen kann, wo ich stehe.

Die Kirche ist zu groß für die bescheidene Trauergemeinde. Ich stelle mich hinten hin, erkenne den Wirt der »Weißen Amsel« und möglicherweise auch zwei Thekensteher links und rechts von ihm.

Menschen in Trauerkleidung, verteilt auf höchstens zwanzig Plätzen. Kein einziger Deutscher ist da, und auch niemand von der flämischen SS. Selbst von Miesebarts engsten Freunden wie Omer ist keiner zu sehen. Ein paar alte Leute und einige sentimentale Saufkumpane des Sohnes, das ist alles. Am Sarg lehnen zwei Blumenkränze. Ich stehe zu weit entfernt, um zu lesen, wer sie hat liefern lassen. Ich schleiche ein wenig nach rechts und habe nun von der Seite her freien Blick auf die Trauernden vorn. Jenny sitzt neben Miesebart, als sei die Trauerfeier gleichzeitig auch ihrer beider Hochzeit in Moll. Jedes Mal, wenn er sich die Tränen abwischt oder den Kopf sinken lässt, legt sie ihm routiniert ihre behandschuhte Hand auf den Rücken, wie jemand, der einem anderen gefasst beim Sich-Übergeben beisteht. Sie selbst ist perfekt aufgemacht, eine Braut in Schwarz. Nur schade, dass sie es nicht bleiben lassen konnte, ihren grellen roten Lippenstift aufzulegen. Aber so ist Jenny nun mal. Miesebart, der noch immer weit nach vorn gebeugt dasitzt, schluchzt laut und mit viel Echo zu den schwafelnden Worten des Priesters am Altar. Es klingt so ulkig, dass man sich sehr gut vorstellen kann, wie dieser zutiefst getroffene Sohn, diese frischgebackene Waise von Ende vierzig, hinter seinem hochgeschlagenen Mantelkragen wie ein Satansbraten grinst. Ich warte, bis sich die Gelegenheit bietet, der Toten am Sarg die letzte Ehre zu erweisen, und stelle mich hinten in der Reihe an. Langsam schiebt sich die Schlange vorwärts. Jenny bemerkt mich zuerst. Sie kneift Miesebart in den Arm. Ich schlage ein Kreuz am Sarg, verbeuge mich einen Moment lang tief und nehme dann vom Bestatter einen Totenzettel entgegen. Ehe ich bei einer der Säulen um die Ecke gehen muss, sehe ich, dass Miesebart in meine Richtung schaut. Ist das jetzt Wut in seinem Blick oder Angst?

Ein paar Tage danach presst er ein »Verdammt …« heraus, als ich vor seiner Haustür stehe, eine Reihe deutschsprachiger Bücher unterm Arm, die ich mir bei ihm ausgeliehen habe, damit sich ein gewisser Chaim Lizke die Zeit vertreiben kann. Er blickt sich forschend links und rechts in der Straße um, ehe er mich ins Haus lässt. Es ist eher ein Ins-Haus-Ziehen, gehetzt und verschämt.

»Liebling, wer ist da?«, höre ich Jenny, ein wenig gelangweilt und ganz offensichtlich vom Schlafzimmer aus.

»Liegst du um diese Zeit schon im Bett? Entschuldige …«

Miesebart sieht mich an und schüttelt den Kopf.

»Komm mit ins Arbeitszimmer.« Jenny ruft er zu, es sei nichts, ich sei es bloß.

Wir gehen schweigend die Treppe hinauf, er schließt die Tür sorgfältig hinter uns und zischt mich an: »Du bist ganz schön dreist!«

Ich lege die Bücher auf einen der Beistelltische. »Ich weiß. Ich hätte die Bücher schon sehr viel früher zurückbringen müssen.«

Verdutzt sieht er mich an, die Kinnlade klappt ihm buchstäblich herunter. »Was glaubst du eigentlich, wer du bist? Wo nimmst du diese gottverdammte Dreistigkeit her?«

»Meine Unschuld lässt mich weinen …«

»Wie bitte?«

»Mon innocence me ferait pleurer. La vie est la farce à mener …«

»… par tous. Ja, verdammt, das kenne ich auch, kein Grund zu prahlen. Kommst du mir jetzt wirklich mit Rimbaud? Nicht alles ist eine Farce. Wie kommst du darauf? Du bist nicht er, du bist kein Rimbaud! Du bist entweder ein gottverfluchter Wendehals oder ein Idiot, der nicht weiß, welches Spiel er hier spielt. Begreifst du das nicht? Du solltest mal dein Gesicht sehen! Mein Gott, welch eine Maske … Was ist nur mit dir? Wie kann es sein, dass ich mich so von dir … ich, wohlgemerkt, ich!«

Er versucht, möglichst leise zu sprechen, doch beim Wort »ich« macht sich seine Wut laut polternd Luft.

»Schatz?«, ertönt es sogleich zwei Zimmer weiter.

»Nichts passiert, ich hab mich verschluckt, Jennyliebes!«

Zitternd schenkt er sich einen Likör ein und stürzt das Glas sogleich hinunter. Er füllt sich nach. Ich kriege nichts. Seufzend lasse ich mich in einem seiner bequemen Lesesessel nieder.

»Ich weiß verdammt noch mal überhaupt nicht, was …«

»Nein!« Miesebart streckt den Arm in meine Richtung aus. Seine Augen lodern. Er erinnert mich an eine Abbildung des Herzogs von Alva, des spanischen Henkers der Niederlande, wie er die hiesigen Rebellen auf den Scheiterhaufen schickt, gemalt in den grellen Farben, die mich als Kind auf der Schulbank in Erregung versetzten, ohne dass ich gewusst hätte, wieso. Aufs Rad geflochtene Gliedmaßen von entseelten Körpern, an denen Krähen sich labten, schwarze Silhouetten von Galgen, Banner hoch in der Luft, das Pferd des Herzogs, das ein Vorderbein anhebt, als zaudere das elegante Tier am Rand eines Abgrunds, von dem sein Reiter nichts ahnt, die Fieberringe rund um Alvas vergrößerte Augen, während er den Bauernpöbel betrachtet, der mit erhobenen Heugabeln dasteht und sich für stark genug hält, es mit ihm aufnehmen zu können. »Nieder mit der Raserei! An den Galgen mit ihnen!«

»Das scheint dir auch noch Spaß zu machen, was? Bist womöglich doch beschränkt oder so?«

»Natürlich nicht«, sage ich, »aber wenn du mir jetzt bitte erzählen würdest, was …«

»Verdammt, du tust es wieder! Du behandelst mich wie den letzten Dummkopf. Lass das Komödienspiel! Ich weiß Bescheid, verstanden? Ich weiß alles von dir. Du bist der falsche Fuffziger, du bist der Verräter! Dieser bescheuerte Penner, dieses dämliche Exemplar von einem Professor für Leckmichamarsch hat es mit tausend Worten gesagt. Hast du wirklich geglaubt, dein Tritt in seine Klöten habe ihn zum Schweigen gebracht? Ich habe sofort gespürt, dass irgendwas faul war. Und ehe der Tag vorbei war, haben wir herausgefunden, was, Omer und ich … Hast du eine Ahnung …«

Miesebart wendet sich wieder dem Schrank mit den Spirituosen zu und schenkt sich noch ein Glas ein, das er ebenso schnell hinunterstürzt wie die vorigen. »Hast du eine Ahnung, in welche Lage du mich gebracht hast?« Kopfschüttelnd sieht er mich an. »Offenbar nicht, denn dann hättest du dich hier schon weit früher blicken lassen. Hosenscheißer oder Idiot, ich weiß nicht, was du bist, vielleicht ja beides.«

Als ich noch auf dem Gymnasium war, wurde ich einmal des Diebstahls bezichtigt. Ich hatte einem anderen die Griffelmappe entwendet, mich deshalb wirklich schuldig gefühlt, aber den Vorfall anschließend verdrängt. Als der Direktor mich wegen meiner Tat zur Rede stellte, spürte ich die Ungerechtigkeit einer falschen Beschuldigung in mir aufsteigen. Doch dieses Gefühl rang mit dem

Wissen um eine Lüge, die so tief in mir verborgen lag, dass sie ein Eigenleben führte und in konfliktgeladenen Momenten in den Kammern meines Gedächtnisses das Regime übernahm.

Damals kamen mir Tränen. Jetzt lächele ich. Ich weiß auch nicht, warum.

»Nein!«, ruft Miesebart angesichts meines Grinsens.

»Schatz, was ist da los bei euch?«

Miesebart öffnet kurz die Tür und macht beschwichtigende Geräusche in Richtung Schlafzimmer.

»Stör uns bitte nicht. Ich bin gleich bei dir. Versprochen.«

Er schließt die Tür und hebt die Hand gegen mich. Ich stehe auf. Er drückt mich zurück in den Sessel.

»Ich habe für dich gebürgt«, flüstert er, »gebürgt ... Wenn man in der Elisabethlaan rauskriegt, was du ausgefressen hast ... dann werden sie mich auch holen. Dann stehen die Ledermäntel bei uns beiden vor der Tür, und sie stellen uns beide ohne Pardon an die Wand. Ob deine Tante nun mit Gregor vögelt oder nicht.«

Er packt mich beim Revers, zieht mich halb in die Höhe.

»Hast du eine Ahnung, was ich tun musste, um Omer dazu zu bringen, die Klappe zu halten?«

»Lass mich los.«

Miesebart erstarrt. Plötzlich sieht er alt und schäbig aus, ein Einsiedler im verschlissenen Morgenmantel inmitten von Ungeziefer. »Omer hat all meine Schlüssel von den möblierten Judenhäusern bekommen, die ich noch hatte. Das war mein Notgroschen. Das Fett ist von der Suppe ...« Er lässt mich los. »Für dich Dreckskerl ist das bloß ein Spiel. Aber es sind Leute wie ich, die die Rechnung mitbezahlen. Wir haben die Juden in dieser Stadt ausgemerzt, die Parasiten, die unsere Stadt so lange gepiesackt haben, sind so gut wie alle weg. Das war ein Versprechen, das wir gehalten haben, und das ist unter anderem mein Verdienst, trotz der Heuchelei von Leuten wie dir, trotz der Sabotage, die man wirklich von allen erwartet, aber nicht von denen, die man für Mitstreiter hält. Wenn du glaubst, einfach allem gegenüber zynisch sein zu können, dann gehst du in die Falle. Du lebst von geliehener Zeit, Arschloch, und ich bin es, der den Kredit in unser beider Namen aufgenommen hat. Verstehst du das? Nein, das verstehst du nicht, das sehe ich dir an ...« Noch ein Glas. Er stottert jetzt, und trunkene Tränen kullern über seine Wangen: »Aber auch das hält mich nicht davon ab ... Du kannst beruhigt sein ... Nicht einmal das wird mir die Suppe versalzen ... Das Einzige, was ich will ... zusammen mit Jenny einen Tabakladen ... in aller Ruhe ... ohne Hakennase weit und breit, in einer Stadt, die wieder atmen kann und Menschen wie mir dankbar für die Opfer ist, die ich auf mich genommen habe. Der ganze Betrug, dem ich mich ausgesetzt sah, der Verrat dieser Schweinehunde, dein Verrat ... Und jetzt sieh zu, dass du Lei...«

Die Tür geht auf. Da steht Jenny in einem fondantgrünen Negligé.

»Ist jetzt bald mal Schluss mit der Sauferei!«

Ihre Brüste hüpfen in dem Fummel auf und ab.

Der große Festsaal des Zoos ist bis auf den letzten Platz gefüllt. Lode ist es gelungen, Karten zu besorgen. Das Tanzorchester von Stan Brenders wird in wenigen Minuten »den Saal zum Kochen bringen«, wie Lode prophezeit.

»Hier wimmelt es nur so von Swingheinis«, flüstert Yvette aufgeregt.

»Wer hätte das gedacht, all die Pomadenköpfe«, höhnt Lode, der selbst seine Haare auch geölt hat. Aber die Rotznasen der Swingjugend übertreffen das, was Lode und ich mit unseren Frisuren anstellen, bei Weitem. Das Fett tropft regelrecht aus ihren Locken, die in langen Strähnen über die Hemdkragen hängen. Sie sind alle piekfein angezogen, die hageren Körper hinter einer doppelten Knopfreihe, dazu eine Hose, die ein wenig zu kurz ist, und einen riesigen Mantel mit etlichen aufgenähten Taschen, den viele auch im Saal nicht ausziehen. Denn in Zeiten des Mangels muss man protzen, muss man so tun, als wäre es ganz leicht, an Textilmarken zu kommen, obwohl man den hohläugigen Gesichtern der meisten ansieht, dass sie kaum noch ausreichend Lebensmittel erhalten. Alle haben einen Schirm dabei, denn das macht man jetzt so in diesen Kreisen: einen Regenschirm als Spazierstock benutzen und sich selbst bei heftigem Regen weigern, das Ding aufzuspannen. Sie sitzen im ganzen Saal verteilt. Frauen legen den Kopf an die schmalen Schultern ihrer Galane oder haben ihren dominanten Arm über die bescheidene Breite ihrer knochigen Rücken gelegt, als könnte die männliche Swingjugend jeden Moment auseinanderfallen. Viele der Swingmädchen tragen plissierte Röcke, die bis knapp über das Knie reichen, und ihr Haar ist vorzugsweise gelockt. Alle sind blass geschminkt, wobei hier und da etwas Mauve unter dem Jochbein zu sehen ist. Yvette ist begeistert von den eckigen Schultern der Swingheinis und davon, dass viele ihre schwarze, runde Sonnenbrille im Saal einfach aufbehalten, wie in der grellen Sonne an der Côte d'Azur.

»Nu schau sich einer das an, welch ein Gehabe.«

»Ja«, stimme ich Lode nickend zu. Ich sehe ihn wie ein Raubtier diese ganzen Paradiesvögel anstarren, Skelette unter fröhlichen Farben. Angesichts all dieser Frische und Kraft dieser Kerle, die kaum fünf Jahre jünger als wir beide sind, spüre ich, wie Vater Zeit mich rücklings in Richtung Nirgendwo drückt. Doch keiner der Dandys kommt an Lodes und meine Kaltblütigkeit ran. Kaum zu glauben, dass wir noch keinen Nervenzusammenbruch erlitten haben. Kein Wort haben wir über das Damoklesschwert verloren, dass über unser beider Köpfen hängt. Lode braucht mir übrigens nicht zu erzählen, dass er immer noch mit seinen Freunden aus dem Widerstand zusammenarbeitet. Ein Blick genügt. Er lächelt verschmitzt, wie jemand, der jederzeit eine versteckte Bombe hochgehen lassen kann. Die ganze Welt fordert er mit dieser Visage heraus, immer dreister und dreister. Aber selbige Welt ist vorläufig offenbar nur unzureichend interessiert. Und ich habe meine Albträume, meine Großkotzigkeit, auf die wiederum Angstzustände folgen, mein Dies und Das. Das Beschissene ist, dass diese Swingheinis absolut gleichgültig wirken. Die Welt kümmert sie nicht die Bohne, Musik ist das Einzige, was für sie zählt. Sie wollen tanzen und sich ihren Trieben hingeben. Die hängen dort mit halb geschlossenen Augen und gespitzten Lippen in den Sesseln wie Säuglinge, die mütterliche Zitze ihrer Liebsten erwartend. Nein, ich fühle es. Es ist passiert. Ich bin jetzt schon zu alt. Und alles muss erst noch beginnen.

»Zumindest sind kaum Dreckspreußen im Saal …«, lacht Yvette, und ihre Zähne schimmern perlweiß.

»Da hast du auch wieder recht. Endlich mal kein Preußikanisch zu hören.«

»Preußiwas?«, fragt Yvette erheitert.

»Die laufen hier schon seit Jahren herum, und das hast du noch nie gehört? Diese Preußen sprechen nicht Deutsch, sondern Preußikanisch.«

Das ist ein Scherz meines Vaters. Er hat die Schnauze voll. Kein anständiges Essen, viel zu lange nach Marken anstehen, und nirgendwo in der Stadt gibt es noch Schuhe oder einen ordentlichen Sommermantel, und mit dem, was er noch im Kleiderschrank hat, kann er sich, nach eigener Aussage, nicht mehr vor die Tür wagen.

Wir hören vorne Geraschel. Musiker, die hinter dem Vorhang ihre Plätze einnehmen. Beinahe augenblicklich verstummt das Stimmengewirr. Der Vorhang öffnet sich.

Da steht Stan Brenders und verbeugt sich, zusammen mit seinen fünfzehn Musikern, vor dem Publikum. Es wird laut applaudiert und auf Fingern gepfiffen. Stan Brenders ist Gott. Er verbeugt sich noch einmal und winkt uns dann ganz kurz zu. Die Musiker nehmen Platz, Stan dreht sich zu ihnen um, und es ist, als würde sich der Himmel schmetternd auf uns herabsenken. Das Dirigentenstöckchen zaubert ein glühendes Tanzungetüm nach dem anderen zum Vorschein. Schon gleich bei den ersten Takten sieht man, wie sich die Frauen in ihren Sesseln bewegen und die Männer mit den Fingern schnippen.

»Mach Dampf, Stan«, rufen einige nach dem soundsovielten Stück, als der Lärm des Applauses für einen Moment abebbt. Brenders schaut über die Schulter und blinzelt ein wenig verlegen.

»Was für ein sympathischer Bursche«, sagt Yvette ganz angetan.

»Zack, schon ist sie weg.« Lode lacht. Er sieht mich an. Ich nehme in seinen Augen nicht gerade Heiterkeit, sondern nur Finsternis wahr.

Inzwischen haben sich die Bläser alle erhoben, und es ist, als würden wir mit ihnen in die Höhe steigen. Viele Menschen sind aufgestanden und feuern die Band laut an. »Haut rein! Macht Dampf!« Die Saaldiener können sie nur mit Mühe dazu bewegen, ihre Plätze wieder einzunehmen. Doch manche der Swingheinis lassen sich nicht einfach so bändigen. Ein Tenorsaxofonist beginnt ein rasendes Solo, während sich die übrigen Bläser wieder hinsetzen. Seine Töne, sicher eine Million pro Stunde, fliegen um allerlei Kurven. Während er schließlich zusammen mit den anderen den Refrain spielt, nickt er uns kurz zu, und wir klatschen uns die Hände beinahe blutig. Lode pfeift laut auf den Fingern, gerät in Ekstase, ruft allerlei unverständliches Zeug. Dann steht der Posaunist auf, und er fächert mit seinem Dämpfer immer länger angehaltene Töne über uns hinweg.

»Kurzen?« Lode hält mir einen Flachmann vors Gesicht.

Ich nicke und trinke. Der Jenever brennt. Yvette kann den Blick nicht von der Bühne abwenden und hat daher nichts von unserem kleinen Tête-à-Tête bemerkt.

Nachdem ich den Flachmann wieder zurückgegeben habe, dreht sie sich zu mir um und sagt aufgeregt, wir sollten auf den Schlagzeuger achten. Den Schlagzeuger, den Schlagzeuger!

»Jos«, erklärt Lode, »einer von hier.«

Das übrige Orchester zieht sich zurück, während der Schlagzeuger zu einem Solo ansetzt. Hinter seinen runden Brillengläsern nickt er aufmunternd, und alle fangen an, im Takt zu klatschen, immer lauter und lauter. Die Saaldiener haben Mühe, alle auf ihren Plätzen zu halten. Ständig springt jemand auf. Der Schlagzeuger Jos wirbelt auf seiner Schnarrtrommel, er lässt die Becken singen, bringt mit dem Pedal der Basstrommel den Saal zum Dröhnen. Auf einmal erhebt er sich und tanzt um sein großes Schlagzeug herum, ohne aus dem Takt zu geraten. Man jubelt ihm zu. Wieder schaut er zu uns und nickt im Rhythmus des Klatschens. Dann verlässt er das Schlagzeug ganz und trommelt auf dem Holzboden der Bühne, auf dem Treppengeländer, das in den Saal führt. Wir klatschen immer noch, aber leiser, sodass auch seine Trommelstöcke hörbar bleiben, die er jetzt auf das hörnerne Gestell seiner Brille niederfahren lässt. So trommelt er sich immer weiter in den Saal hinein, den Stuhllehnen folgend, bis er zu einer jungen Dame gelangt, die vor ihm aufspringt. Von den Stuhllehnen wandern seine Stöcke zu ihrem riesigen Gürtel. Alle halten den Atem an und klatschen dabei, kaum noch hörbar, den Takt. Die Spitzen der Trommelstöcke prasseln ununterbrochen im perfekten Rhythmus auf das Metall des Gürtels, als würde darunter sogleich, im Bauch der jungen Frau, die stolz die Fäuste in die Seite stemmt und den Schlagzeuger einfach machen lässt, eine neue Zeit geboren werden.

»O Mann, mein Gott.« Lode keucht, und er bedeckt seine Augen, als würde längeres Hinsehen ihm großes Unglück bringen oder ihn zu irrsinnigeren Taten verleiten. Dann verlassen die Trommelstöcke den Gürtel, und der Schlagzeuger Jos bahnt sich, von den Lehnen über den Fußboden, von der Treppe hinauf zur hölzernen Bühne, im Rückwärtsgang erneut einen Weg, um schließlich wieder hinter sein Schlagzeug zu klettern, wie eine Figur in einem Film, der vor unseren Augen rückwärts abgespielt wird. Das übrige Orchester fällt ein, um gemeinsam das Finale zu bestreiten, lauter als bisher. Dann ist es einen Moment lang still, bis alle aufgesprungen sind und applaudieren, jubeln und pfeifen. Der Schlagzeuger sieht uns leicht dümmlich an, als könne er sich schon jetzt nicht mehr daran erinnern, was für ein Gott er noch vor kaum einer Minute war. Stan Brenders ist auch ein Gott, selbst wenn er ein wenig verlegen dreinschaut.

»Der Krieg ist bald zu Ende! Ich spüre es! Nicht mehr lange, und all das Elend ist vorbei!«, ruft Yvette. Sie streckt eine Faust in die Luft, hat Tränen in den Augen. Der ganze Saal empfindet so. Dass alle uns mal kreuzweise können! Haut ab, das war's!

Lode und ich nicken einander zu, doch bei keinem von uns beiden stellt sich dieselbe Freude ein.

Die Zuschauer hören nicht auf zu rufen und in die Hände zu klatschen. Jetzt wird die Saalbeleuchtung eingeschaltet. Ich muss dringend zur Toilette. Yvette nickt. Ich gehe die Marmortreppe hinunter. Meine volle Blase ist nur ein Vorwand. Ich muss kurz alleine sein. Eine ganze Reihe von ausgelassenen Männern steht bereits an den Urinalen, eine Handfläche gegen die Wand gestemmt und die Füße ein wenig nach hinten, sodass ihre Schwänze freie Bahn haben und ihre Hosen und Schuhe nicht bespritzt werden. Ich verschwinde in einer der Kabinen und öffne den Hosenschlitz. Da höre ich, wie Lode meinen Namen ruft.

»Hier!«, antworte ich.

»Mach auf!« Er hämmert ein paar Mal gegen die Tür. »Na los!«

»Ich bin beschäftigt, Idiot!«

»Los, mach schon!«

Ich öffne den Riegel, und Lode zwängt sich hinein. Er greift mir an die Kehle und presst meinen Kopf gegen die Wand, während er mit dem Fuß die Tür hinter sich schließt.

»Wie ist das möglich …«, flüstert er ein paar Mal. Sein Atem riecht sauer. Ich krieg kein Wort heraus, so sehr drückt er mir die Kehle zu. »Wie ist das möglich …«, zischt er schließlich, rasend vor Wut, »… dass wir immer noch nicht verhaftet worden sind? Du Verräter! Du steckst dahinter. Du bist das Dreckschwein.«

Dann versucht er, mich zu küssen.

IM STAUB TASTEND,
NACH DER EISKALTEN WINTERLUFT
SCHNAPPEND

IM STAUB TASTEND, nach der eiskalten Winterluft schnappend, so sieht dein Urgroßvater die ersten Menschen aus den Trümmern des Rex kriechen, wie lebende Tote, mit einem irren Blick und aus den Ohren blutend, nicht wissend, welcher Hölle sie entkommen und in welcher Unterwelt sie jetzt gelandet sind. Die Rakete, die Vergeltungswaffe Zwei, hat sich tief in das übervolle Kino hineingebohrt, wie ein von einem arischen Gott geschleuderter Blitz, ein Gott, dem es scheißegal ist, ob er sein Ziel trifft oder nicht, Hauptsache, er verbreitet Angst und Schrecken. Angst und Schrecken? Du kannst beruhigt sein. Die Stadt ist befreit, doch ihre Bewohner zittern hungrig und verzweifelt in den Kellern.

Mutter und Vater wohnen nun schon seit etwa drei Monaten dort, und auch wenn sie, die sich meine Mutter nennt, mir dort ein Bett bereitet hat, mit einem traurigen Stoffstück als Vorhang zwischen ihrer Schlafstatt und der für mich bestimmten, so beharre ich ungeachtet ihres unerträglichen Flehens dennoch darauf, dass der Keller nichts für mich ist, dass ich zur Not lieber sterbe. Denn wenn die Bombenwerfer und Blitze schleudernden Mörder meinen Namen auf ihre Waffen geschrieben haben, unbarmherzige und vor allem rachsüchtige Götter, die sie sind, dann hilft ohnehin nichts, dann macht es keinen Unterschied, ob du müffelnd bei deinen sogenannten Eltern im Keller liegst oder nicht, dann bist du verdammt, und außerdem: Sterben musst du sowieso, du tust es jeden Tag.

Kaum zwei Tage nach den jetzt bereits mehr als zweihundertfünfzig Toten und den unzähligen Verletzten, die sich an einem kalten Nachmittag Buffalo Bill auf der Leinwand ansehen wollten – so viele Tote, dass die Amerikaner beschlossen haben, die zermalmten und zerfetzten Körper zwischenzeitlich im Zoo zu lagern, weil sämtliche Leichenhäuser derart voll sind, dass man die Türen nicht mehr schließen kann –, sagt meine schöne Yvette, sie sei schwanger, mein Samen sei schneller als wir beide gewesen, und bald gebe es neues Leben in einer Stadt, in der der Tod umherwankt wie ein vollgefressener, aber niemals satter, sturzbesoffener, skrupelloser Hurenbock.

»Hello, this is Joe.«

Das sagt meine Tante Emma, und ihr *»hello«* klingt *»very«* zeitgemäß.

In unserem besten Zimmer steht ein Baum von einem Mann, ein kanadischer Indianer, jemand, der uns befreit hat, ein Sergeant immerhin, nicht einfach ein Nullachtfünfzehn-Soldat ohne Streifen und Orden. Mutter hat schließlich zugestimmt, ihn zu empfangen. Es war weniger seine Herkunft oder Rasse, die sie zögern ließ, sondern vielmehr die Tatsache, dass sie ihren Keller verlassen und das Wohnzimmer wieder auf Vordermann bringen musste. Das zeitweise Zurücklassen der Angst war es, und dass sie sich der Willkür auszusetzen hatte. Aber damit ist sie nicht allein. Die ganze Stadt hat sich am Ende damit abgefunden, dass der Tod einen dieser Tage zwischen einem Furz und einem Rülpser ereilen kann, zwischen Suppe und Kartoffeln, die gegenwärtig beide eher sprichwörtlich sind, denn es gibt fast nichts mehr zu essen, und auch das passt meiner Mutter nicht: Jemanden von einem anderen Kontinent empfangen zu müssen, ohne die entsprechenden Köstlichkeiten auf dem Tisch. »Wann fängt der Krieg an?« So beginnt ein bitterer Scherz. »Wenn die Sirenen aufhören zu heulen …«, lautet die Antwort. Das ist die Wahrheit. Es schlagen nun jeden Tag so viele Bomben, so viele Vergeltungswaffen Eins ein und so viele Raketen, so viele Vergeltungswaffen Zwei, dass es zwecklos ist, die Sirenen überhaupt noch einzuschalten, denn während der letzten zwei Wochen heulten sie unaufhörlich. Seit dieser Woche hört man also nichts mehr, und was vom Himmel fällt, fällt vom Himmel. »Trinkst du noch einen, José!« »Sehr gerne, André, aber es ist schon wieder nichts mehr da. Es gab noch eine Flasche, aber die hat deine Frau gerade fallen lassen!« Ich habe noch nie so viele Witze wie in den letzten Wochen gehört. Je unerträglicher die Situation um uns herum wird, umso mehr wird gelacht. Aber wirklich fröhlich klingt es nicht, dieses Lachen, es ist eher eine Mischung aus Husten und Kotzen.

»*Hello, hello*«, sagt mein Vater zu dem Indianer, als wäre er ein Funker, der Probleme hat, weil der Empfang schlecht ist.

Joe sagt nicht viel. Wie ein Totempfahl steht er in unserer Mitte, doch seine Augen funkeln. Meine Hand verschwindet in seiner, doch er drückt nicht wirklich fest zu.

»*Emma says you are a policeman.*«

»*Oh, yes …*«, erwidere ich, und mir wird bewusst, dass ich mich wie ein eitler französischer Schauspieler anhöre, der so tut, als beherrsche er die Sprache Shakespeares und John Waynes. Was soll ich sagen? Von meiner Uniform ist beinahe nichts mehr übrig, so oft hat Yvette die schlimmsten Stellen schon mit Nadel und Faden geflickt. Die Engländer, die Amerikaner oder die Kanadier, wie unser Gönner hier in unserem eigenen Haus, machen sich nicht viel aus der Würde unserer Uniform, ganz zu schweigen von dem, was sie repräsentieren müsste, jetzt, nachdem der Besatzer die Stadt verlassen hat und im eigenen Land ordentlich was auf die Fresse bekommt. Man lacht über uns, freundlich, aber trotzdem. In ihren Augen sind wir nicht ganz ernst zu nehmen, mit unseren weißen Helmen und den verschlissenen schwarzen Umhängen und den Löchern in den Stiefeln. Wir werden weggeschickt, wenn wieder einmal irgendwo eine Bombe eingeschlagen ist. Sie betrachten uns als Kinder, die im Weg herumstehen. Sie lachen ungeniert, wenn ich beim Anblick der soundsovielten Leiche auf meiner Pfeife blase. Sie dulden uns, und selbst das tun sie nur für einen kurzen Moment. Ihrer Ansicht nach wäre es besser, wenn wir eine Weile zu Hause blieben. Das würden sie niemals laut sagen, diese jovialen, entspannten Befreier, aber man kann es ihren Gesichtern ablesen. Wir sind die Clowns, sie die Helden. Und außerdem: Unserer Gesinnung sind sie sich nie sicher. Stehen viele von uns nicht noch immer heimlich mit erhobenem Arm vor einem Porträt des Führers, wenn keiner hinsieht?

Sergeant Joe nimmt Platz und trinkt dünnen Tee.

Tante Emma strahlt. Im Chaos der Befreiung ist sie Hals über Kopf ans andere Ende der Stadt gezogen, in eine kleine Wohnung in der Nähe der Schildersstraat, hinter dem Museum für Schöne Künste. Wir haben nichts mehr von ihr gehört, auch nicht, als die allererste Vergeltungswaffe dort in der Nähe viele Menschen in den Tod riss und die große Freude über die Befreiung endgültig verstummen ließ. Mutter ist halb wahnsinnig geworden, obwohl meine Tante auf keiner der Toten- oder Verwundetenlisten zu finden war. Ein paar Wochen später meldete sie sich dann doch bei uns, aber es hat bis zum Winter gedauert, bis nach Weihnachten und Neujahr, ehe wir sie wiedersahen, und dann gleich mit Sergeant Joe.

»Wir haben uns im ›Hulstkamp‹ kennengelernt.«

»Musst du nicht Englisch reden?«, fragt meine Mutter ihre Schwester.

»Das kannst du aber nicht, oder? Selbst Wilfried, das Genie in der Familie, kann es kaum. Oder irre ich mich?«

»Ich lerne schnell dazu ...«, sage ich und schlürfe noch etwas Tee.

»Hey Joe, everything wonderful?« Vater schmunzelt.

»The best is yet to come«, sagt der Indianer und nickt.

Mein sogenannter Erzeuger hat kurz schwitzen müssen, doch jetzt ist tatsächlich alles »*wonderful*«. Obwohl er Mitglied der »Bewegung« war, musste er seinen Posten bei der Stadtverwaltung nicht aufgeben. »Sie werden mich schon noch finden«, hörte ich ihn ängstlich sagen, als die Panzer der Alliierten durch die Straßen rollten. Aber sie fanden dann doch nichts. Typisch mein Vater: Freut sich wie ein kleines Kind darüber, nie auch nur das geringste bisschen bedeutend gewesen, so nichtssagend geblieben zu sein, dass sich keiner die Mühe gemacht hat, sein Tun und Lassen zu recherchieren. Vater reckt den Daumen in die Höhe. Joe tut es ihm nach, und plötzlich lacht er zum ersten Mal und zeigt seine schneeweißen Zähne, wie eine Kokosnuss, die geöffnet wird und ihr Inneres preisgibt.

Mutter schreckt ein wenig zurück. »Die Wildheit Ihrer Herkunft können Sie aber nicht verbergen.«

»He, geht's noch?«

»Ich mach doch nur einen Scherz«, sagt Mutter zu ihrer Schwester, und das stimmt sogar.

Sergeant Joe ist anders als die meisten Kanadier, die die Frauen dieser Stadt mit Geschichten über riesige Ranches verführen, die sie zu Hause besitzen, oder ihnen mit anderem wollüstigen Geflüster über Reichtümer den Kopf verdrehen. All die angeblichen Großgrundbesitzer kehren schließlich zurück, manchmal mit einer Frau, die sie geschwängert haben, meistens wie ein Dieb in der Nacht. Joe bleibt und eröffnet mit seiner Emma eine Kneipe. Nach einiger Zeit benennen sie das Lokal in »Café Cheyenne« um, weil Joe verstanden hat, dass die Leute hier nur allzu gern von einem »echten Indianer« bedient werden. Über dem Zapfhahn hängt eine Federkrone und über den Gläsern ein Tomahawk, ein echter, laut Joe, einer, mit dem Weiße skalpiert worden sind. Die Kneipe läuft gut, die Ehe von Emma und Joe nicht. Aber »verheiratet ist verheiratet«, wiederholt meine Mutter immer wieder, wenn sich ihre Schwester bei ihr ausweint. Zwanzig Jahre später ist Tante Emma nicht mehr richtig im Kopf, sie sieht Gespenster und schreit herum. Demenz lautet die Diagnose. Am Ende, kurz bevor sie in irgendeine Einrichtung gebracht wird, brüllt sie, der »Neger« in ihrem Bett sei gar nicht ihr wirklicher Mann, und dann lispelt sie den Namen ihres deutschen Liebhabers (»Ach, Gregor, mein Liebchen!«), den sie seit dem Sommer '44 nicht mehr gesehen hat und der in jenem Kriegsherbst irgendwo in den Niederlanden fünfzig Mann oder so mit Maschinengewehren niedermähen lässt und dafür selbst mit einer Kugel im Kopf in einem Graben landet, oder möglicherweise auch seitdem in Südamerika an einem Swimmingpool liegt, doch in ihren Glaukomaugen ist er der einzig Wahre geblieben. Sie stirbt, und Joe betrachtet ihren Sarg, ohne eine Träne zu vergießen. Ein Jahr später stirbt auch er, schweigend und am Ende doch noch vom Krieg eingeholt, geschlagen auf der Ziellinie, weit weg von allen Indianern dieser Welt.

»Ich habe euch das Leben gerettet«, sagt Omer, »dir und deinem Kumpel Lode Metdepenningen.« Er ächzt und knurrt wie ein Zirkusbär ohne Klauen.

»Obwohl ich wusste, wo ihr diesen Juden versteckt habt … Ich wusste verflucht noch mal alles. Warum, glaubst du, bin ich gerade hierhergekommen? Weil ich euch im Auge behalten habe. Was willst du hier? Ich weiß, was für ein Lager sich hinter dieser Tür befindet. Hat dein Freund dir nie erzählt, dass ich der Anwalt seines Vaters gewesen bin? Ich bin ein Patriot, und trotzdem will man mir ans Leder. Man nennt mich einen Kollaborateur! Ist das zu glauben? Undank ist der Welten Lohn. Gejagt, wie ein Tier.«

Wir stehen in der Van Maerlantstraat. Als ich gerade die Haustür öffnen will, ist Omer aus dem Schatten getreten. Er packt mich beim Revers meines Wintermantels und schaut mir tief in die Augen. Er hat sich seit Tagen nicht rasiert. Man kann die Verzweiflung in seinem Atem riechen.

»Ich wusste, dass ihr Juden versteckt. Natürlich wusste ich es. Lodes Vater hat es des Geldes wegen gemacht. Er konnte gut mit ihnen, mit diesen Diamanten-Männern. Er sah ›gewisse Möglichkeiten‹ darin, das hat er schon vor dem Krieg gesagt. Ich habe alles gewusst, aber nichts verraten. Mehr noch, hör mir zu: Ohne mich würden du und dein Kumpel, das saubere Metzgerssöhnchen, in irgendeinem Lager krepieren, mehr tot als lebendig oder vielleicht schon unter der Erde. Verstehst du?«

»Lass meinen Mantel los, Omer.«

»Lass mich rein. Das ist alles, worum ich dich bitte. Oder schämst du dich? Hat der Metzger hier noch immer einen Saujuden versteckt, dem er seine Steinchen abknöpft, einer, dem ihr nicht erzählt habt, dass alles vorbei ist?«

»Für dich ist alles vorbei. Du wirst gesucht.«

»Und du? Was hast du getan? Was hast du so alles auf dem Kerbholz? Du bist verflucht noch mal ein Verräter, und das weißt du!«

Ich öffne die Tür und führe ihn in das ehemalige Versteck von Chaim Lizke, des Juden, der abgehauen ist. Er schaut sich um und fragt, was es mit den ganzen Zetteln auf sich hat, die überall herumliegen.

»Das sind Gedichte«, sage ich. »Ich komme zum Schreiben hierhin.«

Omer vergisst seine Angst und seine Verzweiflung und lacht schallend los. »Um Gedichte zu schreiben? Für wen hältst du dich? Alles ist zum Teufel, es steht kaum noch eine Mauer aufrecht, es hagelt Bomben, alle hocken wie die Ratten beisammen, und der Herr schreibt Gedichte. Unser Freund sitzt hier mit einer Pfauenfeder und einem Tintenfass und betet seine Muse an wie ein echter Schreiberling. Oder tust du das vielleicht nur, um nicht verrückt zu werden?«

»Setz dich«, sage ich in ruhigem Ton. Vor meinem inneren Auge sehe ich ihn bereits mit den Füßen an einem Haken hängen, den Kopf nach unten, geschlachtet, in einen Topf unter ihm ausblutend, wie ein Schwein, wie Mussolini und seine Geliebte, wie vergeudetes Fleisch.

Omer nimmt Platz und sackt in sich zusammen. Sein Lachen ist vergessen, er ist durch und durch Kummer und Selbstmitleid. »Das Haus meiner Mutter, wo ich mich monatelang versteckt habe, hat diese Woche einen Treffer abbekommen. Mutter hat's erwischt.

Ihr Kopf, ratsch, ab … Kannst du dir vorstellen, was das mit einem macht, wenn man so was mitansehen muss? Die eigene Mutter?« Rotz läuft ihm aus der Nase, jetzt erinnert er mich nicht mehr an einen Bären, sondern an einen Bernhardiner mit einem gebrochenen Bein im Schnee, einer, der nichts mehr ausrichten kann, außer leise zu winseln.

»Ich habe Gold … Das kannst du haben, wenn du mir hilfst. Ich muss fort von hier. Nach Spanien. Da habe ich Freunde. Du und dein Kumpel, ihr könnt mir bestimmt Papiere organisieren. Eure Wache ist doch so korrupt wie nur was, oder nicht? Das, was ihr für die Hakennasen getan habt, könnt ihr wohl auch für mich machen, nicht? Ich bin hier geboren und aufgewachsen, und ich habe euch beschützt, ich habe euch beschützt … Ohne mich wärt ihr …«

»Da liegt eine Decke«, sage ich, »es wird hier bitterkalt.«

Lode lacht. »Du bist verrückt.«

Ich hole den Schlüssel hervor.

»Du sagst, du kommst her, zum Gedichteschreiben?«

Als wir das Versteck betreten, ist Omer nirgends zu sehen. Ich schaue mich um und vernehme dann undeutliches Schnarchen im Dunkeln.

»Verdammt«, sagt Lode, »wer ist das?«

Vollkommen erschöpft liegt der Anwalt unter der Decke, über die er einen Haufen alte Zeitungen gebreitet hat, wie ein Stadtstreicher, der sich draußen eingemummelt hat.

»Herr Verschueren?«

Omer schreckt hoch wie aus einem bösen Traum.

»Lasst mich in Ruhe, Schweinebande!«, krakeelt er sofort.

Lode sieht mich an. »Was hast du vor?«

»Halt ihn fest«, sage ich.

»Aber warum …«

Omer schlägt wild um sich, doch als er Anstalten macht, sich zu erheben, drückt Lode ihn kräftig zu Boden. Ich schaue zum Tisch, auf dem meine Gedichte liegen. In der Besteckschublade finde ich, was ich suche.

»Drück ihn auf den Boden!«

Omer brüllt und versucht, Lode im Gesicht zu kratzen.

Mit dem Hammer, den Chaim Lizke unlängst noch dazu benutzt hat, um sich gegen uns zur Wehr zu setzen, schlage ich auf den Schädel des Anwalts ein. Vier-, fünfmal nacheinander. Einmal knapp an Lodes Ohr vorbei, doch jedes Mal mühelos den wildfuchtelnden Armen Omers ausweichend. Sein Körper zuckt erst noch, ich lasse den Hammer weiter auf die Seite seines kahlen Kopfes niedersausen, der jetzt mehr einer Schüssel mit rotem Haferbrei ähnelt als einem Schädel.

»Hör auf …«, sagt Lode. Sein Gesicht ist blutbespritzt. Meins natürlich auch.

Klebrig ruht der Hammer in meiner Faust.

»Du wusstest, dass er erledigt werden musste«, keuche ich. »Er durfte nicht einfach irgendwann friedlich im Bett sterben, er nicht. Und du hast mir damals recht gegeben.«

Lode starrt vor sich hin.

Ich durchsuche die Taschen von Omer Verschueren.

Und finde eine goldene Damenarmbanduhr.

»Du hast doch nicht etwa eine Ladung Rotz ins Gesicht bekommen, *jeune homme?*«

»Nein.«

»Das passiert schon mal, wenn man sich hier am Tor anstellt. Ich habe von einer Frau gehört, über die man einen Nachttopf ausgegossen hat, mitten auf der Straße, aus einem höher gelegenen Stockwerk. So konnte sie ihrem Mann nicht mehr unter die Augen treten.«

»Mensch«, sage ich, »es hört nicht auf.«

»Aber du hast wahrscheinlich noch ganz anderes gesehen, zu Beginn.«

»Davon kannst du ausgehen.«

Zu Beginn bedeutet am Ende, als die Deutschen sich gerade zurückgezogen hatten und die Engländer und Kanadier gefeiert wurden. Zu Beginn bedeutete, kein Polyp mehr sein zu können, weil alle mit einem Gewehr herumzuspazieren schienen. Zu Beginn bedeutete, einfach mitzumachen, in der Hoffnung, dass sich alle so wieder ein wenig beruhigen. Zu Beginn war die Wut so groß, dass alle über die Stränge schlugen, dass Menschen in Tierkäfigen eingesperrt wurden und wir nur zuschauten und zu den Umstehenden sagten: Jetzt treibt es mal nicht zu wild. Zu Beginn herrschte Chaos, finster und gefährlich. Zu Beginn gab es nichts mehr, jedenfalls keinen Bürgermeister, denn der hatte einen Konflikt mit der flämischen SS dazu genutzt, sich beizeiten aus der Affäre zu ziehen und unterzutauchen. Einen kurzen Moment lang gab es nichts, und es herrschte nur die Willkür der Straße, da hakte sich der Arm dieses besoffenen Helden bei dem jenes nüchtern gebliebenen Gewalttäters ein. Zu Beginn gab es Groll, und alle sagten: Zu Recht, denn das ist normal, nach so vielen Jahren des Elends. Alle? Nicht jene, die jetzt die Peitsche zu spüren bekamen, denn die beklagten sogleich lautstark das große Unrecht und sagten, sie würden niemals vergessen, geschweige denn vergeben. Und die anderen riefen: Halt's Maul, Nazi! Der Neubeginn begann mit gezückten Messern, und danach folgte eine Marschkolonne, zuerst im Zickzack, nicht im Gleichschritt gehend, doch mit der Zeit wieder diszipliniert und mit der Normalität als Tarnkappe, unter der die Sauerei weiterging: die ewige Spaltung mit einer Handvoll Mächtiger an der Spitze, die immer gewinnen, deren Hosenbeine nie dreckig werden und deren Schuhe immer sauber sind, und die wissen, was »Vorsicht« bedeutet und also über die Fähigkeit verfügen, die Dinge vorab einzuschätzen und zu ihrem Vorteil zu lenken. Für sie gibt es keinen Beginn und kein Ende. Für sie geht alles einfach weiter.

Miesebart hustet hinter dem Gitter des Besuchsraums.

Alles riecht nach Karbolsäure, dem Desinfektionsmittel, das man in Kliniken und Leichenhäusern verwendet; aber es riecht auch nach Pisse und Scheiße, nach Verzweiflung und der ewigen Rechthaberei, wie ein verwesendes Stück Fleisch, in dem die Irrtümer wie Maden wimmeln.

»Niemand kommt mich besuchen«, sagt er.

»Vielen Dank«, erwidere ich.

Er schaut kurz auf, lacht scheu. »Ja, du …«

»Besser als nichts.«

»Hast du das von Omer gehört? Ein paar Schweinehunde haben ihm einfach den Schädel eingeschlagen. Man hat ihn bei den Leien gefunden. Anscheinend hat man eine Weile gebraucht, bis man ihn identifizieren konnte. Man erfährt hier fast nichts, aber ausgerechnet solche Nachrichten erreichen uns. Solche Sachen flüstern einem diese Schakale sofort zu. Ich dachte, ihm sei die Flucht gelungen. Nach Spanien, hatte ich gehofft … Aber nein, sie haben ihn kurzerhand erschlagen. Ein so feiner Mensch, und wie gebildet er war, welch ein Mann mit Niveau. Er hatte Altgriechisch gelernt. Konnte ganze Passagen aus der *Ilias* auswendig. Und dann einfach so … wie ein …«

Miesebart beginnt zu schluchzen. Seine Glupschaugen gebären dicke Tränen. Er schaut zur Seite, wischt sich über die Wange, schnäuzt sich in ein Stoffstück, das er sofort wieder einsteckt.

»Aber mich kriegen sie nicht. *Non! Non, à présent je me révolte contre la mort! La travail paraît trop léger a mon orgueil: ma trahison au monde serait un supplice trop court.* Verstehst du das? Meinen Stolz lasse ich mir nicht nehmen. Ich habe meine Prinzipien nicht verraten. Ich widersetze mich nachträglich dem Tod. Wie …«

»Wie Rimbaud.«

»*C'est ça* … Obwohl dieses Großmaul von einem Dichtergenie natürlich auf mich herabsehen würde, weil ich noch lebe, weil man mich nicht an die Wand gestellt hat, um mich exekutieren zu lassen. Denn das wäre ehrenvoll gewesen, das hätte …«

»Ach, red nicht.«

Miesebart schluchzt. »Warum bist du hier?«

»Um dich zu sehen, was sonst?«

»Wer weiß, vielleicht um mich zu verspotten. Schau nur genau hin, gönne deinen Augen das Vergnügen. Warst du auch dabei, als ich verurteilt worden bin?«

»Nein«, sage ich.

»Ich habe allen stolz in die Augen gesehen. Nichts von dem, was ich getan habe, habe ich geleugnet. Ich hätte es für sie alle gemacht, habe ich gesagt. Sie sind vor Empörung fast an die Decke gegangen!

Was ich mir erlaubte! Schämen sollte ich mich! Meine Kameraden, die neben mir auf der Anklagebank saßen, schauten weg, ein paar von ihnen verbargen ihre Gesichter. Sie schämten sich für mich, für die Dinge, die auch sie getan hatten. Einer zischte, ob ich denn wahnsinnig geworden sei, ich solle ja meinen Mund halten. Aber da habe ich noch lauter gerufen: ›Ich bin kein Knecht der Plutokratie, und ich werde auch nie einer werden! Ich habe meinem Land, meinem Volk und meinem König stets treu gedient, indem ich das Judentum bekämpft habe!‹ Und dann wurde es still. Der Staatsanwalt griff sich ans Herz, brachte aber vor lauter Wut kein Wort heraus. Der Richter sah mich an und sagte beinahe respektvoll: ›Ich glaube Ihnen, Herr Verschaffel, aber Fakten bleiben Fakten. Sie haben das Gesetz übertreten.‹ Daraufhin rief ich: ›Welches Gesetz?‹ Lebenslang habe ich bekommen.«

»Ein paar Jahre Knast, vielleicht kommst du dann ja wieder raus.«

Miesebart wischt meinen Satz als irrelevant beiseite. Plötzlich wirkt er beinahe heiter, als sei er auf ein Thema gestoßen, über das er sehr viel lieber sprechen würde: »Was ist mit dem Tabakladen? Wie geht es meiner Jenny?«

Ich weiß nicht, was ich darauf antworten soll. Als die Stadt befreit wurde, war Miesebart einer der Ersten, die verhaftet wurden. Jenny wurde von einer wütenden Menge aus dem Tabakladen gezerrt und kahl geschoren; man hat ihr ein Hakenkreuz auf die Stirn gemalt und sie mit ein paar anderen Frauen fotografiert, von johlenden Männern und Frauen umgeben. Ausgeschlossen, dass Miesebart nichts davon weiß oder nicht wenigstens davon gehört hat. Tja, was macht so ein Jennykind, nachdem sie derart behandelt worden ist? Wo geht so jemand hin? Zurück hinters Fenster, glaube ich.

»Sie schreibt mir nicht einmal. Nun ja, formulieren war nie ihre Stärke.«

»Ich habe sie aus den Augen verloren.«

Er schaut mich an, und ich sehe, dass er mir nicht glaubt.

»Und der Laden?«

»Den betreibt jetzt ein anderer …«

»Wie dem auch sei, der Laden gehört mir. Das ist amtlich! Ich hab die Papiere!«

»Ach, vergiss ihn.«

Miesebart stirbt fünf Jahre später an einem Herzinfarkt. Es wird gemunkelt, man habe ihn krepieren lassen, es habe eine Stunde gedauert, bis ein Arzt bei ihm in der Zelle war. Zumindest hat mir das jemand erzählt. Ich weiß schon lange nicht mehr, wer.

Ich habe den Gedichtband noch einmal zur Hand genommen, mein Urenkel. Ich habe danach gesucht und das Ding schließlich gefunden. Was einst ein Versprechen auf Papier war, frisch wie ein Laib Brot, der gerade aus dem Ofen kommt, ist jetzt ebenso alt und vergessen wie der Mensch, der es geschrieben hat, eingesperrt in vergangenen Zeiten. Das grobe, braun gewordene Zuteilungspapier fühlt sich fast wie Karton an. Der triste, kleine Holzschnitt unter dem Namen »Angelo« auf dem Umschlag und die fett gedruckten Buchstaben, die, wenn man das Buch aufschlägt, meine Gedichte bilden, kann man inzwischen nicht einmal mehr als altmodisch bezeichnen; sie wirken wie aus einer anderen Welt, die wie Atlantis untergegangen ist. »Bekenntnisse eines Komödianten«; der verspielt gemeinte Titel ging eigentlich schon damals unter der grimmigen Gestaltung gebückt, die in den Nachwehen einer grimmigen Zeit gemeinhin akzeptiert war. MCMXLVI steht darin, oder: gedruckt 1946, veröffentlicht im Verlag Het Voorschot, herausgegeben von einem Zeitschriftenmenschen, der immer ein klein wenig Angst vor mir hatte, seit ich ihm in Uniform einen Besuch in seiner Wohnung am Paardenmarkt abgestattet habe, und ihm zu verstehen gab, es gehöre sich nicht, bloß aus Überheblichkeit davon auszugehen, dass ein Polizist kein Dichter sein kann.

Der Verleger steht scheu in der Taverne »Betty« in der Rotterdamstraat. Es ist November 1946. Vor nicht allzu langer Zeit wurden hier Grammofonplatten auf dem Boden zerschmissen. Wir trinken immer noch armseliges Schlabberbier, denn die Tage des Mangels sind bei Leibe nicht vorüber. Mit ein paar Leuten feiere ich, dass mein Gedichtband endlich das Licht der Welt erblickt hat. Ich strahle, weil ich mir in jenem Augenblick einbilde, sehr bald zum Vollzeitschriftsteller zu werden, einer, der nie wieder eine Uniform tragen muss. Meine Frau Yvette ist nicht bei mir. Sie bleibt lieber bei unserem Sohn, der fast zwei Jahre alt ist, dein Großvater also, der sich gerade nachts in seinem Bett die Seele aus dem Leib hustet. Ich weiß, dass Yvette sich keine Hoffnungen mehr macht. Ihr ist klar, dass sie nie eine Sängerin sein wird, keine Nachtigall auf internationalen Bühnen, sondern einfach nur eine Mutter und Hausfrau wie so viele, jedoch eine, die ihre Kleider selbst näht und wegen ihres Stils und ihrer Klasse überall im Viertel Bewunderung und Neid erntet. Es ist ein schwacher Trost, wenn sie hinter dem Kinderwagen hergeht und Windeln auskocht, dessen bin ich mir bewusst, aber es ist wenigstens etwas. Wir reden nicht miteinander darüber. Yvette ist dankbar und schaut sogar verliebt, wenn ich mich wieder einmal rechtzeitig aus ihr zurückziehe, um sie nicht erneut zu schwängern. Das ist unser Einvernehmen. Ein Kind ist mehr als genug, aber das wird keiner von uns irgendwem sagen, und wir gestehen es einander auch nicht ein. Täten wir es, würde es zu einer Schande werden.

Während ich dort in der Taverne »Betty« stehe und auf weitere Freunde warte, denke ich nicht an all das. Im Gegenteil, ich pflege meinen gediegenen Rausch. Ich höre ein lautes »Ding! Ding! Ding!« in meinem Kopf, das Geräusch eines Hammers, der auf einen Amboss trifft, um das glühende Stück Metall meiner Willenskraft zu etwas Praktischem zu schmieden, zu vier Hufeisen, die rauchend unter Hufen angebracht und mit Hufnägeln im Horn befestigt werden, damit die Muse beritten werden kann. Ja, das ist es, was ich mir in diesem Moment einrede. Ich kann mir nicht einmal vorstellen, dass die Muse in den folgenden Jahren kaum aus dem Stall kommen wird, dass sie höchstens ein wenig auf der Weide grasen, aber nie von mir, wie es sich gehört, geritten werden wird, und dass ich also für den Rest meines Lebens Polizist bleiben werde und nie der Dichter, der ich sein wollte. Ja, ich werde noch schreiben und auch veröffentlicht werden, von immer angeseheneren Verlegern als jenem Hanswurst vom Verlag Het Voorschot. Am Ende werde ich sogar in *Die Landschaft der niederländischen Literatur* erwähnt und meine Lyrik wird als eigensinnig und widerspenstig beschrieben, wie ich am Beginn dieser Geschichte bereits erwähnt habe. Aber das ist auch schon alles.

Die Tür öffnet sich, und ich denke: Er doch nicht? Nein, das ist nicht Chaim Lizke. Aber dieser Kerl hier sieht ihm ein wenig ähnlich. Chaim Lizke ist verschwunden. Er wurde mit Haut und Haaren von der Geschichte verschlungen und anschließend diskret hinter einer Ecke als Gespenst wieder ausgekotzt. Mal scheint er hier in dieser Kneipe aufzutauchen, mal erblicke ich ihn anderswo. Manchmal verlangt sein Geist Genugtuung, manchmal ist er melancholisch. Manchmal gehört er dazu, aber meistens ganz und gar nicht. So findet er keine Ruhe, das wissen alle. Aber lieber ein penetrantes Gespenst, das hin und wieder allen einen Schrecken einjagt, als zugeben zu müssen, dass es ihn einmal wirklich gegeben hat.

Um mich herum spricht man nicht über Gespenster. Mein Kollege Gaston spricht über Politik, denn es ist bald wieder so weit, es gibt Wahlen.

»Ich will ja nichts sagen, aber es ist wieder genauso wie früher«, schimpft Gaston. Er holt eine zusammengefaltete Zeitung aus der

Innentasche und zeigt uns eine Karikatur, auf der der Vorkriegsbürgermeister, der sich in diesen Nachkriegszeiten wieder zur Wahl stellt, als Hure abgebildet ist, die auf einer Chaiselongue liegt. Darunter steht: »Wessen Maitresse diesmal?« Um ihn herum stehen ungeschickt gezeichnete Juden mit Hakennasen, die Zigarren rauchen und mit Geldscheinen wedeln.

»Was meinst du mit früher?«, will jemand wissen.

»Dass die Juden wieder diktieren, wo's langgeht, das meine ich damit.«

»Was willst du?«, fragt ein anderer. »Wir sind schließlich die Stadt der Diamanten.«

»Das war lustig gemeint«, erwidert Gaston, »schlag das Wort ›Sarkasmus‹ mal in einem Wörterbuch nach.«

»Gaston, der Judenfreund … das wir das noch erleben dürfen.«

»Ach, Mann …«, sagt Gaston.

»He, Leute, lasst uns nicht streiten«, sage ich. »Wer will noch ein Bier?«

Das hat der Wirt gehört, und er schüttelt heftig den Kopf.

»Ich hab was viel Besseres, Männer! Im Keller stehen noch zwei Kisten Stout von vor dem Krieg. Wie wär's, wenn ich die hochhole? Umsonst natürlich! Für die Polizisten der Stadt, die uns in schweren Zeiten immer zur Seite gestanden haben!«

Jubel ertönt, als sich der Wirt in den Keller begibt.

»Wenn Lode das hören würde …«, denke ich bei mir.

Just in dem Augenblick betritt er die Kneipe, zusammen mit einem älteren Mann, dessen Hals zu mager ist für gleich welche Kragenweite.

»Du kommst gerade recht!«, rufe ich.

Lode nickt, stimmt aber nicht ins Lachen ein. Hier und da klopft er Männern auf die Schulter. Für mich hat er ein sparsames »Glückwunsch zu deinem Buch« übrig.

Der Professor reicht mir die Hand und schaut mir in die Augen. Dann dämmert mir, dass ich diesem Mann einmal knallhart in die Eier getreten habe, im Folterkeller des Sicherheitsdienstes.

»Ach …«, sagt er, als er sieht, wie ich erblasse, »wir müssen alle irgendwie sehen, wie wir zurechtkommen. Das Leben geht ja weiter.«

Ich schlucke, fluche leise und denke: Wie macht man das, wie erklärt man das, wo fängt man an? Oder sagt man kurzerhand: Pardon, das war nicht so gemeint, jedenfalls nicht wirklich, ach, komm, du weißt schon, was ich sagen will?

Der Professor akzeptiert das Glas Stout, das ich ihm gebe, und blättert ruhig in meinen »Bekenntnissen eines Komödianten«, ab und zu freundlich zu mir aufblickend und von seinem Bier trinkend. »Auf den Beginn einer literarischen Karriere!«, sagt er schließlich entschlossen und hebt sein leeres Glas Stout in die Höhe.

»Wirt, noch ein Stout für den Professor!«, rufe ich erleichtert.

Lode schaut zu mir rüber. Es ist ein wohldurchdachter Blick. Er will, dass ich merke, wie viel Ekel er zum Ausdruck bringen kann, ohne auch nur einen Finger zu rühren, ohne mich von Kopf bis Fuß vollzureihern. Ich bestelle ihm einfach auch noch ein Glas Stout. Wenn es um Verwandte geht, gibt es keine andere Möglichkeit. Wie sehr sie dich auch verachten, spendier ihnen noch ein Bier.

Wenn du jemanden für deinen Seelenverwandten hältst und ihm all deine Liebe schenkst, dann meinst du Dinge bei ihm zu verstehen, die andere verstummen lassen, sie ratlos oder unruhig machen. Meine Enkelin ritzt sich die Arme, und meine Sünde besteht darin, dass ich glaube zu wissen, warum. Insgeheim verstehe ich, was sie tut beziehungsweise mit sich geschehen lässt. Ich glaube zu wissen, was sie in ihrem Leben schultern muss, ja, mehr noch: Ich bin der Ansicht, dass sie einen Teil der Last trägt, die ich ihr aufgebürdet habe, weil sie die Adressatin des Brandbriefes ist, den ich unbewusst mit meinen Genen verschickt habe.

»Was sollen wir bloß mit ihr machen?«, jammert Yvette, als sie wieder einmal einen Anruf unseres Sohnes erhält, der berichtet, man habe Hilde wieder einmal in irgendeinem Drogenloch gefunden, jenseits von Gut und Böse und wirres Zeug daherredend.

»Gar nichts«, erwidere ich, »lasst das Kind in Ruhe. Das sind Sperenzchen einer Rotznase.«

Aber in meinen Augen ist sie keine Rotznase, und es sind auch keine Sperenzchen. Meiner Meinung nach sind es Taten des Widerstands, Taten großen innerlichen Schmerzes. Ich weiß genau, dass die Ursache Stimmen sind, die einen Menschen Dinge tun lassen, die ihn am Ende zu sich selbst finden lassen, die dazu führen, das man der wird, der man werden muss, derjenige zu sein, der man sein will, und das ist – wie ich schon einmal gesagt habe – das Schwerste, was es gibt, denn die Welt verschenkt dieses Privileg nicht ohne Weiteres, und die Menschen wollen vor allem, dass du so bist wie alle anderen.

Du verstehst alles, du relativierst alles, du lullst dich selbst in den Schlaf.

Dann, nach einer weiteren Therapie oder einer Zwangseinweisung, steht Hilde wieder vor der deiner Tür und strahlt dich an. Sie hat einen rosafarbenen Ballon dabei, auf dem *»Hello, I Love You«* steht, und sie tut so, als sei sie honigsüß kreuzbrav zu ihrer Großmutter, während sie mir auf eine Weise zuzwinkert, die alles verrät. Ich zwinkere zurück und flüstere, sie dürfe sich nicht so manipulieren lassen. Ich weiß nicht, ob sie es gehört hat. Sie trägt ein schwarzes, langärmeliges T-Shirt, auf dem Sensenmänner abgebildet sind, und ihre Lippen hat sie schwarz angemalt. Auf ihrer Schulter krabbelt ein Marienkäfer, der dann mit einem Mal verschwunden ist. Sie ist nicht mehr meine Enkelin. Vollgepumpt mit Medikamenten ist sie, die ihren Kopf leerfegen, sie normal machen, was sie zu guter Letzt nicht wird ertragen können, was sie an den Abgrund führen wird.

Sie sagt: »Mein Vater wollte, dass ich herkomme, ich soll euch sagen, dass ihr euch keine Sorgen zu machen braucht, dass ich zurück an die Uni gehe, dass ich brav sein werde und ich mich wieder einschreiben werde. Gut, was? Seid ihr jetzt zufrieden?«

»Wenn du nur glücklich wirst«, sagt meine Frau so zufrieden wie möglich.

»Und was willst du studieren?«, frage ich.

»Geschichte!«, sagt Hilde jubelnd.

Du weißt, wieso du glaubst, dass es so sein muss, redest dir ein, du müsstest eigentlich stolz auf sie sein. Aber sie ruft nicht mehr an, sie lässt einfach nichts mehr von sich hören.

»Bestimmt geht es ihr gut«, sagt Yvette, »wahrscheinlich hat sie einen Freund. Ihr Studium nimmt sie in Anspruch. Sie findet ihren Weg.«

»Ja«, sage ich.

Aber ich vergehe fast vor Wut, denn inzwischen weiß ich von Lode, dass sie ihn besucht, sogar regelmäßig. Das habe ich während unseres wöchentlichen Schachspiels erfahren.

»Sie will alles Mögliche wissen.«

»Worüber?«

»Über früher. Fragt sie dich auch danach?«

»Manchmal«, erwidere ich gemessen und platziere meinen Läufer als Köder in Reichweite von Lodes Königin. Der Arsch tappt natürlich nicht in meine Falle.

Man hofft, man beißt die Zähne zusammen, man übt sich in Geduld.

Sie ist verschwunden.

Seit drei Tagen hat sie keiner mehr gesehen.

Yvette zieht sich in unser Schlafzimmer zurück, schließt die Tür ab, weint auf der Tagesdecke.

Ich sage zur Tür: »Alles wird gut.«

Sie heult weiter. Ich darf nicht ins Zimmer und verpasse der Katze einen Tritt.

Eine eiskalte stählerne Faust umfasst eine Schlagader und lässt nicht mehr los.

Man denkt nichts mehr, man achtet auf jeden Atemzug, man achtet auf sein Herz.

Dann kommt der Anruf.

Man hat sie gefunden, an einem Strick baumelnd, in einem alten Bunker, in den eigentlich kaum eine Katze reinkommt. Sie hing aus einem Grund genau dort, so empfinde ich es.

Schluchzend kratze ich an der Schlafzimmertür.

»Mach auf, verdammt ... Ich habe schlechte Nachrichten. Mach die Tür auf, Schatz. Bitte.«

Doch die Tür bleibt verschlossen, nur das Weinen wird lauter. Es wird beinahe zu einem Kreischen, bis Yvette nach ein paar Stunden völlig erschöpft ist und dann doch erscheint, um einiges gealtert, es ist kaum noch etwas von ihr übrig. »Du hast mich nicht beschützt«, murmelt sie und mehr nicht. Und selbst das stimmt vielleicht nicht ganz. Vielleicht sagt sie überhaupt nichts.

Man weiß es nicht, im Gegenteil, man hat es sehr wohl gewusst, man redet sich alles Mögliche ein.

Doch das tun alle jeden Tag, verdammt, verflucht, das tun doch alle und meistens ohne Folgen. Das machen alle, und trotzdem verliert man deswegen kein Enkelkind. Die meisten trotten unbehelligt in Richtung Grab. Aber du nicht.

Hilde hat einen Brief hinterlassen.

Opa ist ein mieses Schwein.

Mehr steht nicht darin.

Diese fünf Worte reichen dennoch.

Yvette trinkt jeden Tag zwei Flaschen Port, und ich kriege kein Wort mehr aus ihr heraus.

Jeden Tag verlässt sie das Haus, um neue Alkoholvorräte einzukaufen und sich danach einzuschließen.

Ich schlafe in meinem Arbeitszimmer. Ab und zu höre ich sie noch schluchzen, mehr nicht.

Opa ist ein mieses Schwein.

Mein Sohn, meine Schwiegertochter und mein Enkel starren mich an.

Sie fragen, wieso.

Das kommt von den Pillen, sage ich, von all den Antidepressiva, die sie auf eure Anweisung hin hat schlucken müssen, die haben sie am Ende völlig wirr im Kopf gemacht.

Sie wollen mich nie wieder sehen.

Mein Sohn sagt: Ich hoffe, du verreckst.

Das ist das Letzte, was ich von ihm höre.

Ein halbes Jahr später begegnen wir uns wieder, beim Begräbnis meiner Frau.

»Sie hat sich zu Tode gesoffen«, sagt Lode in der Kirche hinter mir, einfach so, als spielte es keine Rolle, ob ich es höre oder nicht.

»Anscheinend ist dir immer noch nicht klar, dass ich der Einzige in deiner Umgebung bin, der keine Angst vor dir hat. Dämmert dir was? Meine Schwester Yvette, dein Sohn, deine angeblichen Freunde … alle fürchten sich vor ihr. Hat jemals jemand von der Arbeit vorbeigeschaut, wenn du angekündigt hast, einen ausgeben zu wollen? Kein Schwein. Du und ich, tja, das ist es dann auch schon gewesen. Du und ich, und du und ich, wir beide wissen ganz genau, warum. Weil du mich in deinen Schmutz hineingezogen hast. Du Mörder … Und nein, es war verdammt noch mal keine Rache, dass ich es deiner Enkelin erzählt habe. Ich habe ihr bloß die Wahrheit erzählt, weil ich nicht anders konnte. Was danach passiert ist … Gottverflucht, das frisst mich vollkommen auf, es raubt mir nachts den Schlaf. Doch wenn das alles meine Schuld ist, dann ist es auch deine. Wenn ich dafür bezahlen muss, dann du auch … Was glaubst du, warum sich meine Schwester um den Verstand gesoffen hat? Angst, alle haben Angst vor dir, weil jeder weiß, dass man einem falschen Hund nie über den Weg trauen kann, dass man keinem vertrauen kann, der sich selbst gegenüber blind ist, der nicht sieht, was in ihm lebt, und immer so tut, als würden die anderen nur den Schein wahren, als wüssten die anderen nicht, wie man mit dem Schmutz umgeht, während du selbst keine Ahnung davon hast, wie deine gottverdammte Verderbtheit überall wabert, du großer Dichter, du, mit deinen schwarzen Flecken auf dem Herzen, alles nur Verrat …«

»Es war *doch* Rache, Lode. Versuch nicht, mir etwas anderes einzureden.«

»Ach, Mann.«

Lode stirbt und wird auf dem Schoonselhof begraben. Seine Frau überlebt ihn. Ja, er hat geheiratet, kurz nach dem Krieg, genau wie ich. Mit so einem Kerl wird die Frau den Ehestand nicht sonderlich genossen haben. Andererseits: Man weiß nie. In der Kirche weint sie sich die Seele aus dem Leib. Mir gibt sie keinen Kuss, nicht einmal die Hand. Sie verdient nicht mehr als diese paar Zeilen.

Ich habe oft den Wunsch verspürt, auf das Grab von ebendiesem Metdepenningen zu pissen. Hab's nie gemacht. Er spukt auch so schon genug herum.

Mit mir geht's zu Ende. Es ist vorbei.

Nicole befeuchtet meine Lippen.

Nicole behauptet, es gäbe dich gar nicht. Sie sagt es weniger brutal. »Es ist wie mit den Zigarren, die Sie nicht mehr rauchen, Herr Wils. Sie haben schon vor langer Zeit damit aufgehört.«

Sie sieht mich noch einmal an, und meiner Ansicht nach ist da Liebe in ihren Augen. Oder Mitleid, das kann auch sein; in meinem Alter muss man den Schein nicht mehr aufrechterhalten und dazwischen unterscheiden. »Ihr Enkel hat keine Kinder …« Sie seufzt leise.

Ich muss lachen und kann nicht mehr damit aufhören.

Nicole stimmt kurz und nicht von Herzen in mein Lachen ein, doch dann nimmt ihre Besorgtheit überhand.

»Aber, Herr Wils, passen Sie auf, nicht, dass Sie nicht mehr aufhören können.«

Sie hat recht, mein Junge.

Denn gottverdammt, das ist doch ein Unding, so zu lachen.

Doch es ist ein Scherz, den Angelo sich ausgedacht hat, oder ein anderes Ungetüm, das sich an dem labt, was zwischen zwei Ohren passiert.

Denn wenn es dich, meinen Zuhörer, nicht gibt …

Wer sagt dann, dass es jemanden wie mich gibt?

Wer sagt dann, dass es uns gibt?

Du nicht.

QUELLENNACHWEISE

›Die Gesänge des Maldoror‹ von Lautréamont (S. 47)
wurde zitiert nach:
Lautréamont: ›Die Gesänge des Maldoror‹.
Aus dem Französischen von Ré Soupalt.
Rowohlt, Reinbek 2004.

›Die Ehe‹ von Willem Elsschot (S. 108 f.)
wurde zitiert nach:
Elsschot, Willem: ›Gedichte / Verzen‹.
Aus dem Niederländischen von Gerd Busse
und Agnes Kalmann-Matter.
Verlag Neue Literatur, Jena-Plauen-Quedlinburg 2008.

›Ilias‹ von Homer (S. 114) wurde zitiert nach:
Homer: ›Ilias‹.
Aus dem Altgriechischen von Thassilo von Scheffer.
Dieterich'sche Verlagsbuchhandlung, Leipzig 1938.

Ich danke
Herman Van Goethem für sein Licht in meiner Finsternis,
Koen Aerts für seine Ermutigungen und seinen Kommentar,
Stef Franck für seine Brüderlichkeit, Gastfreundschaft
und für die richtigen Bücher im richtigen Moment,
Luc Coorevits für Behoud de Begeerte,
Katrijn van Hauwermeiren und Charles Derre für jede Mail
und jedes Gespräch.

Meiner Mutter, meinem Bruder, meiner Familie,
meinen Freunden, danke ich,
und auch der Nymphe,
die alles gehört hat, Tag für Tag,
und die mir dabei so viel Liebe gab und weiterhin gibt.

Wer wissen will, woran ich jetzt arbeite,
kann sich zusammen mit mir
in einem Labyrinth von Quellenmaterial verirren,
das Stef Franck für mich sammelt und aus dem
ein neues Buch entstehen wird:
http://wildevrouw.blogspot.be.